Scrittori del N

Vasco Pratolini

La costanza della ragione

Introduzione di Alessandro Parronchi

Arnoldo Mondadori Editore

© 1963 Arnoldo Mondadori Editore S.p.A., Milano

I edizione Narratori Italiani aprile 1963
I edizione Oscar Mondadori marzo 1974

ISBN 88-04-40535-X

Questo volume è stato stampato
presso Arnoldo Mondadori Editore S.p.A.
Stabilimento Nuova Stampa - Cles (TN)
Stampato in Italia - Printed in Italy

Ristampe:

10 11 12 13 14 15 16 17

1997 1998 1999 2000

La prima edizione Oscar Scrittori del Novecento
è stata pubblicata in concomitanza
con la nona ristampa
di questo volume

Introduzione

Cenni biografici

Vasco Pratolini è nato il 19 ottobre 1913 in quell'antico centro fiorentino intorno a Palazzo Vecchio in cui saranno ambientati i suoi primi racconti e romanzi. Di famiglia popolana, ha perso la madre all'età di cinque anni. Assistito dai nonni materni, frequenta le scuole elementari, e nel frattempo entra come garzone in una bottega. È l'avvio, precocissimo, di un'esperienza che lo porta a contatto di persone, ambienti familiari e cittadini diversi, dei quali egli registra inconsapevolmente volti, atteggiamenti, parole, che insieme a quelli, infiniti, della città, rispunteranno più tardi dal filo di una memoria, a cui l'intervallo degli anni farà acquistare il senso di una retrospettiva chiaroveggenza. Prestissimo incominciano letture disordinate ma che pure lasciano un segno in quello che può considerarsi l'apprendistato letterario di un autodidatta, seriamente intenzionato a costruirsi una cultura con le sue mani.

A iniziarlo in questo senso è Ottone Rosai, il grande pittore che ha scoperto l'accezione moderna dell'umanità che vive tra le vecchie mura fiorentine, e il grande scrittore, ancora sconosciuto, di prose e lettere agli amici. Pratolini incomincia a sedici anni a vivere per conto proprio e a tentare di scrivere, ma le conseguenze di una vita disagiata e senza risparmio d'energie lo portano in condizioni di salute molto critiche. Due degenze in sanatorio, ad Arco e a Sondalo, gli restituiscono la salute. E intanto alla conoscenza di Rosai s'è unita quella di Elio Vittorini, al quale oltre a una più aperta sollecitazione culturale, Pratolini dovrà altresì la presa di coscienza che lo porterà a uscire dall'imbroglio del così detto fascismo di sinistra. Poi nella società letteraria fiorentina, particolarmente florida negli ultimi tempi precedenti alla guerra, caratterizzata da quello che fu chiamato "ermetismo" – un credo esclusivamente letterario, che ammantandosi di umbratile difficoltà mascherava nel suo agnosticismo un rifiuto assoluto del fascismo e della sua retorica – egli difende gelosamente la sua qualità di narratore dietro più vasti interessi storico-filosofici, dando a «Campo di Marte» – il giornale diretto da lui e da Alfonso

Gatto e che visse soltanto un anno, dal '38 al '39 – scritti riguardanti il ruolo della cultura nella società, che pur nel linguaggio necessariamente involuto muovono un critica al costume e all'ideologia dell'Italia ufficiale. Nell'ottobre del '38 su «Letteratura» di Alessandro Bonsanti esce il racconto *Prima vita di Sapienza*, che assieme a *Una giornata memorabile*, scritta nel '36 ma pubblicata solo nel '41, in *Tappeto verde*, è quanto egli salva dai precedenti tentativi. In esso egli dà il senso esatto d'aver messo perfettamente a fuoco il suo strumento di narratore. Riletto oggi, il racconto apparso su «Letteratura» appare lucido, neanche minimamente sfiorato dall'atmosfera dell'ermetismo.

Nel '39 Pratolini si trasferisce a Roma, nel '41 si sposa e pubblica *Il tappeto verde*. Appare chiaro che la fisionomia del prosatore si costruisce pezzo a pezzo senza sforzo, con uno straordinario senso della misura, partendo dai ricordi più lontani, piccoli frammenti del grande mosaico dell'esistenza. Questo lavoro prosegue di anno in anno – *Via de' Magazzini* (1942), *Le amiche* (1943) – in pezzi che, con qualche saltuaria concessione alla prosa poetica, insistono prevalentemente verso il racconto. Il lavoro sembra ora sommerso dall'incalzare degli avvenimenti; la guerra, il 25 luglio del '43 che lo trova già attivo nella cospirazione politica, e il successivo 8 settembre dopo di che prende parte alla Resistenza. Durante questo tempo, incerto del domani, pensando all'eventualità di non sopravvivere, chiude in un libro, *Il quartiere* (1944), il mondo delle sue giovanili esperienze. Nasce così il primo romanzo di Pratolini, ma questo che doveva essere un testamento ha tutto l'incanto di una primizia, ed è in realtà una premessa dei libri futuri.

Dopo la liberazione si sposta a Milano, e nel dicembre del '45 a Napoli. È qui che, distanziata nel tempo dalla furia della tragedia passata e nello spazio da 500 chilometri d'Italia, la memoria di Firenze comincia veramente a depurarsi, si compone in un grande quadro e con un ritmo leggero e mordente, poi sempre più vasto, calmo, con un andamento a tratti sinfonico ma pronto a riassorbirsi nei volumi delle voci quotidiane, nasce il romanzo corale, *Cronache di poveri amanti*. In una pausa, quasi a riprova di questo ritmo finalmente trovato, Pratolini chiude il ricordo del fratello morto in *Cronaca familiare*: un dialogo intimo in cui molti hanno creduto di riconoscere il capolavoro dello scrittore.

Col premio "Libera Stampa" assegnato nel '47 alle *Cronache di poveri amanti* Pratolini attinge di colpo il successo, i suoi libri cominciano a esser tradotti in tutte le lingue e a dar luogo a versioni cinematografiche. Otto anni separano le *Cronache* dalla prima parte di "Una storia italiana": *Metello*, e sono otto anni che vedono apparire, assieme ad altre raccolte di scritti autobiografici, due libri di carattere molto diverso: *Le ragazze di San Frediano*, racconto leggero e colorito, sul tipo classico della "novella", e *Un eroe del nostro tempo*, dove il problema delle nuove generazioni è affrontato fuor d'ogni retorica nella figura di un giovane che non ha ancora diciotto anni al finire della guerra. Frattanto lo scrittore, che si è stabilito a Roma nel 1951 (qui si spegnerà, il 12 gennaio 1991), prepara quella che sarà la sua prova maggiore, attuando quel passaggio dalla cronaca alla storia che la critica ha largamente commentato. Nasce così "Una storia italiana", e la prima parte, *Metello*, appare nel '55, a cui, cinque anni dopo, nel '60, segue *Lo scialo*. La terza parte, che sarà *Allegoria e derisione* del '66, è preceduta nel '63 da *La costanza della ragione*, di cui ci stiamo occupando.

I figli

Scritta nel 1962 e pubblicata l'anno seguente, *La costanza della ragione* si inserisce a metà del lavoro di "Una storia italiana", il più vasto e significativo complesso si Pratolini, allo stesso modo di come *Cronaca familiare* era nata in una pausa del primo suo libro che realizza in ampiezza il tema della "narrazione corale": *Cronache di poveri amanti*. Ma se nel quadro vastissimo del ricordo su cui l'affresco delle *Cronache* andava prendendo consistenza, *Cronaca familiare* era stata la conseguenza di un abbandono – un volo lirico, quasi un *raptus* della memoria, un tuffo nell'abisso del sentimento – *La costanza della ragione* rispetto alla trilogia di "Una storia italiana" prende un significato esattamente contrario. Dopo *Lo scialo*, giunto al momento più impegnativo della "Storia", Pratolini affila le armi e medita, vuol misurare la distanza che separa l'io antico dal presente. E con una tecnica propria a ogni narratore storico, anticipa premette all'ultima parte della trilogia, che sarà *Allegoria e derisione*, l'ulteriore capitolo, quello della generazione che viene dopo la sua: dei figli. In tal senso la *Costanza* può imparentarsi anche all'altro romanzo che in qualche modo eccede dal generale disegno dell'evoluzione pratoliniana: *Un eroe del nostro tempo*, ma anche ne differisce, nel senso che il protagonista dell'*Eroe*, Sandrino, è in sostanza, come il protagonista di *Cronaca familiare* ma in modo del tutto opposto, un fratello minore che ha scelto la strada sbagliata, per cui lo scrittore nei suoi confronti raggiunge una piena obbiettività nel registrarne i riflessi pronti, le concezioni anomale, le deviazioni del comportamento. Bruno Santini, il protagonista della *Costanza*, è invece proprio un figlio, cresciuto nel dopoguerra e venuto su con una concezione della vita, dialettica perché formatasi nel clima della democrazia, che può rasentare l'errore senza caderci dentro, che deve formarsi una coscienza autonoma e nulla può aiutare, né principi imposti dall'esterno né l'istinto, ma solo una profonda coerenza con sé medesimo, una logica inflessibile e spietata. Soprattutto quello che Bruno rifiuta è l'esperienza degli anziani, quel viluppo sentimentale in cui, figlio unico di una giovane vedova, si è sentito involto fin dalla nascita, e di cui si spoglia e libera interamente. Ed è il rifiuto, in fondo, del "sentimento", quello che caratterizza la mentalità di Bruno e, in definitiva, il tema centrale della *Costanza della ragione*.

L'universo del cuore

Fino a questo libro, nessun dubbio che l'universo di Pratolini sia stato l'*universum cordis*. Vi aveva fatto solo contrasto il Sandrino dell'*Eroe*, colpevole e condannabile residuo di un'educazione fondata sulla violenza, ma il resto della narrativa di Pratolini ne è interamente intessuto. Il punto più alto di questo universo del sentimento è raggiunto nel *Metello*. Questo primo capitolo di "Una storia italiana" è tutto sorretto a salde catene sentimentali. Ed è forse l'elemento che determinò la polemica scatenatasi al suo apparire, da chi, aspettandosi un capitolo di storia, si trovava un'altra volta ad avere a che fare coi sentimenti. In realtà era invece proprio quello l'aspetto del libro più storicamente indovinato: che caratterizzava la nascita ottocentesca, l'eredità sentimentale in cui la società italiana era avvolta all'alba del nostro secolo. Discusso e in parte non accettato dalla critica in base a idee preconcette sul realismo narrativo, *Metello*, con la sua tesi politica apertamente dichiarata, dava della storia una ricreazione esatta e convincente proprio in virtù dell'aperta vita sentimentale dei suoi personaggi.

Con *Lo scialo* – a mio giudizio il capolavoro, e certo il libro che oltrepassa tutte le premesse, il più imprevisto, il più intenso, anche se, come fu notato, non particolarmente favorito, nel momento in cui uscì, dall'attenzione della critica, sviatasi verso le forme sperimentali sul genere del *nouveau roman*: altrettanto estranee alla narrativa pratoliniana di quanto lo era stato, a suo tempo, l'ermetismo – Pratolini prende a soggetto la generazione che meglio conosce: quella, svoltasi sotto i suoi occhi, del fascismo. Si potrebbe precisare ulteriormente trattarsi qui di fascismo nella specie fiorentina, richiamandosi alla capacità, propria dell'arte toscana classica, di attingere a traverso lo studio di un ambiente particolare, significati e valori universali. Dopo di ciò non resta che constatare come, in un romanzo svolto in ampiezza e profondità, di questa Firenze sotto il fascismo Pratolini abbia dato nello *Scialo* il ritratto e la dissezione anatomica, l'esame biochimico e l'epos. Il corrompersi dell'età dannunziana, l'assestarsi del dominio borghese, visto pur di riflesso in uno che ne rimane vittima, Giovanni Corsini, i fasti e nefasti di un'età che nel mito nazionalistico dell'autosufficienza costruisce e firma la propria condanna, e la vita di tutto questo vissuta da un gruppo di personaggi indimenticabili, fanno dello *Scialo* un blocco incandescente di cui occorrerà che passi il tempo per apprezzare al giusto valore la forza e la verità. *Lo scialo*, oltre che il culmine, è anche lo spartiacque della narrativa pratoliniana, nel senso che costituisce l'anticipo di quelli che saranno da qui avanti i temi dello scrittore. Nello *Scialo* si attua la definitiva uscita dall'idillio e il comparire di stati e sentimenti portati all'esasperazione e al parossismo, di cui un prodromo poteva trovarsi in *Un eroe del nostro tempo*, ma la cui realizzazione sistematica avverrà solo nella *Costanza della regione*.

Il tempo della ragione

Ma ecco che con la continuazione della "Storia italiana" s'affacciano nuovi problemi, non solo perché inoltrando nel nuovo secolo è inevitabile che la mentalità e la natura stessa dei personaggi debbano cambiare, ma anche perché lo scrittore deve ora trattare della propria generazione, e l'ago della sua coscienza gl'impone di assumersene non, banalmente, i meriti del trionfatore, ma piuttosto le contraddizioni, le promesse non mantenute, le colpe. Pratolini ha indovinato la sua preistoria, ricercato la sua prima età, vivisezionato i ricordi fino a cui si spinge la sua idea dell'infanzia e dell'adolescenza, ha rivissuto la sua vita di ragazzo e la sua gioventù, ma dell'età matura, aperta finalmente su tutte le altre età, conosce forse soltanto i momenti di ricapitolazione, essa gli si annienta tra le mani in poche frasi, nella somma, nella maturazione una volta incominciata sempre perfettibile, mai assestata, mai calma. E intanto lo incomincia a tormentare la curiosità per quel che verrà dopo. Cosa succederà dopo di noi? Cosa pensano i giovani? Com'è fatto un uomo che ha visto la luce negli anni dell'ultima guerra?

Il salto di generazione, ci si accorge allora, ha comportato anche un nuovo senso della realtà. All'*universum cordis* si è sostituita la logica, una logica determinata dall'esperienza. E quello che conta sono gli avanzamenti, gli scatti di questa logica. Bruno è il figlio di un'età che non vuole nessuna illusione. Può frequentare il figlio di un exgerarca imbevuto di idee fasciste e essergli amico senza correre menomamente il rischio di sbandare dalla sua parte. La volta, l'unica volta che si illude di qualcosa, un sentimento di amore, che sembra portarlo in un'onda felice quasi al di sopra della realtà, scoprirà che si trattava di un inganno. L'uomo che lo ha educato, su cui ha formato le sue convinzioni, all'ombra del quale è vissuto perché ha preso il posto del padre ed è stato per lui più che un padre, non un solo momento gliene sfuggono i limiti. Con tutto il bene di cui non può non ricambiarlo egli prova sempre nel vederlo il leggero schifo che i bambini provano per tutte le persone adulte.

La costanza della ragione non è soltanto la "nascita alla coscienza" di Bruno, è la sua lancetta di orientamento fissata, appunto, sulla "ragione", l'inizio di un mondo in cui il "cuore" non dominerà più. Secondo la citazione dantesca, "lo mio cuore cominciò dolorosamente a pentere de lo desiderio a cui sì vilmente s'aveva lasciato possedere alquanti die contra la costantia della ragione". Ma nel rovescio di questa medaglia sta scritto quello che Bruno a un certo punto osserva: "La profanazione dei sentimenti c'introduce alla maturità", ed è una massima molto più truce e attuale: quel "rito di gioventù" che il post-romanticismo ha scoperto, ma proprio il nostro secolo ha esaltato e mitizzato. Bruno ne attraversa tutte le fasi che ora, a traverso la memoria, e la voce materna, rievoca.

Come nasce un contestatore

La costanza della ragione è il libro più difficile di Pratolini, il più costruito. La vicenda che esso descrive non ha tanto valore in sé quanto per il modo come si svolge. Il protagonista, Bruno Santini, un giovane di diciannove anni già in possesso del diploma per entrare alle Officine Galileo, dopo aver superato alcune difficoltà l'ordine politico che ancora vi si frappongono, non è uno scrittore che racconta infanzia adolescenza e prima giovinezza, ma un uomo che ripensa il tempo che ha segnato, a traverso una serie di esperienze, il suo maturare alla coscienza piena della realtà, e si raccoglie, attonito e al tempo stesso determinato, nel trovarsi, con tante illusioni cadute, davanti a una vita ancora da vivere. "Ripensare" è una parola che spiega il modo di procedere del libro, a diaframmi che insensibilmente e progressivamente si aprono sul mondo, limitato, della vita familiare e delle prime amicizie e affetti di Bruno, in maniera non narrativamente ordinata, ma con sistemi, peculiari dello scrittore, di anticipi e ritorni, che assumono proprio a partire da questo romanzo un significato strettamente pertinente. Tipico è anche quello che chiamerei delle "voci registrate". Siccome la vita familiare di Bruno consiste nel rapporto con una sola persona: la madre Ivana, tutta la prima parte della meditazione e del ricordo è come avvolta dal filo sottile e insistente della voce materna, quasi un lungo monologo che il figlio ha seguìto per ore prima di addormentarsi. Ivana ha perduto il marito in guerra, ma si è assuefatta all'idea che egli, o prima o poi, debba ritornare. Non arrivata ad ottenere il diploma di maestra, e con la prospettiva di diventare operaia, finisce con l'accettare un posto di cassiera in un bar, e infine in un cinema. Bruno, nella sua assenza, viene affidato a una vecchia, la signora Cappugi. Le prime esperienze di Bruno sono a fianco di questa signora, e l'indole del bambino, che è calma e remissiva, si adatta alla blanda tirannia che ella gl'impone. Solo più tardi scoprirà che i passatempi della vecchia, di cui era stato complice ingenuo, non erano del tutto innocenti: un piccolo traffico e mercato nero svolto fra truppe di colore e segnorine nei pressi della Fortezza da Basso.

La storia di Bruno è una storia di delusioni e tradimenti: dai minimi e insignificanti come quello della signora Cappugi, a quelli delle prime compagne occasionali, a quelli della madre, dalla cui debolezza egli esigerà a un certo punto i necessari chiarimenti, perché Bruno è uno di quelli che voglion capire le ragioni delle cose, a quelli degli amici, le cui svolte – politica per Benito, sessuale per Dino, opportunista per Armando – sono altrettante delusioni e tradimenti di un ideale giovanile, a quello infine, più doloroso e tragico, della ragazza, Lori, in cui egli ha creduto di veder incarnata l'idea stessa di felicità, più doloroso perché segreto e che solo viene a svelarsi al momento di una morte che sembra ne sia quasi il sacrificio d'espiazione. In ogni caso, come è inevitabile accada a chi vive, la vita presenta prima un aspetto parziale di quella che il tempo rivelerà essere la realtà vera.

Ai pomeriggi di noia con la signora Cappugi subentrano le avventure coi primi amici, Dino, Armando, Benito, Gioe, che tutti più o meno, foggiati dalla vita, avranno cambiamenti deludenti, le esperienze con le ragazzine, dalla prima e quasi mitica figura di Elettra, una greca quattordicenne del Centro Profughi, alle altre, progressivamente più banali, Rosaria e Paola. Solo Bruno sente di non cambiare, la sua coerenza a se stesso è in un certo senso il suo principio. A poco a poco, nei suoi rapporti coi coetanei e gli anziani, prende corpo la sua indipendenza e la sua ribellione, quella che, in questo protagonista di romanzo, Pratolini ha fissato, *ante litteram*, come la convinzione del contestatore. Attorno a lui tutto cambia. Ma se Bruno rimane sostanzialmente se stesso, egli lo deve, oltre alla forza del temperamento che lo sostiene, alla vigile, costante presenza di Milloschi. È questa una delle figure più riuscite e indimenticabili della narrativa pratoliniana. Milloschi, o come lo chiamano, Millo, era stato amico del padre di Bruno. È un comunista militante, operaio della Galileo. Realisticamente segnato in limiti ben precisi e inevadibili, da essi acquista una forza e un rilievo eccezionali. Millo è la colonna vertebrale del libro: un'edizione aggiornata, psicologicamente complessa, del Maciste delle *Cronache*. Egli educa con amore il piccolo Bruno e a poco a poco lo prepara nella specializzazione in cui verrà introdotto nell'officina. Bruno, nel suo bisogno di chiarimento totale, non tarderà ad accorgersi che la spinta a questo amore e interessamento per lui è partita da una passione per la madre Ivana che è sempre rimasta difesa da un pudore impenetrabile. Quando, nel suo orgoglio di ragazzo, esigerà un chiarimento anche da Millo, non potrà non accorgersi del candore sentimentale di questo colosso. Ecco dove s'è rifugiato il cuore al tempo della *Costanza*: in un "duro" della vecchia generazione. E dopo averlo rifiutato per crisi, appunto, generazionale – di cui i "chiarimenti" in sostanza non erano che pretesti – a Bruno non sarà difficile in breve ritornargli amico. Quando si sarà reso conto dei compromessi sentimentali su cui anche la vita della madre, vedova giovane e sempre piacente, si è sorretta, finirà per sollecitare, bonariamente, che i due "regolarizzino la posizione".

In questo insieme di figure realistiche, l'apparizione di Lori, che incarna il volto dell'attrice prediletta Eva Marie Saint, è per Bruno qualcosa come un sopramondo che viene a accamparsi nella realtà. Mentre in tutte le situazioni egli non ha avuto dubbi su quale dovesse essere il suo comportamento, Lori lo impegna, lo lascia titubante, a volte indeciso. Con lei, in uno slancio di amore reciproco, egli sente di toccare la felicità. Il fatto, ineluttabile, che questa felicità si dissolva, non può essere la denuncia di un equivoco, di un *male*, la cui apparizione lo lascia sconvolto ma quasi incredulo. Se davvero Lori gli ha ceduto, e lo ha illuso, mentre era segretamente vittima di un ricatto, allora anche la sua bellezza può appassire come quella di un fiore iniettato di sostanza venefica, egli può profanarne il corpo rifiutandosi di ammettere che essa è ormai preda della morte. La sua scomparsa, con la tristezza di un senso che scopre la realtà del male, è stato l'ultimo colpo che lo ha fatto maturare alla ragione piena, in modo da fargli affrontare, convinto, una vita che sia di realtà e non di sogno. Allora l'iscrizione al partito, la scelta naturale della ragazza che sarà la sua compagna nella vita, sono oltretutto un modo per uscire da ogni equivoco romantico, e dalla problematica dell'adolescenza. Allora egli può anche apparentemente compromettersi, transigere dalla sua convinzione atea per accettare, condizione *sine qua non* per l'entrata all'officina, la raccomandazione di un religioso.

L'ambiente

Come quello degli altri romanzi di Pratolini, l'ambiente della *Costanza della ragione* è fiorentino. Ma può essere utile spiegare che la zona di Firenze che interessa il romanzo è nuova rispetto ai libri precedenti. La realtà del "quartiere" è sempre stata l'unità di misura topo-somatica dei personaggi di Pratolini, fin da quando nel '44 intitolò appunto *Il quartiere* la sua prima prova narrativa di lunga portata.

Nelle prime raccolte di prose e racconti fino a quel libro, siamo nel vecchio centro fiorentino – via dei Magazzini, via del Corno – e nella vasta propaggine del quartiere di Santa Croce, che ha visto i primi anni dello scrittore. In *Cronache di poveri amanti*, facendo perno su via del Corno, lo scenario si apre a tutta la città. Naturalmente si tratta di una città, come Firenze è rimasta fino a ieri – e per noi riesce ancora a sovrapporsi a quella di oggi – mai totalmente separata dalla campagna, che accoglie di continuo le avventure con gli amici e le fughe con le amiche nella periferia e nei dintorni. Con la parentesi dell'*Eroe del nostro tempo*, un romanzo stranamente senza paesaggio, ecco nelle *Ragazze di San Frediano* quella che potrebbe essere la concessione al colore cittadino in accezione vernacola, poi riscattato nei fermi e intensi interni di vie cittadine e *plein air* periferici di Metello, che gravita tuttavia ancora sul quartiere di Santa Croce, su cui si proietta l'ombra del carcere cittadino delle Murate. Nello *Scialo*, accanto agli sfondi dell'epica popolare, ecco prospettarsi il quartiere borghese: le Cure, con quelle aperture sui viali di circonvallazione e sui dintorni come Scandicci, a cui s'estese il benessere dei nuovi ricchi e in cui s'arroccano i possidenti. La *Costanza della ragione*, nuova cronaca di vita popolare, si svolge nella zona industriale fiorentina, una zona industriale ridotta rispetto a quella delle grandi città, ma pure piccola metropoli, universo per chi ci vive. Il limite verso la città è segnato dal Mugnone fino e oltre la Fortezza da Basso, mentre a nord il quartiere si perde nelle viuzze che s'inerpicano verso Monte Morello, dove i ragazzi si potevano ancora divertire, non tanti anni fa, a stanare una volpe. In mezzo vi scorre il Terzolle, che si riunisce al Mugnone prima di gettarsi nell'Arno. Alle pendici del monte, intorno all'antica villa medicea, si apre la grande isola di dolore, circoscritta ed estranea, dell'Ospedale di Careggi. E il cuore sono le Officine Galileo, "la Gali", il centro del lavoro e però dei pensieri di chi ci vive, la "nuova chiesa" dell'età industriale, la cui ombra gigantesca si estende sulla vecchia chiesa, Santo Stefano in Pane, con l'istituzione per gli orfani creata e diretta da Don Bonifazi. La presenza di questo ambiente nel libro è di un'assolutezza mirabile.

Alessandro Parronchi

Tre giudizi critici

(Nella *Costanza della ragione*) si tratta di un Pratolini nuovo che ha saputo fondere in maniera esemplare le ragioni della memoria, le suggestioni di un'autobiografia ideale e sentimentale con le linee portanti di una biografia civile.

Luigi Baldacci

La costanza della ragione è un ulteriore acquisto di Pratolini proprio su quel piano che gli è più congeniale, addirittura viscerale, e, a mio parere, uno dei libri più belli che egli abbia scritto (ma c'è sempre il già tanto citato *Quartiere*). Poche immagini nella gioventù d'oggi, fuor dal luogo comune stucchevole e alla fine evasivo delle "generazioni bruciate", dell'"età del malessere", ecc. hanno l'autenticità di questa che ci offre Pratolini con Bruno Santini, con Lori, ne "La costanza della ragione"; poche volte il rapporto di avversione-amore fra i giovani e vecchi o diciamo meglio adulti, è stato espresso con tanta verità impietosa come nelle relazioni fra Bruno e sua madre Ivana, fra Bruno e l'amico di famiglia e iniziatore politico Milloschi. Tutto questo, s'intenda, senza nessuna dolcezza, senza nessun addomesticamento sentimentale, senza nessuna esemplarità pedagogica; l'esemplarità del referto starà caso mai nella bruschezza.

Giuliano Gramigna

Il quadro di questa educazione sentimentale, vera e propria genesi di una morale proletaria, non manca... di colpi di scena romanzeschi. Ma nella sostanza risponde a una realtà pazientemente osservata e nitidamente riferita a precise presenze di persone e di ambiente. In questo ritorno alla "cadenza del tempo in cui viviamo", alla misura della "cronaca", Pratolini ricompone anche quel dissidio, che spesso era ricomparso nel suo lungo cammino di narratore, fra i nuclei lirici dell'ispirazione e l'intreccio di interessi obiettivi verso la società, verso le vive realtà storiche incarnate negli uomini.

Michele Rago

Bibliografia essenziale

OPERE DI VASCO PRATOLINI:

Il tappeto verde (Vallecchi, Firenze, 1941; ora in *Diario sentimentale*).
Via de' Magazzini (Vallecchi, Firenze, 1942; ora in *Diario sentimentale*).
Le amiche (Vallecchi, Firenze, 1943; ora in *Diario sentimentale*).

Il quartiere (Nuova Biblioteca, Roma-Milano, 1944; n. e. Mondadori, Milano, 1961).

Cronaca familiare (Vallecchi, Firenze, 1947; n. e. Mondadori, Milano, 1960).

Cronache di poveri amanti (Vallecchi, Firenze, 1947; n. e. Mondadori, Milano, 1960).

Mestiere da vagabondo (Mondadori, Milano, 1947).

Un eroe del nostro tempo (Bompiani, Milano, 1949; n. e. Mondadori, Milano, 1963).

Le ragazze di San Frediano (in "Botteghe oscure", 1949; poi Vallecchi, Firenze, 1951; n. e. Mondadori, Milano, 1961).

La domenica della buona gente (radiodramma, in collaborazione con G. D. Giagni, 1952).

Lungo viaggio di Natale (teatro; da un racconto di "Mestiere da vagabondo", 1954).

Il mio cuore a Ponte Milvio (Roma, Ed. di Cultura Sociale, 1954; ora in *Diario sentimentale*).

Una storia italiana: I - Metello (Vallecchi, Firenze, 1955; n. e. Mondadori, Milano, 1960).

Diario sentimentale (Vallecchi, Firenze, 1956; n. e. Mondadori, Milano, 1962).

Una storia italiana: II - Lo scialo (Mondadori, Milano, 1960); nuova edizione profondamente rielaborata: Oscar Mondadori, Milano 1976.

La costanza della ragione (Mondadori, Milano, 1963).

Ellis (teatro; in "Questo e altro", 1963).

Una storia italiana: III - Allegoria e derisione (Mondadori, Milano, 1966).

La città ha i miei trent'anni (poesie; Scheiwiller, Milano, 1967).

Calendario del '67 (12 poesie; in "Almanacco dello Specchio" n. 4, Mondadori, Milano 1975; poi, con altri inediti, Il Catalogo, Salerno 1978).

Il mannello di Natascia (poesie e prose; Il Catalogo, Salerno, 1980).

STUDI SU VASCO PRATOLINI

Esistono sette monografie dedicate a Pratolini: A. Asor Rosa, *V. P.*, Roma, 1958; F. Longobardi, *V. P.*, Milano, 1964 e 1973 [3]; F. Rosengarten, *V. P. - Development of a Social Novelist*, Southern Illinois Press, 1965; N. Amendola, *V. P.*, Bari, 1966; N. Betta; *P.*, Trento, 1972; C. Villa, *Invito alla lettura di P.*, Milano, 1973; e F. P. Memmo, *P.*, Firenze 1977. Lo studio di Asor Rosa, ampio e analitico, giunge fino a *Metello* e rimane l'opera fondamentale sull'Autore. Per una bibliografia più completa rimandiamo a questi studi.

Vanno inoltre consultate alcune opere di carattere generale, che includono ampi capitoli su Pratolini:

Adriano Seroni, *Ragioni critiche*, Firenze, 1944.
Pietro Pancrazi, *Scrittori d'oggi*, V, Bari, 1950.
Luigi Russo, *I narratori*, Milano, 1950.
Francesco Flora, *Scrittori italiani contemporanei*, Pisa, 1952.
Silvio Guarnieri, *50 anni di narrativa in Italia*, Firenze, 1955.
Oreste Macrì, *Caratteri e figure della poesia contemporanea*, Firenze, 1956.
Dominique Fernandez, *Il romanzo italiano e la crisi della coscienza moderna*, Milano, 1960.
Carlo Salinari, *La questione del realismo*, Firenze, 1960.
Giorgio Pullini, *Il romanzo italiano del dopoguerra*, Milano, 1961.
Walter Mauro, *V. P.* in *I contemporanei*, II, Marzorati, Milano, 1961.
Gianfranco Venè, *Letteratura e capitalismo in Italia*, Milano, 1963.
Alberto Asor Rosa, *Scrittori e popolo*, Roma, 1965.
Ruggero Jacobbi, *Secondo novecento*, Milano, 1965.
Giuliano Manacorda, *Storia della letteratura italiana contemporanea*, Roma, 1967.
Claudio Marabini, *Gli anni sessanta: narrativa e storia*, Milano, 1969.
Geno Pampaloni, in *Storia della letteratura italiana* a cura di E. Cecchi e N. Sapegno, XII, Milano, 1969.
Nicola Tanda, *Realtà e memoria nella narrativa contemporanea*, Roma, 1970.
Piero Bigongiari, *Prosa per il Novecento*, Firenze, 1970.
Mario Ricciardi, in AA.VV., *Dizionario critico della letteratura italiana* a cura di V. Branca, vol. III, Torino, 1973.
Elio Gioanola, *Storia letteraria del Novecento in Italia*, Torino, 1975.
Giovanna Benvenuti Riva, *Letteratura e Resistenza*, Milano, 1977.
Giorgio Luti, « La Nazione », 4 gennaio 1981.

A cura di Giorgio Luti – che vi ha premesso un saggio con ampia bibliografia – si veda l'edizione scolastica di *Cronaca familiare e pagine d'altri romanzi*, Milano, Edizioni Scolastiche Mondadori, 1968.

Il romanzo, tradotto in Inghilterra, USA, Francia, Spagna, Ungheria, Romania, Jugoslavia, diversi altri Paesi, ottenne un Premio Marzotto nell'anno della sua pubblicazione. Nel 1965, Pasquale Festa Campanile ne trasse l'omonimo film, con protagonisti Catherine Deneuve, Samy Frei, Norma Berguel, E. M. Salerno.

E ricordandomi... secondo l'ordine del tempo passato, lo mio cuore cominciò dolorosamente a pentere de lo desiderio a cui sì vilmente s'aveva lasciato possedere alquanti die contra la costantia de la ragione.

Vita Nova, xxxix

Parte prima

Qui sono nato; ora è camera mia, prima c'era il salottino. Dal soffitto pendeva il lampadario, un fastello di gocce smerigliate dominante il tavolo rotondo, i piatti alle pareti, il cane di porcellana a sentinella del buffet dagli sportelli scorrevoli e il vetro graffito. Dentro questo interno, come una cicala nel suo guscio, mia madre. Un giorno che il Terzolle era in secca e il canneto, diversamente da adesso, seguitava l'argine estendendosi fin sotto casa, mentre lavava per terra, « e c'era un'afa! », si sentì schiantare alle reni, poté appena raggiungere il sofà, vi si distese. « Il sole allagava la stanza » ella dice; e un gran cerchio di sangue, una macchia rossa sopra la stoffa celeste del divano. Si sollevò e ricadde, nel mettermi al mondo era svenuta. Restammo soli delle ore; la luce sugli occhi la destò. Diventa di fuoco a rammentarle che la porta era socchiusa, e udendo il grido e il vagito, era accorsa la signora Cappugi.

« Chi, quella svanita? Il cervello non le funzionava di già più. Divorata dall'arteriosclerosi, tratteneva soltanto le cose che s'inventava. Fu la nonna, venuta a trovarmi come ogni mattina dacché c'era la luna nuova, che ci scoprì vivi per miracolo, tutti e due. » Ella nemmeno sapeva d'essere fuori conto, altrimenti avrebbe smesso di fare le faccende di casa: che esperienza poteva avere, a diciannove anni sì e no compiuti? L'età mia d'ora; ma era una donna, anche se di un'altra generazione! « Tuo padre, all'ora del desinare, ci trovò belli e in ordine. Lui, tutto commosso. »

« Rideva, con le lacrime, lo so. »

« Tu, stupido, dormivi. Facesti un gran sonno, appena nato. Continuavi a dormire anche quando ti attaccavo al seno.

Non ti si poté leggere il colore degli occhi fino al giorno dopo. Lui non tornò in fabbrica, uscì e rientrò con un gran mazzo di gelsomini; e una liseuse celeste, ci avevo làsciato il cuore davanti alla vetrina di Por Santa Maria.» Le si avvicinò, le disse: "Ho indovinato?". Il celeste è sempre stata la sua tinta; e allora era bionda, come del resto è sempre stata, al naturale. « Non t'accorgi le ciocche che mi escono quando è un po' di tempo che non vado dal parrucchiere? O nero o celeste, per una bionda non ci sono colori più indicati.» "È questa?" le disse. S'era seduto sulla sponda del letto e la contemplava. « Io facevo l'ipocrita, era un vezzo si capisce: "Moreno, sei impazzito?".» L'aiutò ad indossarla, la baciò sulla fronte come una malata. Poi, secondo il suo solito: "Lèvatela, se ti sembra una pazzia, la posso sempre riportare". « E rideva, sissignore; era la sua personalità, quel sorriso. »

« Come qualche mese prima, venendo ad affittare l'appartamento. »

« Tu prendimi in giro... Sono come tavole, i ricordi: ci galleggi sopra. Altrimenti, mi vorresti vedere affogata? »

Giunsero in bicicletta, una domenica mattina, lui col maglione dalla chiusura lampo e i mocassini. « Erano novità allora. Oh, in quanto ad eleganza, un po' come te, a prima vista poteva sembrare trasandato. » Lei aveva addosso un bolero color cielo: se ne rammenta siccome corse il rischio di rovinarlo alla porta del bagno fresca di vernice. La casa, appena finita di costruire, era l'ideale: qualche centinaio di metri dall'officina, e di soli cinque piani, « non quei casermoni che incominciavano a venir di moda ». Milloschi gliel'aveva segnalata. La pigione gli conveniva; e « lo sfascio di luce », che nessuno gli avrebbe mai tolto, qualora non si fosse deciso di prosciugare il Terzolle come le Paludi Pontine. La cucina era sghemba, lei non ci fece caso. Li persuase subito la distribuzione dei locali. Tre vani più i servizi: un quartierino di bambola, ma studiato bene. Vi entrarono come in una grotta carica di stalattiti, magari tenendosi per mano, così lei vorrebbe li immaginassi, e forse è vero, incantati.

"Qui la camera matrimoniale."

"Qui, non mi dirai, qui il salottino."

"C'è la presa per il ferro da stiro."

"C'è la doccia, Ivana, come al mare."

"C'è persino un armadietto a muro."

"Si può risparmiare un mobile, ti sembra poco?" E nel vano più piccolo, probabilmente ideato come ripostiglio, mancando le cantine, ma giusto sulla sua misura:

"Qui la stanza per il bambino. La finestra è spaziosa, l'aria non gli difetterà. Deve imparare presto a dormir solo, non ti sembra, Moreno?"

"Si capisce, ne faremo uno spartano."

"Però, sempre mantenendosi nel piano delle economie, sia questa che le altre, e specialmente il salottino, le arredo a modo mio, me lo fai questo regalo?"

Nonostante l'imbiancatura, c'è rimasto il segno dell'arpione al centro del soffitto, come nei suoi ricordi il lampadario che v'era appeso.

« Ci si sposò che io non avevo finito le magistrali » ella dice. « Perciò dovetti interrompere gli studi e non ho un diploma. Può una moglie andare a scuola e sedersi dalla parte dei banchi? Tuo padre guadagnava centoventinove lire la settimana, e io non gli portavo davvero una dote. Un po' di corredo, e un migliaio di lire che i miei genitori misero insieme impegnando il quinto dello stipendio. Nonno e nonna li hai conosciuti, di loro te ne rammenti almeno un poco. Erano quello che avrei dovuto diventare io, degli insegnanti, risparmi non ne avevano potuti fare. » Lo stesso fu un bel matrimonio, « oh, eccome! ». Sia per gli occhi del mondo, sia perché gli piaceva: la guida lunga dall'ingresso della chiesa fino all'altar maggiore; una grande tavolata da Raspanti a Fiesole, d'una trentina di persone, « Milloschi non te l'ha mai raccontato ?». E la seconda classe fino a Roma dove, il terzo giorno, pagato l'albergo, restarono con due lire, appena per mangiare in piedi un supplì avanti di ripartire. C'era di già la guerra ma erano sicuri che Moreno sarebbe rimasto a casa e in fabbrica, alla fresa grande, ormai s'era specializzato. « Lavoravano non so che spolette, credo una volta mi dicesse i bossoli per i nastri delle mitragliatrici, tutta la Gali era militarizzata. Io aspettavo te, ma ero piena di vita; benché lui me lo proibisse, mettevo in bucato perfino le sue tute. » Ebbe la voglia d'un certo miele che aveva mangiato da bambina a Bivigliano dov'era stata in villeggiatura; lui gliene fece trovare due vasi sul tavolo di salotto, come per magia. L'indomani, da Magnelli, in via de' Calzaioli, lei gli comprò la più bella cravatta della sua vita. Blu e rossa, a fiocchettino. Godevano di queste cose. Anche se il "piano delle economie" stentava, non c'era sabato sera senza il cinematografo; o a ballare. E la domenica, tornando dalla partita, lui fischiava di sotto casa, lei era bell'e pronta: secondo i casi, la meta s'invertiva.

« Vivevamo di nulla, e ci pareva d'avere ogni bene. »

« È naturale, dal momento che vi amavate. »

« E non erano tempi poi tanto terribili, ti assicuro. Non lo erano ancora, insomma. Pensa, quando un operaio si sposava, riceveva un foglio vistato dalla Direzione del Personale che dava diritto allo sconto su qualsiasi oggetto necessario ad arredare la casa. Si sceglieva il negozio da un elenco di commercianti sia del centro che della periferia. Fu così che potemmo acquistare il lampadario, quasi per metà della cifra segnata sul cartellino. Mi rammento la sera che uscimmo per andarlo a comperare. Da un istante all'altro, poteva suonare la sirena. »

Era il segnale della paura; correvano ad ammucchiarsi nelle cantine cui avevano dato il nome di rifugi. « Noi dovevamo attraversare tutta la strada, con una palpitazione addosso, te la lascio immaginare. » Una bomba, centrando la casa, li avrebbe schiacciati insieme ai topi. Mi raccontava Milloschi che in fabbrica qualcuno n'era rimasto traumatizzato: se non avevano l'occhio all'orologio, anche uno o due anni dopo la fine della guerra, all'urlo della sirena sobbalzavano davanti alla fresa col rischio di perdere una mano. Ma era appena l'inizio, allora, lei incinta di pochi mesi, lui con la farfalla sotto la gola, sorpresi da uno dei falsi allarmi con cui veniva saggiato il comportamento della popolazione.

« Mica lo sapevamo ch'erano finti » ella dice. « Cotesta sera il freddo bruciava il viso. Non siamo stati insieme tante stagioni perché possa far confusione. Ci si sposò di dicembre, tu sei di luglio. Qualche settimana avanti una zingara me l'aveva profetato "nascerà leonino". » Ma non aveva previsto nessuna disgrazia sulla sua strada! Tre mesi dopo lui partì. Da un inverno all'altro, il loro amore. Gennaio o febbraio, la città tutta oscurata. « L'inverno del Quarantuno, tu non ne hai idea! »

« Erano bei tempi, no? »

« No, non più. Come se le cose fossero voltate. Ci se n'accorgeva dalle razioni delle tessere, dai bombardamenti di cui parlavano alla radio, non rammento più se a Napoli o a Torino. » E dagli amici che sparivano, richiamati o di leva, uno ad uno. Il figlio della signora Cappugi, credeva di andare anche lui nel deserto, e la prima lettera che scrisse, la scrisse da Stalino.

« Eri rimasta al lampadario. »

« Già, e com'è finito? »

« Fu un incidente, mi scivolò di mano. »

« Certo, ma se tu non avessi voluto cambiare stanza, oh ne avevi il diritto, non discuto. Ormai la camera piccola ti andava stretta, non dicesti così? »

« Forse è una bugia? La camera piccola era diventata piccola davvero, mamma. Tutta la mia conquista è consistita nell'attraversare il corridoio. »

« E nel disfarmi il salottino. Almeno tu avessi salvato il lampadario! Sarebbe ancora qui, al centro della stanza, bello, celeste scuro, con la palla a forma di pera, e il coperchio da cui pendevano i tre fili di buccole grosse come noci. Spandeva quella luce soffusa, la sera: appena cenato ci trattenevamo sul divano, io e tuo padre, e lui mi raccontava delle cose di fabbrica, di ciò che pensava, mentre a te, già, ora sei un uomo, non esce di bocca una parola, bisogna sia Milloschi a dirmi dei tuoi progetti, e delle tue prodezze, quando lo incontro per caso. Ma il resto? Sei sicuro che io non sia in grado di capire? »

Ci guardiamo negli occhi. Lei sembra una vecchia che si stacca dal marciapiede fuori le zebre, col desiderio di lasciarsi falciare.

« No, e questa è la contraddizione » le dico. « Qui sta il guaio. »

« Non mi sono aggiornata. »

« Ma non c'entrano le idee, cosa vuoi me ne importi, mi mettò a fare l'agitprop dentro casa? Quante volte ce le siamo dette queste cose? »

« Una sola, e m'è bastato. »

« Però continui a vaneggiare, e a tenermi sveglio, la notte, pensando al lampadario. »

« Era un grande ricordo. »

« Tutto è grande per te; sei tutta un ricordo. »

« Cosa ne puoi sapere... »

« Comunque, le noci, le buccole, si salvarono. Fosse stato cristallo, almeno! Era vetro smerigliato. »

« E mentre le riponevo nel cassettone, mi chiedesti se me ne sarei servita come collana o le avrei usate per rosario. »

Certe volte, sopportarla è una fatica; sembra di vederla recitare la parte che ormai s'è inventata, della vedova carica di rimpianti e nostalgie. Vien voglia di cazzottarla; e di proteggerla: come una malata? Le piglio le mani nelle mani, le tolgo la sigaretta di bocca o le do quella che sto fumando.

« Se ti feci quel discorso » insisto « fu per levarti le ubbie dalla testa. Sì, ubbie; e non ti mettere a tremare, fuma. Voglio che tu guardi in faccia la realtà: ci riesci così bene quando vuoi! Stai dietro la cassa d'un cinema sette ore al giorno e la sera i conti ti sono sempre tornati, nessuno ti ha mai appiccicato cento lire false, non ne vai fiera? »

« Ma quanto stanca, anche se non pare. »

« È il tuo lavoro; e tu sei contenta di sentirti in vetrina, la rimpiangi per modo di dire, la seggiola di maestra elementare. »

« Tra l'altro avrei guadagnato meno » sorride. « E consumato molto più fiato. »

« E allora? Quando ti porto in moto sei leggera più di una ragazza, sei viva. Perché, dentro, vuoi continuare a vegetare? Ora poi che, bene o male, la crisi l'hai superata. »

« Sembra a te » m'interrompe. « Viva o no, è come avermi ridotto in bricioli il lampadario. Mi sento al buio, mentre prima c'era una luce che mi sosteneva. »

L'abbraccio, le do un bacio sulla fronte. Un anno fa il discorso si sarebbe impantanato tra gelsomini e liseuses. D'un tratto, la sua voce, consumata come i suoi nervi, mutava registro; le parole commentavano la sua fissazione. « L'Africa, il deserto, sono un grande inferno, con le fiamme, quelle vere! Peggio della Russia e della neve, laggiù non ci fu ritirata! C'è forse qualcuno che ci abbia potuto dire qualcosa di preciso? S'è insabbiato. » ("E se m'insabbio?", le diceva negli ultimi tempi avanti di partire. "Potrei tornare dopo l'armistizio. Oppure mai" le diceva. Ma ridendo, per farla impaurire.)

Era la sua prigione, dove lei godeva a star murata. Finché non gliel'ho proibito.

Ora mi domanda: « Ho fatto progressi? Ma tu ascoltami, se qualche volta mi prendono delle paure. Non ti venivo vicino io, e ti portavo nel mio letto, le notti che da ragazzo stavi male? E se ho fatto progressi, se mi sono rassegnata, come mamma posso almeno dirti che tu, quella figliola, dimenticala, distraiti, ti prego... ».

« No » le urlo. « Quest'altra mania annaffiala di lacrime quanto ti pare. Colano sul marmo, te l'assicuro. »

Sono i nostri colloqui. Lei rientra quasi sempre prima di me; sola nella sua camera « che da diciotto anni ne ha conosciuti di sospiri », smuove apposta una sedia, perché io la inviti.

« Ci sei? »

Apre la porta, ed è in vestaglia, coi bigodini, e tra le mani una rivista illustrata aperta alle avventure di Armstrong Jones e di Margaret o ai modelli di primavera. Ha il viso unto da far ribrezzo, e tuttavia, come se gli occhi, galleggianti sopra la crema così spalmata, e carichi di sgomento, acquistassero più luce. M'intenerisce guardarla, e divento anche più villano.

« Daccapo, eh? »

« Non riuscivo a dormire. »

« Prendi una medomina, l'hai presa? »

« M'ha aumentato l'agitazione. »

« Ora non dirmi che stavi in pensiero. »

« Soltanto sapere da dove vieni. »

« Prova a indovinare. »

« Bruno! »

Tiene la rivista stretta al seno, con le braccia conserte, come una studentessa il libro di scuola quando ripassa a memoria. Socchiude gli occhi, sospira, poi deglutisce; e sono io a sentirmi scendere dell'amaro giù per la gola.

« Ma, dico, mamma, fai sul serio? »

Mi spoglio e lei s'è seduta sulla sponda del letto, le mani incrociate; o si aggiusta la vestaglia sui ginocchi, accende una sigaretta, sussurra:

« C'è forse qualche altro momento della giornata in cui si possa parlare? »

11

La sento come un ronzio, di lì a poco.

« La maggior parte delle sere, non s'usciva nemmeno. Se era estate, si spalancava la finestra, da Monte Morello calava come ora un po' di refrigerio, si portavano le seggiole accanto al davanzale, le luci tutte spente per via delle zanzare che sul Terzolle allora ci stavano di casa; e magari il lampadario brillava lo stesso per il riflesso della luna. Io mica sono una donna all'antica, se ti domando dove sei stato è perché... »

Come se il ronzio si tramutasse nella sirena che tanto li spaventava. Ma non è paura la mia; è rabbia, è desolazione. Mi costringe ad alzarmi sui gomiti e scattare.

« Sono in piedi dalle sette di stamattina, cosa vuoi sapere? Ti accontento: oggi ho fatto un turno completo, sono venuto qui, mi sono riscaldato il minestrone, anzi l'ho mangiato freddo, poi sono stato alla Casa del Popolo, poi ho portato sulla moto una ragazza. No, non Rosaria, né nessun'altra di quelle dei greci. Lei! Sono stato con Lori, Lori, Lori! Con la sua ombra, se vuoi! Siamo andati... da nessuna parte, e dappertutto, siccome ci si vuole bene, un bene un bene, che tu e il tuo Moreno, voi due, vent'anni fa che son come centomila, col vostro teatrino intorno al lampadario... Certo era mio padre, non gli manco di rispetto. Ora lasciami in pace. »

Intravedo il suo viso, illuminato dalla sigaretta, simile a una pietra lucida e imporata. Il silenzio non finisce mai. Poi il suo sospiro.

« Un anno fa non ti saresti azzardato a rispondermi in questo modo. »

La luce è spenta, il ticchettio della sveglia è più forte della sua voce. Accade che mi addormento davvero, mi desto, è già mattina, e lei come se non si fosse mossa di lì, una mano sulla sveglia per impedirle di suonare, con l'altra mi scuote leggermente finché non mugolo qualcosa. Ed è fresca, allegra, la carnagione liscia, di biscotto, senza una ruga.

« Su su, se vuoi fare la doccia lo scaldabagno funziona. »

Anche se piove, se nevica, o la nebbia nasconde Careggi e le ciminiere, dentro casa al mattino c'è sempre il sole. Trovo il caffelatte nella vecchia tazza dai fiorellini rosa e le fette di pane abbrustolito: mi ci tuffo, seduto alla tavola di cucina con il transistor aperto su Montecarlo dove danno le canzoni;

fuori si sentono di già clacson e motori. Quando torno in camera lei ha spalancato le imposte, disfatto il letto; e incominciando da scarpe e calzini, messo in fila ogni cosa.

« Sei uno sciattone, lo sei sempre stato. Sai quando eri bambino come ti chiamavo? »

« Perdiroba. »

« E ora, non sei lo stesso? Neanche la stanza più grande t'ha reso una persona ordinata. La consumi tutta davanti alla fresa, la tua precisione. »

« Forse è un modo di reagire. »

« A che cosa? »

La sigaretta accesa, rivolta il materasso, mentre io mi infilo la canottiera pulita.

« Ma alla vita, mamma! » declamo. Ho già indosso maglione e giubbotto. « Potrei tenerti un comizio, ma ho troppa furia. »

Lei mi guarda, sorride: « Ora non m'abbracciare, mi sciupi il trucco, va' via ».

« D'accordo, Ivana Ivanovna » le dico. « Vi serva di lezione. »

« Ripetimelo in inglese, sentiamo. »

« *Good bye, so long, missus Santini*. »

« E avresti questo coraggio? Vieni qua, delinquente, fa' il tuo dovere. »

È una ragazza, sembra che nulla ci divida: né ciò che è accaduto quest'anno, né Lori soprattutto. Ci porgiamo la fronte, prima lei e poi io, e ci baciamo.

« Ciao. »

« Ciao, buon lavoro. »

Ha gli occhi stellati, ora che mi saluta; e stanotte, la medesima storia.

« Ero incinta avanti di sposarmi, ora lo sai. Alla vostra generazione queste cose, vero? non fanno più impressione. Credete per questo di essere migliori? »

« Mamma! Mamma! »

« Sono uggiosa, dillo. Noi, se non altro, ce ne rendevamo conto, quando si usciva dal seminato. Ora sai anche che alla gente dicemmo ch'eri nato di sette mesi, esagerando il fatto che nel lavare per terra ero caduta. Avevamo messo al corrente soltanto mia madre; e qualche giorno prima, sola in casa come restavo, e giovane, inesperta, ne avevo parlato con la signora Cappugi. S'era dimostrata, fin dapprincipio, una vicina così a modo! La signora Cappugi e mia madre. »

« E Milloschi. »

« Fu Moreno a confidarglielo, io non avrei voluto. Ma erano tanto amici! »

C'è un silenzio penoso, il solito, di sempre; magari con le rane, giù sul Terzolle, il cui gracidio sembra aumentare di volume. Lei distrae apposta lo sguardo, si gira attorno, indaga con gli occhi sul tavolo e sopra le sedie.

« Non è una camera, è una giungla » poi dice.

« Mi sta bene così » borbotto, e le volto le spalle infilandomi il pigiama. « Io mi ci ritrovo. »

Come in me stesso, del resto: basta diboscare.

2

Sicché, ho anch'io dei ricordi; anch'io ho incominciato a vegetare? Un anno fa, dormivo ancora nella camera piccola, dove mi misero in culla, dove alla culla si sostituì la brandina, poi il sommier, e come nella mia pelle, c'ero cresciuto dentro, ci stavo bene... Il davanzale rientrato, dove da bambino battevo la testa, e se ero solo mi ci arrampicavo, ora mi arrivava all'ombelico. E tutt'intorno, come sugato dai muri, quell'odore di mio che non mi dispiaceva: càpita nel guardarsi allo specchio, che qualche volta ti fai schifo, ma quasi sempre t'approvi. È odore e sapore. Qui, nonostante sia passato un anno, forse per via dell'imbiancatura, l'ambiente non se n'è impregnato. Dominava il tabacco, a partire da quando le sigarette erano un'avventura, e come se le avessi fumate di nascosto, sotto le lenzuola, e non sull'argine o al cavalcavia dei Macelli. Ritrovavo, aspirando, perfino il sapore e l'odore delle pasticche d'orzo della signora Cappugi, impolverate, stantie. Le frantumavo tra i denti come nocciole.

"Ciucciale, non le masticare."

Era una vecchia di quelle che compiendo i cent'anni, appaiono alla televisione, tutte parletico e bava. Come le figlie di Garibaldi e di Carducci, ancora vive. E si riflette su cosa può ridursi un essere umano, una donna specialmente, che certo ha avuto labbra e denti, gli occhi stellati, il seno; e magari ha suscitato desideri e passioni; e ispirato poesie, avvenimenti storici, epoche e costumi dei quali, la sua vecchiezza, sta lì a dimostrare la lontananza che ce ne separa. « La nonna di Rifredi » si sarebbe potuto dire, sempre diritta di spalle, lesta di gamba invece.

"Me ne privo per te, e tu non mi ringrazi nemmeno."

Rammento la sua voce, i suoi capelli bianchi e un po' giallini, i suoi porri col ciuffetto di peli sulla guancia e sul mento, le mani deformate dall'artrite, le dita l'una sull'altra come un solo uncino; il suo candore e la sua perfidia paralleli alla svagatezza e alla monotonia dei suoi racconti: "Stammi bene a sentire, e bada, sacrosanto, va' via!"

Due scene, le più antiche, durano un lampo, non so quale viene prima e quale dopo. Sono schermate da una luce artificiale come se la memoria poggiasse dietro la maschera che si usa per le saldature. Ad uno dei due ricordi, probabilmente il più antico, non riesco a dare una successione precisa. Mi sovvenne, la prima volta, durante uno dei nostri tristissimi colloqui, dopo che lei aveva ripetuto: « Chi, quella svanita? Divorata dall'arteriosclerosi e dall'artrite ».

« Già » la interruppi, e mi sorpresi io stesso di questo strappo improvviso dentro il cervello. « Ne ho una idea molto vaga, mi viene in mente ora... la volta che si ruppe lo scaldino. »

« Quale scaldino? Stai già dormendo, a quanto pare. Te lo sei sognato. »

Eppure le immagini sono nitide, ma ferme: la loro dinamica mi resta oscura. Così il senso delle parole; mentre il suono delle voci è chiaro da risentirlo nell'orecchio ancora ora. Temo, adattandomi all'esercizio per me nuovo della memoria, di operare prima una selezione secondo le diverse categorie di ricordi, diciamo, e poi una sintesi. E di tante sere trascorse uguali, avanti che mi dessero da cena e mi mettessero a letto, probabilmente ne isolo una soltanto che le comprende tutte.

La signora Cappugi aveva lo scaldino tra le mani, e Ivana la sua vestaglia pesante, quella celeste coi risvolti neri. Quindi era inverno; e ci trovavamo qui, dove c'era il salotto e magari era una sera come questa, senza luna, Monte Morello inghiottito dalla nebbia: s'intravede appena la luce sfrangiata del lampione a capo del ponticello, il canneto esiste perché il vento lo fa vibrare. Siamo noi tre nel salotto e io sono seduto per terra, muso a muso col cane di porcellana: lo sposto e lo giro, gli pigio i diti sugli occhi e sulla bocca, mi piacerebbe aprirlo e non capisco da che parte si possa fare. L'eccezionalità consiste nel fatto che Ivana mi lasci giocare col cane il quale, tra le cose che adornano il salotto, tutte inviolabili, è la più sacra, perché la sola a portata delle mie mani. È un cane più alto di me, bianco e con gli occhi verdi, messo lì a far la guardia al buffet. Mi affascina. Lo chiamo Bubi. È il fratello di quelli diventati leoni, come lui seduti sopra la coda, e che stanno di sentinella al cancello della villa di Careggi dove ce n'è degli altri, vivi, grossi, che abbaiano appena ti avvicini. Entro in salotto e corro ad abbracciarlo, mi staccano subito, debbo accarezzarlo sul muso e dirgli ciao. "Pensa, esiste da quando ero bambina io." Stasera invece ci posso giocare quanto voglio. Esse sono lì e non mi dicono di smettere, non mi tirano il braccio, non mi prendono in collo e non andiamo in cucina davanti al latte e al pane. La signora Cappugi, con lo scaldino tra le mani, si toglie una forcina e lo sbracia; Ivana accanto al tavolo, le mani nelle tasche della vestaglia e i capelli sciolti come quando se li lava e si siede con le spalle alla finestra. Parlano, parlano... Ora mi volto, abbracciando il cane, e lo scaldino è in pezzi, col fuoco e la cenere in una striscia lunga che arriva ai miei piedi. "Non ti avvicinare, Bruno!" mi gridano. "Non ti muovere, ti bruci."

L'altro, è un ricordo pieno di spari e di sole.

Apro gli occhi tutto sudato, ho indosso la camiciola che m'arriva sopra il cosino. Scendo dal letto. "Signora Elvira! Mamma! Signora! Ivana!" Non ho paura a girar solo per casa, ci sono abituato; porto la sedia sotto il davanzale e mi ci arrampico. La strada è vasta come non è mai stata. Un barroccio rovesciato la divide; le ruote brillano come lo specchietto con cui mi diverto ad abbagliare i passanti. Ma ora non c'è anima viva. Un silenzio come se tutti fossero a letto addormentati. D'improvviso, mi viene sete; ci stanno apposta la bottiglia dell'acqua e il bicchiere sul comodino. Mentre bevo, succede qualcosa. Torno ad arrampicarmi. È tutto cambiato. A riparo del carretto, ci sono degli uomini, chi gobboni, chi in ginocchio. Uno è disteso a viso sotto, al di là del carretto, con le braccia e le gambe spalancate. Hanno dei fazzoletti rossi al collo; le giberne e i fucili. Non sono in divisa, ma sono soldati. E sparano. S'alzano e sparano: si abbassano e sparano. Il nemico è nascosto dietro la cantonata; i suoi colpi arrivano con una specie di fischio, come quando si sfregano le unghie sul vetro. Ora alcuni girano attorno al carretto, e trascinano per le gambe quello disteso; lo appoggiano di spalle contro il carretto e continuano a sparare. Anch'io mi sono seduto come non dovrei, sopra il davanzale; così ho più fresco e vedo comodamente. Il sole è tanto, ma non mi dà noia. Finché uno dei fazzoletti agita il fucile verso di me; ma non mi mira; mi saluta; io sventolo una mano. Ora la sua voce:

"Bruno, vai giù! Ivana! Ivana!"

È Milloschi, lo riconosco dalla voce. Mi ha sempre messo soggezione con quel "capo di capelli", quei baffi e quella voce che rimbomba anche se dice: "Come va Burrasca?". Ma è mio amico. Lo chiamo zio. Un giorno mi portava le caramelle, un giorno il pandiramerino, un giorno la scatola di matite e l'album con le case i prati gli alberi gli animali, di già disegnati e da colorare. L'album ce lo debbo ancora avere. Scendo dal davanzale, frugo nella cassetta dei giochi e rifaccio la mia scalata. Sulla strada il barroccio è stato tirato da una parte; le macchie rosse corrono lontano. Ci sono delle donne che escono dalle case e trasportano il ferito. Mi metto a piangere, col mio album in mano: per dispetto, lo butto dalla finestra; lo guardo cadere a picco e me ne pento. La signora Cappugi mi tira per un braccio, io mi libero, sono in strada, raccolgo il mio album, i piedi mi bruciano sul lastricato.

"Vieni qua."

"Madonna Santa."

"Ma dove va quel bambino?"

"È il figliolo della signora Ivana."

"Bruno! Bruno!"

Io corro verso la cantonata della chiesa, dove sono scomparsi Milloschi e i suoi soldati. Appena giro l'angolo, ricominciano a sparare, Milloschi mi tiene soffocato tra il muro e la sua schiena. Poi... mi prende in braccio, mi bacia sulle gote, e mi dice:

"Ma tu, Brunaccio, che uomo sei? Vuoi fare la guerra disarmato e a culo ignudo? Perché non sei con la mamma? Dov'è andata?"

Io credo di saperlo, lo indovino: "A fare le punture. Non è infermiera?".

Lui mi bacia, ed ha la barba lunga, ma senza più i baffi, né i capelli: è quasi rapato; e biondo, mentre prima era moro. Ma arriva la signora Cappugi e sciupa ogni cosa. "Ero scesa un momento, sicura che dormisse." Mi prende lei in braccio, e io mi ribello, le tiro i peli del viso, e Milloschi mi minaccia uno scapaccione.

L'estate scorsa, Milloschi era da noi a desinare. Capita sempre più raramente; ora scalda la seggiola alla Camera del Lavoro, e la domenica è sempre in giro tra Empoli, Signa e Dicomano a spiegare il Ventesimo e tener viva la fiaccola della Pace. Ma era un giorno di festa, il quindicesimo anniversario della Liberazione, e il nostro sindaco aveva portato a spasso il gonfalone e le chiarine; e come ogni anno, per diritto e dovere, Millo si trovava nelle prime file.

Questa volta, a desinare s'era invitato da sé. Lei lo aveva incontrato uscendo a far la spesa. "Se mi volete, come ai bei tempi, è tanto che non pappo da cristiano." "Si figuri, s'immagini, che onore!" Ora la sentivo brontolare, affaccendata intorno ai fornelli; l'eterno soliloquio di quand'ero ragazzo, in queste occasioni:

« Belli per me non sono mai stati, mi rovino le mani a stare in cucina più del normale, specie poi a rigovernare, i guanti di plastica mi sciupano le unghie, come minimo mi tocca rifarmele avanti di sortire, e oggi è festa, il primo spettacolo è alle tre... Ma come si fa, da tanti anni che mangia in trattoria... Meno male è di gusti semplici. Quando s'è ingozzato di pastasciutta, un po' di pollo arrosto, due patate e via... Eccola, gli piace l'insalata. "Verde?" "No, bianca!" E gli sembra di dire sempre una grande spiritosaggine poveruomo. »

Con me, Millo non discute più né di fabbrica né di Stalin, né di motori, sono argomenti che capitano, anche questi, sempre più di rado. « Non bazzichi più eh? » mi dice, se un attimo si resta soli, e lei di là: « Milloschi, se l'è lavate le mani? Bruno, dagli un cencio pulito ». Gli porgo l'asciugamano e gli rispondo. « No, non bazzico più. Fo altri giochini. Aspetto un altro luglio, che ne dici? » Così venne il discorso, siccome lui non resisté, sgranocchiando le ciliege, a completare coi ricordi la sua annuale rimpatriata.

Gli voglio bene, certo, m'ha insegnato il mestiere e diverse altre cose. Ho staccato la mano dall'uncino della signora Cappugi e l'ho messa nella sua "larga come una bietta". Ora poi, m'intenerisce vederlo così stempiato, così grigione, con quella piazza che gli si allarga in cima alla testa, e pur di difenderla,

accetta anche lo scherzo che un tempo l'avrebbe fatto inve-
lenire.

« Se è vero che i comunisti sono una specie di preti, te,
con cotesta chierica, tra poco ti faranno cardinale. »

« Ma lo sai che incominciai a perderli proprio allora? Non
è vero che a tagliarli ricrescono più folti. Almeno non dopo
che si sono superati i vent'anni. Tutti se li facevano crescere,
baffi e barba compresi. Io, invece, che avevo, è vero Ivana?
quei riccioli che avevo, me li tagliai addirittura. E per passare
meglio inosservato, mi versai sulla testa una bottiglia d'acqua ossigenata. Probabilmente davo ancora più nell'occhio,
ma mi sentivo sicuro. Sia i tedeschi che i repubblichini mi ri-
cercavano in base alle foto segnaletiche, per cui... »

« Preferisti passare per un *buco*. »

« Bruno! » lei disse. « Va bene la confidenza ma un po' di
riguardo. » E siccome Millo ed io si rideva, caparbia, al solito, lamentosa, aggressiva a suo modo. « Tu piuttosto, come
fai a ricordartene, se non avevi ancora quattro anni? Credi di
ricordartene, perché te l'abbiamo raccontato. E del resto, non
fu la signora Cappugi, ma io, che ti rincorsi e ti presi dalle
braccia di Milloschi. Sembrava tutto così calmo, un istante
prima! Ero uscita, non avevamo più un gocciolo d'acqua e
la fontanella di Santo Stefano in Pane, buttava ancora. Fui io,
io e un'altra decina di donne che ci trovammo tra due fuochi;
e una, più impaurita di tutte, attraversò la strada e ci rimase,
fulminata da una raffica di mitra, non si seppe mai da che
parte sparata. Aveva dei bigoncioli, uno per mano; era ba-
gnata più d'acqua che di sangue, quando ci si poté avvicinare.
Nessuno la conosceva. Non era né di Rifredi né di Castello
né del Romito. Forse era una sfollata, chissà chi era. Avrà
avuto una cinquantina d'anni; aveva la fede al dito, ma di
ferro, evidentemente quella d'oro... Tu, di questo, vedi che
non te ne rammenti! Non te ne rammenti perché non te l'ho
mai raccontato. Non è vero, Milloschi? »

Millo si lisciò i baffi, mi strinse l'occhio. « La verità storica, Ivana? »

« Avanti, sì. Senza tanti ricami, se ne è capace. »

« Be', lo sa che non ci potrei giurare? Ossia: lo rivedo lassù,
questo cialtrone, con le vergogne fuori, che se si spenzola un
po' di più, la testa lo porta di sotto, lui e l'album delle figurine
in un volo solo. »

« Ma fui io o la signora Cappugi, a prenderglielo di braccio? E che faccia avevo, glielo dica. »

« Oh, a paragone col suo viso, questa tovaglia di bucato avrebbe aizzato un toro. »

« Beato lei e il suo parlare ornato. »

Diventano entrambi così odiosi, che mi alzo e gli dico: « Siete dei poveri vecchi, vi saluto ».

Li lascio; lei è impallidita, se non altro per "la mancanza di riguardo", mentre lui scuote la testa o accende il mezzo-toscano.

3

La selezione-Cappugi mi dà questo risultato: esclusa la volta
dello scaldino, Ivana non c'è mai.

« Lavoravo alla Manetti & Roberts, nel reparto borati. Ti
svegliavo per salutarti, la mattina; e la sera, rientrando alle
otto per via degli straordinari, ti trovavo che dormivi. » Spinta dal bisogno, che altro poteva fare? Durante i primi tempi
ci avevano aiutato i nonni; morirono nell'inverno del Quaran-
taquattro. L'influenza li trovò deboli, denutriti. « Come tutte
le persone oneste » lei dice « eravamo ridotti degli spettri, in
quel periodo di privazioni. Ma più che i digiuni, uccideva il
dolore. » Chiusero gli occhi insieme, nel loro letto, a un'ora
di distanza, mano in mano. « E si restò soli. Con quel poco
che ricavai vendendo i mobili della casa di via Boccaccio
dov'ero nata, si arrivò alla fine della guerra. Poi, dovetti de-
cidermi a fare l'operaia: moglie d'un fresatore, era quella la
mia strada. »

Una risoluzione in cui Millo avrà intravisto, "allo stato
puro", solidarietà di classe, spirito di sacrificio, pulizia morale. Comunque, giovane com'era, la fatica non la massacrava,
anche se a lungo andare poteva nuocerle alla salute. Respirare
cipria è un po' come respirare antimonio: sembra debbano
partire i polmoni; al contrario, entra in circolo, e il sangue
s'infarina. Lei non corse questo rischio.

« Tendevo agli uffici » dice, finalmente sincera. « Ma non
ci fu verso. Ossia ci sarebbe stato. Insomma... sei grande,
mica pretenderai di vedermi arrossire! Cosa t'importa chi era?
Era un vedovo, mi chiese perfino di sposarlo. Be', era il capo del personale. Non ho nulla da nascondere, neanche a me
stessa: come donna ho fatto una vita da certosina. »

« Fu questo il motivo per cui lasciasti la Manetti & Roberts? »

« E mi sistemai al Bar Genio, preciso. Dietro una cassa. Lì guadagnavo meglio, ma l'orario era addirittura più infame. Da una cassa a una cassa, la mia carriera era segnata. Quando passai al botteghino del cinema dove sto mettendo i capelli bianchi, ma non si vedono, ci pensa la tintura, perlomeno mi ritrovai mezza giornata libera da poterti dedicare. Credi non stessi sempre con l'animo sollevato, sapendoti dalla mattina alla sera nelle mani della signora Cappugi? Una vecchia, eccentrica oltretutto; e talmente svanita! » Per via dell'arteriosclerosi, come se nel cervello le si fossero formati tanti buchi: ricordava alla perfezione i fatti di anni addietro, e le uscivano di mente le cose di un'ora prima. Ma era l'unica persona di cui Ivana si potesse fidare, altre conoscenze non ne aveva.

« E a modo suo, ti si era affezionata; tu la contraccambiavi, oh, eccome. »

Tuttavia non mi spiego perché non riesco a isolare una sola immagine in cui lei sia presente. O il fatto, altrimenti normale per un bambino nei suoi rapporti con la madre, di non averle mai riferito le "angherie" della signora Cappugi. Possibile che già in quei tempi mi comportassi come ora per cui se subisco un torto, l'ultima cosa che penso è di cercare conforto? Mi colpisce, in questi casi, la cattiveria, più dell'offesa che me ne deriva: qualcosa di schifoso che imbratta le mani e va tenuto segreto, poiché se propagato, un po' tutti, o per amicizia o per solidarietà, ne rimarrebbero insudiciati. Io, e io soltanto, debbo affrontare il mio nemico, metterlo nell'impossibilità di nuocere a me e agli altri, ferocemente se necessario. Ma come la vendetta tramuta la vittima in persecutore, le nostre angosce non servono a nessuno, neanche a noi stessi. Quando si soffre si diventa più lucidi, ma è una lucidità che rompe l'equilibrio della mente siccome toglie, dall'altra parte della bilancia, il peso dell'allegria. Dopo, anche se si recupera la salute, rimane dentro una piega. « È il tuo individualismo » Millo mi dice, quando di un argomento del genere se ne parla sulle generali. Lori, invece: « Forse è il tuo modo d'essere cristiano. A mezza strada tra l'angiolo e il vigliacco, amore ». Mentre per Ivana non esiste possibilità di riflessione: costringerla a pensare significherebbe, com'è solita dire, farla impazzire. Ecco perché ha i nervi a pezzi; perché non s'è mai chiesta la ragione di nulla, né dei suoi sentimenti né dei suoi "dolori". Caduta la fissazione d'esser Penelope, il suo cervello è regredito a uno stadio primordiale. Come se gli anni trascorsi, dai quattro ai diciannove per me, lei dai ventitré ai trentotto, e che abbiamo vissuto in amicizia, in concordia, una madre e un figlio rari, non avessero lasciato segno. Oggi è Lori la nemica; ieri la signora Cappugi. Questa la sua vecchiaia: il cullarsi nei sentimenti i più banali e i più ambigui, la mancanza di fierezza, con a portata di mano la lacrima e il sorriso, la carezza e il pugnale. Proporsi di cambiarla è un'utopia. Ma come sradicare dalla faccia della terra l'ipocrisia, la mollezza degli affetti, la pietà mescolata alla cattiveria, e la buonafede anche, la finzione che consola, l'innocenza in definitiva, se lei ne è un esemplare perfetto, destinato a sparire tra i primi? Siede accanto al mio letto e mentre parla in una specie di sonnambulismo, la vedo animarsi, sorridere, con dei rossori, degli scotimenti di capo che mi rafforzano nel convincimento di ascoltare delle bugie.

« La domenica invece, libera dal lavoro, eri tutto mio. Appena alzata ti tuffavo in bagno e ti davo un bella lavata; poi tu facevi colazione e io il bucato. Stesa la roba d'una settimana pensavo alla mia persona, su per giù come succede ora. Non avendoci il fon, aprivo il salottino, mi asciugavo i capelli al sole e ti insegnavo a leggere il sillabario. Del parrucchiere in quel tempo potevo farne a meno, i capelli m'andavano a posto da sé, erano seta. Così ci trovava mezzogiorno, il tocco, e spesso ti chiedevo: "Ti piacerebbe andare in trattoria?". Tu lasciavi l'album, i dadi, il sillabario: "Sì, sì, da Cesarino!" gridavi. »

« La trattoria di Cesarino » le chiedo « non è di qualche anno dopo, quando già andavo a scuola e tu, per via del primo spettacolo, non avevi tempo o ti faceva fatica rigovernare? »

« Nossignore, esisteva anche prima. Ma tu, lo vedi? non te ne puoi rammentare. Ti ricordi forse la volta che ti portai sulle automobiline e un giovanotto ci prese di mira? Io non sapevo da che parte girare il volano per scansarlo; era di pelo rosso, antipatico da morire. Ci veniva addosso di proposito, e a un cozzo più forte, tu quasi rimbalzasti sulla pista. »

Tutto è grande, per lei, e tutto è quasi. La sua coscienza oscilla tra questa costante approssimazione e questo bisogno di applicare il pantografo alle cose.

« Lanciai un urlo » dice « che non doveva avere nulla di umano. Staccarono la corrente, ci vennero vicino, io avevo perso la testa: una scenata di cui mi vergogno ancora. Mica tanto, però! Solamente guardandoti meglio, mi calmai; bianco di lino, sbigottito, mi dicesti: "Mamma, ci si divertiva così bene!". Tutto finì in commedia. Quel giovanotto volle offrirci a me un aperitivo e a te una tavoletta di cioccolata. E non ce lo toglievamo di torno. Mi sovviene ora, disse di chiamarsi Silvano. Era un costolone! Nella rabbia gli avevo graffiato una gota. Disse, figurati: "Lo considero un complimento". Allora lo salutai... E la volta che andammo ad una festicciola da Beatrice che lavorava in pasticceria, e fu lei a trovarmi il posto al Bar Genio, si diventò colleghe. In un certo senso la debbo a Bice la mia carriera. » Suo marito era reduce e disoccupato, poi fece il vigile urbano, e poi fu uno dei primi vincitori al Totocalcio, si chiamava Sisal allora, tre o quattro milioni, misero su un caffè a Porta Romana, cambiarono casa e rione, non ci siamo più frequentati. « Lui sonava il sassofono, aveva debuttato nell'ora del dilettante alla radio. C'erano una decina di persone, mi pare anche Milloschi, cotesta sera. Tra un ballo e l'altro, ci si accorse che tu eri sparito. Sai dove stavi? Sul marciapiede, con tanta gente intorno che si divertiva a sentirti cantare e ti dava dei quattrini. Vedendomi, dicesti: "La porta s'è richiusa. Non sono più potuto entrare", come si trattasse di un fatto naturale. Fu la prima e l'ultima volta che ti detti un ceffone, forse di questo te ne dovresti rammentare. »

Inutilmente. Soltanto da una certa sera in avanti – un tramonto sul mare – non dovrò più procedere a tastoni. Ma fino ad allora, nemmeno uno degli episodi che lei racconta, banali e tuttavia capaci di colpire la sensibilità di un bambino, mi s'è impresso nel cervello.

« Di solito, si desinasse a casa oppure da Cesarino, andavamo sull'argine o alla giostra o in centro a guardare le vetrine. Ci si sedeva al Paskovski o da Donnini. Temevo sempre mi mancasse il coraggio all'ultimo momento, ma quando ci riuscivo! Tu tutto elegante, educato, io col tajer a mezze maniche, le calze di nylon uscite da poco, mi sentivo una gran signora.

Oddio, certo, nulla di eccezionale. Ero una mamma di ventitré anni: ventitré anni, t'immagini cosa volesse dire? E portavo a spasso il mio bambino. »

Sospira, ha pietà di sé e si approva. Rimane come un vuoto, per lei sicuramente popolato di visi, un segreto che non mi vorrà mai rivelare. Nonostante io insista, si barrica dietro la sua attuale malinconia.

« Piena della speranza in cui vivevo, pare una bestemmia eppure mi sentivo quasi felice. Anche della signora Cappugi, come dello stabilimento, e della biancheria che appena a casa avrei dovuto stirare, me ne dimenticavo, se non fossi stato tu, ogni tanto, a domandarmi: "Dov'è la signora Elvira?". Vuoi riconosca che n'ero un po' gelosa? Durante la domenica non la vedevamo un minuto: aveva la sua visita al cimitero, il suo pranzo ora dall'ex fidanzata del figliolo rimasta signorina, ora dalla sorella più vecchia e rattrappita di lei, ma in compenso con una nidiata di nipoti; e dalle due o le tre in poi, non seppi mai dove andasse, io credo a riempirsi di meringhe in qualche pasticceria. Mi chiamava dalla finestra: "Ha bisogno di me? Io son tornata... Ciao Brunino" ti diceva e tu eri eccitato, smanioso, dovevo farla salire, se no, non ti saresti addormentato. Così finiva la nostra festa, e ricominciava un'altra settimana di passione. »

Ora, davvero, come se coteste lunghe giornate si saldassero in una sola.

4

C'è sempre un cielo grigio e celeste al di sopra del davanzale, gli alberi sono sempre verdi, le ciminiere rosse, i capannoni di lamiera, il canneto luccica e il vento lo scuote. Io ero docile, ubbidiente: « Oh, una perla di bambino » lei dice « se ti si lasciava stare ». Un album e dei lapis colorati, i dadi con cui comporre un prato pieno d'animali, un castello turrito, una scena di Minnie e Topolino; e una gru capace di sollevare tre palline; una calamita e una pasticca d'orzo, m'impegnavano delle ore. La signora Cappugi rassettava la casa, metteva la pentola sul fuoco; e si usciva, senza andare al di là di Piazza Dalmazia, la mattina. In mezzo c'era il giardinetto e la fontana.

"Duecento metri da casa e siamo in un altro quartiere... Se me la chiedi con garbo ti do una pasticchina."

I tram sostavano al capolinea, col fattorino che girava la puleggia facendo sprizzare le scintille; e in fondo alla strada, il passaggio a livello dove sfilavano i treni.

"Quello va di sicuro a Bologna, lungo com'è va a Venezia e a Milano."

"Ecco il merci, signora Elvira, ci sono dentro i bovi."

Si metteva in bocca, di nascosto, una pasticca d'orzo, e rispondeva: "Eh, hanno finito il loro viaggio. Ora li scaricano e li portano ai Macelli. Sacrosanto, eccolo laggiù il capannone". Finché suonavano le sirene. "Eh eh eh, s'è capito! Oggi è sonata prima quella della Gali, oggi quella del Farmaceutico, oggi si vede che alla Manetti & Roberts avevano furia, oggi alla Muzzi sembra se ne siano dimenticati... Guardali, chi non mangia alla mensa è bell'e per la strada. Via, andiamo."

Tra la folla di operai sulle biciclette, che in tuta e berretto discutevano con le mani, ci fermavamo alle botteghe. S'incontrava Milloschi: "Ciao, Bruno, lo vuoi un gelato?". La signora Elvira glielo impediva: "No no no, ora ha da mangiare. Gli regali piuttosto una lira, se lo compra stasera". Millo mi arruffava i capelli e mi dava uno sculaccione: "Svelto, fila!". Io ero offeso, volevo restituirgli un calcio, mi accanivo, ma lui mi prendeva tra le braccia, mi baciava e facevamo pace: "Bravo, picchia, dài".

Dal droghiere, come dal macellaro, non c'era mai nessuno, soltanto degli odori. "Se compro una bustina" la signora Elvira mi domandava "ti piacerebbe il budino di crema? Però non voglio storie quando devi buttar giù la carne. Io, bada, pazienza ce n'ho poca."

Quindi, sedevo alla tavola di cucina, sulla seggiola rialzata dai due guanciali, e davanti i bocconi preparati. Tra la caraffa dell'acqua e i bicchieri, il piatto col budino, che luccicava, tremolante, come per dire: Bruno, mi vedi? Mentre la voce della mia guardiana, i suoi porri pelosi sopra le guance gialle più del vestito: "Su, inghiotti, sei proprio una calia. Mi sembra d'essere la bonne d'un signorino. Ah, mastichi così piano? Sai cosa si fa allora?".

Tirava verso di sé il piatto col dolce e, una mano poggiata al seno, vi si sporgeva: come una ruspa che spiana la collina, lo abbatteva e ingoiava la prima cucchiaiata, schioccava la lingua e ingoiava, mugolava come se nitrisse e ingoiava, dopo un minuto il budino era sparito. "Buono, buono buono! Una chicca, ci credi?" Si passava la lingua sulle labbra, rigirandola agli angoli della bocca dove i baffetti sembravano appiccicati. "I bambini capricciosi si educano in questo modo" diceva spingendo il piatto. "Se vuoi, puoi leccare il resto del sugo."

Io non so cosa provavo, certo non mi veniva da piangere, mi sentivo gonfiare il collo; allungavo la mano per raggiungere il piatto e buttarlo in terra, ci riuscivo: miracolosamente la signora Elvira lo riprendeva al volo. Una magia quel piatto in bilico sulle sue dita aggrovigliate. "Volevi farmi un dispetto, eh? Invece l'ho fatto io a te." E rideva, le gengive tutte nere. "Ci sei rimasto male? Se finisci la carne, quando usciamo ti fo una sorpresa. Via via, raccattiamo i minuzzoli e prepariamo il pacchettino."

Si tagliava lungo l'argine, e attraverso i prati raggiungevano Careggi, al di sopra della villa dei leoni, in cima c'era il sanatorio. "Ti porterei anche a Monterivecchi, potremmo cogliere le more, ma bisognerebbe passare sotto quelle mura infette, via via voltiamo."

L'argine era largo ed erboso, e alla curva dove il canneto s'infittiva, c'erano i pescatori. Uno aveva la lenza con la carrucola e accanto il cestello per i pesci; l'esca dentro una scatola di cartone. Ci fermiamo in silenzio alle sue spalle. È un uomo così grasso che non sta nella camicia, ha il fazzoletto intorno al collo e sulla testa un cappello dalla tesa sfrangiata. Lancia la canna come un lazo, e la ritira dopo un tempo che non passa mai.

"A vuoto eh? Sono contenta" gli dice la signora Elvira. "Bene, bene bene."

"Come bene?" esclama il pescatore. Si volta, ha la faccia grassa e una benda sull'occhio mancino. È un pirata che mette paura. "Ah, volevo dire, la solita Befana!" Apre la scatola: c'è un mucchio di terra e una popolazione di lombrichi, strisciano l'uno addosso all'altro, lustri e senza capo.

"Sono io, sì" dice la signora Elvira "e vorrei averla a portata di mano, la granata. Bruno, fermo, non li toccare!" Intanto si china per aprire il cestello ma, come se fosse lei una bambina, il pirata minaccia di colpirla con la sua mano enorme sulle dita.

"Ma Dio, o signora! Ci sono tante strade!"

"E ci sono tanti modi di perdere il tempo, per chi non ha nulla da fare! Non lo sa che è proibito? Il Terzolle è inquinato, cotesti pesci sono velenosi. Su, Bruno, si va a chiamare una guardia, cammina."

Mi porge il pugno simile a un uncino, perché equilibrandosi a vicenda, si possa scendere dall'argine sul prato.

"Hai visto? Gli ho fatto paura" ora mi dice. "Lo sai chi è? Uno dei Macelli, l'occhio l'ha perso per via d'una cornata. E non potendo più ammazzare i bovi... La vedi quella donna che allatta? Così i pesci. Se li levi dall'acqua è come se tu li staccassi dal petto della mamma appena nati."

La donna seduta sotto l'argine, al riparo di un ombrello colorato, ha i capelli biondi e le gambe scoperte; ci saluta accostandosi al seno la testa del bambino, ma noi non le rispondiamo.

"È la moglie dell'orbo, una randagia. La sai quella della figliola del bottegaio, una specie di Cesarino? Era bella e bionda, sacrosanto: una pittura; e per uno specchio ed una rosa... Sì, tu stronfia stronfia, se non ti piacciono questi racconti che ragazzo sei? Rodolfo, alla tua età, li divorava come il pane. Avere una madre come me, gli sembrava di toccare il paradiso. Vai, va', sfrenati un poco. Se caschi non piangere, e rialzati da te, io chinarmi non posso, siamo intesi?"

Staccavo la corsa dando calci ai barattoli di cui era cosparso il prato; mi fermavo per sorprendere i ramarri, ma come le nostre ombre la sera, non si lasciavano schiacciare. Uno stecco dietro l'altro, ostacolavo il via vai delle formiche; facevo casematte di sassi; e coi barattoli, dei torrioni che franavano al quinto o sesto piano. Oppure seguivo il fumo delle ciminiere senza mai riuscire a cogliere il momento in cui la coda veniva inghiottita dal cielo. Gli aeroplani – i trimotori, i caccia, gli Hurricane, come zio Millo mi aveva insegnato – passavano altissimi, avanti di scavalcare Monte Morello, mentre le rondini, a stormi, calavano più basse e io indovinavo la direzione verso la quale avrebbero virato. Quindi raccoglievo margherite e fili d'erba, i papaveri, gli asfodeli, li strappavo con fatica e messo insieme un mazzetto, tornavo correndo dalla vecchia sedutasi dignitosamente su un fusto arrugginito.

"Tenga, signora Elvira."

"Bravo, è un pensiero gentile."

"E la sorpresa?" le chiedevo.

"Che sorpresa?"

"Mi aveva promesso..."

"Cosa? Di portarti davanti al cancello di Careggi per vedere i leoni finti e i cani veri?"

Io buttavo i fiori in terra e li pesticciavo; oppure raccoglievo un sasso e glielo scagliavo addosso, infuriato.

"Sei proprio un fascista come tuo padre" ella diceva.

Spesso, sia alla Fortezza da Basso sia ai Giardini: O merdoso, o fascista! O fascista, o bellone! gridavano, ora come parolaccia ora come una presa in giro. Associandola al nome di mio padre, "che era lontano e presto sarebbe tornato", la signora Elvira gli dava un tono cortese e familiare. Non di rimprovero, anzi, era un modo di far pace, così io lo interpretavo: bastava a persuadermene, il gesto affettuoso con cui mi ravviava i capelli e voleva mi pulissi le mani.

"Vieni vieni, sii buono. Era il gelato la sorpresa, era per merenda la schiacciata con l'uva? Quando montiamo sul Ventotto, vuoi star ritto accanto al manovratore?"

Il fattorino girava la puleggia, e il manovratore smetteva di fumare, scampanellava, infilava la chiave del contatto, impugnava la manopola, via! Dalla strada di Careggi alla Fortezza da Basso: un viaggio che poi, tornando a piedi, non era mai altrettanto lungo e pieno d'emozioni. Oggi, con la moto, nonostante il traffico e le buche di via del Romito, ci vogliono sì e no cinque minuti. È l'unica parte della nostra zona rimasta uguale. Solamente tra il ponte aereo su cui passa la ferrovia e la rampa a cavallo del Mugnone, lo spiazzo s'è allargato: la stazione della Shell fa da bivio e sembra aver sospinto lontano, da un lato la vetreria di Veschi, dall'altro la chiesa. Il tram, giù per la discesa, correva parallelo al torrente, lo sovrastava: se toglievo gli occhi dal quadro di comando e guardavo fuori del finestrino, mi pareva di volare.

"No, questo non è più il Terzolle. E neanche l'Arno. Questo, è, dillo: il Mugnone! L'Arno è un fiume grande. Questi sono due fiumicini che vanno passo passo; e quando si toccano, in mezzo c'è Rifredi. Non sei mai stato nemmeno dove il Terzolle va a riposarsi nel Mugnone? Dove c'è quella casina col gallo di ferro che gira come vuole il vento e intorno un'albereta."

"Dove c'è il gasometro anche."

"Che?"

"Zio Millo dice..."

"Ah, ti porta fuori lui la domenica: e la mammina?"

Scendevamo, ciao Ventotto, incontro al frastuono delle musiche e dei richiami.

L'autopista, probabilmente la stessa dove lei incontrò il suo Silvano, era a ridosso delle mura; di qua c'era l'ottovolante; di là il padiglione delle attrazioni: una ragazza in calzamaglia e il clown dal naso di ciliegia invitano ad entrare. "Che roba, eh? Certa roba!" La signora Elvira scuoteva il capo. Non c'interessavano né le giostre né i dolciumi sui banchi, lo zucchero filato, le caramelle, la cioccolata dei frati, i brigidini e il torrone. "Si danno ai bagordi, mentre a casa gli manca ancora il pane. E poi, è roba affatturata, specie il gelato, ti si scioglierebbe la pancia, via via. Ora mi privo di una pasticchina e te la regalo. L'orzo è orzo, è dolce e non ci sono pericoli." Io assentivo, e questo è la seconda magia: passavo attraverso quei banchi, quegli odori e colori senza desideri, senza curiosità e impuntature.

"Tieni, ma assaporala, non la sgranocchiare."

"Grazie, signora Elvira."

"È la prima volta che te lo sento dire."

"L'ho detto anche dianzi, tutte le volte."

"Diventi bugiardo? Eppure ti conosco per un bambino sincero."

C'erano i bersagli, il museo degli specchi, e i centauri: due uomini e una ragazza vestiti di cuoio che facevano rombare le moto avanti di lanciarsi nel giro della morte. Noi tiravamo di lungo, era dalla parte opposta la nostra meta, là dove gli alberi s'infittivano come dentro un bosco, coi vialetti di ghiaia e le panchine. I rami sporgevano sulla vasca appena restaurata, immensa, circolare, e la balaustra panciuta dipinta di rosso che la recintava. L'acqua era immobile, ora verde ora bianca ora viola.

"Secondo ci batte il sole. Piuttosto, la sai la storia? C'era una volta un cane che aveva acchiappato una lepre e la portava in bocca trotterellando sull'argine del Terzolle quando c'è la piena. Ma l'acqua era chiara, ci si poteva specchiare. Si fermò per alzare la zampa contro un cespuglio come fanno i cani, e vide un altro cane con in bocca una lepre..."

Intorno alla vasca, appoggiate di spalle o sedute, file di signorine; e soldati che le stringevano alla vita, fumando e bevendo. Ridevano o alzavano la voce.

"Via via, qui succede qualcosa. Gli americani, i negri, li vedi i negri, non ti fanno impressione? A me no, sono dei gran buoni figlioli, buoni buoni. Si vede che Dio, mentre l'impastava, si trovò a corto di farina e ci mise uno spruzzo di carbone."

Dei giovanotti traccheggiavano: chi in maniche di camicia, chi coi giubbotti, in calzoni corti alcuni, come i ragazzi che gli ronzavano vicino e si buscavano manate e calci nel sedere.

"Qui si vende ogni cosa" continuava la signora Elvira "sono loro, i negri! Si vende anche l'onore. Bada, se ora salutano, buongiorno e via. Noi siamo gente superiore, bisogna farglielo sentire. Io come sto, il cappello l'ho centrato? Tu sei a posto? Andiamo."

Ella aveva indosso sempre il medesimo vestito, la sottana sotto il ginocchio, il giaccone coi polsini e il colletto verdi e una doppia fila di bottoni. Al collo, un vezzo girato tre volte, coi grani più piccoli e più grossi, gialli e neri. La borsa al braccio, dove c'entrava un arsenale; e in testa il cappellino nero, di paglia e di tulle, "una bella combinazione", e rotondo, posato come un mazzocchio sopra la crocchia dei capelli giallini, un poco più sbiaditi del vestito.

"Buongiorno signora, buongiorno Brunino."

"Buongiorno, buongiorno buongiorno."

"O nonna" le dicevano. "O nonna, siamo in montura?"

La vecchia si fermava, mi sollevava il braccio col suo un cino.

"Questo non è mio nipote, ma altro che nonna avrei potuto essere, col figliolo che avevo, un leone, se il vostro Chiorba non me l'avesse mandato alla guerra, e il Testa cui andate dietro oggi non me l'avesse fatto sparire nelle Siberie."

"È la madre d'un Caduto!"

Di sotto la collana, sbucava il medaglione.

"Guardi, s'apre a scatto, lo pigi lei, a me neanche i diti m'aiutano più. Visto che pezzo di figliolo?"

"Pennanera? Uno del Fiore, alpino?"

"Mettetevi sugli attenti, capito" gli ordinava bruscamente la signora Elvira.

"Iiiiin-riga!"

"Presentat'arm!"

Giovanotti e ragazzi scattavano nel saluto. E gridii, risate, le signorine l'abbracciavano e la baciavano sulle gote. I negri sgranavano gli occhi e invece di far paura, suscitavano allegria.

"*Okey*, Bruno" le prime parole d'inglese che ho imparato. "*Oh yo' granma! Yeah, I understan' ...Dead soldier... Oh, yeah, po' woman.*"

Mi ritrovavo in mano caramelle e gomma da masticare, la signora Elvira apriva la borsa e dentro fioccavano pacchetti di sigarette e barattoli ora pieni di carne e di latte condensato.

"Poi vengo, non vada via" le dicevano i giovanotti e le signorine.

Noi entravamo nel bosco, diretti alla nostra panchina. Un

mondo completamente diverso, separato sia dal frastuono del lunapark sia dal traffico che si svolgeva ai bordi della vasca, perciò ne conservo una immagine come di recesso, animatissimo e tuttavia isolato. Le mamme, i vecchi, le carrozzine, le palle di gomma, i tricicli: quindi anche i bambini. Giocavamo insieme, andavamo d'accordo o ci si litigava? La loro presenza, i loro visi, non riappaiono nemmeno come barlumi; è interamente occupato dagli adulti, questo angolo della mia memoria, come se fino ai cinque anni e alla sera che si scatenò il temporale, fossi esistito soltanto perché esistevano "i grandi", uno strumento nelle mani della signora Elvira e di Millo, del tranviere, del pescatore, della gente della Fortezza, da muovere e da servirsene secondo i loro umori. Dunque è vero che si nasce allorché s'incomincia a ricordare, cioè a conoscere. a ribellarsi; e a soffrire.

5

La signora Elvira sedeva sulla panchina come sulla seggiola del Papa, la borsa in grembo e le braccia posate sopra.

"Su, via, chiamiamo gli uccellini. Ma non ce n'è bisogno, ci vedono di lontano."

Restava immobile a custodire il tesoro dentro la borsa, e io infilavo la mano in una tasca del suo giaccone, tiravo fuori il pacchetto delle molliche di pane, lo disfacevo con cura. I passeri, come piccioni ammaestrati, o perché effettivamente ci riconoscevano, erano ai nostri piedi.

"Sta' attento nel distribuire le porzioni, se no mangiano tutto i più lesti, gli ingordi ingrassano e gli educati restano digiuni. Lo sai? C'era una volta un passero che aveva, ma lui era l'ultimo a saperlo, il becco d'oro..."

Come il budino dal piatto, i minuzzoli sparivano in un minuto. Il sole tra i rami mi bucava gli occhi, mentre seguivo gli uccelli che tornavano sugli alberi o sparivano in direzione della vasca e del Romito. Al mio fianco, la vecchia aveva iniziato il suo lavoro. Dapprima era il turno di quelle madri; si avvicinavano una dopo l'altra alla panchina, salutavano gentilmente e spianavano la mano sotto il viso della signora Elvira.

"Mi raccomando, non sia cattiva."

"Io? Io mi limito a leggere, qui c'è scritto ogni cosa. Mi fate anche un po' pena, avete delle palme che non danno soddisfazione. Alle persone perbene c'è poco da predire. Se non v'è di già successo, non vi succederà mai nulla di straordinario, a meno..."

La signora Elvira gli rivelava il destino; quindi, toccava a me d'intervenire. Avevo la funzione del canarino nella gabbia delle zingare. Ivana direbbe: quasi.

"Su, Bruno, via... E fissala bene eh, questa signora!"

Dalla tasca del giaccone pigliavo un mazzo di carte di piccolo formato, le liberavo dell'elastico che le fermava, e dopo averle mischiate, ne sceglievo una.

"Visto che assistente? Io coi miei diti, non le saprei davvero scozzare. È il tocco dell'innocenza, la purezza incarnata... Su, scoprila, vediamo."

Io ero serio, compreso; cuori voleva dire speranze e amore, fiori buone notizie, quadri era denaro; e picche contrarietà, ammenoché... "Tirane un'altra." La seconda o la terza o la quarta, rischiaravano finalmente l'avvenire. Io ricevevo una carezza; la signora Elvira, nella tasca dell'orzo, un'oblazione.

D'un tratto, come uscito di sottoterra, alle nostre spalle appariva uno dei giovanotti della vasca; di solito era Spago, il lungo dagli occhiali neri, la camicia a quadri e una cicatrice che gli partiva dal mento e gli arrivava fino all'orecchio: oggi su di lui ne so più della signora Elvira qualora gli avesse letto la mano.

"Quando ha fatto, io sono ai suoi ordini, nonnina."

"Eh eh eh, sacrosanto, ho capito."

Licenziata l'ultima donna, la signora Elvira apriva la borsa, e religiosamente, ordinava sulle proprie gambe i pacchetti di sigarette, le scatolette di carne, ne faceva l'inventario. Era lei un uccello, in questi momenti: tentata, diffidente, ingorda, smarrita.

"Bruno, perché non m'aiuti? Ah già... ma impara presto a contare. È un delinquente, non lo sai? Mi deruba."

Spago tirava su col naso e teneva i pollici infilati nelle tasche dei calzoni.

"Io sono un commerciante, non un ladro. Si fa a mezzo, secondo i patti. Non ci si fosse noi a montar la commedia!" Agguantava pezzo per pezzo la roba e la nascondeva in petto, sotto la camicia. "Ecco il valsente, regolo contanti, ti fo mettere da parte una fortuna."

Tra le dita della signora Elvira, prodigiosamente prensili ora, le monete di carta, contate e ricontate. "È poco, è nulla" si lamentava "ve ne approfittate perché son sola, perché sono una vecchia e non ce la farei con la pensione del mio figliolo, che me l'hanno promessa e ancora non me l'hanno data." Le si inumidivano gli occhi, poi le lacrime scorrevano a bagnarle i porri pelosi sulle guance. Spago era già lontano. "E tu stai zitto, non mi difendi, non mi dici: povera signora Elvira, la pagano cinque e rivendono a duecento perlomeno. Dovessi vivere coi tre soldi che mi dà tua madre perché ti porti a spasso... Eppure lei quando ha voluto, ne ha saputi guadagnare!"

Io non mi sentivo né commosso né intimidito; era una commedia. Presto si sarebbe asciugata le lacrime col fazzoletto orlato di nero, mentre le signorine e gli alleati, negri e bianchi, ci venivano incontro, ridendo e fumando, agitavano una bottiglia o una stecca di Camel.

"Johnny dice che mi sposa e mi porta in America. Ci guardi le mani a tutti e due per vedere se è vero."

Sì e no, probabilmente, di sicuro, ammenoché: altri barattoli e pacchetti, una fortuna.

La lama di sole non mi dava più fastidio; gli uccelli, i passeri nostri amici e le rondini, stridevano tanto da coprire le voci; io scozzavo le carte, le estraevo ad una ad una e attentamente le mettevo in fila sulla panchina, masticando una gomma che avanti d'arrivare a casa avrei sputato.

"Via via, andate via."

Lo scatto della signora Elvira mi coglieva sempre di sorpresa.

"Domani, domani domani, via via."

Risate, squittii, e i negri: *"Ehi, what's up? Oh, damn, come on, let's gon an' leave that old witch... So long, Bruno"*.

Tra alberi e siepi ero certo di vedere spuntare Millo; scendeva di bicicletta e proseguiva a piedi sulla ghiaia. La signora Elvira aveva riposto le carte nel giaccone; mi strizzava l'occhio: "Eh? Eh?". Con quel suo ammiccamento, essa si garantiva la mia omertà. Neanche mi avesse persuaso mediante lunghi discorsi, terrorizzandomi o facendomi dei doni, avrei mantenuto con più fermezza il segreto sulla nostra quotidiana avventura nei giardini della Fortezza. Questa era la terza magia.

Millo ha di nuovo i baffi, era com'è ora; e diversamente dal mattino, né lui né noi abbiamo furia. Siede sulla nostra panchina, io nel mezzo, mi poggia una mano sopra le cosce.

"Come ciccia siamo abbastanza sodi."

"Eh eh eh, sacrosanto, non si può dire che non ne abbia cura."

E ci alziamo, il gelato non mi scioglierà più il corpo; anche il ghiaccio tritato dentro il bicchiere e macchiato di più colori, uno strato di menta uno di cocco uno di lampone, la granita-bandiera per la signora Elvira va bene.

"Da quanto tempo non la vede?"

"Son preso dagli impegni, oltre che dal lavoro."

"Se vuole ci metto io una parola."

"Meno che mai, se n'è dimenticata?"

"Di che?"

"Nulla, e poi c'è il bambino."

"Di che, di che, di che?"

"Be', che non è più mattina."

Ridono insieme, la signora Elvira scoprendo la caverna nera delle gengive; lui coi denti così bianchi che sembrano un bagliore mentre mi piglia in braccio, dopo aver buttato la cicca di toscano.

Una sera come un'altra, davanti al chiosco dove ci siamo trattenuti il tempo di finire la bibita e il gelato.

"Ora ciao, svelto, fila."

"Non mi toccare" gli dicevo. "Se no ti do una pedata."

"Allo zio Millo, Bruno!"

"Bravo, difenditi, non ti fare mai mettere le mani addosso, da nessuno."

Si allontanava sulla bicicletta dalla parte delle giostre e della stazione.

La signora Elvira mi riagganciava al suo uncino, e come se tirasse un gran sospiro:

"Eh, lo zio Millo, gliene fa passare la mammina! Via via, si sta cambiando il tempo; chiudi la bocca, non lo senti che vento tira?"

E scoppia il temporale. Ci ripariamo sotto la pensilina, il tram arriva ma non ci saliamo.

"S'è bell'e preso all'andata. Mica s'hanno quattrini da buttar via. Ora piove. Ci debbo avere l'ultima pastica, e tu non mi ringrazi nemmeno, sembra ti dia una medicina."

Lampi e tuoni, mi divertono; la signora Elvira si fa il segno della croce e io avrei voglia di staccare la corsa e sguazzare nelle pozze, sotto l'acqua, come quei ragazzi che vi si rotolano addirittura. Tra essi c'è Dino, ci si conosce, capita in piazza Dalmazia la mattina.

"Sono dei macchiaioli di sicuro. Mentre tu appartieni a una famiglia che lavora."

Ci incamminiamo lungo il marciapiede, si risalgono le rampe, all'interno della vetreria le bocche dei forni sembrano incendiare i finestroni. Via del Romito è una dirittura che non finisce mai. C'è la solita falce e il solito martello sul muro diroccato di una casa; ho un po' freddo e voglia di orinare.

"Vai, vai al muro. Ti sbottoni da te o vuoi un aiuto?"

La sera viene all'improvviso siccome si sono accesi i lampioni; e verso casa c'è un velo di nebbia, ma non ci s'entra mai dentro, come fossimo noi a scostarlo e a farlo allontanare. Le nostre due ombre ora ci vengono dietro, ora di fianco, ora ci passano avanti e non si riesce a metterci sopra il piede. Si cammina e cammina, io tremo e vorrei soffiarmi il naso; la signora Elvira è ammutolita: va diritta e biascica la sua pasticca, mentre io la mia l'ho sgranocchiata da un pezzo. Si avanza sullo sterrato, completamente al buio, ogni tanto passano dei ciclisti col lumicino. Ci sono delle ombre e dei bisbigli; i buoi mugghiano e i cani abbaiano, ma di lontano. Finché ci troviamo in mezzo a un prato, coi piedi nel fango e davanti a noi un fossato.

"Signora Elvira" riesco a mormorare.

Mi risponde come se l'avessi svegliata: "Eh, tu cosa dici?".

Non ci sono più case, la nebbia è sempre più vicina, si sale per un viottolo, casco e mi riprendo, ho le mani piene di mota. Nemmeno la vecchia si regge, slitta e agitando le braccia, fa all'indietro il sentiero, sparisce mentre la sento che grida: "Dio, Dio, Dio!".

Solo sull'argine, ma è un argine? certamente è una altura, chiamo: "Signora Elvira!".

C'è buio e silenzio, finalmente la sua voce: "Chi è, dove sei? La mamma è qui, scendi, io ti vengo incontro Rodolfo, non aver paura".

Mi metto seduto e spingendomi con le mani scivolo giù, e la ritrovo, anche lei seduta in fondo al sentiero, lo sguardo fisso, ha perduto il cappellino. Mi abbraccia, mi stringe, da soffocarmi: "Ma non sei Rodolfo, chi sei?". Mi dà una specie di spinta, mi riacchiappa che sto per cadere dentro il fossato e mi abbraccia più forte, scoppia a piangere coi singhiozzi. "Bruno, Bruno Bruno! Non ritrovo più la strada, dove siamo?" Mi accarezza, le sue mani come le mie sono viscide di melma che si raggruma. "Almeno avessi qualcosa da ciucciare. Dio, come ti sei sporcato!" sospira.

Ora sono io fuori di me dalla paura, le lacrime mi s'impastano con la mota, mi attacco al suo collo con tutta la mia disperazione di bambino.

« Oh » Ivana dice « non vedendovi tornare, corsi per tutto Rifredi, incontrai Milloschi, lui e i suoi amici e compagni si divisero in squadre, vi si ritrovò ch'era quasi l'alba, lei come un'ebete, tu addirittura addormentato sulle sue ginocchia, lordo di melma addosso e sul viso da sembrare un negro. Per fortuna eri così piccino che il giorno dopo te n'eri dimenticato. Altrimenti, uno spavento tale avrebbe potuto rovinarti l'esistenza. Mentre io, sono sicura che i primi capelli bianchi mi spuntarono allora. »

La signora Elvira « cui scoprirono nascosti sotto il materasso tanti e mai quattrini » fu ricoverata a San Salvi, tra i deliranti, e vi morì. Quando, di preciso non s'è mai saputo. Già da cotesta sera, i suoi parenti, la nidiata di figli e nipoti della sorella, si considerarono degli eredi.

« Ora che sembri di rammentare » lei insiste « mi vuoi dire dove ti portava? »

« Alle giostre. »

« Nient'affatto » si accalora. « Davanti alla Fortezza, ch'è sempre stata una caserma, c'era il parcheggio degli americani. Le giostre vennero dopo, ossia, ci tornarono come c'erano prima della guerra e come ci sono ora. A quel tempo, semmai, si accampavano in Piazza Barbano, e perciò tu confondi, lì vicino. »

« Piazza Indipendenza. »

« Insomma, come ti pare. Quando ero giovanetta, i miei la chiamavano ancora Piazza Barbano, nemmeno sul nome delle strade concordiamo? Te n'è rimasta un'impressione straordinaria perché era il primo che vedevi, in realtà si trattava di un lunapark qualsiasi. E proprio io ti ci feci divertire, una domenica. Si puntò alla pesca miracolosa, e si vinse una bambola, non grande ma bella, e quasi di valore. Te la rigiravi tra le mani come se ti bruciasse; appena in tram la lasciasti cadere dal finestrino. Tornammo indietro, senza fortuna. Qualcuno, in quei pochi minuti, l'aveva vista e presa. No, questa volta nessun ceffone. Mi dispiaceva, poi mi venne da ridere. Era la prova ch'eri di già un maschio sul serio! » gorgoglia, il viso protetto dalla maschera d'untume.

Le volto la schiena, tiro il lenzuolo sul capo e avanti d'addormentarmi, covo anch'io il mio segreto. Lei accende magari un'altra sigaretta.

« Chissà in che posto ti trascinava. Mentre io, ignara di tutto, tant'è vero che non ne ho mai saputo nulla, neanche ora, mi facevo venire la scoliosi a furia di battere scontrini. »

6

L'indomani, per scancellarmi con opposte emozioni l'ultimo resto di paura, Millo rimediò una vecchia Balilla. « L'ebbe in prestito, credo, dal Partito. Si rimase fuori una giornata intera. » Nel racconto di Ivana, fu un viaggio pieno di sorprese.

« Partimmo la mattina presto, un po' a caso. Si toccò Pistoia, poi Lucca; si visitò la chiesa dove c'è la statua deposta della fanciulla che sembra respiri; sul mezzogiorno eravamo verso Pisa e s'incominciava ad aver fame. Si andò a Bocca d'Arno e lungo la tenuta reale. Dentro l'altra pineta, dalle parti di Livorno, i militari negri avevano ritrovato la giungla e ci vivevano allo stato brado, insieme a decine di sciagurate. Rubato il rubabile, disertavano, facendo arricchire gente senza scrupoli e ammazzandosi gli uni con gli altri per gelosia e perché sempre ubriachi. Le donne, più imbarbarite di loro dalla venalità, erano jene. Partorivano costì i loro figlioli. O venivano sgozzate. Le sotterravano nude ai piedi d'un pino perché non restasse segno. Quando le autorità si decisero a far pulizia, dovettero usare i lanciafiamme, pare. I disastri della guerra, oh già, ma c'era ormai la pace! E passandoci davanti, ti assicuro, non ci s'accorgeva di nulla. Tombolo era un bosco come San Rossore. Incontravamo gippe, camion; e trespoli dell'età della pietra, veri e propri macinini. Sia i soldati americani, sia i borghesi, trafficavano in piena luce; con pochi soldi avremmo potuto caricarci di roba. Ogni tanto dei cartelli: off-limit, zona minata, per cui si doveva voltare. Tu sulle mie ginocchia, Milloschi alla guida, ci si distrasse tutti e tre, non c'è che dire. La verità è che in mezzo a quel fango, più che tra le nostre strade dove tante cose anche vedendole non era possibile toccarle con mano, ci si sentiva di bucato. A un certo punto la macchina si mise a starnutire. Dovemmo scendere, e mentre Milloschi spingeva, tu rimasto sul sedile, ti davi un'aria! Finché si raggiunse una gargotta sistemata a mo' di capanna, coi tavoli di marmo sotto le frasche e l'insegna disegnata alla buona. Me ne rammento siccome c'era scritto TRATTORIA LA BALDORIA. Molto diversa dal nostro "Cesarino". D'intorno non si vedevano che macerie; l'acqua, avanti di berla, si doveva bollire. In compenso c'era vino, birra, carne, formaggio; e whisky, cognac naturalmente, ogni ben di Dio. Ci si dette una rinfrescata e lui armeggiò intorno al motore. Era un guasto da nulla: il tempo di cuocere la pasta, l'aveva bell'e riparato. E non c'eravamo ancora sistemati che entrò una squadra di sminatori. Per lo più giovani, dei ragazzi addirittura. È incredibile quanto fossero allegri. "Siamo a caccia dell'eredità di *Baffino*" dicevano. "Quest'onore gli alleati ce l'hanno reso volentieri." Rischiando passo passo di saltare in aria, andavano alla scoperta delle mine interrate dai tedeschi, dal litorale fin sotto le Apuane. Avevano un grande coraggio, gli si leggeva sul viso; e sia pure rivolta al bene, una larga dose d'incoscienza, ebbi questa impressione. Li pagavano, certo, ma quasi ogni giorno qualcuno di loro ci lasciava la vita. Milloschi attaccò subito discorso, te lo immagini? Un paio erano fiorentini: finimmo per fare una sola tavolata. Io dissi d'avere il marito prigioniero che da un momento all'altro sarebbe tornato, Milloschi allora mi assecondava. Si brindò, e dopo mangiato, presero a cantare; la maggior parte erano stati partigiani. Ti vollero regalare un fazzoletto cremisi, te lo annodarono al collo, e t'insegnarono a dire: viva *Baffone*. Sembrava che per loro, tra il prima e il dopo la differenza stesse tutta lì, e nelle canzoni. Fu un incontro che non ho mai scordato. Così tu; invece delle macchie rosse e degli spari della liberazione, forse è proprio di quei ragazzi che hai memoria. Degli scoppi di mina che si sentivano risalendo il Cinquale, del loro fazzoletto e del loro coro. »

E del mare.

Si nasce coi pugni stretti sugli occhi. Quando all'istinto si mescola la prima riflessione, soltanto allora vediamo la luce e incomincia la nostra storia. Cotesto giorno alla foce del Cinquale. Scomparsa la signora Cappugi, Millo e Ivana si dividono i miei sentimenti: il modo normale, facile, dopotutto sereno, in cui ho trascorso l'infanzia, ma anche l'ambiguità che a mia insaputa l'ha accompagnata. Dal momento che mi voltai per chiedergli: "Zio Millo, cos'è, un trimotore?".

E li vidi, per la prima volta potrei dire. Lui le teneva un braccio attorno alla vita, mentre Ivana posava la guancia sopra il suo petto e gli accarezzava l'altra mano.

"Mi pare di sì. Dev'essere un Dakota."

Militare o civile, gli avrei ora domandato. Sedevo sulla sabbia tutta sassi e montagnole, picchettata da grossi pali coi cartelli dov'era dipinta la mortesecca, a pochi metri da loro ma distante dal mare perché proibito. Lei m'interruppe, accucciandosi come per trovare protezione e calore al suo fianco.

"Ora zio Millo è mio, non lo disturbare."

Girai il viso; l'aeroplano volava all'orizzonte; mi sentii sperso, tra i sassi e la sabbia, i teschi neri sui pali, in un deserto che il mare continuava, tagliato a strisce e da colorare: azzurro là in fondo, poi nero, poi verde, finché si imbizzarriva. Stavo fermo, fissando la spuma dei cavalloni che si abbattevano sul filo spinato; così, salendo a poco a poco, la risacca mi avrebbe inghiottito. Millo e Ivana erano alle mie spalle, ma in una lontananza infinita: se mi fossi voltato di nuovo, sarebbero spariti. Dovevano essere loro a rompere l'incantesimo, io potevo solamente resistere. D'un tratto, i colori si spensero e mostri dagli occhi bianchi ed enormi cavalcarono verso la riva... Mi ritrovai tra le braccia di Ivana; le sue carezze e il suo odore mi consolavano. Millo era in piedi, si morsicò i baffi e col dorso dell'indice se li riordinò com'è solito fare, disse: "Bravo, vuoi andare sugli Hurricane e sui Dakota, e scappi davanti ai cavalloni!".

Lei sospirò. "Chissà di quante cose bisognerà abituarsi a vederlo impressionato."

Io ero ormai tranquillo, siccome li avevo ritrovati. "Ho fatto un gioco" dissi.

Millo scosse il capo, aveva il basco e l'impermeabile marroni. "No, Bruno, non mi piace. Vieni con me. Stia tranquilla, Ivana, mica lo voglio affogare."

Era una sfida? L'affrontavo. Giungemmo davanti alla siepe di filo spinato che fronteggiava il mare delimitando credo la zona ancora minata.

"Guardalo" Millo disse. "Se resti qui, lui è il mare e tu sei

Bruno. Con la differenza che tu sei un uomo e il cervello ti dice: alt, impara prima a nuotare. Quei cavalli, per domarli. invece della frusta, ci vuole una nave. Oggi poi non sono neanche molto agitati, hanno un po' di scalmana per via delle correnti, come se fossero tanti Terzolle che si cozzano nascosti sottosuolo. O magari è andato via il sole e loro si sono adirati".

Nella sua mano, larga e rugosa, la mia era sicura. I mostri erano scomparsi, le ondate si schiantavano a qualche passo da noi, slittavano e avrebbero voluto raggiungerci ma non ce la facevano.

"Ti sei persuaso?"

"Era un Dakota o un Hurricane?"

"Sì, tu cambia discorso, brutto cialtrone."

Tornammo alla macchina sempre per mano; Ivana s'era tolta le scarpe e ci precedeva. Millo disse: "Se il tempo regge, ci fermiamo a Pisa e vi porto sulla torre".

La si vide, invece, di lontano; un birillo rimasto miracolosamente inclinato sulle macerie, con la luna come aureola.

In seguito, molto presto, Millo aprì un solco e seminò nella mia anima di bambino. Lui ed io; io sopra la canna della bicicletta mentre lui pedalava. All'orizzonte i capannoni della Fiat appena ricostruiti. E dov'è ora il Mercato Generale coi suoi stand modello, i frigo giganteschi, l'anulare che congiunge all'autostrada, c'era la spianata di Novoli sulla quale, come un fortino nel deserto, s'innalzava il gasometro. Era sera, procedevamo lungo il Fosso Macinante pieno di rane e di cattivo odore, diretti dal gelataio che aveva adattato a chalet la casetta sovrastata dalla banderuola.

"L'hai mai saputo cos'è uno zio?" Millo disse, cogliendomi di sorpresa. "È il fratello o della mamma o del babbo d'un bambino. Invece, sia tuo padre che tua madre, non ne hanno, di fratelli. Ma io è come se lo fossi, e doppio, di tutti e due. Perciò tu mi chiami zio. Sono un loro amico."

"Anche mio."

"Questo l'accetto, a volte non mi dài che pedate... Vieni, monta sul sellino, io ti spingo."

Frenò e scese, siccome il viottolo si stringeva e non c'era

luce, solamente il festone di lampadine dello chalet ancora lontano.

"Con tuo padre eravamo amici fin da ragazzi, come te con Dino. Si faceva a braccio di ferro, le sfide in bicicletta, e quelle a piedi torno torno Piazza Dalmazia. Come forza ne avevo di più io, ma come velocità lui mi batteva."

Curvo sul manubrio, senza arrivare ai pedali che giravano da soli, mi sentivo un corridore.

"Non te ne frega nulla, eh, di tuo padre!"

Come se mi avesse dato uno scapaccione sulla nuca. Volevo scendere e scappare.

"Lasciami, lasciami, va' via."

Ne abbiamo riparlato insieme, anni dopo, di quella sera.

« C'eravamo seduti in disparte, appoggiando la bicicletta allo steccato, io avevo preso un gotto di birra, tu il solito cono crema e cioccolata. Ti divertiva la schiuma che mi restava sui baffi... Eri un ragazzo sveglio, capivi di più dell'età che avevi. E io pensavo che tu non dovessi crescere con in testa lo stesso chiodo di Ivana; se no, quando un giorno te lo fossi levato da te, avrebbe potuto farti sanguinare. »

« E come mi comportai? »

« Dopo esserti agitato, mi buttasti le braccia al collo, con uno slancio improvviso che m'intenerì come un idiota. »

« Poi? »

« Ti dissi la verità, cercando di calibrare le parole. Insomma, come si cerca di persuadere un bambino. »

« Servendoti del tuo parlare fiorito, adatto per i grandi e pei piccini? »

« È probabile. Tu mi ascoltavi con la serietà d'un vecchio, t'avrei baciato, soprattutto quando ti spiegai che la mamma era giusto continuasse a sperare... Ora sembra miele, ma in quel momento ti raggiunsi. Tanto è vero che, presuntuoso allora come ora, avevi un viso d'angelo, eri sincero. »

Sgranocchiavo il biscotto del gelato, le rane e i grilli facevano più baccano della gente seduta ai tavolini, gli dissi: "Ma io lo sapevo che il babbo è morto in guerra. Alla mamma non gliel'ho detto per non darle un dispiacere".

La prova del fuoco coincise col primo giorno di scuola. Avevo il grembiule azzurro, il fiocco bianco, le scarpe nuove. Ivana mi aveva fatto il bagno, pulito gli orecchi con uno stecchino dalla punta ricoperta di ovatta, e preparato "una grande colazione". Seduto al tavolo di cucina inzuppavo nel caffelatte le fette di pane abbrustolito prodigiosamente spalmate di burro e marmellata. Davanti, tre gianduiotti nella carta d'oro.

"Hai capito?" mi ripeteva. "A scuola, come con la gente, tu sei un orfano di guerra, io sono una vedova, perciò ci danno quei due soldi di pensione che non si toccano. Quando il babbo tornerà li deve trovare uno sopra l'altro, dentro il cassettone. È una cosa sicura. Il babbo è vivo, soltanto non ha potuto ancora prendere la nave. Questo le persone non lo possono capire siccome non gli vogliono bene. Ed è inutile dirglielo. Appena sarà qui, ci penserà il babbo a sbugiardarle... Se ti mette davanti a tutti, la maestra lo farà perché secondo lei è un onore."

Io la guardavo, e guardavo i cioccolatini. Ivana o Millo, chi aveva ragione? Il celeste dei suoi occhi mi affascinava; ma era la sua voce, monotona nel ripetere sempre le stesse parole, a trattenermi.

"Sì, sì" le rispondevo.

Come un gioco, in cui ero libero di scegliere: o guardie o ladri. La figura del babbo, che non avevo conosciuto, che le fotografie non riuscivano a farmi realizzare, più campeggiava nei miei pensieri, meno si concretava in un sentimento. Né lei né Millo mi avevano mai raccontato un episodio che avesse colpito la mia immaginazione.

La maestra era giovane, bionda, aveva il naso e i denti diversi da Ivana, ed era grassa, con una voce che squillava. Disse:

"Ora vi chiamo uno per uno, voi vi alzate, dite presente, così vi incomincio a riconoscere."

Io stavo accanto a Dino che ormai era mio amico e fu chiamato per primo.

"Alvisi."

Dino non la lasciò finire.

"Presente."

"Bene... E il tuo babbo, cosa fa di mestiere?"

"Il muratore. Ma ora ha cambiato."

"Quindi non fa più il muratore."

"No, ha un banco... Lui si chiama Bruno" disse indicandomi e io subito m'ero alzato. "Il suo babbo è un caduto."

"In Africa" io dissi "era un soldato" contento come del grembiule azzurro che portavo. Guardia o ladro che fosse, avevo scelto zio Millo, dentro di me gli sorridevo.

Dino intanto diceva: "Lui sa di già leggere, gliel'ha insegnato sua madre. Sa anche parlare l'americano, l'ha imparato dai negri, come me".

Gli anni passano in un baleno, fino alla quinta elementare.

7

Ivana lavorava al bar; e capitando il suo turno d'apertura, ci alzavamo avanti l'alba. Dal Fosso Macinante al Terzolle, le rane gracidavano ancora. "Sono come le civette" mi aveva insegnato la signora Cappugi "hanno la notte per teatro. Come i barbagianni, i pipistrelli e i topi. Ce n'era una, una volta, che s'era messa in testa, la sai la storia? d'andar sposa a un leone." Questo apparteneva al passato. "Sono della famiglia dei batraci" Millo mi spiegava. "Cerchiamo insieme sull'enciclopedia dei ragazzi, se no cosa te l'ho regalata a fare?" Lei aveva la bocca murata, coteste mattine. I suoi occhi celesti parevano invetriati. ("Mi desto male" avrebbe poi confidato da Cesarino. "I sogni m'inquietano, e la sveglia mi dà l'ultima tortura.") Ci muovevamo secondo gli sguardi: lei sollevava il mento di qua e di là, e io mi vestivo, mi allacciavo le scarpe, mi lavavo la faccia, tornavo in bagno per pulirmi meglio i ginocchi e le mani. ("Fortunatamente Bruno mi capisce, è un soldato.") Uscivo dalla cucina e lei entrava porgendomi il grembiule; andavo nella sua camera, mentre lei abbrustoliva il pane. Seduto davanti alla specchiera, dove i bottiglioni e le ciprie erano disposti su due file, mi passavo la spazzola sui capelli. La stanza era piena del suo profumo, col letto di già rifatto, la coperta cremisi, e appese all'attaccapanni le sue vestaglie, quella celeste e quella rosa. Sopra il comò, la fotografia di mio padre e il vasetto dei fiori... Millo arrivava che lei era pronta per uscire, spesso si salutavano incontrandosi lungo le scale.

"Povero Milloschi."

"Povero è chi non ha da mangiare."

"Ha dovuto cascare dal letto anche stamani."

"Mica è un debito, è un piacere."

"Ma non è una soluzione."

Al di là del davanzale si spengevano i lampioni, salivano le voci, i fischi dei treni, i clacson, la radio trasmetteva il primo giornale. E c'erano gli odori di sempre, il latte sul fuoco e il caffè che scendeva dentro la macchinetta, come ora.

"Sarebbe una soluzione mandarlo dai preti?"

"No, ma... D'altronde, con la vita che faccio, riesco appena a tenere in ordine la casa, non lo posso seguire come vorrei."

"Basto io, finché non mi licenzierete."

La conversazione deviava. Se Millo era in anticipo, lei diventava loquace. Smetteva di parlare di me per raccontare delle sue avventure dietro la cassa del bar, "un porto di mare". Gli serviva il caffè, gli permetteva di accendere il sigaro, gli diceva: "Ne conosco di gente, ne vedo, ma uomini di trent'anni che fumano il toscano, c'è rimasto lei solo".

"Sono un antico" lui rispondeva.

"È un nonno, mi crede?" Socchiudeva gli occhi, e stringeva il naso in un'espressione vezzosa. "Ha già principiato a ciccare?"

Di solito, lei uscita, io finivo la colazione, e Millo mi rivedeva i compiti, sfogliavamo insieme l'enciclopedia e il sussidiario, mi diceva che Garibaldi era come Zapata, come Budionni, come Gallo e come Lister, un grande capo apache, un comandante partigiano: tutte cose che non potevo mettere nei temi. "Il nostro difetto, di noi italiani, è che a un certo momento s'ubbidisce. Ma tu non mi pigliare in parola." Anche lui, da partigiano, non era né Millo né Milloschi, si chiamava Lupo. Tuttora delle persone, dei suoi compagni operai, dei suoi amici: "Ciao Lupo" gli dicevano. Lupo per via dei suoi occhi grigi.

Nell'aritmetica e in disegno ero bravo da me, lui sorrideva, si lisciava i baffi: "Vogliamo far la prova? Disegnami questa vite. Me la trovo in tasca per caso. Guardiamo se indovini la sezione". Facevo largo tra la tazza, i libri, i minuzzoli di pane, e la lingua in mezzo ai denti, corretto dalla sua mano che mi guidava il gomito più precisa del compasso, ci riuscivo.

"Ieri dopomangiato dove sei stato?"

"Con Dino, sull'argine."

"A caccia di ranocchi, lo so."

"Si voleva fare l'esperimento di Volta."

50

La sua mano, roteando come una clava, mi colpiva alla nuca: "Bugie no, intesi?".

"Non mi toccare" urlavo, mi avventavo su di lui, si lottava, ci rotolavamo per terra, e come sempre si finiva abbracciati.

"Stirati il grembiule" mi diceva. "Te lo sei tutto sgualcito." Si portava l'orologio all'orecchio. "Cammina, menomale. È l'unico bene di cui sono proprietario."

"C'era un gran caldo, e ci siamo tuffati" io ammettevo.

"Dove, se l'acqua è ferma come una gora, puzza, ed è marcia più del canneto?"

"Vorresti s'andasse in Arno?"

"Ti ci porterò io, una domenica, bisognerà prima tu impari a nuotare."

"Ma ho bell'e imparato, Millo! M'ha insegnato Dino, ch'è un campione."

Gli passava un lampo di tristezza e di sorpresa nello sguardo, col rovescio del pollice si grattava la mascella. "Ti sei accorto? Non mi chiami più zio."

"Perché, se non lo sei?"

"Amico, invece?"

"Amico sì, amico del sole!"

Di lì a poco, e come tanti anni prima sembrava, era un'altra estate, gli ultimi giorni di scuola, io montavo sopra il telaio e lui pedalava. Si risaliva via delle Panche, viale Morgagni, nel traffico delle biciclette, dei tram, e i saluti dei suoi compagni operai. Ci venivano incontro e ci superavano le macchine degli ingegneri, i camion che andavano a caricare in stazione, le autoambulanze dirette a Careggi, qualche privilegiato sulle prime lambrette e i moschito. La ciminiera della Manetti & Roberts mandava un fumo compatto che si perdeva sui tralicci dell'alta tensione, là dove i capannoni della Fiat parevano degli enormi cani grigi acquattati. Lontano, al posto della gelateria su cui frullava la banderuola, si alzavano ora le case di Novoli.

"Lei vuole le caramelle ciarme?"

"Preferisco trenta lire."

"Magari una sigaretta, eh?"

"No, magari cinquanta lire."

Davanti alla porta di scuola ci sorprendeva la sirena della Gali. L'avremmo riconosciuta in un concerto di sirene, come dal coro degli strumenti vien fuori il sax o la tromba, mentre il disco gira. Differente dall'ululo del Farmaceutico, della Muzzi, della Roberts... "La Voce del Padrone" Millo diceva, sparendo tra camion e filobus, ritto sui pedali. Lo immaginavo superare il cancello dell'officina curvandosi di misura sotto le sbarre che si abbassano come a un passaggio a livello, dipinte di bianco e di rosso, col degradare del suono. Cessato il quale, ero sicuro lui aveva forato il cartellino.

Così incominciava la mia giornata, il mio sodalizio con Millo che sarebbe venuto a riprendermi a mezzogiorno, le mie avventure sul torrente e in collina, fino a sera che cascavo dal sonno, mi addormentavo per risvegliarmi di soprassalto. Nella camera dove stavo coricato s'era accesa la luce, e al centro della stanza, come una presenza che l'occupasse intera, c'era Ivana, la vestaglia aperta sopra la lunga camicia da notte rosa, i capelli sciolti sulle spalle, la faccia inondata di lacrime, gli occhi sbarrati ma inariditi, come se quelle lacrime le avessero germinate le gote, fossero insieme pianto e sudore. Tutta scossa da un tremito, mi fissava.

"Sei sveglio? Ti sei svegliato?"

Non avevo paura, soltanto smarrimento per lei che soffriva e io non sapevo che fare. Mi mettevo seduto, lei di fronte a a me sulla sponda del letto. "Tu ci credi, vero? Tu ci credi!" mi diceva. "Il babbo torna, il babbo sta per tornare... Sono andata tre anni di seguito, tutte le volte che arrivavano dei reduci alla stazione. Potevano anche averlo mandato in Russia, chi lo può sapere? Ma sta per tornare, torna" mi ripeteva stringendomi a sé tanto forte da togliermi il respiro, lasciandomi d'improvviso per prendersi la faccia tra le mani. Un pianto sempre più sommesso, via via i singhiozzi diventavano più radi. "Non lo dire a nessuno; non aprire bocca, mai!"

Erano pieni di segreti, per non tradirli si doveva tacere: la signora Cappugi e la sua cartomanzia, Millo e il nostro colloquio allo chalet della banderuola. Come potevo persuaderla che il babbo era morto se Ivana non lo voleva sapere? "Ci fanno tutti del male, Bruno, si vive in un mondo di jene." Riuscivo soltanto a buttarle le braccia al collo e a piangere con lei, non sapendo perché piangevo, se non perché lei era

afflitta e tremava. "Siamo soli, Brunino, e io sono disperata."
Sembrava calmarsi, si asciugava le lacrime, mi puliva la faccia, accendeva una sigaretta, diventava lugubre, assorta, e via via si animava.

"Non so più come difendermi, non ho nessuno con cui confidarmi. E se sbaglio, Bruno; e se mi trovo dalla parte del torto, tesoro?"

Mi assopivo di nuovo per risvegliarmi che lei era già pronta, mi comandava con gli occhi: di qua, di là, abbottonati, lavati, vai a pettinarti in camera mia, zio Millo sta per arrivare.

« Oh, durante le settimane del turno di chiusura » ora dice « tornare al tocco di notte rappresentava un problema. Nonostante la Repubblica e tante belle cose, la città era ancora infestata dai rapinatori, dai negri e dalle signorine. »

« Ne parli, dei negri, come una razzista. »

« Non sono forse d'un'altra razza? »

« D'un'altra pelle. »

« E non è la stessa cosa? D'un'altra pelle e d'un altro odore, disgustoso. Dopodiché, posso convenire siano fatti come noi, due occhi, due gambe, un'anima, un naso. »

Quasi sempre le dava un passaggio il proprietario del bar che aspettava lei avesse acceso la luce, avanti di ripartire. « Era una persona gentile, dovresti ricordartene del signor Luciani. » Certe mattine, durante il turno d'apertura, si fermava a prenderla, aveva una giardinetta verdolina, Milloschi ne era un po' geloso. « Non lo disse mai, ma lo capivo, e solo a capirlo, m'indignava! » In seguito, ella scoperse che Luciani aveva fatto il premilitare con Moreno, « erano della stessa classe e su per giù dello stesso circondario. » Milloschi no, con Milloschi non s'erano mai praticati. « Del resto, Milloschi, né prima né dopo, soldato non è mai stato. »

« A diciott'anni era di già alle Murate. »

« E di là lo trasferirono al carcere di Gaeta, non te l'ho forse raccontate io, le sue prodezze, perché tu gli volessi bene, fin da bambino? Non li preparavo io i pacchi che Moreno gli spediva, quando eravamo ancora fidanzati? E prima di mandarlo al confino, lo riformarono per via dei piedi piatti, ecco perché cammina a cameriere. »

Assediata dai ricordi, si accanisce contro Millo, come sopra una cartina di tornasole. È una spoglia dal viso carico d'unto, seduta sulla sponda del letto, le gambe accavallate dentro la vestaglia. Una sigaretta dopo l'altra, mi costringe a rendermi complice delle sue menzogne.

« Luciani, te l'ho detto, era di Sesto, e forse non sapeva nemmeno di appartenere al primo comune socialista d'Italia, né di trovarsi alle porte dell'operoso Rifredi! Dei fatti di cui Milloschi si riempie la bocca, della meccanica come della politica, scusami la parola, se ne fregava. La fortuna se l'era fatta con le sue mani. C'era una tale forza di volontà in quello sguardo nero nero! »

I parenti avrebbero voluto diventasse ceramista, l'avevano messo apposta nei laboratori della Richard Ginori, e lui era scappato a Firenze, incontro alle porte, Porta San Gallo, la prima venendo da Rifredi. Si riposò su una panchina, entrò in un caffè, si offerse e gli dettero lavoro. Il suo capodopera consisté nel saper reggere un cabaret, nel dar di straccio al banco dapprima, poi nel regolare la manopola della macchina dell'espresso, e nello specializzarsi pasticcere. Vent'anni dopo, rischiando, « e un po' arrangiandosi, finita la guerra, cosa c'è di male? », dirimpetto al caffè dov'era entrato ragazzo apriva il Bar Genio, e mentre la gente come Milloschi stava dietro al referendum e al trattato di pace, Luciani mise insieme un patrimonio. D'estate alzò il palco di un'orchestrina, « jazz e violini, un successone ». Piazza Cavour, ribattezzata della Libertà, oscurò il centro in quelle stagioni. I loggiati, i platani, l'arco di trionfo che se lo costruirono in onore del Granduca c'è da un secolo almeno, sembrava li avesse inventati lui.

« E come tutti coloro venuti dal nulla, era brusco di modi, ma al momento opportuno, sapeva essere comprensivo. Quando mi presentai, spinta da Beatrice, aspettavo mi richiedesse chissà quale cauzione, be', appena conobbe le mie condizioni: "Io l'assumo perché mi piace il suo viso" mi disse. "Ma siccome la regola esige che una cassiera... mi depositi un millame, ce l'ha?" » Erano come diecimila lire d'oggi, anzi come centomila, e lei, « logorandomi cogli straordinari della Manetti & Roberts », c'era giusto arrivata. Dal Quarantasei al Cinquantatré, « senza mai permettersi un'arditezza o un rimprovero, fu un padrone ideale ». Si commuove, quasi, si tocca i bigodini che le infiorano il capo come la coda di un aquilone, e sospira; è popolata di croci la sua memoria. Ancora un anno fa: ha la vocazione della vedova, mi dicevo.

« Forte come una quercia, morì stroncato da una grande ventata, sembra di cancro; e ci fu chi fece delle allusioni ignobili, stupide, parlando di un male vergognoso. Sai com'è: quando si apre bottega, ci si mette sulla lingua della gente; ai tavolini di un bar non mancano gli sfaccendati che ci piantano le radici. E un uomo come Luciani, ne aveva suscitata di invidia! »

Morto lui, « come se davvero gli avesse dato l'anima », tanto che non aveva avuto neanche il tempo di pensare a sposarsi, il locale decadde. I parenti che gli succedettero, rimasti ceramisti, non seppero fare, dispersero la clientela, quando si decisero a vendere era un esercizio ormai finito.

« Durò sette anni » lei dice « e mi accorsi che anche per me era passata la migliore giovinezza. » Era stata una vita di sacrificio, ma coi suoi pregi. Una settimana sì e una no, secondo i turni, poteva restare in casa mezza giornata. « Sotto certi aspetti ero più libera d'ora. Ti accompagnavo io a scuola in coteste occasioni. Ossia, è vero, ti seguivo dalla finestra... Quindi avevo tutto il tempo di dedicarmi a queste stanze, di darmi una vera accomodata, e spesso di preparare il desinare, piuttosto che mandar giù i veleni di Cesarino. »

« Basta, siamo nel Sessanta, mamma » le grido. « Sono passati altri sette anni. Mentre tu distribuivi biglietti al botteghino del cinema, tra poco andremo sulla luna. »

« Per scoprirci che cosa? » lei mi chiede. « Un deserto, a quel che pare. » Oppure: « Tutte le verità partono dal cuore ». Tace e mi guarda per assaporare la verità del suo pensiero.

I sentimenti la spolpano, e non lei sola. Sembra che soltanto noi ragazzi si sia entrati nell'età della ragione. Di cui è obbligatorio servirsi, con accanimento, se vogliamo vedere il mondo e la gente nella parte nascosta del viso: giudicarli, questi vecchi che intendono ancora tenerci a balia; madri e padri d'ogni specie, quelli da cui siamo nati e quelli cui abbiamo affidato la custodia delle nostre idee. Dobbiamo far chiaro, ce n'è bisogno come della luce per camminare; e si deve, poiché noi colpe non ne abbiamo.

Ora, all'infanzia succede l'adolescenza, un lungo periodo,

lungo sul calendario, durante il quale la ragione, insieme col corpo che crescendo si perfeziona o si corrompe, comunque si modifica, diventa un filtratore. La realtà è piena di movimento; e tutta diversa la mia giornata.

« Non te li ricordi più i sughi della Dora? »

Parte seconda

8

Dove c'è la strada lunga e asfaltata che conduce a Sesto, col seguito delle fabbriche e delle officine artigiane, alla strettoia di Castello, in una delle casette superstiti, l'una addossata all'altra, e sporche di secoli di polverone, spalleggiate dal verde e dall'argento dei lecci e degli ulivi, dai filari delle viti, dai rondò dei cipressi digradanti verso le colline, e imporrate di fuliggine, incrostate di borraccina, si trova come allora la trattoria di Cesarino. Sette anni fa, cinque, due, fino ad ieri, era un'osteria di campagna, con nell'ingresso il banco di pizzicheria, il sale e i tabacchi e i generi coloniali. Differente, ma sul tipo di quella dove conobbi gli sminatori ed alla quale l'ho poi sempre associata. Oggi è divenuta di moda. È stato Armando a dargli il nuovo dirizzone, lui che in definitiva, tra noi ragazzi, è il meno cambiato, e dei suoi genitori, la signora Dora e il vecchio Cesarino, può dire: « Poveri nonni » ma anche: « Mica ho fatto troppa fatica per persuadere mio padre a vendere quei tre campi per potenziare il locale ».

Il banco è rimasto, fa parte dell'originalità; e perché Cesare Bucchi non l'avrebbe mai mollato: in maniche di camicia e panciotto, il grembiule alla vita, egli ostenta d'ignorare la clientela del ristorante; e le donne di Castello gli fanno un piacere, vuole si creda, se vengono di sera tardi per un etto di prosciutto, un detersivo, un air-fresh, incrociando le signore invisonate.

Fuori, c'è l'arco, dove prima c'era una sola lampadina; e la scritta a gesso sui vetri, con l'enne rovesciata di PASTE AL SUGO PRONTE, s'è tramutata in un'insegna al neon dalle lettere rosse e celesti: GIRARROSTO ALLA VOLPE, *da Cesarino*. Le tovaglie su tutti i tavoli; e su ciascuna la sciccheria d'una candela accesa.

L'interno è lo stesso, solamente imbiancato, accentuando il tono rustico che un tempo, semmai, ci si sforzava di attenuare. Nei riquadri, sotto le volte, un pittore qualsiasi ha affrescato dei paesaggi che vorrebbero rappresentare Monte Morello e le Gore, là dove con grandi sospiri, Cesare faceva sparire una per volta le oleografie dei giocatori di tressette che ridono e piangono, e in mezzo quella del baro che tra le dita del piede passa al compare la carta risolutrice: erano talmente scacazzate dalle mosche che intervenne l'Ufficio d'Igiene. "Ci sono sempre state" Cesare si difendeva. Alzava gli occhi e il pugno chiuso: "Mi debbo rassegnare". Così ammainò le reclame della birra Paskovski, del sapone di Marsiglia, della cera Eureka, della targhetta che intimava: *Non sputare. Vietata la bestemmia e il turpiloquio.* Armando, abbattuta una parete e creato un passaggio a vetri, ha aperto una seconda sala, grande, sfogata, adatta anche per i banchetti: c'è tepore d'inverno e fresco d'estate, nella stalla dove per la prima volta abbiamo fatto all'amore.

La cucina, vasta di suo, espone uno spiedo gigante; e la medesima faccia grassa, accaldata, paziente della signora Dora che vigila sui fornelli. L'aiutano le due figliole che, come i loro mariti ora agli ordini di Armando nelle sale, lavoravano la terra prospicente l'osteria. (È semplice da contadini trasformarsi in trattori, una disposizione naturale.) Attraverso la vetrata, si vede il giardino in cui si allineano i tavoli durante la buona stagione; ed era l'aia, con le gabbie dei conigli, il pollaio, l'alveare, al limite dei campi dove il pagliaio, e non l'incannucciata, faceva da siepe e da fondale. Il parcheggio è sotto la tettoia, ampliata ma nella posizione di quando serviva da rimessa per gli attrezzi, il carro e l'aratro, e deposito delle biciclette, dei motorini.

« Sembrava il casale del Vecchio con la Vocina, c'intendiamo... Mentre ora » Armando dice « ora, non do forse dei punti ad Omero del Pian dei Giullari? »

« Meglio che dallo Zocchi a Pratolino. »

« Meglio dell'invetriata che apre di luglio in via de' Panzani il Sabatini. »

« Meglio » gli rispondiamo in coro.

« Meglio un cazzo, » lui esplode. « Io ci sudo sangue anche se ci fo un po' di quattrini. »

E di sicuro non diventerà mai un Luciani.

La sirena di mezzogiorno che per il resto della gente è un segnale orario, stacca dai banchi gli scolari, e gli operai dal tornio e dalla fresa. Gli uni sono a metà della fatica, gli altri l'hanno compiuta: le lezioni a casa si fanno dopocena; o la mattina, avanti della prima colazione. Mentre in classe riordinavamo i quaderni e ci mettevamo in fila, Millo aveva il tempo di pulirsi le mani, tirarsi su la chiusura-lampo, saltare sulla bicicletta e coprire il mezzo chilometro dall'officina alla scuola. Lo scorgevo dietro il gruppetto delle madri in attesa dei più piccini, con un piede a terra e l'altro sul pedale. Saltavo d'un balzo sopra il telaio; e questo esercizio di ginnastica cui ogni giorno ero chiamato, mi compensava della compagnia di Dino al quale ero costretto a dire: "Ciao, ci si vede più tardi con Armando, al canneto". Non ancora mi tenevo a metà del manubrio e già ci si muoveva: se mi trovavo squilibrato, con un colpo del braccio, Millo mi sistemava. "Com'è andata?" Uno scapaccione 'che non mi faceva più adirare, una spinta del suo petto contro le mie spalle, erano i gesti che sottolineavano il suo rimprovero o la sua approvazione. Si procedeva veloci, infilandosi tra due macchine, sorpassando il tram alla curva di Piazza Dalmazia, lungo la carreggiata di via Reginaldo Giuliani che stavano asfaltando. Giocavamo sui minuti e sui secondi. Era sempre mezzogiorno e diciotto, o diciotto e venti, diciotto e quaranta, allorché si arrivava da Cesarino. Il nostro record, finché Millo non comprò la Benelli, fu 15' 18": il cronometro, lo stesso d'ora, non poteva mentire. Lo stabilimmo in un giorno di pioggia addirittura. Poi se n'è riso: « Il fondo era pesante, ma la carreggiata era libera » lui dice. Nonostante il cappuccio dell'impermeabile tirato sulla fronte, l'acqua mi entrava negli occhi, mi bagnava il viso, il fango mi inzaccherava scarpe e calzini. "Forza! Pigia!" gli gridavo tutto eccitato. "E quando ti vedrà tua madre?" diceva la signora Dora. "Vieni qua, datti una pulitina." Lui si era tolto il berretto, e come al solito, si pettinava al vetro di cucina. Dagli altri due o tre tavoli, quei manovali e contadini che anche sostavano col bicchiere davanti a Cesarino, gli si avvicinavano: parlavano fitto e allegro di politica e di cose sindacali. Millo s'era seduto, sosteneva la conversazione e mangiava. Come se inghiottisse, eppure masticava; ero ancora alla minestra e lui aveva finito. Sole o pioggia, "la sirena ci chiama", ripartiva 6' 30" avanti l'una, dopo aver bevuto il caffè e accesa la sigaretta. Ora al suo posto sedeva Armando. "Lo sai cos'ho scoperto?" mi diceva. "Lo sai cosa ho trovato? Indovina."

Quando Dino ed io eravamo ormai grandi, Armando era rimasto il contadinello di suburbio cui si imponeva di procurarsi le sigarette sfilandole dai pacchetti alle spalle di suo padre. Gli si facevano degli scherzi: ora affogandolo durante i nostri bagni nel Terzolle, ora costringendolo a traghettarci sulla schiena col pretesto d'una spina dentro il piede. Era il più basso e il più forte, e subiva il fascino della nostra audacia, quindi le nostre prepotenze, il nostro dileggio, come una condizione naturale, un debito da pagare alla nostra agilità mentale. Nondimeno, la sua ottusità mascherava la sua furbizia. Così egli poteva, resistendo sott'acqua come se avesse un respiratore, tirarci per le gambe e condannarci alla bevuta che gli era destinata; ripagarsi del tabacco esigendo la soluzione dei problemi di aritmetica; avere Elettra per primo, allorché noi ancora ci scoprivamo sul ventre i primi segni di peluria.

"Ho trovato la volpe, so il posto e la tana."

Questo accadeva nei giorni che Ivana era del turno di mattina, e fino alle tre, le quattro non sarebbe arrivata, per poi sedersi, odorosa, elegante, allo stesso tavolo ch'era il nostro, appartato, nell'angolo tra la cucina e la porta che immetteva sull'aia. "Cosa mi dà, signora Dora? Sono stanca morta, qualcosa di leggero." Mi accarezzava la guancia e mi ravviava i capelli. "Su, composto. Zio Millo ti ha accompagnato? Cos'hai mangiato? Sei pallido, accaldato, sei strano." Accendeva la sigaretta, risucchiando le guance nell'aspirare il fumo e ricacciandolo dalle narici, aprendo la bocca a cuore per fare i cerchi. "Ecco, sì, signora Dora, un brodino." Ancora come alla cassa del bar o in vetrina, si offriva agli sguardi dei camionisti seduti agli altri tavoli in quell'ora.

Toltici i grembiuli, Armando ed io sgusciavamo sotto gli occhi consenzienti della signora Dora; si evitavano i cognati intenti a zappare, arare, dare il solfato, e potare, abbeverare le bestie, trinciare l'erba e il foraggio; correvamo giù per le piagge, di siepe in dirupo, raggiungevamo il torrente dove Dino ci aspettava; risalivamo il versante di Monterivecchi: ai filari e agli ulivi subentrava la cipresseta sempre più nana, poi il sasso, arido e friabile come pomice, poi la forra che un leccio gigantesco dominava simile ad un ombrello di atomica. Lì era la tana della volpe. Armando fu il nostro guardiacaccia e il nostro sheba. Tale si comportò riempiendoci di rispetto. A partire dalle radici del leccio aveva piantato dei paletti che indicavano il percorso per arrivare alla tana, altrimenti inimmaginabile, posta com'era in un incavo tra due massi di galestro, al di là d'una corta radura. Ci inginocchiammo per procedere, armato ciascuno di un pezzo di pertica appuntita. Gli stecchi e i rovi ci fecero stillare le dita, delle gocce di sangue che la terra immediatamente stagnava. Col fiato sospeso, in mezzo a ciuffi di ginestre e di scope, ora, io alla testa come capo della spedizione, Armando che chiudeva la fila e verso il quale mi voltavo perché di picchetto in picchetto mi segnalasse la strada. Ogni tanto risuonavano nella vallata gli spari provenienti dal Poligono di Terzollina: ci fermavamo, persuasi che la volpe, furba e impaurita, avrebbe abbandonato il suo covo. Girandomi incontravo lo sguardo ammirato di Dino. Era autunno, certo, le foglie accartocciate sotto i ginocchi muovevano scricchiolii che ci sembravano boati, più forti degli spari perché più vicini. All'ultimo paletto feci cenno ad Armando di affiancarmi. "È qui" sussurrò strisciandomi accanto; la sua testa corvina si abbassò sulle mani tese in avanti come un gatto acquattato. D'un tratto, con un colpo di reni, il suo corpo tozzo ma agile, incredibilmente forte di ragazzo, si buttò sul cespo delle ginestre sorgente dal galestro, lo aprì, restò sui ginocchi a braccia spalancate. Quindi, intraprese a scavare nel masso che si sbriciolava, mettendo alla luce l'ingresso della tana. Un'apertura dove sarebbe passato appena il tasso, sembrava. Una lucertola ci mise in allarme, le formiche ci camminavano sui ginocchi e sulle dita. La guancia schiacciata nella terra, spinsi lo sguardo dentro la feritoia; dapprima dovetti abituarmi al buio, poi distinsi come due piccole luci accese e spente. L'odore di selvatico mescolato all'afrore della ginestra e al fresco della mortella e del ginepro, mi scendeva lungo la gola. "C'è, c'è, s'è mossa" mormorai. Finché Armando ruppe l'incanto, si alzò e disse: "Mica esce più ora che ci ha sentito". Raccogliemmo gli stecchi e le foglie, dei pezzi di giornali, delle carte gialle e unte che trovammo lì intorno, resti di una merenda sull'erba e utili più d'una benedizione. Costruimmo una specie d'argine fin dove potevamo arrivare nell'interno della tana; e sul limitare, un falò a cui Dino dette fuoco. Si levò, con le fiamme, una fumata. Noi stavamo nuovamente carponi ai due lati dei massi, Armando al di là del fuoco, lontano, ridosso al leccio; pensammo che d'improvviso avesse avuto paura. Impugnava il bastone come un giocatore di base-ball. "Subito addosso" disse "che se v'azzanna è come un lupo, vi sbrana." La voce gli mancò; io e Dino ci guardammo negli occhi, ci sorridemmo per darci coraggio, a bocca chiusa. La fiamma si ravvivò; le lingue di fuoco camminando sull'argine che serviva da miccia, oltrepassarono l'imboccatura. Nulla succedeva, se non il crepitio delle foglie che il fuoco divorava; il fumo ci faceva lacrimare. In quell'istante, un ululo o uno squittio non so, come un proiettile la volpe saltò la cortina di fuoco, la sua coda ci lambì il viso; Dino ed io non avemmo il tempo di accennare un movimento. Ma nello stesso istante, fermo là dove era collocato, Armando roteò il bastone, colse l'animale ancora in aria, l'abbatté. La volpe, soltanto stordita, si voltò sul dorso, scattò per ricadere qualche metro più lontano; Armando gli fu sopra colpendola con tutta la sua forza alla testa. Ora noi l'avevamo raggiunto; ed eravamo ebbri di vittoria, le energie centuplicate passato lo sgomento, colpimmo quel muso fino a fracassarlo. Giacque inerte, la bocca impiastricciata di sangue, gli occhi socchiusi, i denti aguzzi scoperti.

Una settimana più tardi, ben frollata dai giorni in cui era rimasta appesa nel fondo del pozzo, i cognati la spellarono e la signora Dora la cucinò. Un sugo dolce e forte, ributtante. Armando si leccava le dita. Anche Millo, anche Ivana, nonostante i rimproveri di cui come tutti ci aveva ricoperti: e lei era sembrata, pensando al pericolo che avevamo corso, prossima al deliquio. "Pare lepre, un po' più aspra... Ci verrà lo scorbuto... Meglio d'un salmì... Peccato non si possano fare le pappardelle" commentavano. Anche quei manovali e i camionisti. Anche Dino, che avevamo invitato e mi chiedeva scusa gli piacesse.

Se n'è rammentato Armando, cambiando insegna al locale.

9

Mi domando a volte se "con qualche sacrificio" come Ivana ebbe a dire la sera in cui ci fu consiglio di famiglia e si decise del mio futuro, tutta la mia vita non sarebbe stata, oltre che differente, migliore, con più varie esperienze, altri ambienti, interessi ed idee diversamente sviluppati. Facciamo parte di una società disposta come in un braccio di ferro, tra le energie ancora possenti del capitale, cui la borghesia ad ogni suo stadio fa da cuscino, e la forza del proletariato rinchiusa, nonostante le sue sortite, dentro il corpetto di contenzione del sistema democratico che fatalmente la opprime; in una società che comunque ha rotto gli schemi dei privilegi ereditari e della libera iniziativa, dove non esiste fortuna che non si accoppi alla corruzione, dove non ci si improvvisa più ma si circola da strato a strato, mentre la chiave di volta è affidata alla maturità ideologica e morale dei quadri tecnici, arbitri sia della ricerca sia della produzione – e mi chiedo se decidendo del mio avvenire in un mondo siffatto, Ivana non aveva l'obbligo, ed entrambi, specialmente Millo, non lo sentivano come un dovere, di avviarmi verso un grado di istruzione che mi consentisse una maggiore qualifica. Mi troverei oggi seduto sugli anfiteatri dell'università invece che in piedi attorno a una fresa, il mio cervello s'impegnerebbe nei calcoli matematici piuttosto che fissarsi sulle modanature. Mi chiedo come la vanità di Ivana non prevalse sulla ragionevolezza di Millo. Sarei diventato un mediocre ingegnere o un dirigente aziendale tutto schierato sul fronte dei padroni; peggio, un tagliatore di tempi, un impiegato dell'amministrazione? Ho troppo rispetto di me stesso per considerare questa eventualità. Se non ce la facevo, avrei potuto rientrare nelle file senza nostalgia, ma le mie capacità potenziali sarebbero state messe alla prova. È questo l'inganno e la suprema ingiustizia del sistema e non c'è *public relations* che li possano modificare, anzi sono fatte apposta per sancirli. Ad individui come noi, i veri *tests* vengono sottoposti nel momento in cui si nasce, è il solo esame psicotecnico che conta; rispondono per noi, vivi o morti che siano, nostro padre e nostra madre: Santini Moreno, operaio specializzato; Ivana Boneschi, maestrina mancata, ora cassiera. Già si è operata la selezione. Diventerai barista o fresatore, o prenderai una strada diversa che ti condurrà anche meno lontano.

Ho bisogno di questi a capo, è il mio modo di riflettere. Del resto se a volte sono inquieto, più spesso sono felice. La risposta è implicita nella domanda: non ci si ribella da soli. Da soli, la voglia sarebbe di buttare bombe e sparare. Cose delle quali loro vecchi si sono dimenticati, oppure non le hanno mai pensate. Io stesso gli do un'altra dimensione, allorché insieme con Lori ci chiediamo le ragioni del perché si esiste e chi siamo. Questo è un capitolo che incomincia dal giorno in cui Lori è entrata nella mia vita. Per ora, ho undici anni e in mano il diploma tutto otto e nove, meno un sei in italiano. Dettero per compito: *Viene l'estate, spiega come passerai le vacanze e quello che vorrai fare finite le elementari*; ed io, siccome dissi la verità, andai fuori tema. Dissi che al mare c'ero stato soltanto una volta, da bambino; e che tutti i pomeriggi era vacanza, estate o inverno, col solleone o con la tramontana, in compagnia di Dino e di Armando, a caccia della volpe o a mettere i petardi sui binari dei treni, alla curva del Romito, per cui anche i rapidi facevano delle lunghe frenate. E in quanto all'avvenire: entrare alla Gali! C'era qualcosa di più desiderabile che lavorare fianco a fianco con Millo, davanti ad una fresa? Sicché fui io a scegliere, Millo e Ivana mi assecondarono, si commossero magari, quasi; il loro orizzonte non va al di là del botteghino e del reparto, e i loro ideali come i loro sentimenti, a furia di restare immobili (e la chiamano fedeltà; la chiamano coerenza), si erano già allora incancreniti.

« Vuoi non fosse nelle mie ambizioni » ora lei dice « avere un figlio istruito? Non soltanto qualche sacrificio, avrei camminato sui vetri. Ero giovane abbastanza per non temere il domani e preoccuparmi: se a un certo momento non potrò più mantenerlo agli studi, Bruno non diventerà uno spostato?

Non ho mai pensato in questi termini, non sono mai stata né egoista né avara. Certo, da Milloschi, né da nessuno, aiuti non ne accettavo. Erano i tempi del Caffè del Genio, e nonostante gli affanni, la vita quasi mi sorrideva. »

« C'era Luciani. »

Sospira ma non raccoglie la mia provocazione. « Avevo perfino fatto i calcoli, ti saresti laureato che io avrei avuto quarantadue anni, ancora oggi ne sono lontana, ma contavo di arrivarci in migliori condizioni, non così sciupata. »

« Non lo sei affatto, buttarti giù è la tua civetteria. »

« Mi piacevano i tajer scuri in quell'epoca, il lutto come tu sai non l'ho mai portato. » Ne aveva uno fumo di Londra, dice, si capisce un po' d'imitazione, coi riflessi sul celeste. Le durano un'eternità i vestiti, rischia di non essere mai al corrente con la moda. Li usa per andare e venire: un corsa dell'autobus, un tratto di marciapiede; il resto delle ore è in montura, o in vestaglia da casa. « Tu sempre coi calzoni corti, e sicuramente avevi i ginocchi sbucciati anche cotesta sera. »

« E lui, sentiamo lui. »

« Milloschi? »

« Direi. »

« Cosa vuoi portasse? O il solito impermeabile marrone o la solita tuta o uno dei suoi eterni vestiti grigi. » Solamente il giorno del matrimonio, quando gli fece da testimone, Ivana lo rammenta in blu. « Se lo sarà fatto imprestare, non stava male. Aveva un capo di capelli, allora, ch'era una vampata. »

Sembra voler prendere tempo. Un ricordo gliene suscita un altro e lei si sofferma su quelli che maggiormente la inteneriscono. Come si sentisse sotto processo, « è per via della tua aggressività » càpita che mi dica, e deviasse il discorso apposta, per non lasciarsi giudicare.

« Te la debbo raccontare io, mamma, cotesta sera? »

« È tardi, non vuoi più dormire? »

« Ma non ti faccio nessun rimprovero » la rassicuro. « Agisti bene, è questa la mia vita. »

Avanti che loro me ne parlassero, ne avevo discusso con Dino che era stato rimandato a ottobre e chissà se avrebbe riparato: tanto, per stare al banco con suo padre i conti li sapeva fare, l'occhio l'aveva sveglio, era esperto in borse di paglia e in portamonete e cartelle col giglio rosso e quello d'oro.

"Scommetto vorranno tu continui a studiare."

"Io voglio entrare alla Gali."

"Allora farai l'avviamento."

"Sì, ma nella sede dell'Istituto Industriale. A sedici anni ci assumono con un salario di ventimila lire al mese."

"Noi s'incassano in un'ora, quando va bene."

"Il vostro è commercio. Alla Gali si lavora."

"Però al chiuso, e a che ti servirà sapere l'americano? Pensa a me invece, bello, sotto le Logge del Porcellino. Coi turisti che ci sono, faccio da interprete a mio padre."

"Io starò accanto a Millo, mi piglierà nel suo reparto, si lavorerà insieme alla stessa macchina."

"T'ha un po' incantato."

"M'ha incantato perché è un bravo fresatore, come mio padre."

"E intanto ti metteranno da Don Bonifazi, il santo di Rifredi, tutti gli orfani poveri vanno da lui, lì c'è gratis scuola e merenda, c'è anche la palestra e il campo sportivo, fanno le gite, ma vanno in chiesa, servono messa, e con la sua raccomandazione..."

"Io non sono povero, io non vado alla messa."

"Ti ci manderanno, se vuoi entrare alla Gali."

"Mi spetta il posto di mio padre, e casomai la raccomandazione me la fa Millo, non Don Bonifazi."

"Perché, i comunisti sono più forti dei preti?"

"Sì, Millo sì" io dissi.

Ora eravamo nel salottino, la scena delle nostre commedie familiari, tutti e tre intorno al tavolo rotondo. Millo si era tolto l'impermeabile e aveva acceso per la millesima volta il medesimo toscano; lei col tajer dai riflessi celesti, le maniche strette al gomito, era stata lesta a mettergli il portacenere sotto il naso. Sul tavolo c'erano i regali: due libri di viaggi, una raccolta d'album d'avventure, e una scatola che avevo ispezionato, piena di compassi di squadre di viti, con su scritto: Il Piccolo Ingegnere. Ci tenevo sopra una mano. Lei aveva versato il vermouth, c'erano delle paste dolci, si brindava. Fuori pioveva, sbatté un'imposta nel corridoio. Ivana si alzò per andare a chiuderla. Restammo soli pochi secondi, lui ed io.

"Tra poco, quando ti si faranno delle domande, sii sincero" mi disse.

Ella tornò, si sedette, si aggiustò con le braccia sul tavolo intrecciando le dita. "Qui c'è zio Millo che come sempre ci darà un consiglio" disse. "Ma devi rispondere soprattutto a me che sono la mamma e voglio il tuo bene."

"Anche lo zio Millo" egli disse.

"Certo" ella disse. "Io, ascoltami Bruno, avrei pensato che con qualche sacrificio..."

"Voglio entrare alla Gali" dissi, bruciando il discorso che probabilmente lei si era preparato.

"Si capisce. Ma resta da vedere come."

"Se da comandante o da soldato" Millo disse.

"Tu che grado hai?" gli chiesi.

"Io non sono un vero esempio."

"Perché, non sei bravo?"

"Credo di sì, ma quand'ero ragazzo e poi diventai uomo, c'era il fascismo, per cui fu più il tempo che stetti in carcere di quello che passai in officina. Comunque, al principio ero manovale, ho fatto cioè la carriera del soldato. Da manovale si passa operaio, e da operaio si diventa specializzato. Ma ora non c'è più il fascismo."

"L'avete battuto voialtri partigiani."

"Non è questo il problema" intervenne Ivana. "Tu vuoi entrare alla Gali, sissignore, per chi nasce a Rifredi è un destino." Si passò nervosamente le mani sulle maniche del tajer, prendeva e posava la sigaretta dopo ogni boccata. "Non c'è altro di più grande per un rifredino, la Gali è l'universo, la Gali è la mecca, la Gali è tutta la vita."

"Pressappoco" Millo aggiunse. "È un simbolo, oltre che il pane. Questi ragazzi ci arrivano con l'istinto alla verità delle cose. Se non vogliamo contare che è una delle industrie più perfezionate. Ora magari è un po' invecchiata, avrebbe bisogno d'una nuova strutturazione."

Né lei né Millo si poterono accorgere dell'eco che trovava in me questo loro dialogo, un momento che mi avevano escluso. Come se tutto fosse già accaduto, e io conducessi il gioco; loro si stavano commovendo, e io li dominavo.

"Tuo padre lo stesso, come lo zio Millo, era bravo" ella riprese. "Tornerà e vedrai!"

Ci fu un silenzio, lei si morse le labbra; la guardavo e guardai Millo che aveva abbassato il capo. "Non ti piacerebbe prendere il suo posto, però da capitano?"

"Diventare un grande ingegnere" Millo disse, e puntò il dito sul coperchio della scatola. "Ma per arrivarci bisogna studiare, metti, dieci volte e tanti anni di più che alle elementari. La mamma è disposta a continuare a sacrificarsi e lavorare per te... Se poi volesse, io sono solo, quello che guadagno m'avanza."

"Ma nemmeno per scherzo" ella disse. "Cosa vuol far capire al bambino?"

Egli si dette da fare col suo toscano, si lisciò i baffi e decisamente scherzando ora: "Ne riparleremo nel Sessantaquattro, quando farà il secondo anno di università, magari".

Ivana, non replicò, si rivolse a me invece. "Te la senti? La matematica ti piace? Ti piace fare i progetti?".

"Mi piace fare il soldato" io dissi. E li guardai di nuovo, socchiudendo gli occhi adesso, mi sentivo furbo e vincitore. Credevo di capire che studiare dieci e dieci volte, fosse un trabocchetto per rimandare il mio ingresso alla Gali, e come per togliermi un poco della vita. Era lei a volerlo. Millo non poteva non essere dalla mia parte: faceva così per compiacerla, ma se io insistevo, lui questo si aspettava.

"Mi piace fare il fresatore, e non mi piace studiare" dissi.

E come era nel gioco, egli mi venne in aiuto. "Mica vorremo farne uno spostato" disse.

Ella s'arrese, due lacrime le spuntarono sulle guance, che in fretta si asciugò cavando il fazzoletto dalla manica del tajer.

"Dovrai studiare ugualmente, cosa credi?"

"Dovrai seguire i primi tre corsi dell'Istituto Industriale."

Saltai sulla sedia e li abbracciai, uno di qua uno di là, ero più alto di loro che stavano seduti, li baciai sulla fronte. "Però" dissi "però non da Don Bonifazi."

Millo assentì lisciandosi ancora i baffi. Ivana scosse la testa e sospirò. "Eccola, Milloschi, la sua educazione! Io da Don Bonifazi, tra quegli orfani, non ce lo manderò mai. Come non l'ho abituato ad andare alla messa, dal momento che non ci vado io. Non ci vado perché me ne manca il tempo, non perché me ne faccio un onore! Ma dei preti non gliene ho mai parlato male, mi sembrerebbe d'insegnargli a bestemmiare."

"Io idem" egli disse. "L'ha scoperta da sé, questa come tante altre cose. Crescono, Ivana, e non ce ne lamentiamo se vengono su bene."

"Già" lei disse "ma intanto" sospirò di nuovo come sempre da sempre "un'altra estate, fino ad ottobre, tutto il santo giorno sul Terzolle, senza una guida."

"È ancora troppo piccino per entrare in qualsiasi officina, sia pure d'un artigiano. Ma potrebbe" egli disse.

"Che cosa?" avevo aperto la scatola e allineavo squadre e compassi.

"Come ti piace diventare fresatore, ti piace leggere, così ti piacerà vedere stampare."

Un suo amico, amico anche di Moreno, ma del quale Ivana non si rammentava, aveva una piccola tipografia in Borgo Allegri. "Una tipografiuccia" egli disse "dove lavora da solo, e gli serve un ragazzo, più che altro per le commissioni. Ad essere sincero, ho già combinato."

Fu un'estate durante la quale imparai tutto: come funziona una macchina piana, ad armeggiare coi magazzini dei caratteri e il compositoio, come s'impagina un biglietto da visita, una carta intestata e un manifestino, appassionandomici ma senza affezionarmi poiché non era il mio mestiere. Così quel brav'uomo, poveruomo, del signor Cammei, la sua bluse sporca d'inchiostro e macchiata di vino, il suo vizio di giocare al lotto, al Totocalcio, alle corse, sempre con pochi denari e beghe in famiglia, era un padrone ideale. Venne ottobre ed incominciai l'Istituto Industriale, tornai sul Terzolle con Armando e con Dino. Solamente in seguito avrei scoperto, come si getta un nocciolo e nasce un pesco, dicono, di aver trascorso senza saperlo, una stagione decisiva.

10

Armando era un suddito; Dino, fino da allora, il mio vero amico, il mio compagno di classe e il ragazzo insieme al quale, tornando ai giardini della Fortezza, in un'età lontana e da collocarsi tra la scomparsa della signora Cappugi e la morte di Luciani, avevo stretto sodalizio coi soldati di colore. Né lustrascarpe né ruffiani, ma dei *little friends*, delle mascotte, dei pari, anche in virtù dello slang miracolosamente e rapidamente imparato. *"You no go"* li avvertivamo, quando le signorine con cui si accompagnavano e i protettori di esse, avevano il proposito di spogliarli, di vendergli alcol denaturato per whisky, orina per birra una volta a Tommy Watson, cristo che nerone, e che idiota: ubriaco fradicio non se n'accorse nemmeno.

« Peggio di Tommy dell'Illinois » ora diciamo se qualcuno dei vecchi scopre la bontà del sistema democratico e s'avvede che « data la diversa situazione storica, è da considerarsi la possibilità che le classi lavoratrici salgano al potere mediante la conquista della maggioranza parlamentare ». E questo non sarebbe riformismo, oibò, ma « uno degli aspetti della dialettica rivoluzionaria ».

« Peggio di Jess Bouie, Colorado » che ci volle andare per forza con la Bianchina, mentre lei diceva: "Domani mi ricovero, ma stasera, sifilide per sifilide, ne rovino più che posso, non me l'hanno forse attaccata loro?".

« E peggio di Bob Johnson, Enne Ypsilon, Harlem » dice Dino. « Tu quella sera non c'eri. Spago gli sfilò cento dollari per una catenina d'ottone. »

Come davanti alla tana, sempre Dino mi guardava negli occhi, che ha verdi, grandi, di fanciulla, e li abbassava. Ma non era un modo di prendere e dare ordini, bensì di dirci che c'eravamo capiti. Egli era gentile e rissoso, non forte quanto Armando, ma quanto me di sicuro, eppure, nei momenti decisivi, al braccio di ferro o alla lotta, o correndo sugli argini, il suo gomito cedeva, le sue spalle toccavano l'erba, io ero dietro e negli ultimi metri lo superavo. "Ti manca lo sprint" gli dicevo. "Ti difetta il fiato." E come in seguito avrebbe avuto sempre pronto l'accendino, mi dava l'ultima boccata della cicca. Steso sul greto, io leggevo ad alta voce l'albo dell'Intrepido; e Dino, seduto alle mie spalle seguiva il testo dentro il fumetto e le figure, mentre Armando, lui sognava di aprire una grande trattoria e s'annoiava. Distante, e pronto a scappare, facendosi schiavo ribelle, proclamava che Superman-Nembo Kid-Clark Kent, e Batman e Robin, non erano mai esistiti.

"Luisa Lane è un'invenzione, mentre io ho trovato una bambina!"

Ora faccio la seconda industriale e Armando ripete alle medie, Dino ed io portiamo il primo giubbotto e i primi blue-jeans. Ivana ha consentito in virtù della promozione. "Diventi un ragazzo come tutti gli altri, con cotesti calzoni. Ma se anche zio Millo è d'accordo! Io più che educarti non posso, dietro il botteghino del cinema mi si rompe la schiena." Dino ha finito da un pezzo di studiare, aiuta suo padre al banco dei *souvenir of Florence*, ma in queste ore dice di frequentare le serali, e ci raggiunge. È inverno e siamo al riparo della tettoia, tutt'intorno di verde c'è solamente il nero dei cipressi. Nel giro dell'orizzonte la cima dell'Incontro è coperta di neve, così dev'essere Montesenario e Montececeri, ve n'è una traccia che il sole rivela sul cocuzzolo di Monte Morello vicino. Pioveva ed è smesso; l'aria s'è fatta meno cruda e il velo di nebbia si dirada. La signora Dora ci ha dato una manciata di caldarroste, di bruciate. Andiamo sulla strada e montiamo nella cabina d'un Dodge mentre i due camionisti mangiano serviti da Cesarino.

"Raccontaci perbene."

"Ci sta davvero."

Siamo dentro un fortino, il parabrezza è tutto annebbiato, io sono seduto al volante: abbiamo sistemato Armando al centro, semmai si pentisse di spiegare. Su un lato della cabina, da tutti i lati, ci sorridono dive e pin-up in due pezzi e dai grandi sorrisi.

"L'ho vista come quella lì" Armando giura. "Ma ancora non m'è riuscito."

"Ossia?"

"Ho aspettato voialtri per poterla atterrare. Perché lei è innamorata di te" e indica Dino "dice che sei alto, che sei un uomo. È una greca, si chiama Elettra, ha suppergiù gli anni nostri, ma è sviluppata. Lavora al Farmaceutico, spesso viene a far la spesa."

Tre cospiratori, all'uscita del Farmaceutico, quella sera. Elettra indossava un impermeabile verde stretto alla vita, camminava sui tacchi come su dei trampoli, e in mano aveva l'ombrellino. Si avvicinò lei, sembrò ringraziare Armando salutandolo, ma guardava Dino. "Ciao" gli disse. Me, mi saltò. Dino mi fissò negli occhi, io inghiottii e fu un modo di dirgli che mi rassegnavo. Elettra aveva la bocca dipinta e il turchino sopra le palpebre.

"Tu sei Dino?"

"Sì, ma sono con loro."

"Armando lo conosco. Questo non so chi sia."

"È Bruno, è un mio amico, è un tipo."

"Va bene, ma io, vorrei parlare con te. M'accompagni?"

Dino tornò dopo mezz'ora per raccontarci che era vero, lei ci sarebbe stata.

"Lo vedi, lo vedi!" Armando ripeteva.

"Con me solo, però."

"Lo vedi, lo vedi?"

"Ma dove, di questa stagione?" Dino disse. Non ci dette tempo di riflettere, si rivolse ad Armando: "Ho pensato che mentre i tuoi cognati sono a cena, la stalla resta vuota".

"Io, nella mia stalla?" Armando protestò. "E se ci scoprono?"

Dovetti minacciarlo, per vincere la sua paura, di non fargli più i compiti, né quella sera né mai.

Ho conosciuto le donne della Fortezza costrette sulla strada dai disastri della guerra e dalla fame. Quella fame, di un'epoca dicono in cui tutte le speranze e tutte le illusioni erano possibili: anche l'utopia di andare sposa nell'Illinois e in Colorado, se uomini usciti puliti e caldi come il sole dalle galere e dalle montagne, dai campi di sterminio e di prigionia, reduci dalle

74

scuole della rivoluzione e portatori di idee destinate a sommuovere il vecchio mondo, a dargli un nuovo ordine e una giustizia finalmente totale, si fecero persuadere a depositare le armi e invischiare in un gioco di oratoria che periodicamente lascia ancora al mitra, ma usato contro la loro gente, l'ultima parola.

Di sicuro nessuna ha fatto fortuna. Piccole talpe, appartenenti ad una società comunque animalesca, dove forse solamente chi possiede lo splendore e la spietatezza della tigre e dell'aquila reale, riesce a piegare il proprio destino, col passare degli anni si sono sempre più inoltrate nelle fogne, quando non vi sono sparite. Come la Bianchina, che contagiò i colored e i cui assassini camminano ancora tra noi: una vendetta dell'ambiente o un sadico scatenato, dapprima la strangolò e poi, per spregio, le calcinò con terra e con ghiaia ogni apertura. Ella rimase su un prato di Bellariva, la faccia stravolta, un occhio aperto e uno chiuso, la bocca murata di sassi di sterco e di mota, terribile, come se la morte medesima, imprimendole quel ghigno, volesse testimoniarsi impaurita.

E le loro simili del tempo di pace, che oggi battono la stazione e le Cascine, che appena annotta sembrano montare la guardia ai santi e agli eroi ritti dentro le nicchie d'Orsanmichele.

Delle une e delle altre, tenendo bordone ai GI negri, scorrazzandogli intorno con la moto, ho conosciuto il linguaggio sboccato, la scorza di cinismo dentro la quale si difendono come dei ricci dagli aculei spuntati, le loro volgarità penetrate dalla tenerezza e dalla sottomissione verso i protettori, la cui presenza le sollecita e le fa esistere: creature che accettando, oggi, la propria sorte, non hanno più diritto né alla nostra pietà né alla nostra commozione. Sono delle vittime; il risultato, degradante ed estremo, delle ingiustizie sociali; esercitano "il mestiere più antico del mondo", ho letto a proposito di un film ambientato nei bordelli d'una volta. Come dire che ingiustizie e soprusi sono antichi quanto il mondo, perciò il mondo va cambiato. La verità è nel commento in apparenza superficiale di Dino: un concetto assoluto, drastico, chiarificatore. « Sono troie! Sono "donne perdute" » ridacchia. « Più maiale e perso di loro chi ci va insieme. »

Ma come spiegarsi, ora che ci incombe il dovere di inquadrare ogni persona, di rimproverare a loro vecchi le loro debolezze e i tradimenti operati contro la ragione, che risposta c'è per Elettra che aveva la nostra età? Dino dice: « Successe; possibile tu voglia, dopo tanto tempo, rivangare una cosa del genere? Non è un po' anche Rosaria, com'era lei? ».

No, Rosaria che successivamente avremmo conosciuto, ha una sua logica, dimostrerò poi quale. Elettra invece era fuori di qualsiasi classificazione, se non richiamandosi a una forma di malattia (e lei non era malata) o a un eccesso di vitalità, un fenomeno di autodistruzione che è la negazione stessa della vita.

Ne ho parlato con Lori, durante una delle nostre sere. Essa dice: « È il tuo rimorso, amore, che ti fa ingigantire l'episodio. Cotesta Elettra, doveva essere soltanto una natura delicata, di cui voi ragazzi abusavate ».

Nemmeno questo è completamente vero. Era già una donna, con le sue riflessioni e i suoi pensieri, tuttavia mutevoli come se una volta pronunciati li avvertisse privi di valore. E non perché aggredita dai sensi, "peggio di una sposa" noi ragazzi ci dicemmo, bensì per la suggestione che di volta in volta ella doveva provare accarezzando un viso diverso, con lo stupore di una scoperta sempre nuova, di una continua rivelazione.

« Una puttana allo stato naturale » dice ancora Dino « non ti fissare. Mentre le altre fingono, lei faceva sul serio. Me ne desti più di quante non riuscii a rendertene, per quella zoccola, e ora ne ridiscuti. »

Ma se adesso ci torno con la mente, non è per rimorso né per curiosità ritardata e banale, ho un altro motivo.

Avevamo quattordici, quindici anni, giova lo ripeta perché, rispetto ad Elettra, nessuno di noi è cresciuto. Lei arrivò puntuale; era già sera, tirava una tramontana che ci arrossava il viso. Discese dal tram ed attraversò la strada, Dino l'aspettava davanti alla fermata. Aveva indosso un giacchetto d'angora, bianco, e una sottana viola, i capelli tagliati corti com'era venuto di moda. Armando ed io, nascosti dentro un portone, ne uscimmo non appena si furono incamminati. Lei si voltò e ci vide. Dino la strinse al braccio, dubitando volesse scappare. Ci fermammo tutti e quattro in circolo sotto il lampione. Dino mi guardò ed abbassò gli occhi come per lasciarmi l'iniziativa. Elettra ci osservava uno per volta, quasi volesse rassicurarsi che non le avremmo fatto del male, ma senza sgomento, solamente perplessa. Armando disse: "Non si potrebbe rimandare?".

"Perché" lei disse "tu cosa c'entri? Io vado con Dino."

"Ma nella mia stalla."

"Non lo sapevo" sorrise, aveva i denti fitti e piccolissimi. "Menomale, così si sta al caldo. Siamo sicuri?"

"Sì, sì" io intervenni. Dirò che mi batteva il cuore. Ero un ragazzo ancora vergine, con a portata di mano la sua prima esperienza. La guardavo e desideravo come un oggetto, non come una persona. "I suoi a quest'ora sono a mangiare."

"Anche tu, cosa c'entri?" lei disse. "C'è questo vento e stiamo qui a ragionare." Mise la mano sotto il braccio di Dino per invitarlo a muoversi.

Dino parve inchiodato in quei centimetri di terra dove posava i piedi. Si liberò della sua mano con decisione, poi disse: "Senti, se vuoi venire con me devi andare anche con loro".

"Un altro giorno" lei di nuovo sorrise.

"No, stasera" io dissi "siccome..."

Dino non mi dette il tempo di finire. Gli occhi fissi sui piedi: "E con lui, con Bruno, avanti che con me".

"Perché? Hai paura che se vengo prima con te, poi mi metta a urlare?"

"Prima con lui" Dino ripeté. C'era un tappo di Coca, e facendo una giravolta gli dette un calcio. Tornò fermo, disse: "È chiaro?".

Ella abbassò le braccia lungo i fianchi, la borsetta stretta sotto l'ascella, trasse un lungo respiro. "Ci sono abituata a questi ricatti, siete tutti uguali." E guardò Armando che si voltò per nascondere il viso. Così capimmo ch'egli l'aveva già avuta, istintivamente lo scostai con una spinta. La domanda di Elettra mi colse in questo soprassalto d'invidia.

"Tu sei il capo?"

"Sì" disse Dino "sì, è il capo."

Ella si strinse nelle spalle, si passò pollice e medio agli angoli della bocca come se il rossetto si fosse appiccicato. "Be'. andiamo" disse. "Quando desidero una cosa la debbo sempre pagare."

Il piano che avevamo studiato, si rivelò perfetto. La stalla

77

era divisa in due locali da un'arcata: da una parte le mangiatoie dov'erano legate le bestie; e in uno spazio più ristretto, il deposito dell'erba medica, del foraggio, e il treppiede su cui era fissata la trancia. C'era il fortore del fieno e dei bisogni degli animali mescolati. Armando era rimasto di guardia sotto la tettoia, Dino l'avrebbe raggiunto dopo averci fatto un letto allungando il mucchio del fieno e pesticciandovi sopra. "Ecco, ora io vado" disse. "Se viene qualcuno ci si mette a cantare, così voi scappate dalla porta che dà sui campi." Uscì senza voltarsi.

Ella aveva cavato dalla borsa un fazzoletto di carta, si puliva le labbra; spontaneamente si distese sul fieno, si tolse prima le scarpe che posò accanto alla borsetta, quindi con un gesto rapido che non ebbi modo di seguire, si sfilò le mutandine, le mise tra l'una e l'altra scarpa, sopra la trancia. Era bella? Aveva i denti di gatto ma bianchissimi e pigiati, gli occhi marroni, i capelli castani. E in quel momento com'era? Nonostante la lampadina appesa a un filo sulle nostre teste, il ricordo è cieco.

"Stenditi, dài" mi disse. E m'abbracciò, mi baciò sulla bocca, la sua lingua cercò la mia e ne provai disgusto dapprima, poi un sapore di miele. "Sei il capo?" sussurrava. "Li domini? Li picchi? So parlare italiano, che ne dici?"

E mi costrinse, mi istruì, vinta e nel medesimo tempo belluina, finché potei resistere, come se la stessi torturando. Questo mi dava gioia e la coscienza suprema della mia superiorità, d'una forza segreta e fino allora inespressa... Si calmò all'improvviso, serena, umile, ciarliera anche, come fosse resuscitata.

"Io sono greca, lo sapevi? Mica una greca di Grecia, sono figlia di pugliesi. I nonni sbarcarono al Pireo che babbo e mamma erano appena nati, come gli altri partivano per l'America. Ma loro avevano quella parte di mare davanti! E sono sempre restati italiani, si è sempre parlato pugliese, ma dopo la guerra ci hanno scacciato. Ci misero in un campo di concentramento, giù ad Avellino. Da cinque anni siamo a Firenze, prima nelle caserme, ora baraccati, si aspettano le case che stanno costruendo nel cuore del vostro Rifredi. Ho imparato a parlare civile, che ne dici?"

L'ascoltavo senza più interesse, ascoltando me stesso invece. Da un momento all'altro, mi sentivo avvilito, come se lei avesse ucciso dentro di me qualcosa che m'era appartenuto e ora avevo perduto.

"E a fare l'amore, ho imparato? È puzzo o è odore qua dentro, che ne dici? Guarda quella trancia, si chiama così? sembra una ghigliottina. Che ne dici, sei stato contento? Oh, tu mi hai fatta felice. Non voglio vedere più nessuno stasera. S'agapò dicono, s'agapò, s'agapò, macché! Si dice amore. Chissà s'agapò chi gliel'ha insegnato! In fabbrica sono tutti bischeri, davvero. Oh, io quando sono là dentro faccio la santa, si tratta del pane! Cerco di trattenermi, ma come si fa, se qualcuno ti piace? C'è chi mette la mano in tasca, crede sia per interesse, non lo sa che l'ho scelto io perché mi piaceva! Ma in fabbrica per lo più sono uomini, e io, con gli uomini, sciò sciò! I miei uomini sono i ragazzi come te, che ne dici? No, no, stasera sono contenta. Mi sono sacrificata con Armando, ma non è mica stato un sacrificio, per avere Dino. Lo vedrò un'altra sera. Stasera voglio dormire col tuo sudore addosso. Lo so, io parlo, fo cento domande, mi chiamano Chenedici, ma nessuno mi risponde come vorrei... Nessuno mi parla con le parole che m'aspetto, non le conosco ma lo sento che esistono. Ora tu credi che pensi a sposarmi! Ma io mi sposo tutte le volte, se rimango incinta so come fare. Dino non mi piace più, è troppo vigliacco se si fa comandare. Ci ha persino accomodato il letto! Tu gliel'avevi ordinato? Si capisce subito che tu sei fatto per comandare, basta guardarti negli occhi. Ma non a me. Io con uno quando ci sono stata una volta non ho più tentazione. Me, non mi comanda neanche la capo-reparto, siccome faccio il mio dovere. So farlo il mio dovere, che ne dici?"

Frastornato dalla sua petulanza, non sapevo né risponderle né darmi un contegno. M'ero messo seduto e la guardavo mentre parlava e si infilava le mutandine, le scarpe; stando in ginocchio aperse la borsetta, ne cavò lo specchio, il rossetto: tenne la matita sospesa e mi offerse la bocca.

"Dammi un bacio avanti che mi dipinga. Senti quella mucca come si lamenta, sarà gravida, che ne dici?"

Non seppi far altro che toglierle dai capelli dei fili di fieno che vi s'erano impigliati.

"Grazie" mi sussurrò.

Ci alzammo. Nonostante i suoi tacchi, ero più alto di tutta

la testa, lei si sollevò sulle punte per sfiorarmi guancia contro guancia. "Se no ti sbaffo tutto" disse. "Ciao."

Le due vacche e il bove girarono verso di noi i loro musi umidi, gli occhioni ottusi, ruminando, mentre attraversammo la stalla. "Che bestione" lei disse.

L'accompagnai alla porta sui campi. "Gira per quel sentiero, lo vedi?"

"Per forza" squittì "con questa luna!"

"Dietro quel cipresso, il sentiero ti riporta sulla strada."

"Ma lo conosco" sorrise. "Ti sei scordato che ci sono venuta con Armando?"

E scomparve nel buio e nella luna.

Uscito all'aperto, dove Dino ed Armando mi aspettavano, ero pieno d'ira verso me stesso. Veder Dino e sentirmi traditore, fu immediato. Un sentimento odioso, e il solo probabilmente di cui ho rimorso anche se Dino da quella sera mi ebbe a perdonare.

"È andata via" dissi.

"Menomale" disse Armando. "Le mie sorelle e i miei cognati si sono già alzati da tavola. Andiamo sulla strada, facciamo un pezzo fino a Castello, come se si tornasse dal cinema."

Il vento era cessato e l'aria era diventata pungente. Il giubbotto dentro cui riparavo le mani coperte dai guanti mi riscaldava, ma dall'inguine in giù mi sentivo improvvisamente gelato.

"Con te" dissi a Dino "ci verrà un'altra sera."

"Però" Armando disse. "Intanto l'hai fregato. Io ci sono stato e ci posso tornare quando voglio, ma lui stasera..."

"Io" disse Dino. "Io, se sei stato contento tu, Bruno."

Era conciliante, affettuoso come sempre nei miei riguardi, ma questa volta la sua generosità cozzò contro il mio senso di colpa e lo tramutò in rabbia.

"Mi vorresti forse cazzottare?"

"No, perché?"

"Sei un vigliacco."

"Che brutto effetto t'ha fatto" Armando si provò a scherzare.

Lo urtai per scansarlo e mi lanciai su Dino, lo presi per il giubbotto: scoprirlo pusillanime, era un'offesa che lui faceva alla nostra amicizia, dovevo reagire. Gli misurai un pugno, lui mi scostò il braccio. Mormorò soltanto: "*You stop it, Bruno*".

Così lo colpii. Ci picchiammo a morte. Quando finalmente Armando, vedendoci esausti, decise di dividerci, disse: "Domani ci va prima Dino e tutto è a posto. Ci penso io".

Ma non ci fu nessun domani. Durante alcuni giorni, nessuno di noi riuscì a fermarla. L'appostammo all'uscita del Farmaceutico e lei s'ingruppava con le sue colleghe o c'era qualche ragazzo che la caricava sopra la moto e noi ancora la moto non la possedevamo per poterli rincorrere. La sera che c'eravamo messi uno di qui e uno di là in modo da bloccarle ogni scampo, e se fosse stato il caso a picchiarsi coi suoi motorizzati, lei non apparve. Si seppe qualche ora dopo, leggendo sul sommario dell'edizione della notte il suicidio di una adolescente profuga dalla Grecia. Comprammo il giornale; tutti e tre, irragionevolmente, già con la certezza che si trattava di Elettra.

Ora per via di quel suo eloquio, di quella sua aggressività e di quella sua tristezza, per qualcos'altro ancora, e benché Elettra fosse una bambina, scopro che in un modo oscuro ma scoperto, sensibile, Ivana le assomiglia.

11

Millo e Ivana, nonostante le grandi e piccole avventure della giornata, continuavano a riempire la mia vita. C'è l'ambiguità di certe attese che incominciano appena cade la sera, s'illuminano le strade e su Monte Morello il trasmettitore radio occhieggia come un faro. Dapprincipio è come se io e Millo che mi accompagna, restassimo fermi nella zona di buio tra un lampione e l'altro, o lungo l'argine, dove il canneto si sta sfoltendo e lascia scoprire un più largo orizzonte del Terzolle, all'altezza del ponticino. Abbiamo cenato insieme, oppure lui mi aspetta sulla porta di casa con gli uomini e le donne di via delle Panche, la gente in mezzo alla quale Ivana vive da anni e non ha mai legato. Dall'epoca remota in cui scomparve la signora Cappugi, ella non ha più coltivato un'amicizia nel perimetro di Rifredi, dove le persone che la conoscono, non l'hanno in simpatia. Solamente la mia normalità di ragazzo, amico dei loro figlioli, e soprattutto la presenza di Millo, universalmente stimato, riduce nei limiti d'una bonaria considerazione, un po' pietosa e un po' divertita, i mormorii e i pettegolezzi che la sua alterigia sembra fatta apposta per suscitare. E siccome tutti sono convinti che Millo sia il suo amante e il mio padre adottivo, salvate le convenzioni, essi interpretano il suo atteggiamento nei confronti di Millo, come un modo di tergiversare, avanti di decidersi ad un secondo matrimonio. Se lo spiegano anche, pensano che Ivana sia rimasta presa in questa relazione per forza di circostanze, una consuetudine che tuttavia non le pesa. La discrezione di Millo, essi capiscono, è pari alla sua devozione. Che lui ne sia sempre di più innamorato nessuno ne dubita, circola un'atmosfera romantica attorno alla sua persona. Questo comunista di cui gli stessi avversari politici hanno rispetto, ha dunque il cuore dolce e l'anima amareggiata.

Ma io, Bruno, cosa ne penso? Ho aspettato di avere quindici anni per rispondere a questa domanda che covo dall'infanzia, non la posso più rimandare.

È una sera come un'altra, è primavera, giorni addietro Millo s'è annodato il fazzoletto attorno al collo, mi ha portato con sé sul palco di Piazza della Signoria dove si celebrava il 25 aprile. Era una giornata di sole, con le bandiere rosse e quelle tricolori. Lui nei miei confronti non fa proselitismo, neanche mi ha detto, ora che ne avrei l'età, di iscrivermi alla gioventù comunista: mi educa alle sue idee dandomene un esempio attraverso il suo modo di essermi amico, ed io gliene sono riconoscente, e un po' infastidito allorché la sua schiettezza diventa presunzione. Adesso è buio, è l'una di notte e come sempre noi siamo affacciati alla finestra, aspettando Ivana. Essa ritarda e noi ce ne diamo a vicenda la solita spiegazione; quando un film è di successo, i riscontri sono lunghi, un incasso che si aggira sul milione.

"È una serata in cui è valida l'Enal, stasera?"

"Credo di sì."

Io mastico gomma, lui accende per la centesima volta lo stesso mezzotoscano.

"Del resto, potrei anche andar via, cosa sto qui a fare?"

"Mica hai da mettermi a letto come quando ero bambino" lo provoco. "Non sapevi nessuna storia adatta per farmi addormentare."

"Ma se eri già rimbecillito appena andava giù il sole."

"Le tue storie di Lister e di Zapata" insisto, e mi contraddico. "Per forza chiudevo gli occhi, erano una noia."

"Ti avevano corrotto le favole della signora Cappugi, magari te ne rammenti ancora."

E si spenzola, aguzza lo sguardo, se mai Ivana apparisse là dove c'è la fermata di viale Morgagni, e discesa dall'autobus dovrà percorrere a piedi un centinaio di metri, dall'uno all'altro lampione.

"Vai, ripiglia a studiare" mi dice. "Io ti consiglio un quadrato reversibile come capolavoro."

Mi siedo al tavolo del salotto, alle prese col lucido dove disegno in sezione i due incastri e la squadra guida a 45 gradi, sul cui modello mi cimenterò il giorno degli esami.

"Finisce a coda di rondine, fa' attenzione."

Un lungo silenzio, poi, sempre restando affacciato: "Ho

parlato con un amico" mi dice. "Giulio il Parrini, che ha l'officina qui alle Tre Pietre. Fra un turno e l'altro ci metterà a disposizione una fresatrice... Eh Giulio" commenta. "Era con me alla Gali da sempre, era un attivista, un compagno, nel Trentanove ci arrestarono insieme, conosceva naturalmente anche tuo padre." È passata la guerra e l'euforia, dopo lo sciopero del Quarantotto pei consigli di gestione, lo avevano destinato al "reparto confinati". Un operaio specializzato adibito alla cernita dei rottami. "Ci sono stato anch'io un paio di anni, c'erano addirittura tre o quattro del reparto-ottica che lavorano di precisione. Noi abbiamo resistito." Parrini no, a questo punto decise. Si licenziò e coi soldi della liquidazione, si mise in proprio, trovò chi gli fece un prestito, s'indebitò con la banca, e se dapprincipio fu duro, ora ha cinque macchine e nove operai, s'è buttato dietro le spalle ideologia e sindacato. "A volte ci si vende per un salto d'umore. Certo, è un modo di girare il timone della vita! Possiede la Giulietta e l'appartamento dove abita è suo. Per un resto di fedeltà, ci garantisce il voto." Millo coi gomiti al davanzale, neanche s'accorge della sua malinconia. "Andremo dal Parrini una settimana avanti degli esami" conclude "basteranno sei sere per una ricapitolazione."

"C'è anche all'Istituto Industriale una fresatrice."

"Lo so, ma voglio vederti io alle prese col vero. Te lo farò io l'interrogatorio: la differenza col tornio, per esempio."

"Sono tutte e due macchine ad asportazione. Le fresatrici più importanti, quelle su cui lavoravate alla Gali, sono la Milwaukee e la Cincinnati."

"A trentadue e a quaranta, preciso. Meglio però la Cinci, sia orizzontale che verticale, la piazzatura è più larga, ci lavori con più agio."

"Il pezzo sta fermo e va incontro alla fresa che ruota portata dal mandrino. Nel tornio invece è il mandrino che porta il pezzo in rotazione e l'utensile..."

"Vuoi dire il bulino."

È pignolo, antipatico, sto per rispondergli male. "Il bulino gli va incontro e asporta il truciolo, sissignore."

"Ma è sempre una figura elementare. Metti tu debba lavorare un pezzo leggero, una puleggia che poi andrà montata su un telaio tessile. Fai conto si tratti di un arpino per ratiera."

"In questo caso fermo il pezzo alla staffa, regolo il novio

84

che mi dà la misura e poi quello che mi indica la velocità mediante la leva."

"E il piatto della fresa come lo stabilisci, sentiamo?"

"Secondo la durezza del materiale: o a dente diritto o a fiore."

"Più il materiale è morbido più il dente dev'essere ingordo. non te lo dimenticare. C'è una differenza tra l'alluminio e l'acciaio."

"Ho detto forse un'altra cosa?"

La conversazione si anima, per un momento ci si appassiona come tanto tempo fa sulle pagine dell'enciclopedia e del sussidiario. Gli contesto che all'istituto, anche se siamo in gruppo, lo stesso si fanno esercitazioni.

"Resta teoria" lui insiste. "Davanti alla macchina del Parrini me ne dovrai dare la dimostrazione."

Si passa il sigaro sulle labbra, lo mastica, lo lecca alla punta, dà un'occhiata furtiva all'orologio, è di nuovo spenzolato al davanzale.

"Magari ha trovato chiuse le edicole del centro, e per comprare uno dei suoi rotocalchi s'è spinta fino alla stazione."

"E per sgranchirsi le gambe, dopo sette ore che sta seduta."

"Questo è vero" conviene.

In un'altra età, quando io non riuscivo ad addormentarmi e « magari era estate », c'era un gran concerto di rane e di grilli e la luna nuova imbiancava la camera: "Ora rivestiti" lui mi diceva. Io ero già fuori dal letto. "Si va davvero?" Come al mattino e a mezzogiorno, montavamo sulla bicicletta; se lo trovavamo aperto, per accorciare, si oltrepassava il passaggio a livello dietro Piazza Dalmazia, tanti sobbalzi mentre superavamo i binari. Si percorreva la breve discesa di San Jacopino, case strette e pigiate, per sfociare sui viali dirimpetto alla Fortezza: balenava nel buio il cotto dei mattoni che la rivestono. là dove, come un vestigio, c'erano tre stand di tirassegno al posto del lunapark, ridosso alle mura. D'infilata con l'arco granducale si scorgeva il portico del Caffè Genio, lo sfavillio delle luci al neon e quelle che sovrastavano il palco dell'orchestrina, la distesa dei tavoli e il colore delle tovaglie via via che ci avvicinavamo. Ci si fermava a distanza, e sempre qualche macchina o l'autobus ci impedivano di vedere; e sui due lati, assiepata al di qua delle piante, la piccola folla che ascoltava la musica. Tra spalle, teste e luci s'inquadrava l'interno del bar e la cassa; Ivana era lì seduta; gli avventori che consumavano al banco e i camerieri, sostavano davanti a lei, e lei batteva gli scontrini. Così assisa, la bluse marrone e il colletto bianco, i capelli pettinati alti, assumeva ai nostri occhi un atteggiamento regale. Era un attimo, spariva dietro l'andirivieni della piazza e del caffè. "L'hai vista, sei contento?" Millo mi chiedeva. "Ora piglierai sonno? O vuoi fare un giro della piazza e ripassare un'altra volta magari?" "Più vicino." "Lo sai che se ci vede sono storie. È sul lavoro, come me quando mi trovo in officina. Hai mai sentito dire che si ricevano visite alla Gali?" A passo d'uomo si compiva il giro della piazza: il resto dei loggiati che la circondano era spento, silenzio e buio, poi l'aria si riempiva della colonna sonora del cinema all'aperto, al di là della cancellata e dei pennoni spogli. "È il giardino della Mostra dell'Artigianato" lui mi spiegava. "Quando io avevo la tua età, questa si chiamava Piazza Cavour e mio padre mi diceva che ai suoi tempi s'era chiamata piazza San Gallo. Ci tenevano le fiere di quaresima, con le giostre e i banchi dei brigidini, si contentavano di poco. Poi venne il fascismo, vennero i neri mentre noi rossi si stava in prigione, e la chiamarono piazza Costanzo Ciano ch'era il nome di uno di loro. Oggi è Piazza della Libertà, mettitela in mente questa parola e pensa quante trasformazioni ci sono volute per arrivarci." La sua pedagogia che io bevevo come la granita-bandiera al chiosco sul viale ("Ma non ti farà male tanto ghiaccio a quest'ora?") distraeva lui non me, dal suo pensiero. Risalivamo in bicicletta e tornavamo davanti al Caffè Genio. "Qual è il signor Luciani?" gli chiedevo. "Deve essere quello che sta sulla porta e si dà tutte quell'arie! Quello che ora si avvicina al banco e controlla i vassoi, che ora si ferma alla cassa e dice qualcosa a tua madre." E come la signora Cappugi: "Via, andiamo via!". Ma non c'era bisogno lui ammiccasse perché io mantenessi il segreto su queste spedizioni. M'addormentavo appena a casa; e d'un tratto, non sempre, di rado, ma ogni mio sonno, ogni notte, era come gravato da questa pena, mi svegliavo. Millo era sparito, s'accendeva la luce e al centro della stanza c'era Ivana con gli occhi sbarrati.

"Il babbo torna, il babbo sta per tornare. E se sbaglio, Bruno, cosa mi può capitare?"

12

Ho quindici anni, e penso quello che pensa la gente in definitiva. È un'idea non volgare, venuta su con me, di cui si è nutrito il mio universo morale. Ivana si sottraeva ai complimenti dei camionisti, così come scendeva dalla macchina del Luciani, per consegnarsi a Millo. Allo stesso modo, il giorno delle automobiline, aveva licenziato bruscamente il giovane Silvano. Lei e Millo sono i soli adulti che ho avuto vicino, vederli idealmente riuniti è stato un fatto naturale. Su una differente scala di sentimenti, ma su un identico piano di tenerezze che a me ripugnava esprimere, li identificavo in un'unica persona, a vicenda si completavano, e ora trovavo logico fossero amanti, li ammiravo per la discrezione con cui si comportavano nei miei confronti. Tuttavia, questa riservatezza, di cui gli ero grato, incominciava ad apparirmi come una commedia ch'essi continuassero a recitare, non soltanto "agli occhi della gente" ma davanti a me. Fu cotesta sera. Lei ritarda, e Millo ha acceso un altro mezzo toscano, passeggia nel salottino, ogni tanto sporgendosi alle mie spalle per vedere se sono riuscito a far combinare gli incastri e a riportare sul lucido i 90 gradi. Sono contento del mio lavoro, mi sento in teoria un operaio specializzato cui sta per schiudersi, come il settimo cielo, un reparto della Gali. "Vado bene?" gli chiedo. Lui è il solito vecchio per il quale un complimento non deve mai essere totale. "Be', se continui così te la cavi." Questo fu il momento. Il suo tono paterno mi irrita, come se dietro quelle parole anziché l'affetto che nelle sue intenzioni le dettava, io intravedessi il capo-reparto col quale avrei avuto a che fare. "Certo" gli rispondo "non c'è più bisogno tu mi guidi il gomito, ormai." E lui ha il suo eterno gesto di misu-

rarmi uno scapaccione. Dice: "Fai l'arrogante, bravo". Mi
alzo e nell'impeto rovescio la sedia. Come si fosse creato qualcosa di decisivo e di irreparabile. Millo si è tolto il sigaro di
bocca, è talmente sorpreso che io mi sento disarmato. "Smettila con le mani" gli dico. Lui si pulisce le labbra, sorride e
rimette in bocca il sigaro. "La stessa reazione che avevi da
bambino." Questo raddoppia la mia ira; è un odio che non
riesco a contenere. "Smettila" ripeto "smettila, sono cresciuto. Neanche tu fossi mio padre." Mi tengo attaccato al
tavolo con le mani, trattenendo a fatica il desiderio di sca-
gliarmi su di lui e ingaggiare una lotta che questa volta non
finirà col trovarci abbracciati. Ho il tempo di considerare che
è più alto di me e più forte, ma è anche stempiato, ha lo
stomaco in fuori, lo temo ma non mi fa paura. Intanto lui
raccoglie la sedia, spiaccica la punta del sigaro nel portacenere,
mi guarda diritto negli occhi. Il tavolo ci divide. Quei suoi
occhi grigi, sono d'una fissità animale. Non v'è luce d'intelligenza, ma sgomento ed agguato, mescolati in modo che sostenere il suo sguardo è già lottare. Maggiormente le parole che
adesso dice, che io mi aspettavo rissose e sono soltanto banali:
"Mi vuoi spiegare cosa t'è preso, tutto a un tratto?". Gli
rispondo con una frase che esplode dentro di me a mia insaputa, che deflagra sulle mie labbra e sostiene il mio furore.
"La devi smettere di usarmi come scusa per fare all'amore
con Ivana." Il suo riflesso è più veloce del mio, mentre scatto
all'indietro la sua mano larga come una bietta mi raggiunge
al viso, con l'altra mi ha agguantato attraverso il tavolo e
continua a schiaffeggiarmi sulle guance, due, tre volte, mi
toglie ogni possibilità di reagire. Quando mi lascia e sto per
cadere riverso sul tavolo, gli afferro un braccio e glielo az-
zanno con tutta la forza di cui sono capace. Il tavolo è rotondo, scivolando ci avvicina. La sua mano libera mi solleva
violentemente la fronte, gli occhi mi si dilatano come stessero
per sbuzzare, ma riesco ad incrociare una gamba tra le sue,
rotoliamo tra divano e buffet, io mantenendo la presa. Un
pugno mi colpisce alla tempia accompagnato da una bestemmia, il cervello mi si dilegua. Lui è già in piedi, sul suo braccio
v'è il segno del morso, un cerchietto viola orlato di sangue
che cola sulla mano ch'egli mi porge per rialzarmi. Affanna
quanto me, mi dice: "Sei forte. Speriamo tu ne abbia un po'
anche nella testa, d'energia". Solamente ora ci accorgiamo di

avere urtato, lottando, il cane di porcellana che è andato in pezzi come un salvadenaro, la testa è rotolata sotto il divano. Ivana arriva mentre cerchiamo di ricomporla.

"Dio mio! L'ebbero i miei genitori come regalo di nozze. Ci giocai prima che con le bambole."

Finalmente si rese conto del nostro atteggiamento, del mio volto in fiamme e della faccia di Millo, madida come d'un sudore di morto, del disordine in cui si trovava il salottino. le lamentazioni le si spensero in gola. Si era seduta sul divano, tenendo in grembo la testa del cane di porcellana i cui occhi parevano, nella loro fissità, stranamente umani. "Cosa è successo?" mi chiese. "Mi sembra d'impazzire." Tale era la sua espressione. Vagava con lo sguardo da me a Millo, lei era una gattina, con i medesimi occhi grandi e attoniti, invetriati. Aveva un vestito verde a pallini neri, stretto alla vita da una cintura alta e nera: era come una grossa macchia rappresa sul divano celeste, col seno che ansimava. "Vieni qua" mi disse. "Non ho la forza di alzarmi, è stata una giornata terribile, più di duemila presenze." Le sedetti accanto e lei mi passò una mano tra i capelli, mi osservò il viso, volse di nuovo lo sguardo su Millo, piena d'un sospetto e d'un rancore nel quale la riconobbi. Disse: "Lo ha picchiato? Come s'è permesso?". Millo si annodava un fazzoletto attorno al braccio, si sedé al tavolo: "Mi stia a sentire, Ivana".

Incominciò un colloquio durante il quale, per tremende che fossero le verità, squallide le giustificazioni, pietosi gli alibi, nessuno alzò la voce, né Ivana ebbe accenti isterici, né Millo una particolare inflessione, se non di costante amarezza, pari alla calma con cui affrontava un argomento che lei, dapprima, tentò di generalizzare. Allorché, avendomi a testimone, si disposero a chiudere un capitolo, in diverso modo ma per entrambi importante nel quadro della loro vita: una lunga finzione caduta la quale si sarebbero probabilmente sentiti miseri davanti a loro stessi: tutto accadeva nel tono che Millo trovò giusto impostare e che assunse il carattere di una amichevole, benché angosciosa, conversazione. Dolente per loro, immagino, per me spaventosa; alla fine, fui nuovamente costretto a scegliere, come il primo giorno di scuola. Questa volta scelsi Ivana.

"Bruno è persuaso che lei ed io..." Ebbe un attimo di ritegno. "Insomma, è convinto che noi ci pratichiamo."

"Oooh" lei esclamò. Si portò una mano al petto, come per una rivelazione che tuttavia non la trovava impreparata. Ne trassi la certezza siccome rivolgendosi a Millo, non a me: "Chi glielo ha messo in mente?" gli chiese.

"Nessuno" dissi io. "Lo so."

Mi ero scostato da lei, ed ero andato a sedermi sulla sedia che seguitava il buffet. Ci trovavamo così in cerchio, io all'angolo del buffet, lei a metà del divano con la testa del cane di porcellana accanto dove l'aveva posata, Millo di fronte, il gomito sul tavolo.

"E da quando?" lei insisté, con un accento tra risentito e allarmato, ma fatuo, che Millo riuscì subito a smussare.

"Si principia sempre col vedere negli altri il male che allo stato grezzo è dentro di noi."

"Bruno è un ragazzo" ella tentò di insorgere in mio aiuto.

"È come noi l'abbiamo educato" egli disse "ma è già un mezzo uomo, non può più essere perfetto. Del resto, questa spiegazione gliela dobbiamo."

"Ma quale?" lei protestò.

Io li ascoltavo, e li guardavo recitare, calmo come loro dimostravano di essere. Dissi: "Perché continuate a darvi del lei?".

"Bruno! Ma allora Milloschi ha ragione!"

"Chiamalo Millo" io dissi. "Chiamalo Lupo, chiamalo come vuoi, ma dagli del tu. Se no, non vi sto più a sentire."

"Ma io gli ho sempre dato del lei!" protestò testarda, da odiarla anch'essa. "Me lo sono perfino dimenticata che si chiama Alfiero, lo dica lei Milloschi, non è vero?"

"Ed è proprio questo che a Bruno sembra una bugia" egli disse. "E non ha tutti i torti."

"Come non ha tutti i torti?" lei sembrò irrigidirsi.

"Magari ne ha uno e fondamentale" Millo disse. "Quello di avere creduto che le persone che gli vogliono più bene lo abbiano potuto tradire."

"Ecco" io borbottai.

"Ecco, già" egli disse. "Magari tu pensi che noi si continui a mentirti, che si seguiti a recitare una commedia. E bada, fosse anche stato vero che io e tua madre."

"Amanti" io dissi.

"Bruno!" lei ripeté. "Dio mio!" Si portò una mano alla gola come si sentisse soffocare.

"Stia calma, Ivana, doveva venire questo momento" egli la interruppe. "Mi lasci parlare. Tutto quello che sto per dire, lei lo sa, anche se non ce lo siamo mai detto, sia brava." La guardò con una pietà e una dolcezza che me lo fecero maggiormente disprezzare. E più lei adesso, per come mosse la testa di qua e di là, abbandonata con la nuca contro la spalliera del divano. "Se è un calice che non si può allontanare" disse. "Oh i figli i figli, gli dài tutto" smaniò "e poi..." Si ricompose, accese una sigaretta prendendola dalla borsa appoggiata sul buffet; e buttando nervosamente le prime boccate di fumo: "Avanti, Milloschi, se è necessario".

Millo si girò, parve di proposito, voltandole a metà le spalle, come per isolarla, rivolgendosi a me solo.

"Io voglio bene a tua madre come alla luce dei miei occhi" disse. "Se lei mi chiedesse il latte di gallina, non so dove ma lo troverei." Mi colse in una smorfia a bocca chiusa che non seppi trattenere. "E non sorridere, idiota!" disse. "Se quando parlo, parlo a volte un po' ornato, credo sia un difetto che mi si può perdonare." V'era una profonda persuasione in quello che diceva, ne ero vagamente intimorito, ma la retorica delle parole nello stesso tempo mi disincantava. "Non mi ha mai chiesto nulla, invece. Neanche uno spillo. Neanche un bicchier d'acqua, che semmai lo ha dato lei a me, quando avevo sete. Ha sempre lavorato per potervi mantenere tutti e due, e in un'età della vita che per una donna come lei le occasioni di sistemarsi con onore, sono a portata di mano. Se sai cosa vuol dire amanti, capirai anche queste cose che sono un poco più normali."

Girava attorno ad un discorso che non gli riusciva di sdipanare; si indovinava la sua sofferenza vedendo come teneva una mano nell'altra a pugno chiuso. Si aggiustò il fazzoletto attorno al braccio, un gesto che parve ispirarlo.

"Questo morso" disse "fossi stato l'amante di tua madre, non me l'avresti dato. Ci saremmo comportati diversamente, ti avremmo accarezzato di continuo, invece di agire da genitori, lei legittimamente è naturale, io magari da cretino, ma pensando di doverlo fare, come amico di tuo padre... Intendiamoci, non te lo nascondo, io tua madre l'ho amata, l'amo ancora, ma in una maniera che auguro a te di amare la ragazza che ti sceglierai. Come ti auguro di avere più fortuna. L'ho amata avanti di conoscerla, da come me ne scriveva tuo padre quand'ero al confino. Sono sempre stato solo, ossia ho abbracciato una idea dietro la quale camminano milioni di uomini, ma in quanto a sentimenti sono sempre rimasto solo, solo come un lupo magari." Quasi temesse di commuoversi, riprese il filo del ragionamento, e subito lo riperse. "Tornai dal confino che non si erano ancora sposati. Gliela trovai io, questa casa. E quando rimase vuota di tuo padre, lei dapprima credette che io le offrissi la mia mano, la mano!" scosse la testa "mi fai imbrogliare. Quando le chiesi di risposarsi con me, lei pensò lo facessi perché era giovane, vedova, sola con te bambino, e indifesa; che volessi compiere un dovere verso la memoria di tuo padre. Quando poi si rese conto che facevo sul serio, con l'animo, con tutto, cozzai contro la sua speranza che Moreno... E io la rispetto la sua speranza, perché può anche avverarsi, chi lo può dire? Su questo argomento tu ed io ci siamo intesi ch'eri alto così, mentre lei..."

Si passò una mano sulla fronte, si lisciò i capelli, si percorse i baffi col dorso del pollice, e anche fisicamente, buttandosi all'indietro, parve voler sottolineare la fatica che gli erano costate queste ultime parole, e di considerarle sufficienti, luminose, la sola parte importante di ciò che mi voleva dire. Riprese: "E sapessi com'ero onesto, vedendoli felici, lei e Moreno. Tuo padre era un uomo semplice, un po' svagato: un fratello, per tanti è un modo di dire, per me come per lui era vero. C'è qualche cosa che ci fa amici anche non combaciando le idee; magari proprio l'essersi arrabbiati l'uno con l'altro, per via delle idee. Dal carcere come dal confino, scrivevo più a lui che a mia madre che allora era viva e costretta ad entrare nell'ospizio a cinquant'anni, non potendo più lavorare per via di un'artrite. Se un pacco lo ricevevo, me l'aveva spedito Moreno; se passavo un'ora allegra era leggendo le sue lettere dove magari mi scriveva di Bartali e della Fiorentina, e vedendo il lato comico della gente di conoscenza, sia in fabbrica che fuori. Quante volte ho cercato di parlarti di tuo padre?"

"Mai" io dissi.

"Sembra a te, perché questo discorso non l'hai mai voluto ascoltare" egli m'inchiodò. "Perché non si dà corpo ad un'ombra a meno di non farsene un mito. E tu questo mito lo avevi rifiutato spontaneamente fino da bambino: io considerai che alla resa dei conti era un bene. Saresti cresciuto senza questo complesso, accettando la realtà, che così non ti diventava un problema. Pur essendo chiari i nostri rapporti, chiamandomi zio avevi sostituito me a tuo padre, almeno con te m'illudevo d'averla spuntata. Perciò ho sempre preferito dirti la nuda verità su Moreno, non tutto magari" disse "quasi tutto: che era un uomo d'oro, e siccome era felice non aveva tempo di riflettere troppo, poteva anche sbagliare."

Come un commento che gli fosse sfuggito, si passò la lingua sulle labbra e assentendo a se stesso, sembrò contento di averlo fatto. "Già" ripeté "poteva anche sbagliare." Fu la mia volta di trovarlo scoperto, ne approfittai.

"Vale a dire?"

"Milloschi" lei sussurrò.

Ci voltammo come se l'avessimo dimenticata: stava curva coi gomiti sui ginocchi, le colavano lacrime nere di rimmel lungo le gote e il collo. Millo rispose con fermezza alla mia domanda ed alla sua implorazione.

"Non c'è nulla di male, Ivana. Moreno non era certo un fascista del disonore! Era uno che nonostante le mie orazioni non poteva fare a meno di seguire la corrente. Sarebbe rimasto in fabbrica tranquillo, dov'erano militarizzati. La domanda di volontario la firmò perché gliela fecero firmare. Io ero un'altra volta in prigione, altrimenti sono sicuro l'avrei dissuaso. Il giorno dopo s'era di già pentito, me lo fece capire chiaramente nella lettera che mi scrisse avanti di partire. E lei, Ivana, lo sa meglio di me con che spirito si mise la divisa e prese il treno e montò sulla nave."

Lei si nascose la faccia tra le mani, singhiozzava. "Questo no, questo non era necessario" diceva a scatti, rabbiosamente e tuttavia arresa: "Ho fatto di tutto perché Bruno credesse che suo padre non aveva mai avuto né un pentimento né una debolezza nella sua vita".

Millo si alzò, le sedette accanto, le posò un braccio attorno alle spalle: "Perché fa così? Il ragazzo deve sapere, non abbiamo nulla da nascondergli, non c'è nulla che offenda né i morti né i vivi".

Ella cedette alla propria esagerata disperazione, gli appoggiò la guancia sulla spalla, gli disse: "È la prima volta, Milloschi, che da lei mi viene un dispiacere. Moreno tornerà, Moreno deve tornare" smaniò ancora strusciando il viso al suo braccio. In quell'istante, loro parvero avermi dimenticato.

"Insomma" io dissi. E come l'istinto mi dettò, mi rivolsi a Millo: "Ora te ne puoi andare. Alla mamma ci penso io, tu non ci mettere più piede in casa mia".

Millo aveva ritirato il braccio dalle spalle di Ivana, fissò lei non me che gli stavo davanti probabilmente con lo sguardo di fuoco e un tremito interno che non sapevo dissimulare. Lei aveva sospirato; e socchiuse le ciglia, si era nuovamente abbandonata con la nuca contro lo schienale. Si potevano percepire i nostri respiri, v'era l'eco dell'audio di un televisore dalla parte opposta della strada, e negli attimi in cui le rane interrompevano il loro gracidare, il ticchettio della sveglia proveniente dalla camera di Ivana sovrastava il canto dei grilli, lo scandiva. Non vennero pronunciate parole, se non queste di Millo, dopo ch'ella ebbe riversato la testa ed era rimasta ad occhi chiusi e le braccia abbandonate.

"Ho capito."

Fece un passo, mi venne di fronte, io stavo immobile, irrigidito. Con un gesto che mi destò curiosità più che sdegno, egli si piegò sui ginocchi, diventò piccolo all'altezza del mio petto, bilanciato sui talloni, mi prese le mani, me le strinse appena e mi sorrise, dolcemente, uno sguardo pieno d'affetto.

"Ubbidisco" aggiunse. "Ciao."

Il suo atteggiamento mi impacciava; benché lo disprezzassi, non sapevo odiarlo come avrei voluto; era stupido, era pietoso, mantenni il cipiglio.

"Ciao" gli risposi.

Egli si sollevò lasciando scorrere le mani lungo le mie braccia: "Ci vediamo".

Lentamente la sua figura scomparve nel corridoio. C'era ancora metà del suo mezzotoscano nel portacenere, l'istinto fu di richiamarlo per questo, ma Ivana mi distolse.

"È stato un falso, sai, ha detto una bugia quando ha detto che il babbo..."

Fu allora che io mi resi conto della sua capacità di mentire; e insieme, di avere perduto un amico.

« Come se l'avesse inghiottito la terra » ora lei dice « eppure si viveva sempre la stessa vita. Neanche fossimo d'intesa, né lui né noi andammo più da Cesarino, chi ci rimise fu la povera Dora. » Sospira. « Questo mi fa riflettere sul tuo carattere, allora come ora. Per sei mesi, mai più una parola. »

« Ero un ragazzo, avevo i miei amici. » A Dino e Armando s'erano aggiunti Gioe e Benito. Fu un impulso, e poi un punto d'impegno. « Da allora abbiamo litigato e rifatto pace altre due volte almeno. »

« Sì » lei risponde « ma da quella sera i nostri rapporti mutarono aspetto. Lui non fu più una persona di casa, e anche ora bisogna strainvitarlo avanti di averlo con noi la domenica a desinare. »

« Ti dà molto dolore? »

« Pena, pena sì. Oh, ma se ci penso » mi dice « lui fu brutale, ma tu pure fosti eccessivo. Solamente l'età ti poté giustificare. Io, presa tra i vostri due fuochi, restai paralizzata. Quello che lui mi aveva sempre detto con gli occhi, a sentirglielo pronunciare mi mise addosso un grande disagio. Quasi come non avessi fatto abbastanza per dissuaderlo dal volermi bene in un modo che io non potevo contraccambiare. Tu invece, con la tua irruenza mi lasciasti capire quanto dovevi esserti macerato sulla memoria di tuo padre, e come oltretutto tu avessi finto nel condividere la mia speranza. Erano tante spade che mi entravano nel cuore. Scoprivo d'un tratto che come tu eri diventato grande, lo stesso per noi, il tempo era davvero passato. »

Ora, frequentavo la terza industriale; e lontano da lei, anche le ore con gli amici sul Terzolle e al cavalcavia dei Macelli avevano un diverso significato. Dino era ancora "solo, celibe, vedovo, disoccupato", come di volta in volta gli dicevamo. Armando ed io avevamo ciascuno "una figliola".

13

Paola e Rosaria erano delle femmine, nulla di più. Cariche delle attrattive come dei limiti che ha una donna quando è mediocre e dirle: « Stai zitta, non capisci niente, cretina » è un rimprovero e nello stesso tempo uno slancio affettuoso. Ciò che tra maschi prelude alla scazzottata, con loro si accompagna a una carezza. Le scosti, le togli di mezzo: « *Check out, baby*. Vai via » siccome sai che ai loro crucci si rimedia con un bacio. Non hanno orgoglio né pudicizia, ossia, ce l'hanno, Paola ad esempio ne straripava, era un giglio, una viola, ma sono dignità e pudori d'un grado fatalmente inferiore, che riguarda la loro integrità fisica non la loro morale. Disposte a tutto, così disinvolte da apparire dissolute, ma non a fare l'amore. Si balla il rock, si va sulla luna, siamo liberi, e loro, come le loro bisnonne, pensano alla casa. Hanno quattordici, sedici, diciotto anni, e nel loro orizzonte, anche se c'è fabbrica o ufficio, al di là del reparto e della macchina da scrivere, spunta il matrimonio. Mancato il quale, a ventidue, ventiquattro anni, si considerano vecchie, e tali appaiono così inacerbite, si lasciano andare, le puoi avere come si spinge il gettone ed esce musica, se non ti preferiscono qualcuno più maturo. Intanto sono operaie, sono impiegate, dovrebbero partorire gli uomini dell'avvenire di cui noi portiamo il seme, e il loro spirito è ancora schiavo del focolare. Come delle autentiche borghesi. Delle amabili cialtrone. Questo era il caso di Paola; diversa, perché maturata in un ambiente diverso, la mentalità di Rosaria che tuttavia, alla resa dei conti, combaciava.

Armando con Paola, dunque, io con Rosaria, ma dapprincipio le cose stavano in un'altra maniera. Io avevo avvicinato

Paola, una primavera che il Terzolle era mezzo in piena ed Armando ci pigliava me e Dino sulle spalle e ce lo faceva guadare. C'era sempre il pescatore dalla benda nera, non più pirata ma uno di quei maniaci che con canna e zucca, tenendosi a ragionevole distanza, aspettavano ore avanti che abboccasse una cecolina. Era il nostro migliore cliente, gli vendevamo i lombrichi, cinque lire a manciata, dopo esserci sporcati di melma un pomeriggio intero, per scovarli. Oppure ci pagava in natura. "Vi bastano due sigarette per uno?" Sì o no, la sua laconicità non ammetteva confidenza. Se esigevamo i denari, lui si rivolgeva alla moglie, seduta sotto il medesimo ombrellone e contornata adesso da tre bambini. "Dagli cinquanta lire." "Le prendo dal tuo o dal mio portamonete?" Secondo la risposta, ella si sorreggeva contro il petto l'ultimo nato, posava la maglia a cui sferruzzava e consegnandoci i soldi, tutta moglie e tutta madre qual era: "Ora dove andate?" ci domandava. Erano i giorni in cui, esaurita la lettura di Nembo Kid e Luisa Lane, non trovavamo di meglio che procurarci pochi quattrini per giocarceli tra noi, al cavalcavia dei Macelli, con un mazzo di carte smesse del quale Armando era padrone. Sedevamo contro il pilastro, sul marciapiede, giostrando il banco, dapprima. Io ero audace, in pochi giri di sette-e-mezzo perdevo invariabilmente ogni mio avere. Lasciavo che loro due, più astuti perché tirchi, si sbucciassero a vicenda, sicuro che Dino, nonostante la sua avarizia, mi avrebbe poi ridato la mia parte. Come ora, mentre agli altri è capace di negare una cicca, se gli chiedo qualcosa io, e lo faccio apposta a volte, per punirlo, benché si torca da spasimare, socchiudendo gli occhi, inghiottendo saliva, non gli riesce di rifiutarsi. Così allora metteva le mani avanti: "Però, non mi dire rendimi il mio". Dopodiché potevo considerarlo spacciato. "Dammi dammi, meno storie." Dino ubbidiva. Armando invece, se vinceva lui, era serata nera. Egli è un amico, se montiamo sulla sua 1100 non bada alla benzina, ma per il resto, il gusto di donare, ora come allora, non l'ha mai conosciuto. Fu una di queste sere. M'annoiava guardarli che si sarebbero sbranati, girai attorno al cavalcavia non sapendo cos'altro fare. Il cavalcavia, sopra cui passano i treni, è di fianco al Mattatoio, deserto in quelle ore, con un grande piazzale isolato dai cancelli. Dirimpetto c'è, c'era, un breve viale e tra platano e platano, una panchina. Vi siedono i vecchi e i fidanzati. Una palla mi arriva tra i piedi, la colpisco di punta e senza volere la spedisco al di là dei cancelli.

"Ora vai tu dal guardiano, io la rivoglio, te la vedi te, è di mio fratello, non ti credere perché sono sola..."

Come una nonna, ed è poco più di una bambina, ha la zazzera e un golfino. Suo fratello è quel moccioso di già con le lacrime sulle gote. Il guardiano minaccia agitando la mano e rimanda la palla. Lei sistema il fratello, poi mi squadra.

"Io sono Paola, tu chi sei?"

"Uno che ti darebbe volentieri una botta in testa, cretina."

Invece di adirarsi sorride. "Ci vieni spesso da queste parti?"

Ormai è buio, Dino e Armando si sono spostati sul pilastro di fronte dove c'è il lampione. Paola mi ha fatto domande a mitraglia, come per un interrogatorio in Questura. Di lei so che abita al Ponte di Mezzo, che i suoi cantanti sono Pat Boone e Tajoli, che l'inverno prossimo avrà sicuramente una seggiola nell'amministrazione della Manetti & Roberts, si è diplomata in stenografia.

"Per la tua età non mi sembri granché adulta."

"Forse perché il golf mi va largo, bellino!"

Cosa dovrei fare, spingerla a ridosso del platano e toccarla per persuadermi ch'è piena e tornita? Lei sembra aspettarsi questo. Mi ripugna, e più il suo atteggiamento, con una gamba avanti e la testa indietro, pronta a sostenere l'attacco. È un momento, si finge risentita come se davvero mi ci fossi provato.

"Non ti azzardare a trattarmi in questo modo, ti saluto."

Neanche ci penso più; e l'indomani la trovo che pare s'interessi alla vetrina del pizzicagnolo davanti all'istituto.

"Ciao."

"Ciao, esci da scuola?"

"Quest'anno è toccato a noi il pomeriggio, le aule non bastano mai. Ma siamo agli sgoccioli, tra poco daremo gli esami."

"Ah, senti."

Con un vestito intero, senza più il golf, è piccola ma è un donnino. Ha un nastro sui capelli e le labbra tinte, una catenina d'oro adagiata dove si spartiscono i seni. È ridicola ma graziosa. Solamente, fa una grande antipatia. Ha gli occhi spalancati, con una luce dubbiosa non si capisce se di sospetto o di agguato. Appesa al braccio una borsa colorata e all'altra mano il solito fratello che mi guarda di traverso mentre lecca il gelato. Vorrei portarla sull'argine, Dino e Armando mi stanno aspettando, ma lei si rifiuta.

"Non è la mia zona, eppoi non cerco compagnia."

Mi pilota sotto il medesimo platano, davanti al Mattatoio, e sulla medesima panchina.

"Studi da geometra o da perito industriale?"

"Perfezionamento, te l'ho già detto, in autunno entrerò alla Gali."

"Credevo tu avessi scherzato, sembri così distinto."

"Meglio cambiare argomento" le dico.

Tuttavia non c'è punto d'incontro; forse sulle automobili: vorrebbe averne "una bassa aperta e una di quelle che dondolano come una nave", una sprint e una Cadillac se ho ben capito. Per il resto: leggere, legge Bolero; lo sport è cosa da maschi; al cinema va pazza per Tony Curtis; non sa una parola d'inglese e non le interessa impararlo siccome alla Manetti & Roberts non lo richiedono, e allora?

"A te chi ti garba d'attrice?"

Si aspetta risponda Lollo o Marilina.

"Eva Marie Saint" le dico.

Ma lei, *Fronte del porto* non l'ha visto, non si diverte "quando si tratta di cappelloni o di gangster, tutti spari e cazzottate!". Restiamo zitti, ci guardiamo, e lei sorride. Incomincia a far buio, c'era un vecchio con la mazza sull'altro lato della panchina, ora se n'è andato. Il fratello gioca a palla dentro il vialetto; e anch'io, come per un gioco a cui sono costretto a stare, le tocco un braccio. Subito chiude gli occhi e sembra sospiri, per cui suppongo si aspetti un bacio. Il tempo di premere le mie sopra le sue labbra, sentire i suoi denti sotto i miei, si alza di scatto, prende il bambino per mano e mi lascia seduto sulla panchina.

La sera dopo arriviamo in tre, è naturale. Lei è sola. "Mio fratello lo porto fuori ogni tanto, per caso." Davvero come se ci incontrassimo per la prima volta: ciao, ciao. Tutti in fila occupiamo per intero la panchina. Lei svolge la sua inchiesta, è loquace e vezzosa.

"Tu cosa fai?"

"Entrerò alla Gali, lo sai."

"Ah già, è questa la tua aspirazione! E tu?"

"Io il venditore ambulante, però con un banco fisso alle Logge del Porcellino."

"Insomma, all'aria aperta, anche se dentro non ci piove. E tu?"

"Io come lui, aiuto mio padre. Abbiamo una trattoria a Castello."

"Oh, bellino!"

Passato qualche minuto lei si alzò, parve per irrequietezza, cambiò di posto e si sedette accanto ad Armando. Una mossa innocente, e tuttavia più esplicita d'una dichiarazione. Armando mi strizzò l'occhio; io, in cuor mio, gliel'avevo bell'e ceduta. Se a lui piaceva, con Paola si poteva restare amici, ma come donna m'era bastato quel gesto per considerarla peggiore d'una con la quale si paga.

Rosaria me la presentò Armando, suppergiù come mi aveva fatto conoscere Elettra. "Da Paola c'esce poco" disse una sera. "Sì, baciucci, moine, è una ragazza onesta." Gli dispiaceva e nello stesso tempo ne pareva orgoglioso. "È un bel pezzo che andiamo a vuoto, voialtri specialmente, figlioli."

Durante questo periodo, in una zona isolata, tra gli ultimi prati e il villaggio ospedaliero, erano state portate a termine e consegnate « le case dei greci ». Sindaco prefetto musiche bandiere, di cui c'era appena giunta l'eco. Come se i profughi che da tanti anni vivevano accasermati, fossero arrivati notte-tempo col loro carico di miserie; e i loro traffici: sigarette, scatolame, accendini, dei quali tutta Firenze era al corrente e che rappresentavano la fonte di guadagno di « cotesti pidocchiosi ». Ora avevano trasportato la loro corea in abitazioni civili, nuove, belle, complete di servizi e colorate di marrone, « quasi una zona residenziale », ma presto, si prevedeva, come una stalla modello dove gli animali non hanno custodi, sarebbero diventate un sudiciume. « Gli uomini equivoci, ladri, e le donne puttane. » Qualche centinaio di persone, che si trovarono davanti una specie di cordone sanitario, la diffidenza e il disprezzo della gente di Rifredi. La quale, essi, a loro volta, « chiusi in tribù come gli zingari », altrettanto immediatamente dimostrarono di ignorare. Il loro mercato lo svolgevano nell'interno della città, in zone ed angoli di strade obbligati; e i vecchi le donne e i ragazzi, stavano come in un fortino dentro il quadrato delle palazzine percorso da vialetti e da aiuole subito appassite e recinto da un basso muro su cui si alzava un'inferriata. Ai tre ingressi c'erano sempre poliziotti in perlustrazione. Come un lebbrosario; e tuttavia, mentre Dino ed io eravamo a scuola e sul lavoro, Armando era stato tra i primi ad avvicinarsi, avanti dei comunisti che furono i soli a tenerci un comizio in occasione delle elezioni.

"Per fortuna ho attaccato con una greca" Armando aggiunse. "Se siete buoni ve l'impresto come feci per quell'altra che s'ammazzò."

Gli imposi di usare delle parole differenti.

"Aveva un nome, si chiamava Elettra." Come se a parlarne mi sentissi pieno di mota; vigliaccamente gli fui grato di non prendermi sul serio.

"Be'," egli disse "questa si chiama Rosaria; e anche lei ci sta. Si fa pagare da chi non gli garba, con chi gli piace va a capriccio. Mi ci trovo bene, invece di pretendere mi vende le sigarette che io cedo raddoppiate ai camionisti."

"Quando?"

"Anche stasera."

Rosaria non mi chiese cosa facevo, ci considerò quasi distrattamente, prima me poi Dino, e a Dino dette la mano, a me disse soltanto ciao. Gli occhi e i capelli neri, questi alzati sulla nuca le scoprivano il collo. Indossava una maglia nera col giro attorno alla gola, e la sottana gialla. Era come Dino disse: "un po' bestia". E come il suo sguardo era riflessivo, profondo da supporre che il suo cervello ospitasse chissà quali pensieri, così il suo corpo stretto sui fianchi, sulle gambe che doveva avere lunghissime, era coronato dai grossi seni, "come zucche e palloni". Era alta quanto me ch'ero il più alto di noi ragazzi. "Mi debbo arrampicare" ci aveva detto Armando con la sua solita volgarità; "ma una volta stesa!" Secondo gli accordi, con un pretesto ci avrebbero lasciati soli. Armando ce la prestava; e a Dino non c'era bisogno gli chiedessi la precedenza. "Tu dopo di me"; era bastato. Si andò lungo l'argine fino da cotesta sera.

"Ciao, sei greca?"

"E dài" ella disse "sempre la solita domanda. No, sono italiana più di te. Quando finì la guerra e ci cacciarono da Patrasso perché avevamo conservato la cittadinanza, io sapevo sì e no camminare."

La medesima storia di Elettra, mi meravigliai che Armando non gliene avesse parlato.

"Anche tu l'hai conosciuta?" mi chiese. "Per colpa sua la sua famiglia la cacciarono dal Centro-Profughi. Avevano dovuto ridursi in un tugurio, ci stanno ancora, certo sempre meglio che al Centro, ma ora, per via dell'espulsione, hanno perso il diritto alla casa."

"Per colpa sua?"

"Se l'hai conosciuta lo saprai. Dava troppo scandalo. I suoi fratelli, ne aveva tre, la picchiavano a non finire. E bada, questo da noi non usa" aggiunse. "Finché vissero i genitori un po' gli ubbidiva, ma poi."

Erano morti entrambi in ospedale, il padre nel periodo che furono ospitati nell'ex caserma dei carabinieri in via della Scala, la madre allorché li trasferirono in via Guelfa, dentro i locali della vecchia Manifattura Tabacchi. "Costì c'era un gelo! Io come Elettra, ho fatto tutti e due i posti, ma il diaccio di via Guelfa! Ogni inverno si contavano sulle dita quelli che non pigliavano la polmonite."

Costeggiavamo il canneto; più avanti, dal bivio delle Gore, si udivano voci, ma lontanissime, come l'eco di una conversazione.

"Perché s'ammazzò?"

"Che te ne importa? Siamo gente che ha avuto un brutto destino. A me però non m'è sembrato. Sono giovane e mi piace la vita."

Mi aveva preceduto d'un passo ed ora mi stava di fronte, le braccia incrociate dietro la schiena.

"Che cosa siamo venuti qui a fare?" disse. "A parlare di Elettra? Tu eri uno di quelli che se n'erano innamorati?"

"No, c'ero andato soltanto una volta" e mi sentii avvampare. Rosaria non s'accorse della mia improvvisa emozione.

"E allora? Io mi fido di te, so chi sei, mi ha informato il tuo amico. So che sei intelligente, che sei bello lo vedo." Si sedé di spalle al canneto, restando piegata con la testa sull'omero. "Ci vogliamo riposare?"

Era un invito, come tale lo interpretai. Poco prima, camminandole accanto, il desiderio tutto volontario che la mia condizione di maschio e la complicità degli amici mi imponeva, aveva trovato una ragione fisica: il ventre formicolante e lo stomaco chiuso, ero stato sul punto di stenderla come Armando diceva, ma il ricordo di Elettra, inspiegabilmente manifestandosi con la violenza d'un rimorso, aveva spento ogni mio ardore. E vedere adesso Rosaria così disposta, in un atteggiamento addirittura languido, col seno proteso e la testa rovesciata, mi spaventò. Come se, amandola, l'avessi potuta uccidere. Mi sedetti al suo fianco, faticavo a dominare il tremito che m'invadeva. Le dissi: "Non ho intenzione di far nulla, t'avviso".

"Mica sono tanto facile" ella sorrise. "Lo so che noi abbiamo una cattiva fama. Pensa quello che vuoi ad ogni modo. Scommetto che il tuo amico Armando si è vantato."

"Sì" ammisi "è vero."

Ella si ravviava i capelli, il suo forte odore di carne mi ripugnava, teneva in bocca una forcina, se l'appuntò sulla crocchia, disse: "È proprio un oste! Ma non c'è nulla di male".

"Anche Elettra" dissi "andava con chi gli piaceva."

"Elettra andava con tutti, e sempre con uno diverso. Non era colpa sua, era malata."

"Malata come?"

Non volle dirmi di più, la prima sera. La riaccompagnai per un tratto di strada, contento ch'ella non mi avesse costretto a darle neanche un bacio. Aveva passato il suo braccio nel mio e accennato una canzone. E dopo un silenzio, come per un'idea improvvisa: "Non ti servono delle sigarette a metà prezzo?" mi chiese. Si sfilò dal seno un pacchetto di Muratti's. "Mi è rimasto questo solo. No, non voglio i quattrini. Me lo pagherai domani, così, se sei onesto come sembri, domani ci si rivede."

"Io non sono una fissata" mi disse un'altra sera. "Ma anch'io, se scelgo, non ci trovo peccato. Tra poco mi dovrei sposare, sì, con un mio cugino. E gli voglio bene. Noi abbiamo le nostre abitudini, saranno greche o pugliesi, per noi i nostri uomini sono dei re. Tornano la sera e noi s'è scaldato l'acqua e abbiamo pronto il bacile. Gli togliamo le scarpe e gli laviamo i piedi. Dopo un giorno di fatica, non è questa l'ultima stazione. Ma è una gioia, un servizio che gli si deve. Siamo donne e custodiamo la casa, non è nella nostra regola andare a lavorare. Chi lo fa, come Elettra, rappresenta un'eccezione. La picchiavano anche per questo, perché invece di stare in casa, e aiutare a vendere le sigarette e l'altra roba, aveva preferito la fabbrica. Ma le volevano bene. Non ci potevano far nulla, era nella loro famiglia la fattura."

"Siete proprio come gli zingari" le dissi.

"Esiste il malocchio come esiste la fortuna, non ci scherzare!" Si fece il segno della croce e mi toccò una mano.

Era un argomento che non tolleravo. "E la felicità, in che cosa consiste la vostra felicità?" Fui ironico di proposito, lei mi rispose seria.

"Ma nell'essere donne, è il nostro mestiere."

Erano trascorse delle settimane, adesso stavo a mio agio vicino a lei, senza desiderarla perché ancora, soprattutto quel suo odore, mi disgustava. Fu la sera che prese a piovigginare e dovemmo rifugiarci sotto il ponte. Sedevamo accanto, su una pietra che quando il Terzolle non era asciutto ci serviva da trampolino, e dalla quale Dino mi aveva spinto in acqua e così avevo imparato a nuotare.

"I miei, a casa nostra, in Grecia, avevano anche loro un mestiere. Possedevamo quello che voi chiamate un podere. Io ero destinata a fare la contadina. Lavoravamo i nostri campi e le nostre viti, si distillava un vino rosa, l'Himettos, sapeva di resina. Me ne ricordo per via del colore, avevo nemmeno tre anni quando passò la guerra e dopo il campo di concentramento ci cacciarono via. Ora abbiamo tutto perduto" disse "e i nostri uomini, qui dove la gente, anche ora che ci hanno dato la casa, continua a considerarci degli appestati, lavorano come possono, si arrangiano. Non fossero stati svelti fin dapprincipio, con l'assistenza che si riceveva, saremmo morti di fame."

"Ma andate contro la legge" io dissi. "Ammetto uno che ruba, vuol dire ha fame, o è nato disgraziato. Ma voialtri molto spesso imbrogliate."

"È forse stata giusta la legge con noi? I nostri vecchi hanno scelto l'Italia, e come ci hanno ricompensato? Potevano rinnegarla, prendere la cittadinanza greca, saremmo ancora sulla nostra terra. Quelli che l'hanno fatto ci si trovano meglio di prima. Ogni tanto vengono in vacanza e rispetto a noi sono dei signori. C'è miseria pure là, ma noi, te l'ho detto, avevamo dei beni. Qui, con tutto il nostro traffico, restiamo degli straccioni. Solamente i grossi borsari neri, che è poi gente dei nostri che avevano in partenza muso e quattrini, solamente loro ci hanno dato una mano. Gli uomini gli ubbidiscono per guadagnarsi da vivere, come noi ubbidiamo a loro."

Tornano, e le loro donne, dopo la lavanda dei piedi, specie nelle ricorrenze, gli hanno preparato il *kebab* che sfrigola sul fuoco. "Ti piacerebbero, scommetto, quei bocconcini di carne arrosto con uno spruzzo di origano, ti vedo metterli in bocca, infilati nello stecchino!" Era soprattutto brava nel fare il *giuvetsi*. "Bisogna sia agnello, non il coniglio e il capretto, agnello e pasta, lo si mangia nei medesimi piatti dove si cuoce. Ci vuole amore per queste cose" disse. E le polpette di *kefledes*, quelle di riso, la torta di carne tritata e melanzane. "Oh, non la parmigiana, stupido! Il *massaka*! I *dolmades* ti piacerebbero, e il *ladera*? Dio, come vorrei poterti servire!"

Si protese verso di me che stavo piegato all'indietro tenendomi sulle mani, e accostò piano piano le sue labbra sopra le mie. Non era più Elettra, ma lei, piena di gioventù e di vita, il suo odore adesso era tutt'uno con la frescura che saliva dal canneto. La rovesciai sull'erba, finse di rifiutarsi, si dibatteva. "No no, ora non ci sto io." Una lotta, era così che volevo. Finché s'arrese, preoccupata di darsi tutta, di prendere sopra di sé tutti gli spasimi, ogni sofferenza e dolore. Si compiva un atto bestiale, senza tenerezza da parte mia, solamente una tensione a lungo accumulata che esigeva di deflagrare, un lungo abbrutimento che ci trovò alla fine, me distrutto, lei idiotamente beata. La detestavo e volli offenderla.

"Ma se ti devi sposare, come la metti con tuo cugino? Che meridionale è, se non è geloso?"

"È un re" ella ripeté. "E un re non può avere sospetti. Noi siamo delle serve, e ci piace. Questa legge la rispettiamo. È poi colpa nostra se il re ci trascura?"

"Mi sembri una carogna" dissi.

"Va bene, ma di te forse mi sono innamorata. Tengo la luce accesa fino a tardi, tu fischia quando vuoi, io corro."

Questa era la sua logica, avvilente, ma che imparai ad accettare.

E un'altra sera, infine, e già lei aveva legato con Paola, che filava Armando, già escludendo Dino uscivamo tutti e quattro insieme, ella mi rivelò il segreto di Elettra.

"Uno dei nostri" disse. "Lo so, a parlarne commetto un tradimento, del nostro mondo non ci dovrebbe mai uscire di bocca una parola. Ma vedo che tu ci torni spesso col pensiero."

"Sì" le confidai. "Io ho bisogno di rendermi sempre conto delle cose, e quando non ci riesco sto male, tratto da cane gli amici, litigo con mia' madre."

Lei mi accarezzò, eravamo sul nostro letto d'erba, in mezzo al canneto. "Uno dei nostri ti dico. D'origine, un lucano. La prese che aveva ancora i calzini. Era un bravo ragazzo a quanto pare. Ma tu non immagini cosa fossero le nostre notti dentro quei casermoni, ci dividevano le coperte stese su un filo, si dormiva tre o quattro per branda. Lei non era ancora una donna ma con la mente era matura. E non sarebbe stata la prima a cui toccava. A me successe lo stesso" aggiunse senza tremore. "Mi ritrovai uno addosso mentre dormivo, ma non ne feci una tragedia. Elettra era di già un po' pazza, di già un po' malata. Lui aveva appena vent'anni, si sarebbero potuti sposare." Invece egli se ne andò, aggregandosi a certi magliari; tornò con una moglie tedesca per ripartire, in modo da non essere arrestato come disertore al servizio di leva. "Da allora Elettra non poté più fare a meno dell'uomo. E per non innamorarsi più di nessuno, faceva quello che faceva."

"E ti sembra logico?"

"Bisogna essere donna" ella disse "per poterlo capire. Non c'è altra ribellione, non c'è altra difesa. Avresti preferito gli avesse sparato? Noi siamo meridionali ma siamo greci, per noi il maschio è sacro."

"È un re."

"Eccome" ella esclamò. "Tu stesso, in questo momento, cosa sei?"

Mi sentii toccato, confusamente la incominciai a stimare. "Ma allora, perché s'ammazzò?" le chiesi.

"Mica voleva" ella disse. "Sbagliò dose, ma erano pasticche per il sangue, e non per addormentarsi come scrissero i giornali. Credeva d'essere incinta e voleva solamente abortire."

14

Una rissa mi fece amico di Gioe e di Benito. C'era questo ragazzo alto di statura e magrissimo, "come se a un attaccapanni gli avessero messo una testa e due piedi", Dino incominciò col dire. Era di sicuro un mulatto, ma per noi poteva essere un "Tommy di bucato", o un arabo, o un algerino dalla pelle particolarmente olivata. Aveva i capelli neri ma soffici, per niente crespi, li portava pettinati indietro e sfoltiti; del resto, tutto il suo abbigliamento era fuori di moda: il vestito grigio dalla giacca troppo corta e i pantaloni sugli stinchi, la camicina, la cravattina, il tono d'un signorino che non è signore, e l'andatura un po' frustata, nonostante camminasse a capo diritto e petto in fuori, i libri sottobraccio e in tasca un giornale sportivo. Stavamo sulle panchine di Piazza Dalmazia a parlare di Coppi, di film, delle ragazze profughe dalla Grecia, e lui era lì a pochi metri che aspettava il filobus per Sesto; ascoltavamo "Volare" al juke-box della Casa del Popolo, e attraverso il finestrone terreno lo vedevamo passare lungo il marciapiede; si oziava sull'argine quell'estate, dandoci appuntamento alle cinque della tarde, c'erano con noi Paola e Rosaria, la rifredina e la greca, diversa questa da Elettra, e lui sedeva con un libro in mano all'ombra del ponticello, spostandosi via via che il sole, tramontando, lo raggiungeva: si alzava per cogliere papaveri e margherite, ne faceva un mazzetto, lo legava con un filo d'erba e se ne andava. Non la sua presenza, ma la sua assiduità nelle nostre strade c'incuriosiva, me e Dino in specie. Dalla panchina al marciapiede, gli rivolgemmo la parola: "*Hey, Joe, where you goin'?*". Lui neanche si voltò, così stabilimmo che non era americano. Armando, con la sua logica di oste nato contadino, ne declinò la biografia con poche parole, azzeccandoci, si capisce: era la più razionale delle interpretazioni, quindi la più vera. "Sarà un incrocio tra un negro e un'italiana; e sarà un orfano che studia da Don Bonifazi, a Santo Stefano in Pane." Gioe emergeva, passando, di tutto il busto al di là del finestrone. "Ciao, beicapelli" Dino gli disse. Questa volta si girò: e subito ci colpì il suo sguardo chiaro chiaro, che gli illuminava il viso e glielo scoloriva. Senza risentimento, quasi di buonumore: "Ciao" rispose, e proseguì. Ora incontrandolo, ogni volta ci salutavamo. E una sera, sempre di qua e di là del finestrone: "Ciao, Gioe". "Ciao, coso" lui rispose. "Oh, ma questo è dei nostri" io dissi. "Fermati, vieni qua." Lui corse dove l'autobus si stava fermando e ci saltò sopra.

L'indomani eravamo io ed Armando all'ombra del canneto, con la greca e la rifredina. Dino, essendo stagione di turisti, non poteva lasciare il banco di suo padre finché non annottava, ma anche perché con le ragazze non ha mai avuto fortuna.

"Eppure è un fusto" dissi a Rosaria. "È spiritoso, le cose che sa lui su Tony Curtis io non me le sogno nemmeno."

Dall'altra parte del canneto dove s'era intanato con Paola, Armando disse: "E no su Marilina? Per forza! Non fa che leggere giornali nelle ore vuote, se li fa prestare dall'edicolante di Porta Rossa."

Paola disse: "È un amico".

"E noi?"

"Anche" disse Rosaria. "Ma... non lo so, Dino è simpatico, ci si sta bene insieme, ma come se ci si sentisse staccate."

Mi baciò sul collo; attraverso il canneto udimmo Armando che diceva: "Con Gioe, per esempio?".

Paola rideva: "Se è per scherzo che lo vuoi sapere, è un po' troppo scuro".

Rosaria ed io ci voltammo restando abbracciati. Gioe era sull'argine sopra di noi che coglieva fiori, e come se ci avesse visti e sentiti, su in alto com'era, sollevò il viso.

"Guardalo" io dissi "coglie le margherite."

Lo vedevamo di scorcio; e di scorcio, comparvero tre ragazzi come noi in giubbotto, e con le nostre stesse parole, uno di loro lo provocò: "Sicché, nerone, cogli le margherite?". Come i primi risaliti dal versante opposto dell'argine, altri quattro sopraggiunsero, tutti insieme lo accerchiarono. Erano di Novoli, alcuni li conoscevamo, trafficavano sigarette coi greci e si dicevano fascisti, Rosaria me ne ripeté i nomi e si fece piccina. Io avevo individuato Vignoli che frequentava l'Istituto Industriale, il mio medesimo corso, ma in una diversa sezione. "A chi li porti, hai la fidanzata?" Gioe era il più lungo di tutti, sembrò guardarli uno ad uno e nessuno, disse: "No, sono per mia madre. Prego" aggiunse, cercando di aprirsi un varco tra quel muro d'incerati. Suscitò schiamazzi e risate. Colui che lo aveva apostrofato per primo, gli dette una pedata nel sedere; un altro, il solo che portasse il basco, lo spinse col petto; e Vignoli, addosso al quale era andato ad urtare, lo colpì con uno schiaffo.

"Porta a casa, nero."

"Chi è tua madre, una ex signorina?"

"Dov'è che ora batte, quanto si fa pagare?" lo insultavano.

Io già salivo l'argine seguito da Armando, mentre le ragazze, acquattate in mezzo alle canne, impaurite, schifose, gridavano qualcosa che non potevamo sentire. Giunto sull'argine, giocai di sorpresa, e senza pronunciare parola, mi scagliai a tuffo su Vignoli, lo atterrai. È una regola giusta se bene applicata, che m'è servita le poche volte che mi sono trovato al centro di una buriana. Lo tenni sotto e gli resi in cazzotti lo schiaffo che aveva dato a Gioe. Per poco, che venni sopraffatto da Vignoli stesso e dai suoi amici: dei colpi al viso, alla bocca dello stomaco, una pestata sotto l'inguine, mi fecero rotolare sull'erba. Quando mi riebbi, la cazzottata continuava; e più che Armando, il quale, benché barcollante resisteva, mi restituì il fiato vedere Gioe che supponevo fuggito: di spalle contro il pilastro del ponticino, egli teneva a bada in modo scientifico, a pugni e a calci, tre o quattro dei suoi aggressori. Feci per rialzarmi, ma Vignoli, che non mi aveva dimenticato, mi assalì di nuovo; e nello stesso momento in cui Armando si arrendeva, anche Gioe crollò. Gli furono addosso, l'avrebbero massacrato, se uno di loro, colui che all'inizio portava il basco, all'improvviso non avesse preso le sue difese.

"Basta, li abbiamo conciati."

Vignoli, contro cui lottavo, mi lasciò per affrontare questo suo amico.

"Tu da che parte stai, con noi o con loro?"

"Sta' attento, Benito, si picchia anche te" urlavano.

Così accadde, e nel giro di secondi, sei contro uno, nonostante fossero anche loro pesti e stremati. Benito giaceva accanto a Gioe: gli sputarono addosso ad entrambi, ridiscesero l'argine sostenendosi a vicenda, avviarono i motorini, si dileguarono verso il Romito. Le due Maddalene uscirono da dietro il canneto. Arrivò Dino e con l'aiuto delle ragazze ci rimise in piedi.

"Quanti anni hai Gioe?"

"Tredici a dicembre."

"Oh, ma allora sei un bambino!"

"Sul serio?" Rosaria disse. "Non si direbbe."

"Lo so" egli disse. "Dimostro di più. Sono alto di statura."

"Ma anche" Paola disse "per come ti sei difeso, bellino!"

"Però sei d'un'altra generazione" Dino disse. "Sei una mascotte."

"E ti chiami?" gli domandai. "Noi ti s'era battezzato Gioe."

"Ci avete indovinato" egli mi rispose. Timido, aveva ritrovato la sua solita riservatezza, e quella segreta allegria che gli conoscevamo. Sollevò una mano a dita aperte, come per dimostrarsi compiaciuto, e ringraziare. "Il mio nome è Giuseppe, ma anche Gioe."

·Armando disse: "Moro come sei, per forza sembri il meno segnato".

Ora mi rivolsi a Benito. "E tu?"

"Benito, sono studente."

"Anch'io" dissi. "Istituto Industriale."

"Io no" e con un velo d'umiltà che finì di placarmi il rancore: "Io prima liceo. Ma sia chiaro che non sono delle vostre idee. Però quando ci si mette in sette contro un paio...".

Non era stata una spedizione punitiva, ci disse, passavano di lì in cerca di una ragazza dei greci che non era Rosaria, e all'avventura naturalmente, se qualcosa capitava. Era capitato Gioe con la sua faccia scura che coglieva margherite.

"Io non ce l'ho con la gente di colore" continuò. "Del resto non so di dove tu sia" disse a Gioe "ma in Abissinia e in Somalia noi italiani vi abbiamo civilizzati. Come in Eritrea e in Libia."

Gioe parve non aver sentito: era il più composto di noi, si pettinava i capelli con gran cura.

"Sai troppe cose" Dino intervenne mentre faceva a gara con Rosaria nello scendere sul Terzolle e inzuppare il fazzoletto nel filo d'acqua che neanche scorreva, per bagnarmi la fronte e le gote. "Perciò ti chiami Benito. Benito si chiamava Mussolini, mi pare."

"Mi pare" ripeté Armando. "Non sono sicuro."

Neanche Gioe era sicuro.

"Ecco chi siete" Benito disse: lui pure si ravviò il ciuffo, era di un biondo splendido; e ben piantato. "Parlate e non sapete nemmeno di che."

"Ma tu" io dissi "con chi ce l'hai?"

"Coi capitalisti, coi preti e coi traditori" mi rispose d'un fiato. Sputò sangue dalle gengive e si leccò le labbra; Paola gliele umidì con lo stesso foulard con cui aveva soccorso Armando.

"E poi?"

"Con chi vorrebbe legare l'Italia dietro il carro del vincitore."

"Picchiando uno come Gioe?"

"Questa è stata un'avventura, l'ho spiegato, ci prudevano le mani."

"E poi?"

"Sono per l'uguaglianza sociale" egli disse. "E quella non ce la possono dare né gli americani, né i russi come voi comunisti v'illudete."

"Noi non siamo comunisti" Dino disse. "Noi siamo..." Mi guardò, abbassò gli occhi come non si fidasse dove posava i piedi. "Cosa siamo, Bruno?"

"Siamo liberi" Armando disse. Si provò a ridere e si lamentò per la mascella che gli doleva.

"Certo" io dissi. D'un tratto avevo pensato a Millo, come se per la prima volta me lo vedessi davanti, ora che non c'era. "Siamo liberi, ma comunisti. Siamo comunisti liberi. E vogliamo le stesse cose che vuole Benito."

"Non è possibile" Paola esclamò. "Lui è fascista."

"Sì, ma l'ho visto poche volte nella compagnia di stasera" disse Rosaria.

"Non ho bisogno dell'aiuto delle donne" Benito la interruppe. "Sono per l'uguaglianza sociale, e per l'Italia."

"Allora come noi" disse Dino. "Non è vero, Bruno?"

E Gioe che fino allora era rimasto zitto, ripose il pettine

nel taschino, si aggiustò colletto e cravatta, raccolse i libri, il mazzolino miracolosamente intatto, e con una voce esile ma che pesò nell'aria: "Io sono cattolico. Ho tredici anni, ma coi grandi ci so stare. Me, mi volete?".

Eravamo tre amici fino a quel momento, diventammo cinque cotesta sera. Qualche giorno dopo, ritrovandoci insieme, e sollecitato da Armando ch'era sempre il meno discreto, con pudore e candore, la voce tranquilla, la cravattina ordinata, Gioe ci parlò di sé. Poche parole, che bastarono perché sapessimo tutto di lui.

"Abito verso Sesto, dietro la fabbrica di Doccia, dove fanno le porcellane. Mio padre era un soldato americano, morì alle porte di Firenze, è seppellito nel cimitero alleato che c'è sopra le Tavarnuzze, ci siete mai stati?"

"Oh, io sì" Paola esclamò. "Per una scampagnata. Quello dove ci sono le croci basse basse, tutte bianche un amore?"

"La sua è la settima della cinquantaduesima fila entrando dal cancello" Gioe disse. "La nona della dodicesima a partire dal monumento. Ci andiamo ogni due domeniche. Mia madre è di Napoli, si erano incontrati là, e mio padre, che seguitava a fare la guerra, l'aveva chiamata. Ma quando arrivò, non la rivide nemmeno. Così è rimasta a Firenze. Ora lavora alla Gali, nel reparto contatori, gli passano l'involucro e lei lo riempie di tutte quelle matasse di fili, è una delle più brave, certi mesi guadagna cinquantamila lire. Io voglio fare il perito industriale, studio nell'Istituto di Don Bonifazi."

"E per questo sei cattolico" dissi.

"Mica per interesse" mi schiacciò. "Io ci credo."

Anche Benito sorrise. E Dino disse: "Tuo padre di dov'era: Illinois, Missouri?"

"Dallas, ma di laggiù non ci ha mai risposto nessuno."

"Dallas?" ci aveva colpito quel nome, non il commento da cui Gioe, timidamente, l'aveva fatto seguire. Dallas era un posto che sapevamo. "Texas" dicemmo, Dino ed io. "Come Billy Morton, che suonava l'armonica, magari si sono conosciuti. E tu, l'americano lo sai?"

"No" Gioe disse. "Lo debbo ancora studiare."

15

Come oggi Armando possiede la macchina, un po' il simbolo del suo benessere di trattore, così Benito fu il primo ad avere il motorino. Compiuti i sedici anni, glielo regalò suo padre. È raro che tra noi si parli dei genitori; anche se ci assediano con le loro stupidità e le loro angosce, la loro esperienza maculata di innumerevoli punti neri, essi sono assenti dai nostri interessi; la vita che incominciamo a vivere e che loro hanno consumato in un modo comunque pieno di compromessi e di contraddizioni, li relega dentro le mura delle case. Dei prigionieri, che ogni giorno siamo costretti a visitare, di cui ascoltiamo gli sfoghi e subiamo le arroganze, le paure, con le quali vorrebbero modellare il nostro carattere. Solamente Gioe con sua madre ha trovato un'intesa, forse perché nonostante la sua altezza è ancora un bambino. Noi, se condividiamo un loro giudizio, o troviamo pertinente una sola delle loro definizioni, ci si abbrutisce, anziché restarne illuminati. Sapemmo che il padre di Benito era stato funzionario delle Poste e che da anni era paralizzato, quando morì, poco dopo l'acquisto del motorino.

"Io l'ho sempre visto su quella poltrona, con una coperta sulle gambe, la bocca storta ma in grado di parlare. E in questo salotto ch'era la sua tomba anticipata, contornato da tutti questi trofei" Benito mi disse allorché morto il vecchio, ebbi accesso nella sua casa di via Circondaria.

Alle pareti c'era il ritratto di Mussolini e una serie di fotografie incorniciate che rappresentavano gli "squadristi", coi fez in testa come i turchi, i bastoni in mano e le cartucciere a tracolla. Qualcuno teneva un moschetto a pied'arm o in braccio, nell'atteggiamento del riposo. Stavano tutti seri e a mento alzato, disposti su più file, come in una foto di scuola. Sembravano dei giovani d'oggi, però mascherati, dei confratelli della Misericordia col cappuccio sulla fronte e il resto della gabbana dentro i calzoni che avevano da soldato, chi coi gambali, chi fasciati agli stinchi. Uno li aveva lunghi e con le ghette, era il più ridicolo ma anche il più severo, aveva i baffi il pizzo e la testa pelata, un cinturone gli attraversava il petto: era suo padre. Sul margine bianco, sopra la cornice, c'era scritto, in un inchiostro ormai sbiadito: *Squadra Baldesi, 1921*. Un'epoca in cui neanche Ivana era ancora nata! E paralleli, nei riquadri tra le due finestre prospicienti la strada, il brevetto di squadrista e quello di cavaliere. "Ora ti rendi conto in che ambiente sono cresciuto? Sono figlio di vecchi." Tra Benito e suo fratello maggiore che sta a Roma, a un Ministero, ci corrono ventitré anni; diciotto con la sorella, rimasta ragazza e impiegata alla Fondiaria. "Io nacqui e un paio d'anni dopo mio padre ebbe un colpo, dicono per via della pressione, ma io mi sono fatto un convincimento: lo paralizzò la paura. I partigiani vennero a cercarlo e lui si nascose nello stanzino, coperto da un armadio; difese così la sua Idea, facendosi trascinare da mia madre dentro il ripostiglio. È il più antico ricordo della mia vita." Suo fratello era prigioniero in Russia, tornò e non pensò ad altro che alla carriera. "E io qui, tra i due vecchi e mia sorella che non è mai in casa, siccome dopo il lavoro ha una relazione con un suo collega sposato." Parlava male dei suoi come per disfarsi del gran bene che gli voleva. "Come pensi l'avessi ottenuto il motorino?"

Sull'attenti e con la camicia nera, mentre la madre in un poltrona, gli suggeriva le parole. Benito dové alzare la mano nel saluto e rivolto al ritratto del Duce pronunciare il giuramento. "Lo sai come diceva? *Giuro di servire... se necessario col mio sangue, la causa della rivoluzione.*" Il padre lo chiamò a sé, lo strinse al petto e lo baciò; l'indomani gli dette i soldi per comprare il moschetto.

Ora, fosse per le imposte accostate, per i parati ingialliti, per il puzzo di chiuso e di rancido che vi alitava, e per la vecchia piccola come una nana, dallo scialle sopra le spalle, gli occhiali a stringinaso e i capelli bianchi bombati, ch'era sua madre, la prima volta che entrai nella casa mi sembrò di visitare un appartamento, anche grande, il doppio del mio, ma abitato da gente antidiluviana. Polvere e tanfo, nonostante tutto fosse in ordine e pulito: i mobili, la poltrona dove i cuscini mantenevano l'impronta d'un sedere, i tappeti frusti e la cristalliera. Il salotto era un museo su cui dominava grandissima l'effige di Mussolini ritto sul podio e in divisa da generale, col pennacchio, lo sguardo fulminante e gli stivali. Dava l'impressione di un mago, simile a quelli che si vestono da orientali e fanno i prestigiatori. Come un fachiro grasso, o un comandante dell'esercito del Papa. Né Garibaldi né Zapata. Sorrisi pensando a Millo e malvolentieri dandogli ragione.

"Che effetto ti fa?" Benito mi chiese.

"Mi sembra finto" gli risposi.

"Era invece un grand'uomo, io credo. Se avesse avuto della gente seria dietro di sé, e non dei buffoni come mio padre."

"A chi voleva far paura?".

"A tutti. Per vent'anni ha fatto paura a tutti, in Italia e fuori."

"Poi però non l'ha fatta più a nessuno."

"Era rimasto solo! A incominciare da mio padre" ripeté "erano tutti scappati. Quei pochi che rimasero, morirono con lui. E nemmeno ora, non c'è nessuno che lo possa risuscitare. Perciò io sono fascista e non vado d'accordo coi missini. Vorrebbero picchiare chi pensa e chi lavora. Mentre lui l'uguaglianza la voleva davvero."

"Davvero?" io dissi, suggestionato dalla fede e dall'amarezza con cui si esprimeva. "Anche per le maestranze della Gali?"

"Per tutti, se non fosse rimasto schiavo del re e del capitale."

Ora eravamo in camera sua, lo stesso un po' simile alla mia, solamente più spaziosa, con un tavolo sistemato a scrivania e tanti più libri.

"Ma l'hai visto il ritratto di Gramsci?" mi riuscì infine di dire.

"Il capo dei comunisti, lo so."

"Be', marcì in carcere e ce lo fece marcire Mussolini. Non potevano volere le medesime cose, perfino Paola lo capisce. Io Gramsci lo conosco" gli dissi, ma non gli dissi come e chi me l'aveva fatto conoscere, dissi: "Era piccino di statura, ma aveva un gran capo di capelli, e portava una giubba abbottonata al collo".

"Come Stalin" egli disse.

"Per forza!" dissi. "Erano uguali. Come Stalin e come Lenin. Lenin però aveva il berretto da operaio e la giacca sbottonata, stava su un palco senza addobbi e puntava il dito verso la gente che lo ascoltava."

"Era per il collettivismo, non per l'uguaglianza."

"Che differenza c'è?"

"Di base" egli disse. "C'entra di mezzo la personalità. Noi siamo uguali ma ciascuno è se stesso, mica un altro. Se io valgo più di te, tu mi devi ubbidire."

Mi chiudeva la bocca siccome era uno che aveva studiato. Lo guardai con sospetto, ma con ammirazione. "Però tu non mi devi assoggettare" gli risposi.

"Se ti ribelli, sì, perché io penso anche per te."

"Ma contro i ricchi, contro i padroni, contro chi ha la macchina mentre noi non ce l'abbiamo, contro chi non lavora e d'estate va al mare?"

"Contro di loro siamo uniti. Non ci sono vie di mezzo, non incantano né socialisti né liberali, il mondo lo reggono le dittature, o quella dei borghesi o quella dei proletari."

Questo ci rimetteva d'accordo; se non su Mussolini, sul punto di partenza delle nostre idee, che né lui né io eravamo ancora in grado di poter riordinare. Importante era che volessimo la macchina e il mare, un viaggio in aeroplano, visitare il Texas e la Siberia, andare a Bombay o in Australia. E che tutti dovessero lavorare per meritarsele, queste cose. Finché, con una frase che quando l'ebbe pronunciata io m'accorsi che l'aspettavo, Benito disse: "Bisogna indagare. Tanto, la verità, se non la troviamo da noi, non ce la dice nessuno".

E qualche settimana dopo, puntandomi l'indice sul petto come una pistola, un giorno che asfaltavano via Circondaria e ne tremavano i muri: "Io credo d'averla intravista. C'ero arrivato d'istinto, ora me ne sto spiegando i motivi. Se te li illustro per bene, tu mi segui?".

"Dipende, se tu mi persuadi."

"Comincia col convincerti che ci hanno tradito tutti. Ultimi i marxisti che ideologicamente, l'ho appurato, sono per una società dove la misura d'un uomo la dà la sua intelligenza e la sua capacità nel creare, mentre leggendo la dottrina del fascismo e i discorsi di Mussolini, questo non appare chiaro."

"Da ciascuno secondo le proprie possibilità" dissi.

"Anche a ciascuno secondo i propri bisogni, approvo. Ma oggi, proprio i marxisti si sono messi a sedere. Perciò contano un'altra volta padroni e preti. Io, ora, a momenti, penso che il fascismo fosse una grandissima bugia, però era una pietra di paragone. La democrazia ne ha inghiottito la polpa e sputato il nocciolo. Ecco perché avrei voluto vivere allora, non c'erano equivoci, tutto era luminoso. Ed ecco perché noi siamo scontenti e non andiamo d'accordo con anima viva."

"Ma tra di noi, nonostante si abbiano idee contrarie, c'intendiamo."

"C'intendiamo perché vogliamo le stesse cose."

Capivo che, secondo Benito, durante il fascismo chi gli era contro vedeva facilmente il nemico, gli stava davanti tutto d'un pezzo, fin qui ci arrivavo, ma era il suo modo di esprimersi a confondermi, tanto oscuro da apparire cifrato.

"Morale" egli disse "bisogna torni il fascismo, forte, duro, preciso com'era, così i veri rivoluzionari si muoveranno un'altra volta. Ci saremo anche noi, e questa volta sarà la volta buona. Per ora, se vogliamo essere dei rivoluzionari, bisogna contribuire a seminare il fascismo."

"No no no" insorsi "non ti vengo dietro. Mi sembra..."

"È è è" si mise a gridare. "Per la rivoluzione tutti i mezzi sono leciti e non tutti i compromessi necessari. Si sono addormentati, e li dobbiamo svegliare." Poi disse: "Mica ne sono completamente sicuro. Ci trovo sempre del buono nel tempo di Mussolini. Ma il giorno in cui ne fossi sicuro, farei il fascista come non te l'immagini nemmeno".

Trascorremmo pomeriggi interi nella sua stanza per un lungo periodo arrivando in ritardo all'appuntamento con le ragazze e con gli amici. Entrambi coscienziosi, ci liberavamo in fretta dei compiti, a vicenda ce li risentivamo: i miei problemi di geometria, come i miei limitati programmi letterari, erano per lui cose da bambini, io più spesso sperdendomi tra le scienze e la sua filosofia che lui caparbiamente, ed era un modo di impadronirsene, mi voleva spiegare. Oppure si pigliava la sua grammatica inglese ed io, benché analfabeta di quella lingua, ne sapevo più di lui, cento vocaboli di slang, americani, che neanche il dizionario registrava e che io gli insegnavo. A una cert'ora sua madre ci portava della frutta o l'aranciata o il tè, posava il vassoio sul tavolo, senza mai lamentarsi se la stanza era piena di fumo, restava un attimo di più a guardarci, le mani sotto lo scialle: le pupille acquose dietro le lenti, nella penombra, la facevano sembrare cieca. Quindi noi studiavamo; e restando ai patti, si leggeva prima un capitolo dell'antologia di Lenin, poi un passo dei discorsi di Mussolini, corredati dalle note. Imparavamo così storia e politica di cui a scuola non ci facevano menzione; comparavamo quel poco che s'era appreso dalle versioni contrastanti che, a me "zio Millo" a lui suo padre, ci avevano dato. Mentre io ancora rimuginavo, Benito ripeteva quei brani ad alta voce, aveva una forte memoria, rapace, ma come se ci fossero dei cassetti nel suo cervello, non mescolava mai le idee per dargli vita. Me ne accorgevo piano piano, allorché tornando su una circostanza, un periodo, un episodio, lo esponeva ogni volta con le medesime parole. In realtà, tutto quello a cui diceva di interessarsi, con una volontà presto risorgente ma sempre precaria, meno lo appassionava. "Lascia perdere" mi diceva. Si tirava indietro il basco che portava anche in casa per cui dava l'impressione di dormirci perfino, il gran ciuffo biondo gli copriva la fronte, gli calava sugli occhi balenanti come getti di luce dagli interstizi di un velario. "Sta' a sentire." Prendeva un libro di poesie, un altro, ma come pretesto ché li sapeva a mente, declamava: "Senti questo, zitto, lasciati pigliare". Diventava pallido, disegnando cerchi nell'aria con la mano, e tutto un fremito, allucinato.

Sono venuto per vedere il torbido sangue.
Il sangue che porta le macchine alle cateratte
e lo spirito alla lingua del cobra.

Erano pomeriggi magici, durante i quali non esisteva né tempo né luogo, ma il fumo delle sigarette e la sua persona innastata, la sua voce mi infondeva uno strano calore interno e mi rapiva.

Se il sole si stanca
e la notte
vuol coricarsi...
allora io d'improvviso
albeggio a tutta forza...

"Questo è russo, questo è spagnolo" avevo imparato a riconoscere. Ne ripetevo i nomi. "Questo è tedesco, questo è francese."

"Per caso" lui diceva abbuiandosi, e subito continuando.

Me ne frego
se negli Omeri e negli Ovidi
non c'è gente come noi...
Io so
che il sole si offuscherebbe a vedere
le sabbie aurifere delle nostre anime!

"È un poeta" mi diceva. "La poesia è l'unica cosa senza confini. Un poeta non ha né genitori né Paese, può essere slavo o cileno, americano o cinese. È tutti, e non c'è che lui. Di italiani ne esistono anche oggi, non solamente quelli che si studiano a scuola, sono belli, però ti scuotono meno, non sanno urlare." E d'un tratto, chiudeva il libro, lo buttava sul tavolo, sul letto, dove gli capitava, come se rientrasse nel proprio corpo e ne avvertisse il peso, nonostante la sua figura d'atleta. "Non ne parlare con gli altri. Ci piglierebbero in giro, e non lo potrei sopportare."

Arrivavamo al Terzolle o al cavalcavia dei Macelli che calava la sera. Dino più di Rosaria e di Paola, ci teneva il muso. Armando ugualmente faceva dell'ironia. "Con tutta la vostra istruzione, quando avrò il ristorante verrete da me a mangiare. e mi lascerete il chiodo."

E una mattina di luglio, col sole che faceva ribollire il laboratorio dell'Istituto Industriale dove mancavano tende e ventilatori, detti l'esame di perfezionamento, eseguendo il capolavoro suggeritomi da Millo. Il mio nome venne incluso tra i primi da segnalare alla Gali. In virtù della media di scrutinio, e per via della mia condizione d'orfano di un disperso in guerra ch'era stato operaio dell'azienda, saltai automaticamente in testa alla graduatoria dei licenziati dalla scuola pubblica, alla pari coi diplomati dell'Istituto di Don Bonifazi. Il posto era assicurato, e Dino si sarebbe convinto che io non avevo bisogno di raccomandazioni. Né di quelle di Millo né di quelle d'un prete. Giorni dopo, per solennizzare il diploma, Ivana stessa mi propose di "dare una festa" dove avrei potuto invitare i miei amici: Armando e Dino che lei conosceva, e "questo Benito" e "questo mulattino" di cui le parlavo. Lei aveva la sua mezza giornata di libertà, ci aperse il salotto e ci fece la torta e i panini.

16

Continuò l'intera estate del Cinquantasei, questa vita; le ragazze non rappresentavano più un problema che ci inquietava. Come Dino non aveva fortuna, Armando filava con Paola, e Benito le pescava al liceo le sue sirene. Mentre Gioe, lui era vergine, si sarebbe fatto sacerdote, pensavamo, per andare da missionario tra i suoi fratelli di colóre. L'amicizia ci teneva uniti. Sembrano tante adesso a metterle in fila, nella realtà stavamo insieme poche ore della giornata, da metà del pomeriggio fino a sera. Ma è perché coteste poche ore le vivevamo intensamente, anche se riempiendole di nulla, che pare fossimo sempre accanto o al cavalcavia dei Macelli o al juke-box o sull'argine o al cinema Flora. Quando per essi era l'ora di cena, io, avanti di rientrare in attesa di Ivana, quel tempo lo dedicavo a Rosaria: appartarmi con lei era diventato un punto d'impegno, come se la sua presenza fosse una provocazione alla quale non potevo sottrarmi. L'assalivo con violenza, con spregio, avrei voluto sentirla urlare, non temevo più di ucciderla, desideravo solo di restituirle tutto il male che confusamente capivo ella mi faceva, dandomi una gioia acre, bestiale, che non volevo mi appartenesse. Ella me n'era riconoscente, e beata.

"Le volte che ti decidi" diceva "mi fai serena. Io non sono Elettra, io sono naturale. E non sono Paola che deve restare pura perché Armando la sposi. Anche mio cugino è partito per trafficare in Germania coi magliari."

Il suo contatto, le sue labbra umide, la sua pelle sudata, mi ripugnavano, nondimeno l'ascoltavo, con un compiacimento e un odio che non riuscivo a districare. Mi raccontava le storie di loro greci, dei loro uomini-re sudditi d'un capocamorra levantino amico della Polizia e nelle cui mani era il traffico di sigarette di tutta la Toscana. "Chi è non te lo dirò mai, d'altronde che te ne importa? I nostri uomini, per coprirlo, entrano ed escono di galera, ci restano poco perché pensa lui a farli uscire." E le loro donne, tutte, sarebbero state felici di cucinargli *giuvetsi* e *massaka*, di lavargli i piedi. "Però lui è di bocca fina" ella diceva. "Dovendosi sposare, s'è preso una spagnola. Le nostre ragazze le cova da bambine, le mette a servizio in casa e quando n'è stufo gli fa una dote. A me non è toccata questa fortuna, forse perché non sono una bellezza. Ma se non avessimo lui" aggiungeva "saremmo persi: gli uomini fissi in carcere e noi donne sul marciapiede. È questa la ricompensa che ci ha dato l'Italia! Ci hanno assegnato le case, va bene, ma servono per farci i nostri bisogni, la roba da cucinare dove la troviamo?"

"Lavorando, entrando in fabbrica, nei cantieri."

"Ma se nessuno ci vuole! Ma se siamo schedati!" e rideva. "Eppoi, tanta fatica per poche lire!"

"Elettra non doveva pensarla alla stessa maniera."

"Era un'eccezione" m'interrompeva "viveva fuori dal mondo. Non le giudicare da lei le donne dei greci."

Mi guardava negli occhi di sfuggita, voleva essere un atto d'amore, e come Paola per la quale ero distinto, Rosaria mi diceva: "Io lo so perché a te mi sono affezionata. Perché anche tu sei il contrario di tutti, e sei bravo".

Furono poche volte; ma ancora oggi sussiste dentro di me lo stesso sentimento odioso e vigliacco di allora, come d'un marciume, a cui di tempo in tempo tornavo, richiamato dal suo lezzo e dalla sua fresca risata. Me ne liberò Dino, se non per sempre, per un lungo periodo almeno.

"Stasera non ci vai da Rosaria?"

Traccheggiavamo per via delle Panche, Armando ci lasciava presto siccome adesso serviva lui ai tavoli i camionisti e i manovali. Benito era rincasato dopo averci dato l'ultimo strappo col motorino. Era una sera d'ottobre, col cielo chiuso e la pioggia nell'aria.

"No, m'ha un po' scocciato. Non pensa ad altro, è una fissata."

"Sicché si può stare ancora un poco insieme."

"Si torna in piazza?" Egli mi abbracciò prendendomi le spalle. Lo rovesciai. "O caccola" gli dissi "sei espansivo."

"Voglio farti un regalo." La spontaneità della sua offerta, m'incuriosì. "Se vieni con me dal Vecchio con la Vocina, ti faccio vedere qualcosa che non sa nessuno."

"Sarebbe?"

"Fidati" disse "*come on.*"

Quel tratto del Fosso Macinante sul quale da ragazzi stanavamo rane e lombrichi quando il Terzolle ci stancava, era coperto e pareggiato, vi avevano disegnato, ormai abbattuta l'antica Torre degli Agli, una strada che collegava dall'interno Novoli a Rifredi, formando un solo quartiere. Vi si alzavano nuove case, c'erano aperte delle botteghe di pizzicagnolo e macellaro, e tutt'intorno delle palizzate di cantieri. Più avanti, benché ormai stretto d'assedio, era rimasto il casale del Vecchio, creando un bivio al centro della strada costì non ancora asfaltata né illuminata. Si procedeva nella polvere, nel buio, verso la casa colonica bassa e lunga, a un piano, con la loggia e il pergolato, le inferriate alle finestre, e che ora, privata dei campi circostanti, della mola le cui pale si tuffavano nel Fosso, pareva un fortino smozzicato. O una casa delle streghe. La Fattoria del Texas dicevamo un tempo, e coglievamo l'uva acerba dalle viti, i fichi, e le pesche dagli alberi, facendo apposta rumore perché uscisse un vecchio coi baffi calati, il cappello in testa, imbracciando un fucile che infallibilmente qualcuno del casale, accorso mentre noi scappavamo, gli toglieva di mano. Lo chiamavamo il Vecchio con la Vocina riferendoci a un personaggio stizzoso dei film western, del quale si rideva. Ma il Macinante non era la nostra zona, ci andavamo di rado, allorché il texano pensavamo ci avesse dimenticato. Poi dové morire; durante una delle nostre ultime incursioni, lo vedemmo su una sedia al sole, davanti a lui le ruspe spianavano il terreno.

"Dimmelo, su."

Le mani nelle tasche dei calzoni, camminavamo contro vento, dei lampi senza tuono schiarivano un cielo nero. Ora la curiosità che mi aveva mosso si disfaceva a poco a poco, subentrò l'idea che Dino mi stesse tendendo un tranello. Era ridicolo, non c'era motivo. Egli era tra i miei amici il più antico e il più fedele, colui al quale volevo più bene, ci parlavamo in americano e ci sentivamo superiori. Lui mi ubbidiva, e io ricercavo la sua complicità, sopportavo la sua avarizia come lui sapeva capire i miei sbalzi d'umore. Ci fidavamo a vicenda, sicuri di trovarci sempre solidali, ma proprio questa sua laconicità stasera, questo suo ripetere *come on* e tacere, mi misero in sospetto. Lo fermai: "Dimmi dove si va".

"Perché, hai paura?"

"Di che?"

"Perciò, *come on*, vedrai quanta gente ci trovi."

C'era appena una lùce laggiù al bivio, una lampada accesa sotto la loggia bastava a delineare il casale. Delle ombre vi si aggiravano spostandosi lentamente, e via via che ci avvicinavamo prendevano forma d'uomo, si distinguevano i puntini luminosi delle sigarette. Chi sedeva su dei cumuli di ghiaia, chi alla base dei pilastri della loggia, chi era addossato ai muri, i più erano dei soldati, quelli in borghese con le biciclette e i motorini. Dieci, venti persone, disposte come in fila, all'esterno e sotto la loggia. Si aveva l'impressione che dietro il casale ve ne fossero altrettante, si sentivano scambiarsi parole e brevi risate. La porta si aprì, intravidi la cucina illuminata, ne uscì un soldato e subito vi entrò un borghese, la porta si richiuse. Dino non mi dette tempo di interrogarlo, tenendo la faccia voltata a causa del vento per cui io lo vedevo di profilo: "Pagano cinquecento lire a testa, e anche meno. Là dentro ci sono due ragazze, una è Rosaria."

Diceva la verità, ne fui immediatamente persuaso, e il primo moto fu una reazione nervosa. Mi misi a ridere. "Ma io lo sapevo, c'era stato Armando prima di me. Che maiala!" gli detti una spinta e mi sorprese lui mi guardasse serio. Gli tolsi la cicca di bocca, non protestò. "Come l'hai scoperto?" gli chiesi.

"Non ci credi che ci sia?"

"Sì, sì." E d'improvviso, realizzai ch'egli aveva voluto darmi un dispiacere, era serio perché io non me la prendevo. "Sei un sudicio" gli dissi. La mia mano si chiuse da sola, da sola si abbatté sopra il suo viso. Lo colpii sul naso, e lui, invece di difendersi, scappò. Lo inseguii e lo raggiunsi, lo colpii sulla testa che si riparava con le braccia. "Smettila" gridava "smettila se no non ti spiego." Un pugno all'orecchio lo fece urlare e reagire come impazzito, mi si avventò addosso, mi trovò scoperto e mi centrò con due cazzotti, uno sulla bocca uno al petto, contemporaneamente una sua ginocchiata mi schiacciava i testicoli.

Di lì a poco, entrambi sanguinanti, lui dal naso io dalle

labbra, ci prestavamo il suo fazzoletto, seduti di spalle contro la staccionata d'un cantiere.

"Ci sei stato quattro volte" egli borbottò.

"E tu nemmeno una, nemmeno con una come lei hai fortuna."

"Mi basterebbero cinquecento sverze" disse. "Come Armando, che con noi si vanta d'averla gratis, e invece paga il doppio dei militari, gli porta fette di dolce, gli porta uova di giornata."

"Io no."

"Ma perché tu sei tu" esclamò. "Non te ne rendi conto, di come piaci alle figliole."

"Sembri geloso" dissi. "Da un po' di tempo hai sempre il muso. Ti dispiace perfino che io vada a casa di Benito."

"Lurido e bischero, Benito non lo vedo neanche. Però ti farà diventare fascista, a furia di poesie."

Io sorrisi: "Sono cose che tu non puoi capire".

"Eh già" egli disse. "Come quando a scuola mi spiegavi la geografia." Cambiò argomento, concluse: "E in quanto a Rosaria... L'ho fatto nel tuo interesse, ti potresti infettare. Rammentati di Tommy e della Bianchina". Si tamponava il naso, rigirava il fazzoletto e mi puliva le labbra. "Te l'ho spaccato, sì o no, il bocchino? Sei convinto, se voglio, della forza che mi ritrovo?" Poi parve riflettere, disse: "Però, pensa, quella maiala, guadagna cinque o diecimila lire tutte le sere. A stare sulle cantonate vendendo sigarette, gli ci vorrebbe una settimana".

E come sono mescolati a quell'età sentimenti e ragioni, ogni sera, mentre suonavano le sirene, pensavo a Millo. Un tuffo al cuore che il mio orgoglio fronteggiava fino a soffocarlo in un angolo buio della coscienza, nella parte più nera di noi, dove a noi stessi spaventa guardare. Era così, come se l'ululo della Gali fosse la sua voce che mi chiamava, la sua mano che mi colpiva la nuca, il puzzo del suo sigaro che mi saliva alle nari. Provavo il desiderio di lasciare gli amici per correre da lui a dirgli che la squadra-guida aveva funzionato, ormai possedevo il diploma, magari sarei stato assegnato nel suo reparto. Si sarebbero riprese, facendo ora sul serio, le lezioni incominciate sul tavolo di salotto. Dirgli che lo odiavo sempre, ma che gli ero riconoscente. Con Ivana non ne avevamo più parlato, né io mi ero confidato con Dino, con nessuno. Era una lacerazione che mi curavo da solo. Forse loro due si erano incontrati; non mi interessava saperlo, non volevo. Pranzavamo in casa, Ivana preparava anche per la sera, si cenava alle undici, mezzanotte, avanti di coricarsi, secondo l'abitudine che risaliva all'epoca del mio lavoro in tipografia e di quando lei, licenziatasi dal Caffè Genio, si era impiegata al cinema: solamente, non c'era più Millo a tenerci compagnia. Un giorno Armando mi aveva detto: "Lo sai, neanche Millóschi viene più in trattoria, i miei si lamentano d'aver perso tre avventori". Gli risposi, una volta per tutte, che non me ne importava. Egli si strinse nelle spalle. "Te l'ho domandato siccome i miei m'asfissiano... Certo" aveva aggiunto "specie Milloschi, era un vecchio cliente, e ora è sparito." Nemmeno io l'avevo più visto, ma bastava si profilasse una figura d'uomo in tuta o sulla bicicletta che gli rassomigliasse, perché mi sentissi infiammare il viso; ed ero io, nella realtà, che evitavo le strade e i locali dove sapevo l'avrei incontrato. Io ero l'offeso; e mi sembrava di patirne una colpa. Si trattava di una questione tra me e lui, dalla quale Ivana era esclusa. Un rapporto in cui odio e amore, attrazione e ripugnanza, si mischiavano: credevo d'averlo chiuso, come l'altro, benché diverso e mai appassionato, con Rosaria. Senonché la presenza di Millo risaliva fin là dove la mia memoria risaliva, e il nostro legame, capivo, anziché sciolto per sempre, era tuttora bruciante e vivo. Fu Gioe questa volta a venirmi involontariamente in aiuto.

Il cielo basso, coi nuvoli neri che coprivano Monte Morello e alzavano un sipario di pece all'orizzonte del Terzolle, dove finiscono gli stabilimenti e dopo le case dei greci, s'apre tra i campi la strada delle Gore. Era notte anzitempo: al quadrivio di viale Morgagni, le macchine viaggiavano con le luci di posizione. Venivo da casa di Benito ch'era costretto a letto, delirante più di sempre sopra i suoi poeti e con la febbre alta per via d'un mal di gola; avrei aspettato Dino sulla panchina dirimpetto alla fermata degli autobus. Una sera qualunque, d'un principio d'autunno che prometteva l'uragano.

"Ehi, Gioe."

"Ciao, mica t'avevo visto."

I libri sottobraccio, ordinato e preciso come sempre, i polsi della camicia fuori delle maniche della giacca abbottonata, un impermeabile verde e un ombrello appesi all'altro braccio. "Sei solo?" mi chiese. I denti bianchissimi e la pelle olivastra più che nera, lucida come per uno strato assorbito di vasellina. "Sono giorni" gli dissi "dove ti sei ficcato?"

Anche lui come Benito, un'influenza. "È la stagione" disse, poi aggiunse: "Mia madre è uscita stamani senza impermeabile e senza ombrello, e ier sera aveva qualche linea di temperatura... M'accompagni?".

"Sì, se il traffico ti fa paura."

Scosse la testa, divertito. "Davvero non ti sembra d'essere a Parigi?"

È l'ora in cui viale Morgagni sembra Boulevard Montparnasse, la Kurfürstendamm, una strada della metropolitana moscovita, Broadway verso Harlem, una rambla di Barcellona, Piccadilly Circus, il corso prospiciente la sede del Gemingibao, un'Avenida bonaerense, come si vede nei documentari, più semplicemente via Veneto o Corso Sempione, ampio e alberato, gremito di macchine, di autobus e gente che si ammucchia agli incroci, che entra ed esce dalle botteghe, che sosta alle edicole e alle vetrine. Laggiù in fondo, risalendo verso la collina, alla cui sommità c'è un deserto di creta punteggiato di cipressi e di faggi, si sono accese le luci dei padiglioni ospedalieri; e c'è questo tratto meno affollato, come un'isola davanti ai cancelli della Gali, una pista che all'ululo della sirena popoleranno gli operai inserendosi nel traffico della sera, allorché Rifredi diventa una città nella città, un mondo autonomo, con la sua umanità indaffarata e indolente, sensibile al richiamo di una voce e assordata dai motori.

"È di già buio come in inverno" Gioe disse.

"Bravo, hai scoperto che il David non ha la foglia di fico." Rise e mi minacciò con l'ombrello. "Sei un maiale."

"Pensa piuttosto che tra qualche mese entreremo e usciremo anche noi da quei cancelli. Io il mio posto ce l'ho di diritto."

"Anch'io" egli sorrise.

"Te perché ti raccomandano i preti, moro."

Si levò il primo lampo e il primo tuono. Egli alzò gli occhi al cielo; nella zona d'ombra dove ci trovavamo, sul marciapiede e davanti ai cancelli, adesso egli era tutto nero, il

bianco degli occhi faceva macchia come in una diapositiva.
"Che voltaggio avrà un lampo, ci hai mai pensato?" mi
domandò.

Gli detti una spinta per non dargli una manata.

"Meno d'un solo neutrone" gli risposi.

Rimangono queste frasi staccate, che galleggiano nella memoria come legni su un mare ancora placido che di lì a poco
si sarebbe infuriato sommovendo il mio spirito fino a sbuc-
ciarmi di tutto l'infantilismo che ancora mi ricopriva. Suonò
la sirena, e solamente allora, mentre mi ripetevo che trovandosi ai capannoni di Doccia, nel reparto dei "confinati", Millo non sarebbe certo uscito, egli apparve tra i primi. Pirogava
spingendo la bicicletta nella ressa e tra il frastuono degli scoo-
ters. Era in tuta e a capo scoperto, le maniche rimboccate.
Guardò egli pure il cielo, oltrepassò la tettoia dove la sbarra
era sollevata, rispose a qualcuno che lo salutava. Ciao Millo,
ciao Lupo. "Buonanotte, capo" un altro gli disse. Uno che
quasi mi urtò nel voltarsi; e mentre lui gli gridava: "Ciao,
bona" i nostri sguardi s'incontrarono.

"Oh, guarda, Burrasca" esclamò.

Debbo riconoscerlo, ero calmo e felice. "Magari ti ho sorpreso" gli risposi.

Salutato Gioe tutto intento ad aspettare sua madre ci al-
lontanammo insieme. Ora so che rappresentò il commiato
dall'adolescenza, cotesta sera.

17

D'intesa, ma era lui che decideva il cammino spingendo a mano la bicicletta, c'eravamo diretti dalla parte della zona ospedaliera, lontana dal traffico e silenziosa. Mi sembrava non fosse successo nulla tra noi, uno screzio appena, e su un argomento banale ch'era ridicolo, da uomini quali eravamo, dargli tanta importanza. Qualche coppia era ferma ridosso ai muri e dentro le Topolino, dei motociclisti passavano rapidi pigliando larga e d'infilata la curva di Careggi; un nuovo lampo mise allo scoperto i leoni di pietra: c'erano i cani che abbaiavano e due crocerossine che andavano su e giù dentro le mantelle azzurre e i veli bianchi. Procedevamo lentamente, muti, simili a innamorati che avessero litigato e l'uno si aspettasse dall'altro l'invito a far pace. Questa situazione, anziché innervosirmi, mi metteva allegria. Forse, lui essendo un vecchio, toccava a me incominciare? Ora m'incuriosiva quanto saremmo andati avanti, io non riconoscendomi questo dovere. Di tratto in tratto, ci guardavamo, vedendoci poco per via della strada sempre meno illuminata. Ma abbastanza perché io avessi l'impressione di trovarlo effettivamente invecchiato: le tempie tutte bianche e i baffi ciondoloni, nonostante la persona diritta e i riccioli che gli coprivano la nuca. Ero sul punto di esplodere: "Insomma, ti ha fatto piacere o no? Se c'è qualcosa da chiarire, parliamo".

Ecco, questo mi stupiva. Di non avere adesso nulla da dirgli né da sentirgli dire. Era semmai un amico al quale esporre le mie avventure più recenti, e discutere insieme su quello che presto mi avrebbe atteso, entrando alla Gali. In ogni senso un vecchio amico. Probabilmente aspettandomi la sua approvazione.

Arrivammo al piazzale che come un piccolo palcoscenico all'aperto, ha da un lato il muro di cinta dell'ospedale, sullo sfondo la collina, e dall'altro la strada che risale a gomito, sospesa sui prati, tra cipressi e abeti, e collega la villa medicea al convento di Montughi. Continuando un discorso che aveva svolto da solo, egli disse:

"Mi pare sia il caso di tornare indietro. Senti le prime gocciole? Tra poco scoppia un temporale."

Non potei trattenere una franca risata, mentre lui girava la bicicletta alzandola sulla ruota posteriore. La sua reazione mi gelò e subito mi mise di malumore.

"Sei proprio imbecille. Cosa sei venuto a fare?"

"Non ero lì per te, accompagnavo un amico. Te, ti credevo ancora al reparto dei confinati."

"Questa volta sono stato graziato" egli disse, con ironia.

Infilò la bicicletta e avanti di spingere i pedali mi si rivolse di nuovo, conciliante, eternamente fisso nella sua idea, paterno, proverbiale, da cavargli gli occhi con due dita. "Non te ne devi fare un dramma, Bruno. Non devi crearti nessun complesso. Tu non mi devi né riconoscenza né scuse."

"Di questo ne sono sicuro."

"Però, potrei ancora insegnarti qualcosa."

"Sentiamo."

"Magari a stringere un volantino" egli disse, e senza che me ne rendessi conto, mi prese nel suo gioco, trattandomi ancora da ragazzo, e giustamente dopotutto, se io da ragazzo mi comportavo. "Lo sai cos'è un volantino?"

"È quella vite-chiave sotto la piazzatura" dissi per sfida. "Si stringe e si allarga secondo il novio che regola la misura del pezzo da lavorare."

"Bravo, sei un leone."

Dopo le prime gocce, si erano infittiti lampi e tuoni. Calavano da Monterivecchi folate di vento caldo, stormivano i cipressi e gli abeti, le querce al di là del cancello dove montavano la guardia i due marzocco di pietra, le crocerossine erano sparite.

"Dai, monta, se no ci si bagna davvero."

Come quand'ero ragazzo, con la differenza che ora ci stavo più stretto sul telaio della bicicletta. Egli disse:

"Immagino che appena entrato alla Gali, col primo salario prenderai a rate un motorino."

"Ci puoi giurare. Questi sono mezzi antidiluviani."

"Ma ho anch'io un progetto. Non sono poi tanto vegliardo, ho compiuto quarantasei anni un mese fa, figliolo! Ma non mi vanno vespe e lambrette, una 125, cosa dici?"

"Magari una Benelli."

"Ricomincia a pigliarmi in giro con questo magari."

"È la tua distinzione."

Eravamo rientrati nel traffico; sfilando davanti ai cancelli della Gali, la sbarra era abbassata, chiazze di luce davano risalto ai capannoni. Millo disse: "Sta' attento. Lì alla Gali, avanti di assumerti piglieranno informazioni. Speriamo gli basti che tu sia figlio di tuo padre".

"Vale a dire?"

"Ma Dio..." esclamò. "Non gli dare sempre un doppio significato alle parole! Che non indaghino troppo, che non cerchino di sapere perché non hai studiato da Don Bonifazi, e perché non sei catechizzato come vorrebbero loro."

D'improvviso, la pioggia; scendemmo per ripararci dentro il bar di via Vittorio, un locale che pur essendo nelle nostre strade e a due passi dalla Gali, di solito non frequentavamo. Più latteria che caffè, davanti a una fermata dell'Ataf, con pochi tavoli e sopra il banco un televisore. Egli accostò la bicicletta allo sporto, indicandomi il solo tavolo libero. Sedemmo viso a viso, io di spalle alla porta. C'era il vocio della gente e l'audio aperto sulla rubrica degli agricoltori che ci isolava. Potei guardarlo a mio agio; lo riconoscevo e insieme lo scoprivo. La pioggia gli aveva appiccicato i capelli, appariva più stempiato e di sicuro, anche se non si distingueva, sotto quel biondiccio, i fili bianchi si sprecavano. Un ciuffo di peli gli spuntava sul petto dove la tuta era allentata. Le braccia quasi implumi, dal polso largo e le mani metà squadrate e maculate di nero nelle dita. La faccia soprattutto, e il suo sguardo, si erano induriti. Due rughe nette, profonde, dalle narici fino al mento, davano un curioso rilievo ai baffi che tagliati a spazzola, sembravano posticci e come incavati tra naso e labbro; e una luce triste ma cupa nelle pupille che avevano riflessi di metallo. Lo spacco verticale, dall'attaccatura del naso risalente sulla fronte, persuadeva del suo cipiglio e della sua forza morale. Era l'immagine d'un uomo caparbio e pietroso. Ma come sempre, invece di ispirarmi soggezione o rispetto o irriverenza, mi suscitava un sentimento misto di tenerezza e di odio. In seguito mi sarei reso conto che fin da ragazzo, specchiandomi in lui, detestavo e amavo me stesso. E via via che di questa elezione acquistavo confusamente coscienza, mi ribellavo, accettando la sua fermezza di carattere, e disprezzando il suo convincimento di avere acquisito un'esperienza dalla vita. Quel suo saper dominare i sentimenti in virtù d'una ragione in definitiva opinabile perché mai verificata sull'errore: egli non si sarebbe mai messo nelle condizioni di sbagliare! Nato sotto il segno non di un astro ma di una verità che per lui era tutta la verità e la sola, questo militante di un'Idea che io ammiravo anche se tuttora me ne sfuggivano le esatte dimensioni, serenamente gli immolava i suoi palpiti umani, fino a soffocarli ed a subirne, da stoico e senza sanguinare interiormente, le più feroci e segrete ulcerazioni. Ora so che odiavo la sua mancanza di fantasia, la sua limitata intelligenza ch'egli non faceva nulla per allevare poiché simile a una polvere da sparo che più è pressata più è potente, proprio nella sua angustia intellettuale consisteva la sua forza, la sua capacità di resistere e, all'occorrenza, di deflagrare.

"Tu sei venuto perché devi dirmi qualcosa, avanti."

"No, te lo giuro" gli risposi. E ancora una volta ci sentimmo l'un l'altro leali e sinceri. "È stato per combinazione. Di mia iniziativa, siccome ci sarei voluto venire, non l'avrei mai fatto."

"Cambia poco, se desideravi di vedermi c'era un motivo."

"Era semmai per sentirti dire qualcosa."

Si guardò l'eterno cronometro che portava al braccio.

"Hai da fare?" gli chiesi.

"Sì, il comitato di sezione. Ma farò a meno di andare a casa a cambiarmi. Penso che per te sia molto importante quello che aspetti ti dica."

"Non ne ho idea. Non di certo della propaganda privata. Sulla strada del comunismo vado avanti da me solo."

Egli sorrise, con compatimento, e mi ferì.

"Non ci credi?"

"No, specialmente se è da solo che credi di avanzare."

Venne il padrone portando i due caffè che avevamo ordinato. Bastò perché lui chiudesse la parentesi che involontariamente io avevo aperto e che nonostante il suo tono di derisione era parso illuminarlo.

"Lo sai cosa vuoi sapere?" disse. "Vuoi sapere se ho più visto Ivana, dopo quella sera."

In un'altra età, oppure in quello stesso momento, non fossimo stati in un locale pubblico, gli sarei saltato addosso. Dominando la collera: "Cosa te lo fa supporre?" risposi. "Lo so che non vi siete più visti."

"Te lo ha detto lei?"

"No, perché, non è vero?"

"È verissimo."

Non gli detti il tempo di proseguire. "Eppoi, Millo" gli dissi "non sono più un ragazzo. Ho preso il diploma, tra poco entro anch'io alla Gali, e in questo periodo che non ci siamo più incontrati, be', ho incominciato a farmi la barba... Posso capire te e capire lei, senza gelosie e rancori, ma decidetevi! A me, cosa vuoi me ne freghi."

Biascicò la cicca e si passò il pollice sui baffi, di qua e di là, com'era solito fare.

"Hai ragione" convenne. "Stai camminando abbastanza, ma almeno su questa strada, in una direzione sbagliata. Ne capivi di più la sera che mi cacciasti. Eri un ragazzo, già, eppure, con quel tuo scatto ottenesti cento volte quello che desideravi... Forse, fossi tornato la sera dopo, mi avresti perdonato."

"Può darsi."

"Ma fu quello che mi trovai costretto a dire ad Ivana che mi chiuse per sempre la porta di casa vostra. Perciò tu vai in direzione contraria. Intendo dire riguardo a tua madre. Non hai ancora capito nulla del suo carattere."

Gli offrii una delle due sigarette che avevo, lui la prese meccanicamente posando la cicca di toscano, da pari a pari. Questo mi inorgoglì.

"Io, vedi" volli spiegargli accesa la sigaretta "non sono complicato. Neanche tu, d'accordo. Forse lo è Ivana. Ma io mica posso stare dietro alle sue manie. È mia madre, le voglio bene, la compatisco, punto e basta. Può darsi sia anche un po' pazza. Quando sarò maggiorenne la costringerò a farsi visitare."

Egli cercò di interrompermi, ma tacque appena io proseguii: "Semmai, in questo momento, mi dispiace per te, siccome vedo che ne sei sempre innamorato". E di nuovo mi venne da ridere.

"Scusami" aggiunsi. "È un po' ridicolo, alla tua età! Dovresti aver messo l'animo in pace."

Ora aspirava la sigaretta buttando il fumo dal naso e morsicandosi i baffi. Quando mi rispose, fu per ripetermi: "Sta' attento, verranno a prendere informazioni. Specie coi giovani sono severi: vogliono che entrino in fabbrica dei ragazzi politicamente sicuri. Raccolgono le notizie direttamente e attraverso i carabinieri. Tra i vostri vicini di casa non avete nemici, ma avvertiteli lo stesso".

Un salto all'indietro, come per scancellare quanto c'eravamo appena detto. Dunque, anche la sua forza morale si nutriva di vigliaccheria? Mi fece una pena tremenda, e nello stesso tempo, per la prima volta, lo giudicai senza sentire il bisogno di assalirlo. Gli chiesi invece, vedendo che guardava l'orologio, se non fosse in ritardo.

"Ho paura di sì" disse. "Del resto, è anche spiovuto."

Si alzò per recarsi al banco e pagare; e tornando, mentre ci avviavamo: "Già, le cose stanno in questo modo" concluse. "Ma non c'è nulla di drammatico, non ti credere. Per uno come me la vita ha cento distrazioni. Tra officina e Partito non riesco a riposare più di sei ore."

"E a mangiare, dove vai?"

"Di giorno alla mensa, di sera dove capita. Tu sei sempre amico di Armando?" mi domandò per associazione.

"Di Armando, di Dino, e me ne sono anche fatti di nuovi."

"Bravo, ora ciao." Era salito in bicicletta. "Vediamoci, per parlare di cose un po' più consistenti. Magari una di queste sere."

Io gli risposi come sentivo di dovergli rispondere,"col cuore" avrebbe detto Ivana.

"Può darsi. Semmai ti aspetto come stasera. Ma quando, non lo so. La sera ho i miei giri."

Egli aveva il piede sul pedale. "Proprio di cotesto sono curioso."

"Non lo so" ripetei. "Ciao."

E mi sembrò un commiato che preludeva un periodo anche più lungo di quello che ultimamente ci aveva separati. Egli scomparve alla svolta del Romito, curvo sul manubrio e carico di tutti i suoi quarantasei anni, dei suoi sentimenti strizzati e della sua mente elementare.

"Bruno" mi sentii chiamare.

Alle mie spalle, tra la gente in attesa alla fermata del filobus c'era Gioe; e con lui, una donnina dall'impermeabile verde chiuso sotto la gola, che gli arrivava a metà del braccio e gli si stringeva al fianco, infreddolita. Aveva un viso pulito e i capelli bene ordinati.

"Ti presento la mamma" Gioe disse. "Questo è Bruno."

"Giuseppe mi ha tanto parlato di lei, so che entrerà anche lei alla Gali, so che..." le cose che dicono le madri. Una pronuncia meridionale, e dei guanti di filo. Disse :"Era Milloschi, quel signore? Lo conosco. E chi non lo conosce, alla Gali!".

Io adesso la guardavo, anche a me pareva di conoscere lei, ma dirlo mi sembrò banale. Gioe era fiero che dessi la mano a sua madre, lei di incontrarsi con quest'amico del figlio, scusandosi se tremava, "forse qualche decimo di febbre", tutta mamma, felice. "Sa, nel capannone dei contatori, dove lavoriamo noi donne, c'è una tale umidità di questa stagione." Era un quadro patetico e un po' schifoso: quella piccola madre e quel lungo figliolo nero, che si guardavano negli occhi e si sorridevano.

"Te l'avevo detto che Bruno è un ragazzo a posto?"

"Oh, si vede."

Durò un minuto, nemmeno, arrivò il filobus e vi salirono. Io ricordavo anni e anni prima. Diversa perché truccata, più alta per via dei tacchi probabilmente, la madre di Gioe era una delle signorine della vasca, alle quali la signora Cappugi leggeva la mano. Amica di Claretta e della Bianchina, invecchiate per morirvi sui marciapiedi, lei era la Napoletana, già sparita all'epoca in cui tornai alla Fortezza insieme a Dino. Senza essere né aquila né tigre, la sola uscita dal giro aveva dunque saputo ribaltare la propria vita; e conquistare per sé e il suo "angioletto negro" una dignità operaia, sia pure intrigata dal timor di Dio. Pensai a Don Bonifazi che prima dell'orfano, questa volta, doveva essersi preoccupato dell'anima della madre.

Intanto aveva ripreso a diluviare.

18

«Arrivai a casa quella sera» Ivana dice «stanca morta, col solito mal di schiena, e ti trovai con una grinta, un muso! Non avevi neanche apparecchiato. Sul marmo di cucina, ossia, dentro il piccolo frigo che s'era appena comprato, mi rammento c'erano le fettine di carne di già passate nell'uovo e nel pangrattato. Sbaglio, o era un sabato sera? Avrei fritto in un momento, mentre tu, che allora mi aiutavi, ti saresti occupato di tagliare i pomodori per l'insalata. Eri invece nella tua camera, seduto sul letto con tutte le scarpe, e fumavi. Non ebbi la forza di rimproverarti. Fuori diluviava, per arrivare dalla fermata dell'autobus alla porta di casa, nonostante l'ombrellino m'ero inzuppata. Ti puoi immaginare il nervoso. Be', mi bastò vederti, per dimenticarmi d'ogni cosa. Eri pallido, un cencio, e dagli occhi pareva tu mandassi fuoco, aspiravi la sigaretta come se tu volessi strapparti i polmoni. Quasi ansavi. Non ci fu verso di cavarti una parola; non ti avevo e non ti ho mai più visto, così cupo. "Cos'hai" ti scongiuravo. "La febbre no, nemmeno la tosse, e allora?" Ti tolsi la sigaretta e tu, come una statua, non protestasti; mi guardavi come fossi il tuo carnefice. Dio, che ore! Perché passarono quasi delle ore. "Ti senti male? Sembra tu faccia fatica a respirare" ti ripetevo. Quando alla fine apristi bocca, dopo avermi fissata in un modo che io non sapevo più dove guardare, mi dicesti: "Sì, qui non si respira. È una stanza troppo stretta, mi voglio trasferire nel salottino". Era come se tu mi dessi un ordine, ma a me sembrò una liberazione. Ti risposi va bene, e non ti nascondo pensavo si trattasse d'un capriccio di ragazzo, e che presto avresti cambiato opinione. Forse perché avevi visto la casa di Benito e in che camera lui dormiva, forse perché sapevi che Dora e Cesarino ad Armando avevano addirittura adattato il solaio come una specie d'appartamento. Ma ormai mi avevi preso in parola. Il giorno dopo uscii a cercare un imbianchino. Certo, ce n'era bisogno, le pareti erano come le avevamo trovate io e tuo padre venendo ad affittare questa casa, ma non erano sudice, solamente un po' sbiadite. Fu mentre io ero fuori che, staccandolo, ti scivolò di mano il lampadario. »

Ha una pausa vanesia, si aggiusta la vestaglia sulle gambe, si tocca la nuca, apre una parentesi nel suo soliloquio.

« In fondo era nel tuo diritto una stanza più spaziosa: diventavi grande, mi dovevo rassegnare. Il colpo vero, da impazzire, non me lo desti allora ma un anno fa, per il modo con cui pretendesti che mi togliessi di testa l'idea di tuo padre! Sì, lo so, era una fissazione, tuttavia m'aveva aiutato a vivere anni, i meglio della giovinezza; e io, giovane, è come non lo sia mai stata. Ora non ci spero spiù, e mi trovo sempre più sola. »

« Con me, che ti voglio lo stesso bene. »

« Certi momenti ne dubito, ci credi? Altrimenti mi ascolteresti, quando ti dico: cerca di dimenticarla, quella povera figliola. »

« Mamma! » le grido.

« Sto zitta, sto zitta lo vedi? » C'è un lungo silenzio, e lei sospira. « Eri di nuovo così allegro e felice, appena conquistato il salottino! E io così persuasa di averti accontentato! Forse la colpa è mia. Se quella sera, invece di dirti: "Ma è soltanto perché vuoi la stanza più grande, figliolo?" avessi trovato le parole giuste, tante amarezze si sarebbero potute evitare. »

Mugolo per assentire, e farle toccare il fondo della propria vanità e del proprio squallore, della sua persistente abitudine a compiangersi, chiamandomi a testimone. « È vero » la interrompo « non le trovasti né allora, né un anno fa, né ora. Ma non c'è nulla di male. Sei fatta così, basta saperti capire. » Ogni notte, prima di liberarmene, sono costretto ad essere conciliante, insincero. « Su, ora lasciami dormire. Prendi una medomina e cerca anche tu di riposare. »

Da cotesta sera che diluviava a un anno fa, ci si arriva d'un fiato. Grandi e piccole cose sono accadute, ultima l'esperienza del lavoro: siccome per via del "ridimensionamento" alla Gali avevano provvisoriamente sospeso le nuove assunzioni, ero entrato nella officina del Parrini, diventando "bardotto" nel giro di pochi mesi. E mi ero nuovamente incontrato con Millo, i giorni d'Ungheria ci avevano riavvicinati. Un seguito di circostanze che solamente dopo hanno assunto il loro preciso significato, elencarle già significa alludere alla presenza di Lori. Dai sedici ai diciotto è uno sbalzo, finalmente si stringe in pugno la vita. Sulle pareti di questa stanza dove sono nato, dove Ivana mi ha insegnato a leggere e Millo ad orizzontarmi sulla squadra-guida, dove di volta in volta, come un segno del passato ormai alle spalle, prima lo scaldino, poi il cane di porcellana, poi il lampadario andarono in frantumi, accanto alla stampa del colcoz cinese, il ritratto di Eva Marie. Mi alzavo e le rivolgevo la parola: "Ciao, bella. Fa bel tempo o piove?". Ivana ne era scandalizzata.

"Che gusti, figliolo! Un'anemica tale! E Dino, Armando, Benito, sono del tuo parere?"

"Non lo so, domandalo a loro. Macché anemica" mi difendevo. "È una bellezza tutta da capire."

"Qualche pezzo grosso la protegge, ti assicuro. Perciò la impongono nei film di successo. Lei da sola non richiamerebbe un cieco."

Oppure ne parlavo con Dino.

"Una come la Saint, con quei capelli biondi, bella, franca, pulita, e lo sguardo che arriva direttamente negli occhi. È la ragazza di un operaio, ed è una gran dama."

"Ohe, ti ci appassioni."

"Be', una come Eva Marie Saint, non ti sembra di conoscerla? La puoi incontrare. E sarebbe soltanto lei, non ti rammenterebbe né una attrice, né una dattilografa, né una dei greci, nessuna. Ora non mi so spiegare con precisione, ma pensa a *Fronte del porto*, una così, che ti sta accanto nelle ingiustizie come nell'allegria, non sarebbe l'ideale?"

Tornavo la sera, e mentalmente la salutavo: "Ciao, amore. Questa, più che una giungla è una tana". Attraverso le porte spalancate la salutavo dalla camera piccola dove avevo impiantato un banco e una morsa: "Lo vedi, bella, si fanno gli straordinari, c'è la rata della moto da pagare". I muri erano ancora imbevuti degli odori e sapori accumulati durante gli anni: le nazionali e il mentolo della gomma da masticare s'impastavano con l'inchiostro della vecchia tuta quando lavoravo nella tipografia di Borgo Allegri, poi col ferrigno che la Cincinnati e la Milwaukee costringono a respirare, e non basta un chinotto per toglierselo di gola.

Di giorno in giorno: "Ciao, santa. Ciao, Eva".

Ero ancora un ragazzo, e così l'aspettavo; accanto a lei sono cresciuto.

Parte terza

19

Fece un gran freddo, l'altr'inverno, sui vetri della finestra c'erano i ghiaccioli, gli argini del Terzolle s'intravedevano appena. Così le facciate delle case, il motore sembrava le dovesse incrinare. Fu cotesto giorno: avevo l'impressione di lasciarmi alle spalle un rovinio di cristalli; acceleravo il più possibile, dolcemente e con frenesia, finché non mi mancava il respiro. Sulla fronte il velo di sudore diventava brina. Lungo via del Romito, al di là del cavalcavia, la conchiglia della Shell illuminata, con la sua pozza gialla, segnava una striscia d'arrivo: curvai, normale, aiutandomi col piede; e la moto mi scappò. Mi ritrovai bocconi, a mezzo metro da una Giulietta frenata di schianto, un po' intronato e senza sgraffiature. In quello stesso momento il suo treno si fermava sotto la pensilina.

Tempo prima avevo creduto di sapere tutto di lei, poi me n'ero dimenticato. Allora s'era ragazzi, di certo l'anno avanti delle Elezioni, perché all'epoca delle Elezioni io avevo già lasciato la tipografia per entrare all'Istituto Industriale; e mi capitava di rimpiangere Borgo Allegri e la Merker B 2 che dovevo controllare quando suo padre parlava coi clienti o andava a bere il bicchiere di vino. Tornava: "Non è mica venuta la mia figliola?". Noi, era come se ci rincorressimo su e giù per le scale di un palazzo con due uscite: lei veniva che io ero sempre fuori a pagare una cambiale, a consegnare lo stampato, alla Sala Corse o al botteghino del Lotto dove suo padre mi mandava per conoscere i risultati e per giocare. Un giorno arrivò una lettera. "Questa è della mia figliola." Così seppi che lei era partita. Ma prima ci dovemmo certamente incontrare lungo Borgo Allegri e via Ghibellina, e io avrò desiderato di farle un complimento come ad ogni ragazza che ci sfiora e non mi è mai riuscito. Mi piace e non mi basta l'animo. È diverso da quando siamo in compagnia; sembra che le parole diventino dei sassi e possano far male. Ma forse no: allorché qualche settimana dopo, da un'altra lettera, suo padre tirò fuori la fotografia, guardandola l'avrei riconosciuta. Nella foto, lei appariva com'era la sera che spinse la porta, s'inoltrò d'un passo verso di me che trafficavo nel corridoio attorno al motore, e sentii la sua voce.

« Oh scusi, mi scusi. »

Il carburante s'era ingrippato, lo stavo smontando, avevo le mani nere d'unto, mi alzai sfregando le palme sulla tuta. Fuori c'era il buio dell'inverno con la nebbia che saliva dal Terzolle, la sigla del telegiornale e qualcuno che diceva: "Vieni a sentir due bugie?". Lei era rimasta sulla soglia, indecisa.

« Entri » la invitai. « In questa casa non siamo più cannibali da almeno quattro generazioni. »

« Oh, non ne dubito. »

Marionette, dapprincipio. Io in obbligo di fare lo spiritoso, lei di apparire eccessivamente confusa. Aveva posato la valigia a sacco e sembrava ripigliar fiato. Indossava il cappotto malva, svasato, la sciarpa attorno al collo, una idea di rosso sulle labbra, i capelli tagliati come i miei, ma pieni di riflessi naturali, rossi e oro. Gli occhi, il suo sguardo, li avrei scoperti dopo. Adesso, pur studiandosi, ci s'avvicinava, lei col fiato grosso, io con le mani unte di nero che le porgevo il mignolo e le dicevo: « Cos'ha, dei lingotti, dentro la valigia? ».

« Mi scusi sul serio, forse ho sbagliato piano. »

« Soprattutto casamento. Hanno cambiato la numerazione e probabilmente nessuno l'ha avvisata. »

« Oh già, ma. »

« Suo padre la tipografia l'ha ancora in Borgo Allegri, ma ad abitare è venuto dalle nostre parti, come vede. » Mi divertiva farla impazzire; sempre più un burattino insomma, ero un ragazzo che recitava. « Questo è Rifredi, io ci sono nato. Siamo contornati dalle fabbriche, dal complesso ospedaliero e dal nuovo Quartiere dov'hanno confinato i profughi dalla Grecia e gli istriani. Ci si troverà bene, la nebbia non è di rigore. Qui sotto, per andare alla messa, c'è Santo Stefano in Pane. »

« Interessante » esclamò. Si ricompose i capelli sulla fronte, fece l'atto di riprendere la valigia. « Ma io... »

« Lei è Lori, reduce da Milano. »

Tra i due occhi, alla radice del naso, quel viluppo di pieghe, quando è inquieta. Le mani si toccavano appena, fu lei a trattenere un attimo la mia.

« Ecco, ora s'è sporcata » dissi.

E le rivelai il mistero della fotografia per cui potevamo considerarci amici. Mentre io parlavo e lei mi ascoltava, un po' ironica un po' incuriosita, si sentiva la voce del lettore TV bubare di Kennedy di Nixon e d'Algeria, poi la musica del carosello della pubblicità. Ormai, se non le strappavo un appuntamento, mi pareva di restare mutilato. S'era appoggiata di spalle contro la porta, le mani sui gomiti; e sorrideva.

« Ho capito tutto » disse. « Ora so con precisione dove abito e dove dovrei venire domani sera. No, esco da me » m'interruppe « non si disturbi, non s'incomodi » e ridiscese le scale, ripetendo le mie parole: « Verso quest'ora, sotto il lampione. Non c'è che quello, non mi posso sbagliare. Prima del ponticino, dove finisce il canneto e il fondo del Terzolle è pieno di macerie ».

Io la guardavo dalla finestra, allontanarsi nel buio come se fuggisse. Ma c'eravamo incontrati; né lei né io potevamo più scappare.

L'indomani le dissi: « Sai dapprincipio per chi t'avevo preso? Una di quelle ragazze che vengono a far la reclame dei detersivi e lasciano i campioni in regalo ».

« Ho fatto anche questo » disse « lassù a Milano. » Mi fissò com'è suo garbo, inclinando la testa su un lato. « E m'incominciò a impaurire. Ci si indovina come se ci si vedesse in una palla di vetro. A me, un momento prima che tu parlassi del palazzo con due uscite, era venuto in mente il ragazzo di tipografia. Mio padre non faceva che decantarti. Potrebbe essere lui, mi dicevo, sono passati quattro anni. Eppure in tutto questo tempo non ci avevo mai pensato. E nemmeno sapevo com'eri fatto, nulla. » Sospirò scuotendo il capo. « Davano così poco. E la sera, un mal di piedi! Tu non hai idea come sia povera di spirito l'umanità vista attraverso le massaie. Piena di diffidenza all'inizio, basta tu le offra un balocco, e dietro le spalle gli potresti svaligiare la casa. » Poi, nell'andirivieni del pensiero cui mi avrebbe abituato: «Curioso, ora mi sembra passato tanto più tempo da ier sera».

«Come da vita a vita» mi sfuggì.

Cavai il pacchetto delle sigarette; mi ci vollero tre fiammiferi, per via del vento, ma come se mi tremassero le mani davanti ai suoi occhi, mentre le porgevo il fuoco. Sedevamo sulla spalletta del Terzolle, sotto il lampione, al bivio dove si trova il ponticino e una strada conduce a Monte Morello, una alle Gore. La nebbia era sparita; c'era il buio intorno, il cono di luce sopra di noi, le folate di vento che veniva giù dalle colline e sibilava come una mola sul canneto

«Parla, invece di guardarmi, dicevi?»

Dentro i suoi occhi, tante scaglie luminose, verdi e nere, su un fondo grigio, compatto, di lamina. E un'ironia, una crudeltà e una dolcezza mischiate, da sentirmi, a fissarla, imbattibile e terribilmente sfinito. Con Elettra, con Rosaria, per un momento con Paola addirittura, poi con le ragazze insieme alle quali si ballava nello stanzone che ultimamente noi amici avevamo preso in affitto e che io avevo proposto di battezzare *la tana*, era accaduto lo stesso. Ma ora non c'era più la pantomima, i gesti e l'impaccio che bastava un movimento deciso a ribaltare. Lei, la sua presenza, erano cose vere. M'impegnava tutto, guardarla.

«Aspettavi ti baciassi?» le chiesi.

«Ora non più.»

«Ne ho una gran voglia, ma avanti vorrei spiegarti che specie di voglia.»

«Fare l'amore, immagino.»

«Questo sarebbe normale.»

«Sarebbe aver furia» lei disse. «È perfin presto per rifugiarsi al caldo d'un caffè, vicino a casa mia. Ma è poi casa mia? È nuova in ogni senso per me, non solamente perché è costruita da poco e non hanno ancora messo il telefono e non funzionano i radiatori. Debbo sempre conquistarmi lo scaffalino del bagno e il permesso di far marciare il giradischi a una cert'ora. Sono una ragazza giudiziosa, anche se non ci se n'accorge, dapprincipio!» Aperse e chiuse la borsetta senza uno scopo. Il passato si perpetuava nel presente ed io per lei ero un estraneo che acconsentiva. «Se non trovo subito un lavoro» aggiunse «con quell'impiastro di donna, la moglie di mio padre, la convivenza non sarà ideale. È cambiata soltanto la numerazione, da quando son partita! Ma da stamani ho ripreso confidenza col mondo di una volta. Sono andata da mia sorella, siccome ho una sorella sposata che abita sui lungarni, a un pianterreno naturalmente, ossia in un sotto-suolo. »

« Veniva di tanto in tanto in tipografia. Non mi sembra ti rassomigliasse. »

« Invece sì. Una volta eravamo uguali. » Tacque. Scrollò il capo liberandosi d'un pensiero ch'io non ero in grado di indovinare. « Sicché, la vita dicevi? È un argomento impegnativo! » Mi posò le braccia sulle spalle, faccia contro faccia stropicciò il naso sul mio. « Mi accompagni? » disse. « Su, te lo consento. » E subito saltò a terra, due passi distante mi tendeva la mano. Ci salutammo alle prime case dei greci, al di là del fossato; la finestra di Rosaria era illuminata: la figurai dietro i vetri ad aspettare il segnale.

« Osserva quella luce. Facendo un certo fischio, anche stasera la voglia-voglia me la potrei levare. »

« E lo farai? »

« Credo di no. Ma era per spiegarti quello che intendevo, dianzi. »

« Vuoi non l'abbia capito? » disse. « Su, pensa piuttosto se non è perché io sono nuova di Rifredi. » E staccò la corsa, agitando la mano. « Ciao, a domani. »

Neanche entrai alla Casa del Popolo. Non cercai né Dino né Armando né Benito. Accosto al marciapiede dove l'avevo lasciata, c'era la moto; partii lavorando di manopole, per scaricarmi e tremotare le strade.

« Come mai arrivi a quest'ora? » mi accolse Ivana, in piedi sulla soglia di cucina.

Cenavamo insieme, "altrimenti non ci saremmo mai visti in viso durante quasi tutta la giornata". Lustrati i pavimenti i mobili i vetri, avanti d'uscire, lei preparava la pentola del minestrone, il tegame delle patate, la verdura già lessata. Sette ore di botteghino; e chiusi i conti, doveva fare pochi passi dal cinema all'autobus, dall'autobus a casa dove sapeva di trovare la tavola pronta e il gas acceso. "Bruno!" la sua voce si annunciava dalle scale. Le aprivo la porta e ci sfioravamo le gote. Rientravo prima di lei, tra le dieci e mezzo e le undici, ogni sera. "Un riflesso condizionato" Dino diceva. "Mamma e zuppa, compagno." E la stanchezza, d'una giornata incominciata alle sette di mattina. Lei, come sempre, aveva voglia di parlare; e la vivacità, l'ironia medesima con cui si dilungava sulle circostanze più banali, riuscivano ad interessarmi. Personaggio costante era adesso il cavalier Sampieri, direttore del cinema e suo principale. "Diventa sempre più nonno, lumacone, scontroso... Con quella pancia che ha preso l'aspetto di un baule, per come sgrana, e per un fatto idropico lui dice." Ora erano le beghe delle maschere, "ciascuna con una propria vita"; ora il romanzo a puntate dell'operatore geloso che costringeva la moglie a sedersi in platea dal primo all'ultimo spettacolo. "Non ti dico Sampieri!" E i giorni in cui la gente si presenta tutta con fogli da cinque e diecimila. "Il sabato, il ventisette del mese, gli si legge in tasca anche a coloro che fuori la strada parcheggiano i macchinoni... Hai buttato un occhio su quello che c'è da cena?" Si cambiava in un baleno. "Oooh, ora mi sento a mio agio. Sarà fatica lavorare in piedi, ma ore ed ore sopra un cuscino, e senza spalliera!" Usciva dal bagno con le pantofole e il grembiule. "Un minuto e ci siamo." Trafficava ai fornelli, faceva le porzioni. "E tu?" mi domandava. Le raccontavo ciò che m'era accaduto in officina e con gli amici. "Benito ha sempre certe idee per il capo?" "È uno scontento, mamma, bisogna saperlo interpretare." "È uno scontento o un ragazzo un po' toccato?" "È un poeta!" Vedendomi serio, lei assentiva. Sedevamo di fronte, al tavolo di cucina, discutendo del lavoro, e più spesso, dei delitti e dei processi che appassionano loro vecchi più degli sputnik e di Berruti. "Io sono innocentista" lei diceva. E come se il pensiero le sorgesse all'improvviso: "Queste figliole dei greci, davvero sono così leggere?". "Sono pesogallina." Distraeva un momento lo sguardo: "Lo so, perciò sono tranquilla, tu aspetti Eva". Mi recavo in camera a leggere, mentre lei rigovernava; quindi lei veniva a fumare l'ultima sigaretta e a tenermi compagnia, in silenzio, seduta sulla sponda del letto. "È mezzanotte passata" mi sussurrava. Spogliandomi, le riassumevo il libro o l'articolo che avevo appena studiato. "Ora ciao, mamma, buon riposo." "Figurati! Con le cose che mi restano da fare." "Soltanto il tempo da perdere coi bigodini..." "E la faccia no?" Le sue creme! "Sto a tu per tu col pubblico, io, cosa credi?" Riapriva la porta. "Per-

ché ridi? L'ho detto anche ieri sera?" "*Good night*, ciciornia!"
Oppure decidevamo di andare a prendere un caffè, una birra,
un ponce, un gelato, secondo la stagione. Ritrovavo gli amici,
c'era il juke-box e lei si faceva pregare, poi si concedeva:
ballava come una ragazza, con della classe e un senso del ritmo
preciso. "Apposta stasera non ti sei struccata" le dicevo. "Bravo signor censore." Eravamo "due esseri incredibili" secondo
Dino. "E considerati sotto il profilo dell'invidia, fate anche
un po' senso." Qualcosa come Gioe e sua madre, in definitiva. Tanto da prestarci, via via che ci rivelavamo o reciprocamente intuivamo le nostre debolezze, una discrezione tene-
rissima e mai vile. Questa solidarietà, quest'intesa, mi appari-
vano naturali. Era il mio modo di curarla, pensavo. Perfino
lo sgomento con cui assistevo al perdurare della sua fissazione
(manifestata sempre più di rado ma ancora annidata nella sua
mente, "quasi a dilaniarla certe notti") si placava mentre la
consolavo, come per un vizio dopotutto innocente, che le fosse
necessario. Ci rispettavamo. La sua ambiguità era pari al mio
voler sapere. Un equilibrio che bastarono poche parole ad alterare.

« Stavo in pensiero, non te l'immaginavi? »

« C'è qualcosa di caldo? Sono marmato. »

« Tra poco sarà il tocco, lo sai? »

« Non è la prima volta. »

« Di solito mi lasci un biglietto, in questi casi. »

« Sono allegro, mamma, non m'immalinconire. »

« Ti faccio quest'effetto, ho capito. »

« Ma no, no. »

« Non me lo vuoi dire? »

« Ho una gran fame. »

« Una discussione con Benito? »

« Fameee! »

« In officina col Parrini? »

« No, macché! »

« Allora, di che si tratta? »

« Splendori!... Non mi torturare. »

Dovetti sorridere; e della mia reticenza, neanche io mi rendevo esatta ragione. Ma come non le avevo parlato dell'apparizione di Lori la sera prima, più che mai ora sentivo il bisogno di tacere. Mangiammo muti, lei non venne a salutarmi
avanti di coricarsi.

20

La felicità, dicono, è uno stato di grazia, si prova il desiderio di farne partecipi gli altri, di arricchire l'universo come la neve cova il seme e il sole indora la spiga. Menzogne. Quando si manifesta esteriormente, non è la felicità, ma la sua parodia, e spesso sono i poveri di spirito a scambiare le soddisfazioni materiali per il suo esaltante equilibrio. Paola, di già compresa della sua parte di ostessa, ne è una perfetta raffigurazione. Ed è felice Gioe con sua madre, nei limiti di una tenerezza domestica che invece di nutrire l'intelletto, lo riduce ad un perpetuo livello infantile. Sotto questo punto di vista, sono contento dei miei rapporti con Ivana, sempre drammatici anche nei periodi di maggior sereno: essi hanno contribuito alla formazione del mio carattere forse più della compagnia di Millo e delle avventure alla Fortezza e sul Terzolle con Dino e con Benito. Ora so che la felicità è un sentimento segreto, esclusivo, inquisitorio, dolcissimo e supremamente crudele. Vi si sta arroccati come in un palazzo di ferro e cemento, dalle grandi vetrate; nello stesso tempo è un riflesso sull'acqua che non solo la brezza ma l'ombra di un passante, può alterare. Ha un volto fisico, quello di Lori; ed un viso recondito, « vecchio di millenni » Lori dice, e ogni giorno più giovane, che entrambi ci rassomiglia. È l'immagine del nostro amore, nota a noi soli e che a noi stessi certe volte sembra appannata. Dà allora l'impressione di uno specchio collocato tra le nostre due persone come se, stando accanto, non ci potessimo raggiungere: le mani sono gelate, gli sguardi assenti, le labbra mute. Accade quando qualcosa di esterno si inserisce dentro la nostra sfera. Il mondo c'è addosso, ci costringe a ritirare il filo dell'aquilone su cui navigavamo. Ma sempre più raramente, dopo la terza sera.

Lei arrivò puntuale, e disse: « Fammi distrarre perché ne ho bisogno, dove andiamo? ».

« Al cinema. »

« No, se è un film stupido mi annoia, se è interessante mi costringe a riflettere. »

« E se è comico? »

Mi guardò, la testa appena piegata, come per scoprire se intendevo fare dell'ironia. « Perché no » disse. « Quattro risate. » E subito: « Ma perché no a ballare? Mica ti chiedo di organizzarmi una festa così su due piedi, ci sarà un locale... ».

« Qui a Rifredi? »

« Sto pensando al Giglio Rosso. »

« Sui viali? »

« Oh già » sorrise.

« Non ci sono mai stato. »

« Io un tempo ero di casa. Su, andiamo » esclamò, sedendosi dietro la moto; le sue braccia mi strinsero la vita, mentre avviavo.

Poi disse: « Tu hai una dote, non sei curioso ».

Finì un rock e attaccarono un passo lento. Era sabato sera, e l'ambiente affollato. Al di là del tavolo, dove tra un ballo e l'altro sedevamo, lei aveva preso un whisky io un "negroni", si alzava la tribuna del vecchio campo d'atletica. Una specie di rudere, che aveva una prospettiva sotto la luna. Eravamo come in una serra, anche se l'aria era viziata, col palco dell'orchestra contornato di piante verdi e su ciascun tavolo il portacenere, e un vasetto di fiori che lei scansò. La pista era grande, asfaltata, lo stesso ci si muoveva pigiati, soprattutto quando suonavano qualcosa come una beguine da potersi ritmare sopra una mattonella. Io le tenevo le mani sui fianchi, lei mi poggiava le braccia sugli omeri, aggiunse: « Non ho ancora capito: è perché sei timido o perché sei riservato di natura? L'altra sera, mi riuscisti simpatico perché fosti sfacciato ».

« Come mi preferisci? »

« Ma... come sei. »

« Secondo le circostanze » io dissi. « Ti sta bene? »

« Oh, ma allora saresti ignobile. » Si fermò a guardarmi negli occhi, feci fatica a sostenere il suo sguardo, ch'era ridente e stranamente provocatore. « Sono capace di piantarti qui, cosa credi? Che maniera è di rafforzare un'amicizia, giocando sulle parole? »

Eravamo reciprocamente attratti; e badavamo a non pregiudicare in nessun modo il sentimento che nasceva dentro di noi e intuivamo non sarebbe stato né usuale né fallace. Mi sembrava di già naturale e prodigioso amarla, non avrei sopportato perderla per disattenzione. Capivo che un nulla poteva tramutare l'intensità del suo sguardo in un sorriso di commiato.

« Sei soltanto bello, a quanto pare » aggiunse.

Mi si chiuse la gola. Il suo bisogno di chiarezza era anche mio; io stesso, seppure confusamente, avevo fatto della lealtà (con gli amici, con Ivana) una regola di vita; e davanti a lei, credendo compiacerla, mi ero dimostrato ambiguo, fatuo, banale; avevo distrutto in un istante, la confidenza nata la sera prima. Sempre mantenendo le braccia sopra le mie spalle, lei mi guardava fisso, dondolando impercettibilmente i fianchi dove le mie mani trattenevano il suo corpo. La sentivo avversa e come in attesa della mia reazione che avrebbe giudicato decisiva. Nell'indolenza del suo atteggiamento, v'era come una sfida, tale la interpretai. « Il tuo scatto » in seguito mi disse « fu quello che meno mi aspettavo, ti volli subito bene, fino ad allora eri una distrazione, da quel momento diventasti una cosa seria. »

Dovetti, dapprima, vincere un soprassalto d'ira. « Sicché, sono bello » sussurrai con sarcasmo « me lo sono già sentito dire » ma per via della musica, della ressa in mezzo alla quale ci muovevamo, lei non capì. Mi tremavano le mani, e staccarle e sollevarle per prenderla delicatamente ai polsi, mi costò sangue, tanto era il desiderio di serrarle su quei fianchi che appena lambivo, e stringere, da soffocarla. Come togliere e montare da solo sul tornio grande (un Pensotti, non un Deckel) il pezzo che di solito sposta il carrello aereo: una fatica simile, di più. Avevo un velo di sudore sulla fronte e il colletto della camicia appiccicato sotto la gola. Il contatto della sua pelle, quei polsi teneri che dovevo chiudere tutta la mano per possederli, mi placò. E il suo sguardo, fiducioso ora, invitante; e la sua voce: « Mi sono sbagliata? ».

Tornammo al tavolo; bevvi d'un sorso il resto di "negroni" mentre lei sorseggiava il suo whisky e prese una sigaretta: spense il fiammifero per approfittare della fiammella dell'accendino che le porsi con un attimo di ritardo.

« L'ho comprato apposta stamani. »

« Bello, è argento? »

Le dissi il prezzo, e scioccamente, ma sentivo il bisogno di farlo, pur di parlare, le dissi che non soltanto era sabato sera ma fine di quindicina, per cui mi trovavo in quattrini. « Potremmo » dissi « volendo, siccome fa freddo, lasciare la moto, noleggiare una macchina e andare al mare. »

« Ma è lontano! » Si accomodò il vestito sulle gambe: un tajer nocciola, dal taglio sportivo e le maniche a metà degli avambracci. La sua pelle era bianca, il suo profumo delicato, la sua voce scherzosa.

« Cento chilometri, meno d'un'ora, la patente ce l'ho da più di sei mesi, guidare guido da sempre, sono un cannone, ho imparato a portare i Dodge prima delle auto, ero amico di certi camionisti. Via, su. Dev'essere bello il Cinquale di questa stagione. D'estate, da Viareggio al Forte dicono è un gran carnaio. Non ci vado da quando ero ragazzo. È un progetto che rimando di sabato in sabato, questa sarebbe l'occasione. Noi, quando viene il caldo, siccome il Terzolle è in secca: ma ormai, l'hai visto, è in secca anche d'inverno, non fanno che buttarci rifiuti: noi, d'estate ci si tuffa in Arno. *Florence Beach*, come Saint Tropez e come Santa Monica, o come Soci, ci si consola. Lo sai che non ho mai neanche viaggiato? Tra poco più di un anno ne avrò venti, e parlo parlo, poi praticamente è come non fossi mai salito in treno. Com'è Milano, racconta. »

Invece di rispondermi, mi domandò: « Noi chi? ».

« Noi amici. Quelli che da tre sere mi aspettano alla Casa del Popolo o al bar, te n'ho accennato. »

« Diranno che ti sei fatto una ragazza e la vuoi mantenere segreta, non è vero? »

« Perché, non è vero? » la imitai.

Scosse la testa e si tolse una punta di tabacco dalle labbra. Qui fu lo scatto, lei dice. L'orchestra aveva ripreso a suonare, ella accennò ad alzarsi per raggiungere di nuovo la pista, ed io la trattenni mettendole una mano sopra la mano che pigiava la sigaretta nel portacenere.

« Senti » le dissi. « Ora che c'è stata questa parentesi, ricominciamo. Eravamo rimasti al fatto che non sono curioso. Invece lo sono. Forse sono anche timido, non lo so. E se l'altra sera fui sfacciato, fu perché tu eri un'apparizione, ti dovevo acchiappare altrimenti svanivi. »

« Invece, eccomi. » Si sedette appoggiandosi di schiena alla spalliera, le mani in grembo. « Sono acchiappata » disse.

« Ti aspettavi volessi sapere perché qui al Giglio Rosso eri di casa? »

« Oh » esclamò. « Mi ha riconosciuta soltanto la guardarobiera. »

« Ti ha detto: "O dove s'era nascosta?". »

« E qualcos'altro, te ne sei scordato? »

« No. "Credevo che anche lei si fosse sposata" ti ha detto. »

« Dopo aver guardato se avevo la fede. »

« Non ci ho fatto caso. »

Stavo col gomito sul tavolo, la palma sulla tempia e la faccia rivolta verso di lei compostamente abbandonata sopra la sedia, così le parlavo.

« Chi era? » le chiesi. « Non mi preme saperlo, ma dal momento che tu ci tieni. »

« Oh, Bruno » esclamò, il volto tutto una luce. « Siamo davvero amici! » Si sollevò appena e mi baciò sulla guancia.

« Cotesto lui non esisteva. Ossia, erano tanti quanti ne vedi. E non ti abbuiare, stupido, non sono la donna di tutti! Sono sempre stata, fino a questo momento, la donna di nessuno. »

« E d'ora in poi? »

« Forse di qualcuno? »

« Direi di sì. »

« Be', vedremo. »

« Che cosa? »

« Se ingraniamo » ella disse.

Potevamo già parlarci così, senza malizia e senza sottintesi. Liberi, e giovani, con l'amore che ingoiava tenerezza come la bocca del Martin le palate di carbone, fino a diventare incandescente, fondere acciaio e ghisa, e non spengersi mai.

« Un lui, per la verità, c'era » ella disse. « Ma non era mio, era il fidanzato di mia sorella. Io, come ai tempi antichi, gli tenevo compagnia, facevo da guardiana e da moccolo. Era un favore reso a mio padre, per evitargli le lamentazioni della moglie. È una storia poco interessante, una questione familiare. Credevo, scappando a Milano, d'essermene liberata, invece sono dovuta tornare. »

« Meglio. »

« Probabilmente, ma fino a questo momento » ripeté « no davvero. Del resto, anche a Milano, in casa di mio fratello, non hai idea del borghesume di donne come mia cognata. Tutte esteriorità, tutte per la faccia del mondo. La lavatrice, il frullatore, votano socialista e vanno in chiesa. "Il grande Milano", capirai. La domenica, Corso Lodi sembra una strada di paese. E sono oneste, cosa credi? Oneste, fedeli, televisive. »

« Ma tuo fratello? »

« Oh, trovandoci moglie, s'è ambientato. Va a caccia, ha la tessera dell'Inter e dopo la Seicento si è comprato il vogatore. »

« È tipografo come tuo padre? »

« Lo era, ossia, c'è entrato come correttore di bozze al giornale, ora è passato negli uffici dell'amministrazione. È un igienista. Al bancone di lavoro non c'è mai voluto stare, per questo l'azienda di mio padre non avrà successore. Parla dell'antimonio come del vaiolo. »

Né ancora io avevo fatto l'abitudine all'altalena del suo pensiero; non capivo la logica interna, e per lei istintiva, del suo divagare, ch'è un modo di esprimersi completamente e di arrivare, per cerchi concentrici, nel cuore di una verità, fermata poi con poche frasi che non puoi dimenticare. Nonostante l'indifferenza che avevo manifestato, mi bruciava il suo discorso lasciato in sospeso, ve la richiamai.

« E avanti di partire, venivi qui. »

« Tutti i sabati sera e le domenica, con Ditta e con Luigi: si offende se lo chiami Gigino. Nella bella stagione, la pista lì fuori, contiene il doppio delle coppie... Ma davvero non ci sei mai stato? Mi fai sentire passata! Cose di tre e quattro anni fa, ma io ero ormai grande, come ora. Forse un po' più magra. Benché Gigino mi facesse gli occhiacci, quanti cavalieri mi invitavano, con altrettanti ballavo, non perdevo un giro. »

Tossì, perché il fumo le era andato di traverso, e come la sera prima, parve buttar giù saliva, s'inumidì le labbra. « Non dirmi fuma meno, ti prego. Non dirmelo mai. Sono preoccupazioni di vecchi, e soltanto a formularli, i pensieri dei vecchi, significa che in qualche modo siamo vecchi anche noi. »

« D'accordo... Sicché, con tua sorella e tuo cognato. »

« E con Franco, a volte, il fratello di lui, un ragazzetto che accanto a me stava a disagio, piccino com'era io non lo vedevo nemmeno. Ora è di leva. »

« Ma se ora fa il soldato... »

« Piccino come fisico, piccino come idee: *piccino*. L'età la dà forse l'anagrafe? Io penso la diano la bellezza e l'apertura mentale. »

Luigi e Giuditta si erano sposati, erano andati ad abitare in casa dei suoi di lui, un portierato sui lungarni. Ma lui lavorava, come adesso, da elettricista in proprio, « oh, non uno qualunque, mette su insegne al neon, impianti speciali negli uffici, si dà daffare ». Rotto il sodalizio festivo, e soprattutto la sua intimità con la sorella alla quale era molto attaccata, i rapporti di Lori con la matrigna diventarono sempre più tesi. Tutti ne soffrivano, e suo padre in particolare: « È onesto, lo conosci, ma è un debole, sposò quella donna che io ero in seconda media, un anno dopo la morte di mia madre ». La nuova moglie si rivelò « bacchettona, arretrata », decisa a prendere sul serio la sua parte di padrona di casa, e di educatrice. « Non mi rimase, per la tranquillità comune, che sbaraccare. »

« E perché sei tornata? »

« Una pleurite » disse « non me ne rammento nemmeno. Durante il primo inverno di Milano, la feci in piedi e mi esaurii. Storie, ho delle radiografie formidabili, ho perfino donato il sangue un paio di volte. Ma a sentire mio fratello e mia cognata, un altro inverno nel Nord non mi avrebbe giovato. È stato un modo gentile per dirmi che la mia presenza gli pesava... Sono meno romanzesca di quello che speravi » concluse. « Una tizia alle prese con la matrigna e le parentele, non fa più nemmeno teatro. E scusami se ti ho annoiato, ma avevo bisogno di distrarmi e di parlare con un amico. »

« Siamo fermi all'amicizia? » le chiesi.

E come la sera prima, con lo stesso accento ma con un diverso significato, più innocente, ella disse: « Pensi ancora all'amore? ».

« Certo sì, non mi vergogno di dirti: ti amo. È la verità. »

« O la voglia-voglia? »

« Anche, sì, anche. Ma non la voglia soltanto. »

« Allora incomincia col darmi un bacio. »

Fu dolce, tenera, risentita, come Elettra e come Rosaria insieme, in quel bacio; e tuttavia pulita, naturale; la sua mano, dietro la mia nuca, era un guanciale di spilli e di piume. Cessò la musica e di nuovo si accesero le luci.

« Perché credi ti raccontassi le mie piccole sventure? » mi disse poi. « Non era davvero il miglior sistema per svagarmi... Tuttavia ti vidi così abbuiato! Un ragazzo che non metteva tempo in mezzo, nel fingersi geloso. Un essere senza ingegno. Un delinquente, ma in piccolo. Un ladro di galline! Ma non avevo scelta, eri la sola compagnia di cui potevo disporre. Tra l'altro ero senza soldi; e proprio per superare la vergogna dell'autoinvito, ti volli provocare. Quando capii che diventavi una cosa seria, il primo bisogno fu di scancellarti dalla testa chissà quali dubbi sul mio passato. Ero anch'io un po' ebete, mi avevi frastornata. »

21

Quella domenica, c'incontrammo di primo mattino. Alle nove, col vento che ci tagliava il viso, lei tutta riparata dalle mie spalle, si risaliva la strada di Camerata; dopo la curva di San Domenico, sostammo come dei turisti al belvedere. Lei si era annodata all'araba la sciarpa celeste intorno al viso, il bavero del cappotto rialzato e i guanti di lana.

« Gli sci non li hai portati? »

« Sono gelata più che se fossimo sul Monte Bianco, ci puoi giurare. »

Pretesi di riscaldarla sfregandola energicamente dietro la schiena; si battevano i piedi a terra e si rideva.

« Forse verrà a nevicare » dissi.

« È eccitante quando comincia, ma poi, una noia. »

Sotto di noi, la distesa dei tetti, con le cime dei campanili, delle torri, e il grande uovo della cupola, non faceva nessuna impressione, colpiva invece il giro delle colline dove il verde e il nero della vegetazione superstite, spiccava in quella luce azzurrina, contro un cielo laminato che teneva nascosto il sole.

« Bello » lei disse « ma è tutto fermo, pare ci manchi qualcosa. »

« Le ciminiere e i capannoni di Rifredi. »

« Vista così, una città rassomiglia a un camposanto, sembra che la gente ci viva sotterrata. »

« Come i vecchi durante i loro bombardamenti. »

« Come nelle catacombe. »

« Come nei rifugi antiatomici. »

« Come gli antichi cristiani. »

Ci abbracciammo; di volo attraversammo Fiesole salutando

Garibaldi e Vittorio Secondo eternati a cavallo mentre si incrociano e si riveriscono sulla sponda d'un Volturno da immaginare.

« Padri della Patria! » gridai.

« Ci arresteranno » lei mi urlò scherzosa nell'orecchio. « Ora dove si sbuca? »

« In un posto dove, io, sono di casa. »

Un locale inaugurato l'ultima estate, subito fuori il paese, là dove incomincia la pineta che girando attorno a Vincigliata, sull'opposto versante conduce a Settignano. L'avevamo scoperto un sabato a mezzanotte, pigiati nella millecento di Armando, con due ragazze del Supermercato e una liceale amica di Benito. Reduci dalla "tana", in cui, presenti tutti gli affittuari, c'era la ressa, e messo a letto Gioe, dopo una sosta sotto i pini, eravamo alla ricerca d'una meta, allorché si annunciarono dei festoni di lampadine. Spento il motore, si sentì un disco. *Petit Bois*, l'insegna luminosa ci decise. Tornarci ora con Lori, non significava sporcare il nostro amore, anzi, di prima mattina, con il freddo nelle ossa e il nevischio sul viso, era semmai una purificazione. Lo chalet era completamente deserto, i vialetti spogli, la macchina del caffè spenta, un barista e il suo aiuto davano la segatura nella sala da ballo, neanche si curarono di noi seduti a un tavolo della vasta gabbia vetrata.

« Come dentro la palla d'un elicottero » ella disse. « Sotto la città, e sopra il cielo. Il cielo non si vede per via del soffitto, ma lo possiamo immaginare. »

La guardavo rapito; s'era sbottonata il paltò, allentata la sciarpa e toccati i capelli che sulla fronte le formavano un accenno di frangetta.

« Sono in disordine? »

« Perfetta. »

« Provati a definirmi. Vedo la stai cercando, una definizione. Poi te la rinfaccerò. »

« Sei la luna. »

« È poco. Ci arriverà un russo prima di te. Ma ti ringrazio di non aver detto il sole. »

« Sei bella, e basta. »

« E basta? »

« Ieri sera, quando dicesti a me bello, ti avrei strozzata. » Rise, buttando la testa all'indietro, ma senza sguaiataggine, non è mai sguaiata, si piegò sul mio viso, mi fece una carezza. Le presi la mano e gliela baciai sulla palma. Ora, seriamente, con un'incrinatura nella voce mi rivelò la sua trepidazione: « Me ne accorsi, sai? ». Socchiuse un attimo gli occhi. « E mi fece piacere. Avevi avuto una reazione, era quello che cercavo. Non eri un bambolotto, insomma, ma una persona. »

C'eravamo seduti di qua e di là del tavolo, ci tenevamo le mani nelle mani; lei si alzò, mi sedé accanto, appoggiò la testa sulla mia spalla.

« Tu hai dormito, stanotte? » mi chiese.

« Sì, perdonami, tutta una tirata. »

Batté la fronte contro il mio braccio, divertita. « Anch'io. Allora è probabile sia davvero una cosa seria. Non abbiamo rimorsi, non siamo inquieti... »

Finalmente il barista ci degnò della sua attenzione; ordinammo cioccolata calda e paste dolci; benché entrambi avessimo fatto colazione, spolverammo ogni bene.

« Sei mio ospite » lei disse. « Stamani sono piena di quattrini. » Scosse la testa, si tolse definitivamente la sciarpa. « Mi sembra d'essere tornata ragazzina, e presa in sé, è una sensazione fastidiosa. Mio padre mi passa un salario, ora crede sia andata da mia sorella: come se facessi forca a scuola. Per fortuna, presto riprendo a lavorare. »

« Dove, cosa? »

« Ma il mio mestiere. »

Sapevo, perché lei me l'aveva raccontato, che aveva fatto la propagandista, lassù a Milano, che era stata negli stand, durante la Fiera, che aveva posato per delle fotografie pubblicitarie dei frigo, e durato sei mesi alla "catena" di Motta dove sfila il panettone da scatolare.

« Secondo te, cosa so fare? »

« Ci penso soltanto ora. Conosco le ragazze che lavorano in fabbrica, che fanno il mercato nero, che sono all'Upim, che frequentano il liceo. »

« Tante? » mi sorrise.

« Sì, tante » io dissi « uno sterminio. »

« Stupido! Su, sentiamo. Io sono... »

« Direi... una fioraia. »

« Questa è un'altra definizione. È gentile. Ma odio i fiori. Da quando morì mia madre. Morì all'ospedale, di cancro.

Nella cappella dove l'avevano portata, con gli altri morti della giornata, quell'odore di fiori, una nausea. »

Non ebbi tempo di dolermi del ricordo che le avevo suscitato; un istante oscuratasi, ella era di nuovo disinvolta, lieta come un istante prima.

« Sono una vestiarista teatrale » disse. « Mi hanno riassunto dov'ero quando partii. La verità è che hanno un gran lavoro per la prossima stagione del Comunale. È emozionante, sai, dietro le quinte. I camerini delle cantanti, nonostante i fiori, sono un po' una magia. Ora poi che i soprani sono donne normali e non più balene, vestirle è delizioso. Naturalmente le dive hanno la sarta personale, ci pensa il costumista ad aggiustarle. Ma anche sistemare il coro e le comparse, è divertente. Si sgobba, ma la sera della prima, piglia una frenesia, c'è sempre qualche punto da dare, qualche gala o qualche piuma da fermare. Dapprincipio, quando mi ci portarono, mi limitavo a reggere la spilliera. Scommetto... »

« Preciso » dissi. « Né dietro le quinte né in platea, non ho mai visto un'opera in vita mia. È roba da vecchi o no? »

« Oh sì, se la consideri sul serio. Ma pensala come qualcosa di assurdo, un'invenzione, la musica ti trascina. » Si fermò, come per un discorso che neanche lei avesse chiaro, troppo difficile da fare e da capire, mi abbracciò alla vita. « Immagino quanto ti può interessare. »

« Trattandosi del tuo lavoro, che a te piace. »

« Mi piace perché spero, dandoci dentro, di garantirmi una certa indipendenza, sia economica che di movimento. »

Ci baciammo con sapore di cioccolata sulla lingua. D'un tratto, lei si liberò dal mio abbraccio, disse: « E il tuo, dei lavori, tua madre, le tue idee? Finora hai sorvolato ».

Così le parlai di me, ma di me in quel preciso momento, non di me come bene o male c'ero arrivato. Non le dissi né dei miei rapporti con Millo né della fissazione di Ivana; accennai a questo amico di famiglia il quale « mi aveva fatto un po' da genitore » e che probabilmente lei conosceva perché era anche amico di suo padre, mi ci aveva messo lui nella tipografia di Borgo Allegri; e Ivana gliela descrissi come « una donna piena di volontà, con tutte le virtù e i difetti delle mamme », che aveva avuto per forza, trovandosi vedova a vent'anni, una vita tormentata. « Non s'è risposata » dissi « forse perché ha pensato troppo a me, e perciò ora è spesso nervosa. » Ma brevemente, siccome lei mi ascoltava assorta, guardandosi le unghie, e io non trovavo la spinta per una vera confidenza, pur riconoscendo che, proprio per non parlarne più, il capitolo vecchi si doveva liquidare. Quindi la intrattenni sulle idee e sul lavoro, infervorandomi a momenti: era di me oggi che le parlavo, e confusamente col desiderio che le mie parole la raggiungessero come tanti altri baci.

« Io, il tipografo da tuo padre lo feci per caso, un po' come un doposcuola, il mio mestiere è quello del fresatore. L'officina dove lavoro è una piccola azienda a base artigianale. La dirige il signor Parrini, il proprietario, un ex della Gali, che fa i suoi interessi naturalmente, ma che ne mastica del lavoro. Siamo otto operai, nove col padrone, dieci con me che oggi come oggi, più di un bardotto non mi posso considerare. Da questo punto di vista vado bene, guadagno mille-cinque-milleotto. Rendo molto di più, si capisce, ma è nella regola del mondo così com'è organizzato. Sbullono, smonto; e durante delle ore sto davanti alla fresa, controllo la barra di metallo da sezionare a misura. Questo quando l'ago della fresa è a disco, quando è a manicotto spiano le barre che ci vengono ancora grezze di fusione, le attesto, fo delle incassature in certi alberi d'acciaio dove va infilata la zeppa che collega l'albero con la ruota dentata da calettarci sopra. Ma anche lavori più impegnativi, se manca qualcuno, come il taglio delle viti, quelle che noi chiamiamo "brocciature": sagomo, dentello alla trafila rotelline che andranno a far parte d'ingranaggi particolari. Del resto, noi non costruiamo nulla di intero, eseguiamo dei pezzi che poi vanno montati, di solito su telai o da tessitura o per le calze da donna. »

« Alle calze ci arrivo » ella disse. « Il rimanente è algebra, lo capirai. »

« È il lavoro più semplice che ci sia. E pensa che noi lavoriamo su delle vecchie Cincinnati, macchine che si ricordano dell'età di Mussolini, mentre alla Gali ce n'è di aggiornatissime, la Genevoise per esempio, ch'è una fresa enorme e nello stesso tempo esatta al millesimo di millimetro, nel locale dov'è in funzione c'è addirittura l'aria condizionata. » Io la conoscevo dai libri, e perché me l'aveva descritta Millo che neanche lui ci ha mai lavorato, bisogna essere dei tecnici per vedersela affidare, non basta avere la qualifica di specializzati. « Davanti alla Genevoise si lavora col camice bianco come dei dottori, e siccome io all'Istituto ho preso il diploma, con quello ci posso arrivare. »

Due mesi prima mi avevano chiamato, eravamo una trentina, fu la prima volta che misi piede nell'interno della Gali, ma senza veder nulla: i viali contornati da oleandri e la tettoia della mensa, ci deviarono subito dentro un capannone. Nonostante il diploma garantisse per me, ripetei il "capolavoro", come gli altri del resto, lungo il bancone accanto a me capitò Gioe, strizzandoci l'occhio si lavorava, io portai a termine il mio pezzo, era una giornata di sole, sotto la lima il metallo si addolciva come creta. Risposi ai *tests*, e quando mi domandarono delle mie idee risposi: « per la libertà e la giustizia », non insistettero, andò tutto bene. Né mi risultava che i carabinieri fossero venuti a prendere informazioni « come per la patente » le dissi « ormai la chiamata non dovrebbe tardare ». E le spiegai che all'inizio avrei guadagnato meno che dal Parrini, ma sarei entrato nella *mia* officina, in una fabbrica che per la misura di Firenze è come l'Alfa, la Marelli e la Falk messe insieme. Di più, poiché accanto ai telai tessili e ai contatori della luce, si lavora di precisione. « I nostri cannocchiali, le nostre lenti, sono rinomati in tutto il mondo civile. »

« Uhm uhm » lei fece, e subito: « È commovente vederti deciso a guadagnare meno e forse con più fatica ».

« Ma entro in una grande industria, in un organismo che corrisponde a tutto quello che io... » Non mi veniva la parola, avrei voluto dire: "che penso ed amo di più"; lei mi guardò ironica, piegando la testa a suo modo.

« La butti in politica, ho indovinato? »

« Non è politica, fa parte della vita. » Accesi una sigaretta, ebbi la sensazione come di salire in cattedra e di darmi un tono. « Sono comunista » dissi « ma non legale. Secondo i comunisti, quelli veri a sentir loro, sono io un illuso. È che hanno la barba a vent'anni, capisci? Ce l'hanno e la fanno venire. Discutono per poi arrendersi davanti al timore di fare il gioco del nemico. Dio, che ricatto ignobile, questo dei nemici! Come se i nemici non si avesse il compito comune di sterminarli. Li chiamano responsabili, coloro che parlano così, e che la barba ce l'hanno per davvero, tanto bianca che ha imbiancato, da rosse che erano, perfino le bandiere.»

Mi entusiasmavo; il sole aveva rotto lo spessore di gelo, batteva sulla vetrata e la neve, cadendo lentamente adesso, pareva finta contro la luce tutta pulviscolo colorato. Lei aveva messo un braccio attraverso il mio, lievemente appoggiata al mio fianco, mi ascoltava.

« Sono un anarchico, dicono, uno che non tiene conto della realtà, dei rapporti di forza, cento fesserie... D'accordo, finita la guerra che noi non s'andava ancora a scuola, la borghesia era a terra e poi è resuscitata.» Ma è resuscitata, le dissi, perché noi operai e tecnici, a furia di produrre, abbiamo trasfuso nuovo sangue, cioè oro, dentro le sue vene. Non è la prima volta, dopo la Rivoluzione Francese. Di questo miracolo gli artefici siamo stati noi, che con la nostra intelligenza e il nostro sudore, programmando ed eseguendo, rappresentiamo il mondo industriale in ogni sua struttura. Il capitale non è altro che il recipiente che ci contiene e c'imprigiona. L'illusione consiste nel credere d'impadronirsene lentamente, dall'interno, per mezzo dell'iniziativa, mentre è l'involucro che va rotto, altrimenti al momento che stai per rosicchiare, quella zampa ti annienta, non c'è nulla da fare. Il mondo è diviso per classi, ecco una verità che da ogni parte si tenta di smentire, ed è invece la sola superstite, perché eterna, di tutte le vecchie idee che ci hanno tramandato. Si assiste oggi a una trasmigrazione da ceto a ceto per cui l'area del proletariato s'è ingrandita, ma il problema di fondo è rimasto uguale. Di qua chi elabora e realizza, di là chi incassa e controlla. Chi consuma e chi introita. Chi governa e chi si lascia governare. Il beneficio è generale, si consolano. Come se la Seicento o la moto, il cinema, un viaggio, vestirsi come si deve, poter andare al Giglio Rosso, non significasse lo stretto necessario! Le conquiste si attuano gradualmente, come all'epoca di Metello, questa sarebbe la spiegazione. Come se il "poco" dei Metelli non fosse costato sangue anche allora. La verità è che i beni sociali o sono tutti di tutti e dappertutto, o sono solamente di qualcuno che ha il poliziotto e il prete dalla sua. E che ci sparano addosso, quando è il caso: fuoco e acqua benedetta ottengono lo stesso risultato. Loro vecchi durante la Resistenza, come si comportarono? Non andarono con le bottiglie Molotov contro i carri armati? Se per esempio si fermasse tutta la produzione, una paralisi generale, come l'ibernazione, dopo la paralisi, buttato a mare il sangue marcio, incomincerebbe la nuova vita, da difendere coi mitra magari. Coi missili, con ogni cosa. Che paura c'è a distruggere quando siamo sicuri di poter ricostruire?

« Pensa a Fidel » dissi. « Pensa a Lumumba, pensa agli algerini. Pensa a Mao che se n'è disfatto sul serio, lui, del suo codino. »

Essi l'hanno realizzata o la stanno realizzando, la loro rivoluzione; l'indipendenza non si limita alla liberazione del suolo nazionale. E i russi, messi alle strette, ci darebbero cento mani: sono loro che questo sistema ce l'hanno insegnato. Noi, morto Stalin, gli si può dimostrare che più si è liberi più si è nuovi. In quanto agli americani: il mondo se lo giostrano a palla *yankee* e sovietici, noi siamo i tamburelli, ma per questo contiamo: gli americani col benessere fasullo che gli lardella la mente, sono dei barbari ma sono giovani, entusiasmano a volte, rispetto a noi sono un popolo neonato, troverebbero il modo di uccidere il male ch'è dentro di loro, la loro General Motors come noi, prese a simbolo, la nostra Fiat e la nostra Montecatini. Fino alla nostra Gali che, diretta dai fidi degli azionisti, funziona certo peggio che sotto un consiglio di fabbrica dove, oltre agli ingegneri, anche gli uomini come Millo avessero voce in capitolo, da pari a pari. Millo è un vecchio, ma del suo lavoro conosce ogni piega.

Era questo, allora, lo stato delle mie idee: *un'Unione Sovietica trasportata negli USA e dove fosse Italia*; la formula concertata con Benito. Facendone partecipe Lori era l'altra parte di me stesso che io sentivo il bisogno di riversare nel nostro amore.

« Hai sistemato l'universo » ella disse. Mi guardò negli occhi: « Sei bello! » esclamò. « Stamani te lo lasci dire? »

« Il guaio è » dissi « che m'intendo solamente col mio amico Benito. Non lo seguo quando lui tira certe conseguenze per cui sostiene che ci vorrebbe più fascismo, non vede altra soluzione, tanto fascismo, così la gente si sveglierebbe di nuovo, ché oggi, specie gli uomini che dovrebbero essere mobilitati in permanenza, si sono appisolati. Non lo seguo, ma trovo che potrebbe aver ragione. »

Ora, guardandola, mi parve che non il senso, ella ascoltasse, ma il suono delle mie parole. « Tu, piuttosto, mi segui? » le domandai.

« Sì. » Sembrò sorgere da una lunga inerzia, si appoggiò coi gomiti al tavolino. « Sì, e suppongo di aver capito. Sei uno che crede, questo mi piace. E ricapitolando: hai un posto sicuro, ma la Gali è il sogno della tua vita; a costo di peggiorare la tua condizione, ci vuoi entrare. »

« Perché mi spetta, perché se anche guadagno meno... »

« Me l'hai detto. La pratica e l'ideale sono la stessa cosa. Anche questo mi piace. »

« Ti piace, o ne sei persuasa? »

« Accanto a te » ella disse « se tu mantieni fede, mi verrà naturale. Non sono certo una fascista. Su di me, per accrescere il mondo di brutture, il tuo amico Benito non ci può contare. » Si fece vezzosa, ironica quasi, come per suggerirmi, con un velo d'amoroso compatimento, che anche sotto questo aspetto della politica, delle "idee", parlandosi ci completavamo. « Mica mi trovi impreparata. Ho anch'io partecipato agli scioperi, quand'ero alla Motta. Un Natale si minacciò di privare tutta l'Italia del suo panettone. » Poi disse: « Quanto a tua madre, me ne hai parlato poco. Ma ho l'impressione che nonostante tutto, tu sia ancora molto attaccato al suo ombelico, o sbaglio? ».

Mi sentii scoperto, e lì per lì non seppi replicare. « Può darsi » dissi. Ero confuso. Lei mi aiutò lasciandosi baciare. Mezz'ora dopo, era smesso di nevicare, e aprendo un solco dapprima nel sentiero di Vincigliata pareggiato dalla neve, quindi da Settignano a Rifredi attraverso le strade di già melmose, bloccai la moto al di qua del ponticino. E siccome insistevo per la sera: « Sul tardi » lei disse. « Una capatina da mia sorella bisogna la dia; vieni a prendermi verso le nove, sotto la statua dove Garibaldi è senza cavallo e solo solo. »

22

Il monumento di Garibaldi appiedato, con la mano sull'elsa
della sciabola, che volta le spalle alle Cascine e guarda diritto
la fuga dei ponti è, come tutti i monumenti, una caricatura.
Fa da spartitraffico della doppia corsia. Ha sulla destra il lungarno al suo punto terminale, gli ultimi bei palazzi e, avanzata,
la pescaia di Santa Rosa; a sinistra il Teatro Comunale e le
strade dai nomi altrettanto risorgimentali dirette su Porta a
Prato. Dall'altra parte del fiume ci sono le Mura e il Quartiere di Sanfrediano. Un angolo di città che in passato doveva
sembrar regale, nuovo solamente come topografia, pieno di
lustro e di quiete: l'Arno lo divideva dalla miseria e dalle fer-
riere del Pignone. Oggi, se non altro all'esterno, le cose sono
mutate: c'è tale un via vai che sotto l'Eroe è perfino proibito
parcheggiare.

« Aspetti da molto, lo so. »

« Il tempo di meditare sulla viabilità. »

Lei sembrò non sentire. « Andiamo via » disse. Si sedé
sullo strapuntino. « C'era anche mio padre, voleva tornassi-
mo a casa insieme; e Ditta, fingendo di capire, faceva la so-
spirosa, mi devi perdonare. »

Perché si giustificava? Non era da lei: e la imbruttiva.

« Su su, svelto » insisteva. « Gira da via Montebello, mi
sembra ci sia il senso vietato. »

Ma ci s'era messa di mezzo l'accensione, forse a causa del
carburatore, per quante pedalate sprecassi, la moto non partiva; dovetti dirle di scendere per poter spingere a mano.
Una cinquantina di metri avanti, il motore rombò giusto, allora voltai per raggiungerla. Lei mi aveva seguito correndo,
scivolò mentre io frenavo, fu sul punto di cadere, mi si ag-

grappò al collo, e per poco non ci rovesciammo tutti e tre, lei io e la moto.

Agitata com'era, questo seguito di contrarietà, dopotutto ridicole, la imbestialì. Mai più, anche in circostanze altrimenti drammatiche, l'ho vista presa dai nervi come allora. Quasi mi spinse nel rialzarsi, andò a raccogliere la borsetta, ma le macchine che incrociavano, le sbarrarono il cammino. Quando ci riuscì, e io avevo accostato al marciapiede, invece di venirmi incontro, camminò in su e in giù tutta sconvolta, mordendosi le labbra e guardando il cielo; si appoggiò di schiena alla spalletta, poi si girò verso il fiume. Misi in folle perché il motore non si spengesse e la raggiunsi.

« Lori, che ti succede? »

« Lasciami calmare » sussurrò. « Ti prego. » Da come mi nascondeva il viso, ebbi l'impressione stesse piangendo.

L'Arno era in piena, ancora spumoso irrompendo dalla pescaia, su cui batteva la luna. L'aria, scesa la sera, era diventata anche più pungente, col cielo pulito e stellato che il torbo del fiume non specchiava. Rispettai il suo silenzio, confuso per l'angoscia dalla quale la sentivo dominata.

« Che fracasso che fa » esclamò d'un tratto. « Poi trova il mare e il mare lo inghiotte. » Alzò la faccia tutta un sorriso, mi guardò fisso, c'era addirittura una dolcissima arguzia nel suo sguardo, una spensieratezza esagerata. « Ci andiamo anche noi? Su, a Viareggio! »

« Rimarremmo congelati a mezza strada. »

« Già » convenne, e senza ironia, con affetto parve. « Sei ragionevole... Però, ieri sera. »

« Ieri sera pensavo di noleggiare una macchina, perché potevo. » (Due whisky, due cocktail, l'ingresso, e cinque fogli da mille erano spariti.)

« Nemmeno io » sospirò. « Sono senza una lira. Ho speso quasi tutto per un regalo alle mie nipotine. Sono entrata in una pasticceria con l'intenzione di comprare una sciocchezza e mi sono innamorata di due pupazzi portacioccolatini. Belli, ma non credevo fossero così cari. Come una stupida ho detto: "va bene". Ma le ho fatte contente, quelle bambine! Ossia, ho accontentato me, li volevo io in quel momento. Uno era uno scugnizzo con tanto di toppe sui ginocchi e sulla camicia. » E mentre si partiva: « Allora andiamo a cena da qualche parte, coi nostri spiccioli messi insieme ».

168

Scendemmo in Piazza della Repubblica; al Chiosco degli Sportivi mi ricordai che era domenica, per via della ressa e del vocio: si lessero i risultati di calcio e si guardò la locandina degli spettacoli, casomai ci fossimo potuti permettere il cinema. Come due ragazzi entrambi un po' confusi, io di tirare fuori di tasca i denari, lei di aprire la borsetta, si percorsero i Portici e si entrò alla Posta dove nella sala dei telegrafi, in un angolo, appartati, facemmo i nostri bilanci. Tra me e lei duemila lire.

« Ma tu, hai proprio fame? » le chiesi.

« Perché, tu no? »

« Io posso mangiare quando torno, a qualsiasi ora. »

« Andiamo in rosticceria, una pizza o un toast per fermarci lo stomaco, c'entra anche il cinematografo. Perché mi guardi in questo modo? »

« Senti » le dissi. « Del cognac o un whisky, con dei biscotti, ti basterebbe? »

« Cioè? »

« Io, coi miei amici, abbiamo uno stanzone, una specie di appartamentino, ci quotiamo un tanto al mese e uno di noi ch'è trattore lo rifornisce. Ci si va a ballare. È domenica, forse li troviamo. »

« Magnifico, perché non ci avevi pensato? »

Come dirle: « non volevo tu supponessi un'imboscata »; e che l'idea m'era balenata in quell'istante, spontanea e ambigua nello stesso tempo? Chi poteva esserci, alle nove di sera? Non certo Gioe; e non certo Armando, occupato fin dopo le undici col ristorante; forse Benito e la sua liceale, più probabilmente Dino che ci andava con degli amici delle Logge a fare una partita. Mi sentivo come se avessi perpetrato una cattiva azione contro me stesso in primo luogo; umiliato, scontento e tuttavia col cuore che mi batteva.

« Era una proposta così » cercai di rimediare.

« Magnifica » ripeté. « Piuttosto, se non troviamo nessuno? »

« Ciascuno di noi ha la chiave. »

« Meglio se siamo soli » ella disse. « Col giradischi, qualcosa da bere e qualcosa da sgranocchiare. »

La tana era in ordine, segno che quel giorno nessuno c'era stato; altissima di volta, con le luci accese, a trovarcisi in due pareva smobiliata. Misi la puntina su un Varieton, dapprima *Something's to Give*, poi *Learning the Blues* e *Shake Rattle and Roll*, altre sei o sette canzoni, un microsolco ch'era il pezzo forte della nostra modesta dotazione. I suoi dischi, Benito, li teneva a casa, li portava e se li ripigliava, ci aveva lasciato *Goodnight my Love*, con l'orchestra di Goodmann e cantata dalla Fitzgerald, siccome lo considerava troppo sentimentale, ma a me piaceva. Io stavo sul divano dove mi ero abbandonato; lei, seduta sulla vecchia poltrona di velluto pagata seicento lire, cioè sul "baldacchino", e ancora avvolta nel cappotto da cui, sbarazzatasi della sciarpa, emergeva trionfale il suo bel collo, la sua testa di Santa Giovanna coi capelli tagliati corti, il naso perfetto dalle narici appena un poco rilevate, le labbra che un velo di rossetto modellava, gli occhi neri e d'oro. La stufa elettrica, attaccata da pochi minuti, ci separava senza riscaldarci.

« Hai freddo? »

« No. »

« Bevi. »

Tutt'intorno, sei sedie, una cassapanca trafugata da Armando nelle sue cantine e che ci serviva da bar e da cristalliera, più il tavolo per il grammofono e per posare i bicchieri, un tappeto davanti al divano; e una scatola di pelle per le sigarette, contributo di Dino, compivano l'arredamento. Il tavolo era mio, lo stesso su cui avevo trascorso infanzia e adolescenza, imparando a leggere e disegnare, cambiato il giorno che m'ero trasferito nel salottino: piallato e rilustrato da Gioe, appariva nuovo, di mogano, un pezzo da antiquario. Si fumava e si centellinava il cognac in silenzio, whisky e biscotti non ne avevamo trovati.

« Qualcosa da regalare, rotola balla e gira. Sta' a sentire. »

La notte non riesci a dormire
il giorno non fai che piangere,
dimenticala e impara il blues.

Erano dei motivi che lei non conosceva, io le traducevo le parole quando le capivo. Avevo acceso tutte le luci apposta per scancellare, come Dino diceva, « il senso dell'alcova ». Nondimeno, entrando, avevo avuto il tempo di voltare lo stoino dalla parte che significava non disturbare, occupato. L'uscio del bagno era socchiuso; gli avevo dato, all'indietro, una pedata. Ora angosciava me un pensiero: lei non era una delle ragazze del Supermercato o del Liceo, con le quali, almeno per mia esperienza, si poteva far tutto escluso l'essenziale, anche ubriache si sapevano rifiutare, oppure bisognava conquistarle, fingersi o cotti o sbronzi, tenere discorsi seri, e dopo, promettere, far coppia fissa, una grande fatica. Lori, lei medesima l'aveva detto, *era* una cosa seria. Era luna e sole. Mi tormentava che qualcuno degli amici potesse arrivare in compagnia, e insistesse nonostante lo stoino: io avrei dovuto presentarla, dimostrarmi allegro, mentre un affanno segreto mi mozzava il respiro e fumavo a boccate lunghe per riprendere fiato. In questo stato d'animo, "che io, te lo assicuro, scambiai per languore, e mi facesti tenerezza, ma soprattutto un po' pena", le porsi la mano.

« Passato? »

Lei venne a sedermisi accanto sul divano: « Dio mio, ci pensi ancora? Ho dato spettacolo? ».

« Ti sei arrabbiata, succede. »

« Ero fuori di me, e ne avevo i motivi. Forse anche i torti. A volte i torti pesano più delle ragioni. Ma sono bastati pochi minuti. Quelle macchine poi, che mi sfioravano! »

Cambiò tono, posizione, sguardo, atteggiamento, sorriso. « Immagina una foresta » disse « come la vedi? »

« Intricata, terribile, con le liane. »

« Ci sono strade? »

« Sì, un sentiero, ma bisogna saperlo trovare. »

Era un gioco, mi divertiva perché lei sembrava divertita. « Ora incontrerai un fiume, dove? Da un lato della foresta, in fondo, in cima? »

« Al centro, divide in due la foresta. »

« Com'è, pieno di sassi, asciutto, magro? »

« In piena, come l'Arno stasera. »

« Dio mio! » si mise una mano sul petto. « Sei straordinario. »

« È finito? »

« No. Sulla riva del fiume, quando l'hai attraversato, vedi una chiave. Com'è, piccina, grossa, la prendi, la lasci, che te ne fai? »

« È enorme, mi serve per aprire un castello che troverò al di là della foresta. »

« Ma tu lo sapevi! »

« No, te lo giuro. »

« È straordinario » ripeté. « Ora, dopo il tuo castello, si apre una enorme prateria, a un certo punto interrotta da un muro. Com'è il muro, alto, basso? E tu che fai? Torni indietro, ci giri intorno? »

« È alto, ma con una rincorsa riesco ad aggrapparmi e scavalcare. »

« Oh Bruno » esclamò. « È un gioco idiota, lo facevano le mie colleghe alla Fiera, ma tu sei straordinario » disse ancora. « La foresta simboleggia la vita, il fiume l'amore, la chiave l'intelligenza che secondo te apre castelli misteriosi, il muro sono le difficoltà della vita. » Si accucciò sul mio petto, mi prese una mano e se la portò sulla guancia.

« E tu credi a queste cose? » le dissi. « Credi negli oroscopi dei giornali? »

« Niente affatto » sussurrò. « Ma certe volte, scherzando, si hanno delle riprove. »

C'è pudore finanche a riviverli, certi momenti; il ricordo sporca ogni cosa, dà nostro malgrado un rilievo quasi osceno agli atteggiamenti più puri, un suono cavernoso agli spasimi, ai sospiri; si fanno opachi e di gelo, il gelo che imperava nella tana, il biancore e il tepore della sua pelle, bluastre le rose dei suoi seni, amaro il miele della sua saliva, di lamiera l'urto dolcissimo dei suoi denti contro miei.

Quando rientrai era l'una passata, dalla camera di Ivana filtrava la luce. « Sei a letto? » Lei non rispose. Sul tavolo di cucina trovai la cena nel piatto ricoperto dalla scodella, ma non mi bastò quello che lei mi aveva preparato; apersi il frigo, c'era un resto di ricotta, la spalmai sul pane che mi restava. Il pane non manca mai. « Ne hai sempre mangiato a quintali » Ivana dice. Non ancora sazio, con una avidità di cui mi sorprendevo, ne tagliai un'altra fetta, ci sparsi un filo d'olio e un pizzico di sale, lo mangiai coricandomi, mentre fumavo l'ultima sigaretta e pensavo a Loti, mi ripetevo una sua frase pronunciata al colmo dell'amore. « Sono contenta, Bruno, non immagini da quanto ti aspettavo. » A occhi spalancati, un morso una boccata, seduto nel letto, in pigiama e coi calzini che m'ero dimenticato di levarmi, il freddo non lo sentivo. Davanti a me c'era la mia camera, l'ex salottino da poco conquistato; e alla parete il ritratto di Eva Marie Saint. Scesi dal letto, andai a staccarlo, lo ridussi in pezzi, aperta la finestra li feci volare sulla strada. Era un gesto infantile, me ne rendevo conto, ma dopo averlo compiuto, maggiormente mi persuase.

D'un tratto mi parve di avvertire la presenza di Ivana. Mi tirai addosso le coperte e mi voltai sul fianco, dalla parte del muro. La maniglia della porta girò piano piano. «Non ti so descrivere in che condizioni di spirito mi trovavo» ora dice. Tuttavia, mancandogli il cuore di svegliarmi «tra poche ore ti saresti dovuto alzare» o forse temendo una scenata, dopo aver sussurrato: "Ti sei addormentato con la luce" tacque. Spense la luce ma non uscì, avanzò in punta di piedi, il fruscio della vestaglia e più il suo ansimare la tradiva, come avevo previsto riordinò al buio il vestito, la camicia, poi sedette sulla sedia. Restò a vegliarmi, mi sembrò accendesse una sigaretta, io già dormivo davvero. Senza sognare, non ho mai sognato. Ma certamente anche nel sonno spingevo la sveglia col desiderio. Domani Lori riprendeva a lavorare; ci saremmo incontrati al solito ponticello, così avevamo fissato.

Al mattino, la stessa pantomima. Trillò la sveglia, mi alzai, andai in bagno, poi in cucina. La colazione era pronta; Ivana rifaceva le stanze e io mangiavo.

«Allora, ciao.»

«Ti sei messo l'impermeabile? Buon lavoro.»

Fuori, durante la notte il tempo è mutato; la luna d'ieri sera, perciò era opaca, ha riportato la pioggia, e in modo tale da far pensare se non convenga lasciare la moto nel magazzino: l'officina del Parrini si trova a cinque minuti di strada, in un vecchio cortile dal cui ingresso si accede anche a un elettrauto, e praticamente confinante con la fonderia della Gali ch'è distaccata dal resto del complesso. Ora sono sulla porta di casa e scruto il cielo; una gronda, evidentemente bucata, scroscia a ondate verticali. È attraverso questa cortina d'acqua che sul marciapiede dirimpetto vedo Lori, la raggiungo col cuore in gola dalla contentezza e dall'apprensione, riparandomi sotto il suo ombrellino.

«Nulla, non c'è nulla di nuovo né di strano» mi dice voltato l'angolo. «Soltanto, avevo voglia di rivederti, avanti di stasera.»

Ma invece di guardarmi in viso, bada dove mette i piedi: la disinvoltura con cui mi parla, è chiaro nasconde la trepidazione e una gioia tutta segreta. È la mia stessa gioia, e ora che la stringo al braccio, non faccio fatica a capire. Me ne inorgoglisco; sono troppo contento di me, e troppo felice, quindi sono impacciato. Ella indossa un impermeabile celeste come la sciarpa, ma in testa non ha più la sciarpa, bensì un fazzoletto fantasia; e il mio impermeabile essendo marrone scuro, formiamo due macchie di colore, riflessi nello specchio del parrucchiere davanti al quale siamo fermi per via del semaforo. Attraversiamo Santo Stefano muti e camminando all'unisono, io la piloto, per un lungo momento non so che dire. Quando parlo dico la cosa più banale. Dico: «Com'è andata tornando a casa? Erano alzati?».

Lei diventa immediatamente allegra. «Oh, sì» mi tranquillizza. «Anche se non lo erano, si sono per forza dovuti alzare, mi ha aperto mio padre. E mi ha soffiato all'orecchio: "Tu sei stata al cinematografo con Ditta e Gigi che ti hanno riaccompagnata". L'ho abbracciato ma l'avrei voluto mordere, tanto mi faceva rabbia. Perché sentisse sua moglie, ho detto: "Gigi e Ditta vi salutano". Ho bevuto un bicchiere di latte e mi sono coricata.»

«Ti vuole bene. Quando lavoravo da lui mi rammento la sua contentezza all'arrivo delle tue lettere. "Questa è della mia figliola", pareva avesse vinto un terno o un tredici, o una serie di piazzati.»

Lei ora mi guarda, è pallida e sembra sofferente, gli occhi tuttavia le splendono, si posano sui miei come se li volessero baciare. Dice, con lo stesso tono di ieri: «E tu stanotte, hai dormito?».

«Sì... Mi disprezzi?»

«Oh no» e posa sulla mia mano la sua libera dall'ombrellino. Così restiamo, guardandoci. Aggiunge: «Anch'io mi sono addormentata e svegliata di soprassalto, con una voglia di vederti!» ripete. «Non sono romantica, volevo solamente persuadermi ch'è stato tutto vero. Ora ci possiamo salutare.»

Suonò la sirena dalla Muzzi, poi un'altra, poi quella della Gali. Di corsa, sotto la pioggia, raggiunsi l'officina.

23

Trascorsero settimane, dopo quella mattina. La felicità non si narra. Si può appena, come la pioggia scorrendo a rivoli sui vetri traccia e scancella delle figurazioni, annotare i momenti salienti che ci consentano di intravederla. Non è dunque vero che potrei trascrivere perfino i nostri respiri? Ci fu una sera in cui la nostra armonia venne messa alla prova; lei volle saggiarne, a costo di incrinarla, oltre alla rispondenza dei sensi, la compattezza morale.

Era una sera di neve, gli argini del Terzolle sembravano trincee mimetizzate, anche l'Arno era gelato e sotto la pescaia, una barca di renaiolo verniciata di rosso, era rimasta confitta tra i lastroni. Dall'alto della spalletta, su quella superfice azzurra sotto la luna, assumeva l'aria della tenda rossa di Nobile al Polo, di cui la televisione trasmetteva un'inchiesta, trent'anni dopo. M'interessava, perciò avevamo indugiato davanti al televisore d'un bar di via del Prato dove c'eravamo dati appuntamento. Ora stavamo nella tana, distesi accanto sopra il divano, e abbracciati.

« Se si ha pazienza d'aspettare » lei disse « la stufa finisce per riscaldare. Ma dapprincipio, quella domenica sera... »

« Dimenticala e impara il blues. »

« Oh no. Io odio i ricordi, sono segno di viltà, vi si trovano sempre delle giustificazioni. Sono anche lo specchio della nostra coscienza, credo, non lo so, non ci voglio pensare. Eppoi, quello di tre domeniche fa, è troppo fresco per essere appassito. Non è un ricordo, è il presente. » Ebbe, o mi sembrò, un lungo brivido per tutta la persona. « Questo comporta una spiegazione. »

« Sentiamola. » Mi chinai sul suo volto e la baciai sugli occhi.

Ci fu un silenzio, e d'improvviso: « Come ti sei accorto, non ero vergine » disse.

Le sue parole, seguite da un altro silenzio, si materializzarono, come qualcosa di repellente tra i nostri due corpi vicini e solidali. Il suo e il mio passato, non esistevano; lei mi ci faceva riflettere, fino a quel momento io non ci avevo pensato. Ma come lo aveva stretto, subito ella si dispose a scioglierlo, questo nodo.

« Che importanza ha? » dissi.

« Nessuna, ma spesso le cose a cui crediamo di non dare importanza, diventano montagne, non si riesce a scalarle e ne nasce un'oppressione. »

« Ti ho forse mai domandato se hai amato un altro prima di me? Mi fai sentire ridicolo. Io sono una persona moderna. »

« E io? »

« Anche tu, perciò è un discorso chiuso. Su, bevi. »

« Lo vedi? » ella insisté.

« Cosa? »

« T'impazientisci, ricorri all'alcol » sorrise. « Temi che poi possa cambiare qualcosa? »

« Sei una torturatrice » scattai. « Ma chi è che vuoi torturare, se me o te stessa, questo non l'ho ancora capito. »

Mi si raggomitolò addosso, io su un fianco come ci trovavamo, le sue ginocchia sul ventre, la sua guancia sul petto, offrendomi la nuca.

« Sai perché non me l'hai domandato? »

« Perché non ha importanza. »

« No. Perché hai paura. »

« Di che, di non amarti abbastanza? »

« Proprio così. »

« E tu, me l'hai forse fatta, una domanda simile? »

« Ma io so tutto, quello che non so lo immagino facilmente. Le tue donne saranno state: come dicesti, millantatore qual eri, al Giglio Rosso, uno sterminio? Be', sempre meno di quante te ne posso attribuire. Le avrai portate qui o sugli argini del Terzolle o sotto il ponticino, e io venendo con te in tutti questi posti, al Petit Bois, come in latteria, le ho bruciate una ad una. »

« Mentre io, al Giglio Rosso, non ho dato fuoco a nessuno? »

Mi accarezzava il petto come io le accarezzavo i capelli sulla nuca. « Ed è per questo che devi sapere. »

« Non lo posso anche io, immaginare? I tuoi ultimi tempi a Milano, suppongo. »

« Oh no, sotto questo aspetto a Milano ho fatto la vita d'una suora di clausura. »

« Ecco perché odii i ricordi, ne avevi lasciato qui uno. »

Non replicò, la sua mano si era fermata sopra il mio cuore. Sollevò la faccia, gli occhi quieti, protese le labbra perché le porgessi la sigaretta che stavo fumando, buttò il fumo guardando il soffitto e disse: « Ma devi sapere che quando partii si trattava già d'una memoria. Non esisteva più. In ogni senso era tutto finito ».

C'era questo segno di morte all'origine della sua vita sentimentale; lei non lo disse esplicitamente, lo capii. Un lutto che aveva imprigionato il suo spirito e da cui io, col mio amore, l'avevo affrancata. La rovesciai per baciarla sulle labbra e sulla gola. Mi si rifiutò sollevandosi sulla spalliera, indossando il golf che aveva a portata di mano; posai io la testa sul suo grembo, dal basso in alto la guardavo: tranquilla, paziente, così la sua voce, e il suo racconto, come al solito soltanto in apparenza disordinato.

« Non ho nulla da farmi perdonare. Divento allegra quando dalla moglie di mio padre sento parlare di peccato. Quando mio padre dice: "Però anche tu, figliola!". Quando mia cognata, la milanese, se tardavo o parlavo del capopersonale, spalancava gli occhi, e mio fratello: "Qui riga diritto, intesi?" mi rimproverava... Ma dalla sera del Giglio Rosso che tu non fosti più una distrazione, provo, non il dovere, bada, ma il bisogno di dirtelo... Dovrei rifarmi ancora alla coscienza e non è una cosa leggera, forse non ho nemmeno un grande carattere perché spesso non posso restare a tu per tu coi miei pensieri. Forse, con tutto il mio bisogno di chiarezza, sono un po' complicata. Tre domeniche fa, la notte sul lunedì, mi svegliai di soprassalto con la gola chiusa e il corpo tutto sudato, ancora piena d'incubi, perciò ti aspettai sotto casa, ti volevo toccare. Mica per il freddo o l'umidità, tremavo al pensiero di come tu mi avessi avuta sciupata; pensavo alla prima tenerezza che avrebbe potuto essere tua e che invece ti avevo rubato per un altro. Se i sogni continuano da svegli, danno un dolore! » esclamò. « Sembra assurdo, tu allora non c'eri. Però eri vivo, esistevi, e io mi attaccavo a lui con la certezza di tradire qualcuno a cui ero destinata. »

Mi sollevò la testa e mi accostò alle labbra il bicchiere di cognac, lei non bevve, posò il bicchiere sul piano della spalliera.

« Era il fidanzato di mia sorella, e io non volevo che lo sposasse perché Ditta era bella, era intelligente, per me era sacra; doveva averla, non lui, ma un uomo che Ditta amasse sul serio, mentre lui lo accettava così come succede, le famiglie che si conoscono, la stessa sala da ballo, un'estate al mare, le scampagnate, e la promessa diventa già un legame... Io avevo quindici anni e dalla corte dei ragazzi di Santa Croce, dalle proposte che ti fanno i vecchiacci per la strada, ma più da come lui mi guardava, sapevo ormai di essere un tipo, e che in qualche modo gli interessavo. » Allora pensò di liberare Giuditta, provocandolo: se lui si comprometteva, Giuditta era salvata. « Quante volte avevo sorpreso mia sorella a dire: "Passano i secoli e noi donne siamo rimaste uguali!". In questo tempo ripeteva in continuazione, come un'idiota: "Bisogna mi rassegni, se l'amore non l'ho incontrato, ci unisce l'affetto, è qualcosa". Ecco, rassegnarsi, una parola che non ho mai potuto sopportare. La sua infelicità, che io pigliavo per Vangelo e invece non era altro che un atteggiamento di donnina, mi accendeva l'animo. Era la Bella del Bosco; e poi, era mia sorella, fino ad allora avevamo avuto tutto in comune: gusti, idee, ed essendo io alta, anche i vestiti. » Non fu difficile. Un giorno ch'essa era convalescente di un'influenza, e la matrigna alla predica, suo padre naturalmente in tipografia, Giuditta in ufficio: era impiegata alla Valdarno, sposandosi ha lasciato: rimase sola. Gli telefonò. Con una scusa gli disse di venire. Ossia, non fu una scusa: gli disse che sola in casa s'annoiava, coi libri tutti letti, senza un'amica, senza una rivista, nulla e nessuno "Vieni" gli disse "vieni a tenermi compagnia." Lui più che stupirsi dovette subito capire; e dalla voce che gli si arrochì nel microfono, ella fu sicura non avrebbe retto alla tentazione. Le consigliò: "Metti un disco, non hai più febbre, esci a fare un giro" ma nemmeno mezz'ora dopo apparve, e la trovò preparata. « Quando mi prese, sul mio letto di ragazzina, non pensavo più di starmi sacrificando. Era spaventoso eppure mi piaceva. » Quel giorno e il giorno dopo, finché durò la Quaresima e la signora matrigna uscì per recarsi ad ascoltare le Prediche in Santa Maria del Fiore. Di giorno in giorno ella rimandava di attuare il ricatto, siccome lui gliene aveva dimostrata l'inutilità. "Se fai uno scandalo: te, ti chiudono in collegio; e tua sorella la sposo lo stesso perché Ditta mi vuole e io l'ho bell'e compromessa, prima di te, pallina." Questo suo modo di esprimersi, invece di indignarla, accentuava la sua sottomissione. Ormai, se sua sorella lo subiva, lei lo amava. « C'ero rimasta presa io nella tagliola che avevo creduto di preparargli. Lui doveva compiere il suo dovere nei confronti di Ditta, e io restare la sua amante, mi ci adattavo. Fino al giorno in cui la moglie di mio padre, rientrando avanti tempo, non ci sorprese. »

Cullato dalle sue braccia, era come una favola che Lori mi raccontava, io l'ascoltavo senza avere l'esatta percezione che la protagonista di questa povera storia fosse lei. Tanto eravamo nuovi e intatti che mentre lei si liberava del suo segreto per sentirsi interamente degna del nostro amore, in forza di questo amore io la vedevo qual era: soltanto mia, nessuno mai ne aveva potuto abusare. Come per me, dal momento in cui l'avevo conosciuta si erano bruciate Elettra, Rosaria, e le altre con le quali avevo solamente scherzato su quello stesso divano, così per lei, il passato di cui aveva voluto mettermi a parte per dolersi della verginità che non mi aveva potuto regalare, era inafferrabile, astratto. Un po' magico anche, e seppure mi tentava adattarmici, essa ne usciva maggiormente desiderabile, e pura. Ora aveva taciuto per accendere la sigaretta, la fiammella dell'accendino le illuminava il viso, i suoi occhi erano di carbone e d'oro: guardandola, provai un prepotente bisogno di porre fine alla sua confessione che non poteva non straziarla, le impedii di proseguire.

« Giuditta si sposò poi con Luigi » dissi. « E *lui* morì. »

Mi fondavo su quanto essa mi aveva finora raccontato, come io avevo capito. In che modo morì? stavo per chiederle, allorché si udirono dei passi nel pianerottolo, qualcuno infilava la chiave dentro la serratura. Tutto ribaltò, come dalla notte il giorno. « Zitta » dissi « deve essere uno dei miei amici. » La lasciai per appressarmi in punta di piedi alla porta ed accertarmi che il paletto fosse tirato. Sentii la voce di Benito.

« Siamo sfortunati, lo stoino è girato. »

La sua amica liceale gli rispose ridendo: « Facciamoci sentire ».

Benito bussò. « Chi c'è? Dino! Bruno! »

Mi voltai. Sul divano, le braccia conserte, la sigaretta tra le labbra, a testa china, Lori sembrava persa ed assente in una meditazione.

« Va' via, Benito » dissi. « Torna più tardi, semmai. »

« Perché non apri, compagno? È molto riservato? Non possiamo brindare insieme? Siamo anche noi maschio e femmina, non vi tradiamo. »

« Sono Germana » la ragazza disse. « Su, aprite, moriamo dal freddo e tra tutti e due non accozziamo cento lire. Se avete risposto vuol dire siete svegli » squittì. « Beviamo e usciamo. Vi diamo tempo tre minuti per rendervi presentabili. »

« Non insistete. »

« Ma ci sono ancora ragazze di questo genere? » Germana scattò. « Che fanno come i gatti, cercano di nascondere la cacchina? »

Rise, e Benito disse: « Sta' zitta, papera ». Quindi: « Dammi almeno una bottiglia, Bruno. So che Armando ci ha rifornito ».

Mi voltai di nuovo per chiedere il consenso di Lori; ella era ancora immobile nella posizione di prima. Interpretai questo suo atteggiamento come un rifiuto.

« Siccome ce l'ho » dissi a Benito « ti passo sotto la porta cinquecento lire. »

Benito mi ringraziò, disse: « Chissà quando te le potrò restituire. Forse mai. In questi giorni ti avevo cercato, ma tu sei scomparso. Ciao. »

« Ciao, Benito. »

« Addio, Bruno! » egli gridò, giù per le scale.

Tornai da Lori, ero preso dal freddo, lei mi fece posto nel divano e mi tirò la coperta sotto la gola. « Si potevano fare entrare » dissi. « Avresti conosciuto un poeta. »

« Quello per cui non c'è abbastanza fascismo nel mondo? »

Solamente allora vidi i suoi occhi pieni di lacrime, la sua

faccia che si sforzava a un sorriso. La tirai a me, lei si lasciò baciare, lo sguardo fisso al soffitto.

« Scusami. E allora? » io le chiesi.

« Morì, sì, in un incidente di macchina. »

E fu lei ad abbracciarmi e baciarmi, freneticamente quasi. Ora davvero, il nostro giovane passato era alle nostre spalle, mai più ne avremmo riparlato.

E un'altra cosa so della felicità, che essa è muta. È la perfezione e non consente di essere interrogata. Soltanto il suo esatto contrario ce ne offre, benché approssimativa, una misura. Lo specchio della felicità è il dolore, le sue tenebre danno rilievo a delle forme altrimenti accecanti. Sere dopo, tornando al Petit Bois, trovammo libero l'angolo dove c'eravamo seduti la prima volta di mattina. La sala era illuminata da luci basse, avvolte in una atmosfera un po' ambigua; al di là dei vetri, nel buio, potevamo ora immaginare maghi e streghe, lupi, sparvieri, calati giù dai Bosconi e dall'alto del Castello di Vincigliata. Noi, stranamente senza neanche la voglia di ballare, ci sentivamo invulnerabili, ci bastavamo: lei protetta dal braccio con cui le circondavo le spalle, io dalla sua mano posata sopra il mio petto; si guardavano le altre coppie sbaciucchiarsi o dondolare al suono del juke-box come da un altro pianeta, isolati dentro quel grande dado di vetro, coi whisky davanti e un tavolo ricoperto da una tovaglia arancione. Il nostro silenzio era popolato di tutto l'inesprimibile che scambievolmente, restando stretti, col solo gesto di aspirare una sigaretta, riuscivamo a dirci. Finché lei parlò, e fu un modo di rendere più consistente e più arcano cotesto stato di grazia.

« Poniamo il caso che un giorno ci assalisse il male. »

« Non è possibile. »

« Appunto per questo, non saremmo più noi. »

« Bensì un vecchio, o una vecchia. »

« È spaventoso » esclamò. « Se toccasse a me, tu impegnati che mi ubbidiresti quando dicessi: non ti voglio più vedere. »

Sorridendo completai la sua frase: « Finché non sarò tornata splendida, come sono ora ».

« Noi ci amiamo perché siamo perfetti, mentre la malattia

sciupa. Se perdiamo la bellezza e la forza, si appassisce anche nello spirito, è finita. »

« Come gli atleti, a trent'anni hanno chiuso. »

« Io non sopporto l'idea che tu mi possa amare perché ti faccio pena. »

« Lori, cos'è questo rancidume? » le chiesi.

« Non lo so. So che con gli altri a volte, spesso, bisogna fingere per farsi valere, anche se ci costa fatica ». Come qualche giorno prima: "La coscienza, non è una cosa leggera". « Ma quando siamo soli, noi due, bisognerebbe dirsi tutto, comprese le sciocchezze, e non aver paura. »

« Ma tu, ora, hai spavento del male e non vuoi essere compatita, è così? » Io stesso cercavo di capire.

« Sì » ella disse « perché il male come la pietà, non nobilitano nulla, uccidono solamente. Anche se non fu il caso di mia madre, io penso che a un male fisico corrisponda una colpa morale. Chi vi si crogiola campa un secolo, chi ne soffre muore. Il male è una punizione, credo, è una conseguenza del rimorso, o della paura. »

« Senti cosa suonano » le dissi. « Un Modugno qualsiasi. È questo che ti fa venire i brutti pensieri? »

« È stato guardando fuori della vetrata, tutto quel buio » disse. Mi baciò sulla guancia. « O forse perché in laboratorio stiamo facendo i costumi del Macbeth, sai, una storia di malefizi e di veleni. »

Ora sì, ora l'incanto era spezzato, ma per tramutarsi in allegria. Le porsi il bicchiere. « Bevi Rosmunda » la invitai.

Lei non riusciva a smettere di ridere; una ilarità che per suscitarla era bastata l'uscita più banale, e che mi contagiò. Tenendoci per mano attraversammo la sala, alla cassa comprammo una manciata di gettoni, scegliendo poi nel quadro dei dischi il ritmo più sfrenato.

« *Your kiss is like a rock!*, Celentano » gridai « va bene. »

E ci scatenammo, dando spettacolo immagino, eravamo bravi e con un'enorme riserva di fiato, non ci dispiaceva essere ammirati.

« Un altro disco. »

« Un'altra sigaretta. »

« Anche due. »

Abbandonato lo chalet non andammo alla tana. Sulla piazza di Fiesole scoprimmo un quarto di luna e tepore nell'aria,

Garibaldi e Vittorio Emanuele si fronteggiavano immobili al limite del sagrato. Come se il ballo, anziché eccitarlo, avesse placato il nostro desiderio; ci sentivamo, come lei aveva detto, così perfetti che i sensi trovavano il loro equilibrio e si consumavano nel semplice incrociarsi degli sguardi e delle mani. Vi alludemmo salutandoci, con un'intenzione nella voce, mentre pronunciavamo parole qualsiasi, cariche tuttavia di questo amoroso sottinteso.

« Grazie, Bruno, ciao. »

« Ciao, amore, grazie, a domani. »

24

Fu Millo la sola persona a conoscerci felici. Dopo diciotto anni di servizio, esclusi i quattro di carcere e di confino, la Gali lo aveva licenziato, per cui le mani fatte quadre e i piedi sempre più piatti dal lungo armeggiare davanti alla Deckel ed alla Cincinnati (se la cavava bene anche al tornio, oltre che alla fresa) piedi e mani aveva ormai tutto il tempo di starseli a mirare. Era accaduto molti mesi prima. Le maestranze, minacciate d'ulteriori falcidie, avevano occupato la Gali, vi si erano barricate; finché, come per una pupilla dei suoi occhi, Firenze intera era insorta, sindaco in testa, con proteste e cortei, la polizia dovette togliere l'assedio ai cancelli chiusi di viale Morgagni e di via Carlo Bini. Erano confluiti gli interessi elettorali d'ogni partito e quelli dei commercianti di Rifredi che sulle famiglie della Gali fondano la loro fortuna; ma determinante era stata l'unità delle organizzazioni sindacali, e soprattutto, la fermezza dei lavoratori asserragliati dentro i capannoni. Anche gli uomini in veste nera di Don Bonifazi, quei preti coi calzoni di cui Millo parlava, si erano schierati dalla parte dei cristiani. Millo, lui, come sempre, lo trovammo nelle prime file, gli avevo stretto la mano attraverso le sbarre bianche e rosse abbassate, insieme a Dino e Gioe e Benito. Furono giorni leggendari, che formano un'appendice della nostra storia; e conclusisi con una vittoria, ovviamente condizionata, e con un processo cui vennero sottoposti, per uscirne assolti, i più "facinorosi" degli occupanti.

Ora, "irizzata" oppure no, mercé l'intervento dello Stato la Gali aveva ripreso in bellezza: accolta una parte delle rivendicazioni, pianificata la produzione, tutto, come i suoi dirigenti dicevano, era andato nel migliore dei modi. E dei mondi, il nostro dove la democrazia è socialista ed è cristiana. "Noi" dicevano "vedevamo di buon occhio le agitazioni seppure, logicamente, all'occupazione si dovette rispondere con la serrata. Ma che le maestranze, mostrandosi decise, mettessero il Governo con le spalle al muro, era nell'interesse comune, dell'azienda e dei suoi dipendenti, è naturale."

Quindi, sopite le rabbie serpeggianti nei capannoni, a scanso di ritorni di fiamma, ora che il lavoro c'era, ora che i licenziamenti erano sospesi, si procedé alla "disinfestazione". Non ci si assicura la normalità della vita aziendale finché sussistono nel suo seno gli agitatori. Eliminati i quali si è sicuri, per un certo periodo, di avere tagliato i fili e spuntato le ali a questa bestia che come un pappagallo, una civetta, un bove non fa che ripetere lo stesso verso, mugghia gracchia e stride sempre la medesima parola: rivendicazioni. Perciò, fuori i militanti più accesi: colti di sorpresa, liquidandoli fino all'ultima lira, ma dalla sera alla mattina. La solidarietà, anche se si manifesta, ora, dopo mesi di lotta, si spenge presto; ciascuno a casa ha moglie e figlioli, debbono comunque riprendere fiato: al massimo incroceranno le braccia per una decina di minuti, stileranno un manifesto che gli pubblicherà la stampa amica. Così per Millo, una vampata di paglia, nonostante l'affetto e il prestigio di cui godeva. La stessa Direzione lo stimava, sapeva ch'era un duro col quale si poteva trattare; se non si fosse eccezionalmente agitato durante l'occupazione, lo avrebbero messo un'altra volta nel lazzaretto di Doccia. Questa volta, invece, erano stati costretti a toglierselo di torno, lui e altri due o tre caporioni.

"Quando si riformeranno i nuovi quadri si ricomincerà." Poiché è una lucertola la classe operaia, ha cento vite, è come una distesa di gelsi al sole, bachi che tessono, bruchi che si liberano in farfalle, coriacee tuttavia, cocciute, ad ogni nuova stagione. Hanno le loro ragioni, certo, "sul piano sindacale, non su quello politico beninteso", ma pretendono sempre di farle valere nel momento meno opportuno. Intanto "i vecchi", che oltretutto faticano ad adeguarsi all'automazione (era superata la loro qualifica di specializzati), potranno tentare di mettersi in proprio, e in questo caso lavorare ancora per la Gali, come il Parrini che gli fornisce pezzi di telai, "l'azienda non ha mai scancellato definitivamente nessuno". Oppure ci avrebbe pensato il loro Partito, a nome del quale si erano agitati, a trovargli una sistemazione. "Sono lontani i tempi in cui la commissione interna o il consiglio di gestione avevano il diritto di veto come la Russia all'ONU." Le illusioni del dopoguerra sono svanite da dieci anni almeno. E i nuovi, ragazzi che vengono dall'Istituto Industriale e da quello di Don Bonifazi in specie, non ne hanno mai sentito parlare.

Millo, il suo Partito lo aveva sistemato alla FIOM, in una stanza grigia della Camera del Lavoro. Ma egli era un portatore d'esperienze, un attivista di fabbrica, non sarebbe mai diventato un buon funzionario. « Anche perché » ebbe a dirmi « è un po' tardino. Mi sento un fringuello, ma navigo verso la cinquantina. » Tra scartoffie e discussioni, « tenute magari a caldo, ma senza la coscienza diretta dei problemi », non ci si ritrovava. Lui, i consigli li poteva dare solamente a quelli della Gali. Come fosse la vita di fabbrica a trasmettergli lucidità e tensione, privo di questo contatto umano che per lui era tutt'uno con la ideologia e la morale – e il sindacato la lunga mano del Partito, "una cinghia di trasmissione" come dicevano quando lui era giovane – fuori dei capannoni, in quella stanzina umida del palazzo di Borgo de' Greci, « sarà antico ma non lo vedi com'è tetro? », si sentiva la pressione ai ginocchi, dondolone, svuotato. Per finirlo di strizzare, con l'aureola di questo pacifico martirio sopra il capo, « un vecchio compagno cacciato dalla Gali », la domenica gli davano una "scaletta" e lo mandavano a tenere i comizi nei paesi: per la Pace, il Ventesimo, contro le basi americane in Italia, a favore del Terzo Mondo, per la coesistenza e l'anniversario della Rivoluzione d'Ottobre.

« Sono un pensionato » mi aveva detto l'ultima volta che c'eravamo incontrati alla Casa del Popolo in occasione d'una Festa dell'Unità culminata con il ballo « sono per le oche ». Era una posa, gli piaceva civettare, ché il suo stato di salute, la fermezza e l'energia ancora sprizzanti dal suo sguardo, stavano a dimostrare il contrario. Sempre, quando respira l'aria di Rifredi, ridiventa un leone. Ce ne vorranno d'anni per giubilare questi uomini temperati da confino, carcere, esilio, Resistenza, illegalità, stalinismo, quadratura e ottusità mentale. Il loro passato gli ha messo addosso una corazza e noi stessi ce ne siamo fatti un mito. Un istante dopo, al solito, aprì il processo, nonostante che, dato il via alle danze, la circostanza, il luogo e l'ora fossero ricreativi, inadatti per una discussione.

« Il tuo estremismo, Bruno mio, che tu credi sia nuovo, cammina con le grucce. L'aveva già bollato Lenin quarant'anni fa, come una malattia infantile. Possibile sia davvero come il morbillo e che ciascuna generazione, in piccolo o in grande, ci debba battere il capo? »

« L'hai fatto anche te? »

« Un pochino » disse. « Come tutto il Partito. Epperciò l'esperienza, oltre che i libri, andrebbe ascoltata. »

« Mi provocava ed io ci dovevo stare. « Lenin » gli dissi « almeno in quel libro, l'ho letto e l'ho studiato. Io non sono né per la sommossa domattina né contro la partecipazione al Parlamento, se vi piace. Mi ribello quando si teorizza sui compromessi necessari. Eppoi, non esistono né Santi né Vangeli. Il mondo cambia, e noi si giostra non in quello socialista ma nel nostro, occidentale. Può darsi che la borghesia non abbia più bisogno di fare grandi guerre per mantenersi al potere, l'egemonia la mantiene addormentando le masse coi beni di consumo: in questo caso come la mettiamo? Lenin dà ragione a me » conclusi « quando sostiene che bisogna studiare e imparare a diventare padroni di tutti i campi, nessuno escluso, se si vogliono abbattere le tradizioni, come dicesse i dogmi! comprese le nostre stesse abitudini borghesi. La questione sta così, qualsiasi impostazione diversa è una bambinata. »

« Madonna, che casino hai in testa, figliolo! » egli esclamò. « E dov'è che impari e studi se non dentro il Partito? Perché allora, a diciott'anni, ne sei ancora fuori? Te lo dico io: perché sei un individualista. »

Mi minacciò affettuosamente col pugno, ed io, per evitare che la conversazione diventasse una disputa e rovinasse ad entrambi la serata: « Rientrerò nell'ordine » gli dissi « pigliando il tuo posto alla Gali ».

« Vorrei vedere il contrario! Hanno cominciato ad assumere i nuovi, lo sai? La tua vita sta per coronarsi » disse col suo parlare ornato. « Gente nostra ce n'è ancora alla Gali, sono la maggioranza... E la mamma? » mi chiese poi.

« Dovrebbe essere qui a momenti, appena chiuso il botteghino, l'ho convinta a venire. »

Ivana arrivò, e in gran forma, con un vestito marrone

guarnito di ricami che mi sorprese perché contravveniva alla sua tradizionale scelta dei colori, la modellava comunque e la ringiovaniva, con l'aiuto del trucco e dei capelli tirati sulla nuca. Si salutarono, me presente, senza impaccio: Millo si toccava la testa cercando i riccioli ormai spariti. Tacitamente segnammo il patto di riconciliazione. Ballarono insieme, poi lui ci riaccompagnò sulla Topolino che aveva acquistato da poco: un cimelio, il motore è stato rifatto tre volte, ma funziona, io mi ci sono perfezionato nella guida. E una domenica venne da noi, "come ai bei tempi", pastasciutta e pollo fritto, era l'estate scorsa, che gli dissi: Siete due poveri vecchi, vi saluto.

Ma ancora prima, una sera di febbraio, la nostra amicizia aveva ritrovato il suo antico splendore.

Aspettavo Lori all'uscita del laboratorio, tirava la tramontana e via Montebello, tra le Cascine e l'Arno, era un tubo convogliante aria gelida e ventosa, me lo trovai davanti, mi frenò quasi sui piedi.

« Ti cercavo. »

E senza darmi tempo di mostrarmi sorpreso, mi aveva salutato come se avessimo un appuntamento: « Tu, la lettera d'assunzione, l'hai ricevuta? »

« No, perché? »

« Grane, figliolo. Sei stato o stai per essere depennato. Le informazioni sono resultate cattive. Sembra tu sia bravo, di buona salute, intraprendente, attivo, ma comunista e infido. Per di più: ma non so, scusami, quanto mi dispiace: pare tu sia un mio grande amico, un mio allievo e seguace. Lo dicono i carabinieri e il parroco, non io. E questo, per la Direzione del Personale, taglia la testa al toro. »

« Ma io sparo » scattai.

Lui si rizzò sul sellino, il basco a mezza fronte, e con una voce che voleva essere bonaria: « Questa non me l'aspettavo ».

« Dimmi come stanno le cose. »

« E perché sarei qui, allora, befano! »

Senza ce ne fossimo accorti, Lori era ferma due passi distante, ci guardava. Le andai incontro. « Vieni » le dissi. « Ti presento Milloschi. » Lei gli tese la mano; ma scendendo di macchina, togliendosi il basco, passandosi l'altra mano sui capelli, lui la precedé.

« Io ti conosco, ti ho vista alta così. Ti do del tu, te lo posso dare? Quando tuo padre ti portava alle corse dei cavalli la domenica, e ci trascinava anche me, per farmi regolarmente perdere magari. Mi rammento la tua povera mamma. Con tuo padre siamo stati compagni di scuola, poi ci s'era persi, poi rivisti, poi ripersi, poi ritrovati come ora che siete venuti ad abitare dalle nostre parti. »

Intervenni, altrimenti non l'avrebbe più finita. « Ma lei e me insieme ci conosci ora » dissi. « Ci vedi per la prima volta, come siamo? »

« Felici, a quanto pare. Formate una bella coppia, lei un po' bassina come si conviene, ma di un paio di centimetri, nemmeno! Tira vento, figlioli, perché non si va a bere qualcosa? »

Lo conducemmo al bar di via del Prato dove, spento il televisore, non c'era più nessuno nella saletta. Ci sedemmo a un tavolo, Millo ordinò tre poncini. « Al mandarino, se non vi garba il rum. Io non berrei altro di questa stagione, ci pasteggerei addirittura. » La sua attenzione era tutta polarizzata su Lori, e come sempre, la simpatia che emanava dalla sua persona: quegli occhi chiari e onesti, quella fronte spaziosa, degna d'ospitare ben più alti pensieri: scancellava l'eterna convenzionalità delle sue parole.

« Sicché, sei reduce da una lunga permanenza ambrosiana! Lo so, Milano, è una metropoli, qui ti ci troverai un po' stretta, ma tu ci sei nata, e del resto... »

Lori lo interruppe: « Per me è indifferente. Non mi affeziono mai ai luoghi. Si sta dove si vive, io credo ».

Egli sembrò in difficoltà. « Chiaro, non si vive dove si sta. » E finalmente trovando la battuta: « Non ti affezioni ai luoghi, magari ti affezioni alle persone ».

« Magari sì » Lori disse, come avesse già colto l'intercalare di Millo e con rispetto ma divertita, glielo volesse provare. « Magari, si sa. »

« Si sa e si vede! Sei una bella lenza, anche te! Vi siete incontrati giusti, tu e questo cialtrone. V'assomigliate perfino. »

Lori ed io sedevamo accanto; Millo, dall'altra parte del tavolo, ci considerava come fossimo in vetrina, scopriva che avevamo i capelli tagliati uguali, per cui non si poteva dire se io li avessi lunghi o lei eccessivamente accorciati: «Un po' troppo alla tifo, ma ti mettono in rilievo cotesto collo da regina». Di diverso c'erano gli orecchi: «Lì due gioielli, qua due sventole» e la grana della pelle, «tu setolosa, tu di porcellana», ma simile il taglio del naso e della bocca, e anche il colore dei capelli, a guardar bene, dal mio castano chiaro al suo tiziano, «è una gradazione» disse, come gli occhi: li avevamo entrambi, «con delle scintille dentro, da buonelane». Mancava sentirgli dire: "Chi s'assomiglia si piglia", per esplodere. Mi meravigliavo io stesso che il mio stato d'animo non si fosse ancora liberato in un ruggito.

«Hai finito di divertirti?» gli chiesi. «D'accordo, ho incominciato io, ma ora basta, non ci riesci a fare lo spiritoso. Fai il lupo. Spiegami meglio, su, dài.»

Lori mi guardò, le presi le mani nelle mie. «Sembra mi vogliano lasciar fuori dalla Gali.»

Millo si era slacciato l'impermeabile, e dal taschino della giacca aveva cavato il mezzotoscano. «Più che un'ipotesi, è un fatto» disse, con tutt'altro tono. «Bisogna correre ai ripari. Vieni a trovarmi alla Camera del Lavoro, quando stacchi dal Parrini.»

«Non ci vado neanche in officina... Tu cosa pensi debba fare?»

«È notte, rimandiamo a domani.»

Gli rispose Lori per me. «E vuole che Bruno vada a letto con questo peso?»

Millo si lisciò i baffi, leccò la punta del sigaro. «Permetti che t'appesti?» le disse.

«Ma sì, sì» lei esclamò. Nel tono della sua voce si specchiava la mia impazienza e la mia irritazione: quelle rughe tra le ciglia, come la prima sera e come durante il racconto della sua avventura d'adolescenza; meccanicamente tolse le mani dalle mie, prese il pacchetto delle sigarette che avevo posato sopra il tavolo. Millo fu lesto a porgerle il fuoco, quindi ci fissò entrambi, e gli passò nello sguardo come una benedizione. Dapprima imbarazzati, un istante dopo entrambi gli sorridemmo.

Lori disse: « Mi ricordo, sì, delle corse al galoppo, e dell'algida che mi regalò e che io lasciai cadere ».

« Quella volta eh? » Millo disse. « Vedo hai buona memoria. Non ci fu verso di farti accettare un altro gelato. Dicesti: "Non ne ho più voglia". Come se ti volessi punire da te. Avevi già un carattere, e quanti anni? Magari sei o sette. »

Accendeva il sigaro succhiandolo, disperse le volute di fumo con la mano, e seguitando: « Bruno ce la farà, prima o poi; finirà in camice bianco davanti alla Genevoise, non dubitare. Lo so che quel posto sta in cima ai suoi pensieri ».

Io ero di nuovo torvo; neanche la presenza di Lori, il suo braccio che adesso mi cingeva la vita, riusciva a placarmi. « Dimmi piuttosto » insistei « secondo te, come mi devo comportare? Per quanto laidi siano, che alla Direzione del Personale trovino come pretesto la nostra amicizia, mi pare esagerato. »

« Sottovaluti il nemico di classe » egli disse. Era tranquillo, spaventosamente bonario. « Col Governo che c'è ora, siamo tornati al Diciotto Aprile: pugno di bronzo e discriminazioni. Soprattutto dei nuovi vogliono essere sicuri... Ma tu, invece di sparare, rinnegami, forse potrà bastare. »

« Mi costerebbe troppo » gli dissi. E dubitando di concedere al sentimento, nonostante fossi stato soltanto sincero: « Non per te, per me ».

« Va bene, giustificati se lo ritieni necessario. »

« Ecco la tua mentalità » scattai. « Vedi autocritiche dappertutto. Sei uno stalinista, non c'è nulla da fare. » Stavo esagerando, e me n'accorgevo. Nondimeno, mi sentivo stretto in un laccio: quest'ombra di ricatto mi pesava da mezz'ora sul capo e provavo il bisogno di allontanarla, perché non mi schiacciasse più a lungo, insopportabile com'era. « Rinnegare te vorrebbe dire rinnegare le mie idee: anche se non vanno di pari passo, collimano con le tue, te lo concedo. » Anticipai la replica che gli lessi sulle labbra. « Sono io lo stalinista magari, ho capito. D'altra parte, se per entrare alla Gali dovessi mettere per iscritto che non ti pratico più, che sei un sovversivo pazzo, che ti ripudio, questo rientrerebbe nelle regole rivoluzionarie. Quei compromessi dei quali voialtri vecchi vi siete fatta una divisa. »

« E si risparmierebbero lettere e discussioni » egli disse. « Perciò te l'ho proposto, un po' scherzando perché pensavo ti saresti adirato, ma se tu c'entri, in quest'ordine di vedute. »

« Prima voglio affrontare la situazione. »

« Ci sarebbe un altro modo » egli continuò « più spiccio delle richieste di spiegazioni, se mai te le daranno, in Direzione; e più sicuro dell'intervento da parte della Camera del Lavoro. »

« Andare da Don Bonifazi, per caso? »

« Te la caveresti con un po' di contrizione. Non ti imporrebbe nemmeno di pigliar messa, stai quieto; e di certo, non esigerebbe che tu mi ripudiassi. Gli basterebbe sapere che ti rivolgi a lui. Sei un orfano di guerra, il suo Istituto è fatto apposta... Con una sua buona parola, entri alla Gali accolto dai trombettieri. »

« Ci ho rinunciato da un pezzo a questa strada. »

« Eppure sarebbe la meno disonesta. Don Bonifazi è un avversario, è un prete, ma un prete coi calzoni. »

« Ma io sono in grado di fregarmene della sagrestia. Non sono Gioe, non ho il complesso né della pelle né della religione. Quel posto mi spetta di diritto, appunto perché era di mio padre, e perché sono in possesso d'un diploma e mi sono meritato otto su dieci eseguendo il capolavoro. »

« Il mio era un consiglio. »

« Lo rifiuto. »

« Ed io ne prendo atto. »

« Devi fare di più, mi devi aiutare. Come sindacalista, è un tuo dovere. »

« E perché ti avrei cercato? »

« Siete strepitosi » Lori esclamò. « Su, datevi un bacio. »

Come non aspettasse che questo invito, Millo si tolse il sigaro di bocca, si spenzolò sul tavolo, quasi istintivamente io gli porsi la guancia, ma subito mi ribellai, per calmarmi risposi a Lori: « Lo vedi che uomo? Mi tratta così da sempre. Ora non capisce cosa significa per me... solo l'idea di dover rinunciare alla Gali. »

Lori mi posò lei una mano sulla mano. Disse: « Milloschi si continua a divertire, non t'accorgi? Mi scusi, Milloschi, se non è vero. Temeva forse che Bruno, messo alla prova, si sarebbe comportato diversamente? »

Per la milionesima volta, Millo si toccò i capelli e lisciò i baffi, stupidamente commosso pareva. « Non dico nulla » le rispose. « Dovrei star di più con voi ragazzi, accanto a voi

192

si respira.» Ma uomo forte, il lupo dal fazzoletto rosso, il fresatore dalle mani incallite, pensionato del Partito: «Bruno, la prova la deve ancora superare. Ho già tastato tutte le pedine che c'erano da tastare, ed ho paura che se non butterà a mare me e le idee che gli attribuiscono di avere...». Mi si rivolse direttamente: «Ho paura che tu, i cancelli della Gali, finché durerà questo stato di cose, questo Governo e questa Direzione, non li passi, mi vorrei sbagliare».

Avevano tirato giù la saracinesca, e il cameriere aveva portato via i bicchieri, lo richiamammo per pagare. Si uscì che il vento era raddoppiato, spazzava le strade e il cielo, la luna imbiancava il portone dov'è custodito il carro del Sabato Santo, l'asfalto era una pista delimitata dalle case.

«Io» egli disse a Lori «ti offrirei un passaggio: sarà una Topolino, ma è chiusa. Tuttavia immagino tu non mi vorrai onorare.»

«Perché no» ella disse. «Bruno ci fa da staffetta, poi lei ci lascia, forse noi abbiamo da dirci qualcosa.»

«Lo immagino» egli ripeté. Mi batté una mano sulla spalla. «Vai vai, *no pasarán!*»

Una corsa per le strade ormai deserte e i viali, come una gara, lui cercava di superarmi, ci riusciva, io stringendo alle curve recuperavo il vantaggio e lo distanziavo, accostai per primo al marciapiede di Piazza Dalmazia, lungo la dirittura egli aveva rallentato. Ci salutammo dandoci appuntamento alla C.d.L., l'indomani. Mentre faceva marcia indietro per abbordare via del Romito, «Ho parlato con Lori» mi disse. «Buonanotte figlioli.»

«Cosa ti ha detto?» le chiesi.

«Che è contento di noi, che ci aveva visto una domenica che tornavamo da Fiesole dove lui andava non so per quale manifestazione. "Io e sua madre, Bruno lo abbiamo tirato su bene" così si è pronunciato! "Tienine di conto, dagli qualche strizzata ma fa' attenzione, è ombroso".»

«Chissà come sapeva che ero ad aspettarti davanti al laboratorio?»

«È andato a orecchio, mi ha spiegato. Ha cercato mio padre con la scusa ch'era tanto tempo che non si vedevano, e non gli è stato difficile sapere la storia del mio ritorno e della mia occupazione. Sembra incrociasse su via Montebello da un paio d'ore.»

« È stato gentile » dicemmo insieme. Ci si baciò, io seduto sulla moto, nel vento, lei in piedi mi teneva le braccia al collo e mi domandava: « Sarebbe il tuo primo grande dolore, non è vero, perdere la Gali? ».

Rientrai, il solito filo di luce sotto la porta della camera di Ivana, in cucina la solita cena. Mangiando rimuginavo i miei pensieri, alla cui cima stava la Gali. C'era fin da quando ero nato e potevo immaginarmi che per incominciare mi avrebbero messo davanti ad una vecchia Cincinnati, la stessa dove Millo e Moreno avevano lavorato passandosi camme e bulini. Ero cresciuto in questa aspettazione e in questo mito. Ci avevo appena messo piede una mattina, ed era più della mia casa. Era come per un marittimo la nave, come per uno scienziato il suo laboratorio di ricerche, come per un atleta la bandierina che segna il limite mondiale. Io rimanevo al di qua di quel segno, a sperimentare le mie doti nell'officina artigiana del Parrini, marinaio a terra, furibondo più che desolato. L'ingiustizia che mi colpiva non bastava la riconquistata amicizia di Millo ad attenuarla. E nemmeno la felicità di cui godevo accanto a Lori poiché, assurdamente, mi pareva che il nostro amore sarebbe stato completo e totale soltanto il giorno in cui avessi oltrepassato il cancello di viale Morgagni e timbrato il cartellino: nell'attesa, la mia inquietudine minacciava ogni momento la nostra armonia. Questa considerazione, appena intuita e che non riuscivo a dialettizzare, mi annichilì. Mi sentii sazio a metà della cena, con uno struggimento improvviso che non trovava sostegno né dentro il cervello né interessandomi alle cose che mi circondavano: come oggetti fuori uso, impolverati, la palla della luce elettrica, lo smalto del frigo, il vetro del bicchiere. Mi sentivo sperso, come capita dopo un rock sfrenato, lo stesso principio d'affanno, lo stesso sguardo velato. Desideravo compagnia. Ma erano le due di notte, Benito come Dino si erano sicuramente coricati e Armando, fatti i conti, lui di certo dormiva. In quanto a Gioe, da Gioe sarei passato domattina. Perché in casa non avevamo il telefono? Era una privazione insopportabile adesso: avrei chiamato Lori, magari fingendo di sbagliare avrei udito la sua voce. "Finalmente ci hanno messo

il telefono" mi aveva detto "ma chi lo usa? Te l'immagini
gli orecchi della signora matrigna, in questi casi?"

Sbucciavo una mela; al di là della finestra, il vento portava
più intensi i fischi dei treni e l'ululo del canneto. Allora pensai
ad Ivana, nella sua camera in fondo al breve corridoio. Si
trattava del mio posto alla Gali, un argomento del quale
avremmo potuto parlare senza irritarci. La chiamai probabilmente come quando restavo solo, avanti salisse la signora
Cappugi, poggiando la fronte alla porta della sua camera.
« Sei sveglia? » Il filo di luce che mi batteva sui piedi, scomparve. Questo suo rifiuto, invece di umiliarmi, ridestò il mio
orgoglio, mi restituì equilibrio e vigore. « Volevo solamente
salutarti » dissi ad alta voce. « Ciao. » Mezz'ora dopo dormivo
anch'io.

L'indomani, gli amici che avevo perso di vista, li cercai o
mi vennero loro a trovare, nel corso della giornata. Come
davanti a una bilancia di precisione, registrata, ci monti sopra
e l'ago impazza, fa alcuni giri vorticosi, quindi si ferma:
quello è il tuo peso. Uguale la condizione del tuo spirito,
quando le circostanze ti costringono a tirare le somme: hai
diciotto anni e cinque mesi, è il febbraio di questo 1960,
un martedì. Anche se detesti i ricordi, adesso che li rincorri
non puoi fare a meno di sostare.

25

Avevo messo la sveglia avanti di un'ora. Ivana usciva dal bagno in accappatoio e con la retina in testa. « O tu? » fece. Forse non avevo mai visto la sua faccia "al naturale", senza creme, ciprie, rimmel e segni di matita: era stranamente diversa, le labbra esangui e la pelle lattiginosa, tirata sulle narici, sulla fronte, sul collo, gli occhi sembravano acquistare una maggiore intensità, nonostante li cerchiassero i calamari, profondi come nere ferite o lividure. Tutto il suo volto appariva più vecchio e più giovane nello stesso tempo, marcato da un'enorme stanchezza che la finezza dei lineamenti stemperava in una grazia quasi infantile. « Quando mai ti alzi a quest'ora? » già accendeva il gas voltandomi le spalle. « Non ti senti bene? » L'acredine della sua voce bloccò il mio slancio affettuoso.

« Attacchiamo un'ora prima, stamani » le mentii, meccanicamente perfezionai la mia bugia: « Dobbiamo smontare certi pezzi d'una fresa e rimetterla in sesto per l'inizio del lavoro ».

Poco dopo, nel porgermi il piatto col pane abbrustolito, e come una risposta ritardata sulla quale ella sembrava aver meditato: « Non crederai che la beva ». Sulla sua faccia ora spalmata di biacca, gli occhi erano delle enormi cavità celesti che dardeggiavano. « L'accompagni anche la mattina? Dove va così presto: a lavorare o a scuola? »

Mi destò un sentimento animoso, cui è eccessivo dare il nome di odio ma che gli si avvicinava. Scossi la testa, e per ostinazione non volli dirle la verità neanche allora. Ma infilando il cappotto, non potei trattenermi: « Sì, è una cosa seria, ti saluto ». Chiudendo la porta, immaginai fosse crollata.

C'era dunque del fiele nella dolcezza che si accompagnava alla presenza di Lori. Ivana si schierava dalla parte cattiva, accanto ai dirigenti della Direzione Personale, alla signora matrigna, alla cognata milanese che io non conoscevo ma che ugualmente disprezzavo. Dalla nostra parte, c'era soltanto Millo per ora, ma presto si sarebbero aggiunti Dino e Benito: gli avrei fatto conoscere Lori e insieme, sabato prossimo magari, saremmo andati a cena *Alla Volpe*, Armando ci avrebbe trattato da amici. Nel limbo degli innocenti, che spesso sono coloro che meglio si sanno amministrare, c'era Gioe, dal quale mi recavo, per sapere se lui, ch'era un pupillo di Don Bonifazi, l'aveva ricevuta la lettera di assunzione.

Eravamo della stessa età, anzi io di due anni maggiore; avevo risposto meglio di lui ai *tests*, lui su quello dei colori aveva smarronato; come lui m'ero meritato otto decimi nel "capolavoro": mi dicevo che, perdio, a parità di voti e condizioni, io che ero orfano sul serio, avevo dei diritti per lo meno pari ai suoi. Saremmo entrati alla Gali tenendoci a braccetto, negrone della malora; accelerando, mentalmente gli parlavo: "Mica sei poi tanto scuro, non l'hai ancora incontrata una bambina? Ballano tutte con te, una carezza, un bacio, poi ti lasciano solo seduto sul baldacchino, o a cambiare i dischi, mentre la tana è un night, Acapulco e Las Vegas riunite. Ma Germana, te lo dico io, quando Benito se ne sarà stancato, la potrai infilare, ti mangia con gli occhi se ha un po' bevuto, non te n'accorgi, coniglino? Che levataccia, Gioe, che brinata! Tua madre, pronta a salpare per il reparto-contatori, si impressionerà vedendomi arrivare a quest'ora inconsueta?". Il freddo di prima mattina era, come sempre, eccitante ma micidiale, folate di nebbia salivano dal Terzolle e dal Mugnone, lasciavano un corto orizzonte sullo stradale di Sesto dove mi venivano incontro i filobus operai con le luci accese. Attraversai Castello rombando, scansai per miracolo il carretto di un ortolano, sorpassai danzando un camion con rimorchio che avrei saputo guidare; l'aria rigida mi intirizziva le cosce le mani, e mi puliva il cervello.

Così li vidi, con la coda dell'occhio, dall'altro lato e sul bordo della strada, incrociandoli, Gioe e sua madre, entrambi in bicicletta, imbacuccati. Voltai per raggiungerli, ma per un senso immediato della realtà, li seguii invece, da lontano. Ogni tanto Gioe rallentava, si portava all'altezza della madre, tornavano in fila se un autocarro il filobus o una macchina strombettavano. Dietro Rifredi, la nebbia era sparita, una parvenza di sole illuminava via Reginaldo Giuliani, batteva sulle loro schiene, sul capo della Napoletana fasciato da un fazzoletto giallo, e sui capelli neri di Gioe. Li persi un momento per via del traffico di Piazza Dalmazia, li ritrovai all'imbocco del viale Morgagni. Ormai non avevo più dubbi. Essi erano scesi di bicicletta, si fermarono, lei parve passarlo in rivista, come un ragazzo il primo giorno di scuola, si alzò sopra le punte dei piedi e Gioe si abbassò, per baciarla; oltrepassarono il cancello della Gali. Io mi trovavo sul marciapiede di fronte ma con la vista che ho, li potei seguire fino a metà del piazzale interno, mentre si separavano, oh molto tempo avanti che suonasse la sirena! Ero sfinito dal gelo, entrai al bar e contrariamente alle mie abitudini, bevvi un grappino. Dopo delle ore, durante le quali, per distrarmi, mi concentrai tutto sul lavoro, a mezzogiorno e qualcosa ero da Millo.

Un palazzo antico, un atrio medievale, un cortile e una scala simili a quelli del Bargello: Borgo de' Greci, la C.d.L. Entrai nella stanzetta al terzo piano, semibuia, e arredata da un tavolo colmo di scartoffie, da due sedie, un armadietto a muro e il ritratto di Di Vittorio alla parete. Millo biascicava la cicca di toscano. Disse subito: « Ci hanno fregato, caro Bruno. Son più bravi di noi. La lettera è partita ier sera, ci leggerai che per il momento la tua assunzione è rimandata ». Avevano preso trenta individualità, tante quante gliene occorrevano. Dei cinquantadue candidati, gli altri venti restavano a casa. Io ero il sesto nell'elenco degli esclusi: per non fare parzialità, invece di scegliere secondo i meriti e il punteggio, avevano seguito l'ordine alfabetico. « Dall'A all'M. Ti dovevi chiamare Albrizzi o Maffei, invece di Santini. »

Non seppi dire altro che: « E allora? ».

« Allora, zero. Mi sono informato, se ne riparlerà tra qualche mese. »

« Ma la tua opinione? »

« È che probabilmente l'hanno fatto apposta, per lasciar fuori te e qualcun altro che non gli ispira simpatia. Per pigliar tempo, magari. Noi della Camera del Lavoro, siccome dicono di avere solo trenta posti a disposizione, che coprono poi il sessanta per cento dei candidati, possiamo poco. Una protesta platonica. Tra qualche mese, se non mantengono la parola, torneremo all'attacco. Ce la faremo. Dopotutto dal Parrini mica ti ci trovi male. »

Mangiammo insieme, e in piedi, alla Tavola Calda di Porta Rossa, lui mi volle invitare: era giorno di mercato, c'era una quantità di fattori, per la ressa e perché io avevo fretta, all'una sarei dovuto rientrare in officina, scambiammo poche parole.

« Come ti senti? » mi chiese.

« Bene, se davvero si tratta di un rimando di qualche mese. »

Era la verità, o comunque il riaccendersi della speranza, vigliaccamente mi consolavo. Tutto era legale, il posto non veniva messo in discussione, questo importava. Dovevo darne la colpa unicamente al mio cognome: alla delusione subentrò l'allegria. Se non a maggio, ad agosto, avrei fatto il mio ingresso alla Gali, intanto potevo chiedere a Gioe le sue impressioni.

« Lori » Millo disse « mi sembra una brava figliola. »

Gli sorrisi, avevo mangiato il secondo e accesa la sigaretta. Ci capimmo senza bisogno di lunghi discorsi. « Vuoi sapere della mamma? » gli domandai. « Quant'è che non la vedi? »

« Dall'ultima domenica che sono stato da voi a desinare. Saranno un paio di mesi. »

« Perché non vieni domenica prossima? »

« È un invito? »

« Per ricambiare questo tuo d'ora. »

Poi gli dissi: « No, Ivana non sa ancora nulla di me e di Lori. È troppo presto perché la mamma possa capire ».

Millo annuì, mi pose una mano sulla spalla. « Ora vai, arrivi in tempo se fai tutta una volata. »

Passò il pomeriggio; e la sera, staccando, trovai Dino ad aspettarmi davanti all'officina.

« Beato chi ti gode. »

« Ciao. »

« Scozzi, eh, con quella bionda! »

« Tu cosa ne sai? »

« Ohé, ti ci appassioni! Hai scoperto Eva Marie, per caso? »

Tacqui, e apposta feci rombare il motore; potevano sentirci il signor Parrini venuto sulla soglia e i miei compagni di lavoro che stavano uscendo, uno in specie, Foresto, un uomo di trent'anni, gran fresatore ma idiota (neanche Millo lo poteva sopportare) il quale mi sfotteva sempre, siccome lui era di già calvo, per i miei capelli arricciolati; e siccome si ritrovava una moglie più vecchia di lui, ereditata a Messina dov'era stato militare, con in aggiunta, adesso, tre o quattro figlioli, nei momenti di sosta, non mi dava pace. Anzi, le mie repliche, a volte sanguinose, lo eccitavano. "Ma tu ce l'hai la ganza? Ma tu lo sai come sono fatte? E come, se non ci sono più i casini? Dalle troie delle Cascine? Come mai sei rimasto a mezzo della terza barra, stamattina? Signor Parrini, Ovidio, Sbraci, Magnolfi" chiamava a raccolta l'intero capannone "bisognerà sottoscrivere per un *vov* a Brunino." Uno stupido col quale da mesi parlavo lo stretto necessario, senza ascoltarlo se non si trattava di registrare il novio o valutare la giustezza d'una misura. Ora, allungato l'orecchio, aveva detto: "Sicché è a bionde che ti cucini". Mentre Dino si aggiustava dietro la moto, gli risposi: "Aspetto sempre che crescano le tue figliole"; e partii a salto, come su una Jaguar o una Ferrari, per poco non seminavo Dino lungo la strada.

« Sei impazzito? » mi urlava « io cosa c'entro? Sono contento tu ce n'abbia una per te solo. Fatti i conti, che Armando metta superbia, che Gioe diventi sempre più mamma-e-casa, che Benito sia finito dov'è finito, me ne frega, ma non mi ci posso disperare. Mentre se non ti fai vivo tu, per settimane e mesi! Allora perché si sarebbe amici? »

Il motore si mangiava la sua voce, fermai alla latteria di via Vittorio: « Non la lascio in ordine, la tana? Non pago la mia quota? Non ci vado forse nelle ore in cui voi avete altro da fare? ».

Mi si infuocava il petto a dover parlare di questo; e più lo guardavo più lo trovavo odioso. Col giubbotto di pelle e i bleu-jeans avvitati alla coscia che ormai era la divisa dei fascisti e dei bambini, i capelli unti, la faccia più pallida del solito, le guance smunte, i baffi che non gli crescevano nonostante le sue cure, e gonfio d'un risentimento senza scopo. Lo invitai a prendere un caffè al banco, preferì un cappuccino.

« Se non ti confidi con me, con chi ti confidi? » egli disse.

« Vi ho visti sfrecciare su via della Spada. Sono entrato nella tana che c'era ancora il suo odore. »

« Be', hai annusato? » gli risposi. Come la volta che per via di Elettra lo avevo picchiato. Ma ora era troppo diverso, diverso anche dalla volta che lo picchiai a causa di Rosaria. Adesso era una cosa pulita, di che s'immischiava? Ma era un amico, il più antico, possibile che il mio malumore, proprio a lui lo dovessi far scontare? Lo presi a braccetto, si andò ai vetri dell'ingresso, fuori del quale c'era la solita gente in attesa del filobus.

« *Sorry* » gli dissi. « Sì, è bionda. Si chiama Lori. Ma più rossa che bionda. »

« D'oro rosso » lui disse. Mi guardò tristissimo, umiliato. « Ho trovato un paio di capelli. sopra il cuscino. »

« La conoscerai, la vuoi conoscere subito? Monta, si va a pigliarla, poi si va in pizzeria insieme, lei è libera un'ora, rientra e si trattiene fino a mezzanotte, lavora nella sartoria del Comunale. Io, a mezzanotte torno e l'accompagno. È di Rifredi. »

« Di Rifredi? » si sorprese.

« C'è venuta da poco, ma ora non ti dico altro, se no di cosa parli con lei? »

Si schermì, alzando la spalla e togliendo il braccio dal mio che glielo tratteneva. « Non vi voglio disturbare. » Sbatté la porta e si mescolò alla gente pronta a buttarsi sul filobus in arrivo.

« Scendi » gli dissi, lui affacciato alla piattaforma. « Lungo come sei, e con la forza che ti ritrovi, seccaccio merdoso, ti metti a fare il bambino. Mi dicevi, di Benito? »

« Peggio di Tommy dell'Illinois, ne sei all'oscuro? Eppure una volta li leggevi, i giornali. È scappato per arruolarsi nella Legione Straniera. »

« Cosa inventi? »

Il filobus partì e io gli andai dietro. Dino mi voltava le spalle, si girava per farmi cenno di filare. Era una carogna, mi costringeva a piroettare intorno al filobus, e quei passeggeri m'indicavano col dito. Finalmente, dopo quattro fermate, davanti alla Mostra dell'Artigianato, si decise a scendere.

« Io ho furia. Eppoi, mi fa freddo, capito? »

Sistemai la moto al marciapiede e lo spinsi contro l'inferriata della Mostra. « Dimmi tutto. »

« Se tu li curassi, gli amici. »

« Dimmi di Benito, cos'è questa storia? »

« Se tu li curassi, gli amici » ripeté, puntiglioso. « Se tu li curassi, forse te Benito ti avrebbe avvisato. Per il resto so che sua madre era venuta al Circolo, al bar, insomma dagli amici, anche a casa tua, non te l'ha detto nessuno? Lo cercava, e il quinto o sesto giorno salì le scale della Questura, perciò si lesse la notizia sul giornale. Era sparito, silenzio. Poi l'ho incontrata io per caso. »

« La mamma di Benito? »

« Certo, o chi? Mi disse che le aveva scritto da Sidi-bel-Abbès, e lei non pareva troppo addolorata. Le chiesi se avesse accennato a noi nella lettera. Mi rispose di no. Non c'era altro da sapere, l'ho salutata... E Benito » aggiunse « poveri algerini, è capace di metterglieli lui, gli elettrodi ai coglioni. Forse avanti di dargli le scariche, gli declama qualche poesia. »

Lo spinsi con più forza contro l'inferriata, vi battè la testa; era così lancinante la mia angoscia, che alzai una mano per schiaffeggiarlo. Egli mi prese il braccio a volo, me lo storse, una sua ginocchiata sotto l'inguine mi fece piegare in due.

« Tu la devi smettere di rifartela con me » disse. « Non ti permetto più d'approfittare del fatto che pendo dalla tua bocca. Sono innamorato solo, l'ho capito da un pezzo, e ora mi sono stufato. » Dapprima risentito, offeso, adesso quasi frignava. « Ti ho preso in pieno? Oddio, come mi dispiace! Su, cammina, se cammini ti passa. »

La sua preoccupazione ci riconciliò; passato il dolore era passata la collera. « Se avessi picchiato più forte, *no children* » disse « peggio che con gli elettrodi. »

Benito tornò nei nostri pensieri; ci accostammo alla moto.

« Ne patisco per te » egli disse « che gli volevi bene. E lui sono sicuro ti contraccambiava. »

« Mentre tu, sei innamorato solo! »

« Perché » reagì « ho torto? Sono forse mai riuscito a strapparti un complimento? »

Allora mi comportai io come un parà. « Ti sei sbracato eh? » Avevo già acceso il motore. Dino mi stava davanti sul marciapiede, alzò le spalle.

« Be', li coltivi forse gli amici? Non hai la bionda malupina? Sì, mi sono perso, come Benito, ma per un'altra strada. »

Era repellente, e carico di tristezza pareva, lo sguardo acquoso, una patina verdognola sul viso, allungò la mano e mi accarezzò sulla guancia.

Fu a questo punto. Gli dissi: « Abbassati, vienimi più vicino ».

Egli fece qualcosa che lo umiliò ai miei occhi più che se l'avessi visto contorcersi in una crisi isterica, aggrappato all'inferriata. Si guardò attorno: « Ma siamo in mezzo alla strada » sussurrò.

« Abbassati lo stesso. Lo vuoi o non lo vuoi il complimento? »

Con gli occhi chiusi, mi porse la faccia, io gli sputai sopra, detti gas e scappai.

26

I suoi Poeti, cosa gli avevano insegnato? Essi vissero con un'idea. Furono soldati e teatranti, diplomatici e miliziani, contadini e ingegneri. Si chiamavano Lorca e Majakovski quelli che lui più amava. Conobbero l'estasi e il dolore, cantarono il sangue e la rosa, i grattacieli e gli ulivi, la metropoli e il mare, le macchine, la betulla e il maggese. Si fecero uccidere o si uccisero. Ma sarebbe stato lui senza i suoi Poeti? Essi erano di macigno e di galestro, trasparenti e d'acciaio. L'amore dell'uomo li ha bruciati. Come ogni creatura che della propria costanza si è fatta una ragione, ne portarono addosso le pene e i deliri, le contraddizioni che prevaricano verità e giustizia, i vizi che travolgono le innocenze. E i miti, che incarcerano la libertà. Crollarono sotto il peso del mondo, dopo averlo sospinto di un passo verso la salvazione. Gli insegnarono solamente che bisogna buttarsi tra le fiamme, ovunque ardano, e lì lasciarvisi cremare? Io ora ti piango e ti disprezzo, Benito. È giusto tu sia rimasto coi piedi nella sabbia e che le pallottole della *villaya* ti abbiano spaccato la fronte come una mela. Cosa credi sia nato, un albero, nel deserto, al posto dove tu sei caduto? Ci pesticciano i cammelli sopra la tua pozza di sangue, ci bivaccano i partigiani algerini: è questa la ricompensa che aspettavi?

Gli dicevo: "No, non ti vengo dietro. Tu sei per la rivincita, sta' a sentire. Tuo padre era fascista, era un capo, e perse, dimostrandosi un vigliacco nel momento decisivo. E ti fece maggiormente pena siccome lo dovevi subire mentre ti educava al culto della vendetta. Ora tu vuoi risorga il fascismo per resuscitare tuo padre e poi ammazzarlo con le tue mani.

Qualcosa di simile l'ho letto nell'enciclopedia. Sei pieno di complessi, sei un traumatizzato".

"Io non sono nulla" mi rispondeva. "Ossia, sono uno che quando vede il sudicio sente il bisogno di spazzarlo con la lingua per fare più pulito."

"Ma ingoiando lerciume, infetti te stesso" gli replicavo. "Anche mio padre era fascista, certo era giovane e non fu mai un capo. Era un uomo ubbidiente alle leggi che c'erano allora. Ma io non sento il bisogno di rinnegarlo. Si distrusse da sé, scomparendo per sempre sotto un mucchio di sabbia, con addosso la camicia nera. Io non me ne faccio né una vergogna né un onore. Ho imparato a rispettarlo e mi sforzo d'essere meglio di lui, nel caso."

"Perché te l'hanno insegnato."

"No, perché è così, perché ci credo" gli urlavo.

Questo accadeva durante le nostre sedute nella sua camera di via Circondaria, piena di fumo e delle nostre voci, si gridava per l'eccitazione e per sovrastare il rumore della gru che spianava il letto del Mugnone su cui sarebbe passata la strada di raccordo tra Novoli e Rifredi. Così noi, ogni giorno si scavavano manciate di terra e si pareggiavano i nostri spiriti, si alzava d'un piano la nostra intesa comparando i nostri testi diversi, e scoprivamo di volere le medesime cose.

Addio, Bruno! Riudivo la sua voce, la risata di Germana, i loro passi giù per le scale, associati all'immagine di Lori che a braccia conserte fissava il vuoto... Come cotesta sera, eravamo adesso Lori ed io soli nella tana, ella seduta a metà del divano, io posavo la nuca sul suo grembo, fumavo.

« Dovevo sentirlo, e parlargli. Forse lo avrei persuaso a non partire. »

« No, se era quel ragazzo che mi descrivi. »

« Seminare fascismo. Quando ne fossi convinto, mi diceva... Era soltanto un fanatico, allora? »

« Era un debole, probabilmente, nonostante la sua audacia. »

Era un animo nobile, nessuno mi farà mai credere il contrario. Aveva gesti da libro illustrato dei quali poi si rideva: un giorno alle Tre Pietre, s'attaccò alla cavezza d'un cavallo imbizzarrito, rimase travolto e zoppicò per più d'un mese, ma il cavallo lo aveva fermato, e subito dopo, al contadino che lo ringraziava, gli disse sul viso: "Sei troppo brutto, mi sono pentito". Se era un debole, la mia compagnia gli giovava. Come lui m'incantava con la sua generosità e le sue allucinazioni, il mio modo di vedere le cose, un po' fantastico ma coi piedi per terra, lo equilibrava. Gli facevo da unità di misura. Come se tirassimo una corda ai due lati, conquistando un metro ciascuno ci ritrovavamo sempre vicini, al centro della fune. Quando Budapest insorse e i russi spararono coi carri armati, chi se ne rammenta? la rivoluzione era nata giusta, in testa studenti e operai, come fossimo io e Benito. I suoi ex amici, quelli coi quali c'eravamo cazzottati sul Ter-zolle, vennero a trovarlo: "Andiamo" gli dissero. Erano tre, coi musi di sfida; li capeggiava, anche questa volta, Vignoli, il mio antico compagno dell'Industriale: facemmo noi Un-gheria, io e Benito da una parte, loro tre dall'altra, e senza bisogno dei russi; ci bastò che Dino apparisse al momento opportuno per equilibrare le forze, tre contro tre li facemmo scappare nel giro di minuti. Questo episodio segnò la sua definitiva rottura con costoro. Lo stesso succedeva a me con Millo, ci ribellavamo partendo dai fatti personali.

Era il tempo in cui ai miei occhi comunismo e Millo s'iden-tificavano, li avevo cacciati di casa tutti e due. Ma in quei giorni, i comunisti erano rimasti soli come cani, con un senso di colpa addosso neanche avessero marciato loro su Pest, erano in ogni senso degli appestati. E come dei lupi digrignavano i denti, approvando tutto, morsi, spari. Tremò il Partito, dicono ora, ma non alla sua base. Scapparono per lo più degli intellettuali. Nelle fabbriche, alla Muzzi come dentro la Gali, lì semmai avrebbero voluto che i carri russi e rossi continuassero a marciare fino a Rifredi. Ma intanto erano soli, e spersi parevano: fu il momento che noi ragazzi decidemmo di schierarci con loro. Andai a trovare Millo, gli dissi di presentarci in sezione, me, Dino e Benito. (Ar-mando no, Armando aveva una bottega! E Gioe, Gioe, c'era Don Bonifazi che lo legava.) Ci affidarono, noi adolescenti, a dei ventenni, fedeli certo, ma ottusi. Di quelli pei quali l'internazionalismo proletario è un organino da suonare se-condo le decisioni del vertice, un brutto affare. Incontrammo anche dei visi belli e puliti, che si conoscevano di vista, con i i quali al biliardo e al juke-box, si può parlare, non s'irrigi-discono se li metti in difficoltà: ma anch'essi è la disciplina, che considerano una forza, a frenarli. Hanno paura di diven-tare, se cacciati dal Partito, degli spretati. Ma nemmeno è questo, oggi, che mi preme di ricordare. Del resto tutto si liquidò alla prima riunione, allorché si alzò un tipo lungo e secco, non sgradevole nonostante portasse gli occhiali, abitava nella zona di Circondaria, riconobbe Benito e gli chiese, seduta stante, l'autocritica, il cretino. C'era un'aria, invece che di circolo Petöfi, da Inquisizione. Benito protestò.

"Se sono qui, è perché sono stato fascista" disse. "Perché ho capito."

Il secco e lungo, che poi era il responsabile della sezione giovanile, di nome Corradi, ora è diventato un funzionario, gli rispose: "Non ci siamo", doveva chiarire bene, riconoscersi colpevole, fare abiura.

"Non si entra nelle file comuniste senza essersi purgati di tutti i propri errori. Ti ho forse chiesto chi era tuo padre? E io lo so chi era" volle sottolineare. "M'importa chi sei tu. Sei stato nero fino a ieri; devi disfarti di ogni cosa, se vuoi non ti si prenda per un provocatore."

Erano giorni bui, si sentivano assediati. In quella stanza della Casa del Popolo mancava il respiro, come se il cervello fosse diventato asfittico, non i polmoni. Il cuore era giusto non esistesse; ma la ragione? Feci per intervenire, e secondo le regole, mi misero a sedere. "Verrà il tuo turno" disse Corradi "per quanto su di te non gravino cattive informazioni." Lo ringraziai maledicendolo; guardai Benito che pareva si divertisse. Ormai lo conoscevo, quando la buttava in scherzo, era sul punto di muovere le mani.

Disse: "Ma come posso rifiutare quello che sono stato fino a ieri? Pigliereste nell'Effegici un neonato di ventiquattr'ore, un automa nel migliore dei casi. Io vi porto la mia esperienza".

"Ci porti la tua rogna" scattò Corradi.

Gli altri, buoni e composti, stavano ad ascoltare. Dino mi sussurrò: "Quando incomincia la giostra, subito con le spalle al muro. Se ci chiudono nel mezzo, si finisce all'ospedale".

Benito accese una sigaretta, calmo, col sorriso d'angelo che gli schiaffi, come le carezze delle ragazze, li chiamava. "Tu, dietro cotesto tavolo" disse a Corradi. "Dovrebbe interessarti il cammino che ho coperto per arrivarci, studiando sui libri, avendo a che fare con le persone."

"S'intende, è precisamente quello che ti chiedo." Come un topo nell'olio, Corradi c'era cascato. "Devi dirci che rifiuti interamente il tuo passato, e perché ti accosti al nostro grande Partito."

Qui, con l'aria più innocente della terra, Benito gli illustrò la teoria del seminare. Talmente li sorprese che lo lasciarono finire.

"Dopotutto" concluse "cos'hanno fatto i russi a Budapest? Hanno seminato. Non ci sono dubbi che il deposito della rivoluzione è in casa loro, ma tra gli ungheresi hanno sentito il bisogno di seminare, evidentemente perché a Budapest non sono ancora maturi."

Il via lo dette un tappeto del Romito, un falegname. "Compagni" ·urlò. "Questi sono venuti per meleggiare!"

Di lì a poco, dovemmo proprio a Corradi se uscimmo con le ossa a posto e gli occhi sgonfi: gli altri, tutti, ci avrebbero mangiati vivi. E solidali com'eravamo, neanche la ramanzina di Millo, il giorno dopo, la sua accoratezza e il suo pugno sul tavolo della latteria di via Vittorio, mi fecero cambiare opinione.

Dino dopo Benito. Il compianto di questo duplice affetto violentemente deluso, mi oscurava l'anima. Quali erano i miei vizi, le mie aberrazioni, per cui avevamo potuto intenderci, condividere speranze e idee, spartirci pugni e abbracci, crescere insieme? Doveva pur esserci, dentro di me, qualcosa che li rassomigliava. Oppure ero io solo libero dal male, indenne, stupidamente innocente come Gioe, e sicuro del fatto mio come Armando che forse era il più adulto, certo il più realizzato di tutti noi? (Stava per prendere la-direzione del ristorante e per sposarsi con Paola, tra poco.) Gioe e Armando erano degli esseri normali, camminavano diritti su una loro strada, con chiarezza di propositi, volontà d'applicazione: avrei dovuto imitarli secondo la mia diversa visione delle cose, le mie idee, le mie ambizioni, fedele a quella che consideravo la mia "norma", come in officina. Perché allora il mio cervello e il mio cuore, se li interrogavo, si volgevano nella direzione di Dino e di Benito? Era questa parte di me, la più irrisolta e rissosa, che mi faceva idealmente lacrimare. Lori mi aiutò a curare anche questa ferita.

« Cosa gli rimproveri a Dino, d'averti voluto bene? »

« Ma voluto bene come? »

« Nell'unico modo di cui era capace, si vede. Ti può fare schifo, ma in base a quale giustizia lo condanni? A quella borghese? O alla tua, della rivoluzione? »

« Quella del Paradiso Terrestre » dissi, mi trattenne pudore e rispetto nel pronunciare le parole più precise. Subito ella mi inchiodò alla mia ipocrisia.

« Che ne sappiamo delle leggi dell'amore? Tu me, mi ami soltanto perché sono donna e ci troviamo bene insieme? »

« Sì » dissi « anche per questo. »

« Ma non c'è qualcos'altro, di misterioso, di segreto? Quella che tu chiami la voglia-voglia, certi momenti non diventa secondaria? E quando tu dici: l'anima, che significato gli dài? »

« Non lo so. »

« Nemmeno io. Ma se Dino non è soltanto un vizioso, questa ignoranza ti deve impedire di giudicarlo. »

« Ma è... lui davvero l'anima non sa dove stia di casa. »

« Io cerco di capire » ella disse « non mi scoraggiare. Mica apro la borsetta e ti consegno la ricetta, amore. Si sa, istintivamente anche a me, se rifletto su queste cose, mi si accappona la pelle. Qui a Firenze non ho mantenuto delle amiche, ma lassù a Milano me n'ero fatta qualcuna. E una di esse, Dolores: l'Addolorata la chiamavano per prenderla in giro, in realtà è una ragazza piena di vita: è una come Dino, la feci piangere, e proprio per questo si restò vicine, forse perché seppi respingerla con fermezza ma con devozione. Forse tra donne è più facile, forse c'è meno sudiciume... Mentre tu, sputandogli in faccia, pensi di averlo guarito? »

« Non sono né un medico né un prete. »

« Ma sei un suo amico. »

« Lo ero. Io le ambiguità non le sopporto, ora lo odio. Lo disprezzo quanto prima gli volevo bene. Fosse stato un'altra persona, come cotesta Dolores nel tuo caso, anch'io cerco sempre di capire, forse mi sarei frenato. Ma lui no, non gli potrò mai perdonare di essersi mascherato. Significa che fin da ragazzi i nostri rapporti erano falsi, mentre io li ho sempre presi per buoni. Ora tutto quello che potrei fare è riempirgli la testa di nocchini. »

« Oh già » lei parve sospirare. « Che tu sia forte mi piace, ma che tu creda, con la forza, di risolvere tutte le questioni e dartene poi una spiegazione! Semini risentimento e basta, non te n'avvedi? Spargi dolore. Questa è l'eredità che ti ha lasciato Benito. Per il resto, neanche tu sei cresciuto, come probabilmente non è cresciuto Dino. »

« Ora dirai che sono sempre attaccato all'ombelico di mia madre. »

« Perché no? » ella sorrise.

Mi baciò, ebbe uno dei suoi sbalzi di pensiero, coi quali ribalta le situazioni; sembra attaccarsi a delle fantasie improvvise ma c'è sempre un senso, un significato, un motivo, anche se lì per lì mi sfugge. Sono trapassi, come di una larva che fora il guscio, ed esplode alla luce. Adesso, con diverse parole, mi ripeteva ciò che aveva detto a Millo la sera prima, quando affermò di non affezionarsi ai luoghi ma alle persone.

« La natura siamo noi che la facciamo esistere. È bella la neve, sono belli gli alberi, è bello qui dentro, è bello il fiume e il mare, ma possono anche apparirci orribili, secondo i nostri umori e la compagnia in cui ci troviamo. Che senso ha per te, essere liberi? »

« Essere giovani, avere delle idee, decidere noi dell'avvenire. »

« Ma anche inventarsela, la vita. »

« Inventarsela, perché? »

« Mi sono espressa male. Intendevo: costruirsi giorno per giorno, riuscire meglio di tutti; e solamente noi, puliti. »

« Certo, noi colpe non ne abbiamo. Subiamo quelle degli altri, ecco perché ci ribelliamo. »

E poi baci, dentro la tana, con l'umidità che bucava le pareti, e non la stufa elettrica e il cognac, ma il nostro amore ci riscaldava.

27

« Mi ero abituata a vederti sprizzare contentezza da tutti i pori » Ivana dice. « Le poche parole che ci scambiavamo, come fossimo dei coinquilini, mi trapanavano il cuore. Anche che tu tornassi al tocco tutte le notti, era diventato normale. Fumavo una sigaretta dopo l'altra, mi aggrappavo alla spalliera del letto per non raggiungerti in cucina e farti una scenata. Questa ragazza che io ancora non sapevo chi fosse, ti aveva conquistato: era capitato anche a me d'innamorarmi alla tua età, ma di Moreno, già maggiorenne, già uomo! Affogavano dentro questo bicchiere d'acqua i miei pensieri. Il tuo silenzio mi confondeva, la tua riservatezza, il tono quasi strafottente che assumevi. Delle altre, le tue commesse e le tue liceali, perfino di una certa Rosaria, me ne avevi parlato, con la discrezione con cui un ragazzo si confida a sua madre, ma abbastanza perché io mi persuadessi che non erano cose impegnative, perché su questa tacevi? Soprattutto se le volevi veramente bene, perché non me la presentavi? Possibile tu vedessi in me una nemica? Farneticavo, mi persuasi fosse lei, perdonami, una strega! Sono lente, sai, le ore passate dietro una cassa, mentre si staccano i biglietti, si danno resti e il cervello non smette di lavorare. E fu proprio la visita della mamma di Benito a farmi toccare con mano fino a che punto può arrivare il silenzio d'un figlio. »

« Ma non mi dicesti nulla di questa visita. »

« E tu, verso di me, come ti comportavi? A malapena mi informasti del contenuto della lettera della Gali. Quando rientrasti, c'incontrammo nel corridoio, rammenti? Io ero andata in cucina a prendere l'acqua per la notte e inghiottire la mia medomina. Mi salutasti a fatica, per convenienza mi chiedesti come stavo. Cosa ti risposi?»

«Male, al solito, qualcosa di simile.»

«No. Ti dissi: "Cosa t'importa, non sei felice?". Ti eri seduto e mangiavi come per annaffiare la gioia che avevi in corpo. Restai sulla soglia, con la bottiglia in mano, e un gran gelo addosso, nonostante fosse la fine di marzo, quasi. Tu a capo basso sul piatto, come se io non esistessi: o io o un mobile, la stessa cosa. Quando finalmente parlasti, ti avevo preparato il tortino di carciofi ricordo, non festi davvero cortese. Mi dicesti: "Cosa fai lì ritta impalata? Ti siedi o vai a letto". Ma immediatamente dopo, forse senza rendertene conto, ti addolcisti un poco, quasi richiedesti la mia compagnia. Ti si distese il viso mentre mi dicevi: "Fatti almeno la borsa calda, *missus* Santini". Potevo immaginare che di lì a qualche minuto mi avresti pugnalata?»

«Ci tieni tanto, nevvero, a farmi ricordare?»

«Neanche ora vorresti? Invece fa bene, ci si libera. Quante volte mi hai detto che tu, in tutte le cose, vai in cerca delle ragioni?»

È così; e mi chiedo se nel giudizio che mi sono formato su Ivana, non prevalga il sentimento, al contrario. Basta un'ora di grazia, come i nostri attuali risvegli al mattino, perché io rilevi numerosi argomenti in suo favore. Al punto da sentirmi io colpevole nei suoi confronti, come se per il solo fatto di esistere, io abbia rappresentato un impedimento all'espandersi della sua vita. La sua natura emotiva, il suo egoismo di piccola borghese, la sua intelligenza capace di illuminazioni geniali subito immiserite dalla sua poca forza morale, hanno trovato nella mia presenza, un laccio che l'ha costantemente legata alla realtà più convenzionale: il timore dell'opinione della gente, il rispetto dei doveri considerati elementari. Questo nella sua migliore stagione. Quando io confidavo a Millo di sapere benissimo che mio padre era morto, quando cioè stavo di già al suo gioco, un po' proteggendola, un po' affascinato dalla persuasione in cui ella diceva di aspettare, di giorno in giorno, di mese in mese, il ritorno di Moreno, lei aveva venticinque anni; non ne aveva ancora trenta, al tempo in cui morì Luciani ed io mi congedavo dall'adolescenza abusando di Elettra. Negli ultimi tempi, mentre io sono cresciuto, lei è crollata. Ed era bella, perché tacerlo? La tintura rossa, più del suo biondo originale, giovava allo splendore del suo viso: un ovale non di bambola, bensì di miniatura armoniosamente ingrandita, con quegli occhi dall'orbita profonda, dove l'acquamarina delle pupille mandava una luce tranquilla ma inquietante. Da come i camionisti la guardavano in trattoria, mi accorsi della sua natura di donna, e delle sue attrattive. Si portava la sigaretta alle labbra, e loro si spenzolavano dal tavolo vicino, o addirittura si alzavano per porgerle il fiammifero acceso. Lei ringraziava abbassando le ciglia, mai dandogli confidenza, mai accettando la conversazione. "Ne ho abbastanza di battere scontrini e dispensar sorrisi tutta la giornata" mormorava. La trattoria era diventata una tappa obbligata, alcuni dirottavano da via Bolognese dove avrebbero risalito la Futa, per gustare i sughi della signora Dora. C'era un salernitano che faceva coppia con un altro meridionale, guidavano un Dodge con rimorchio, trasportavano arance e limoni; fu lui a "rompere il ghiaccio" per una sera, a sedersi al nostro tavolo, sciorinando le fotografie di famiglia. Era stato in Marmarica, lei spalancò gli occhi, si chiamava Arenella, aveva due mani enormi e delle braccia villose, al polso un orologio con le lancette fosforescenti e il quadrante calendario, sotto la scollatura della tuta una catenina. Era presente anche lui quando si imbandì la volpe, fu lui a dire: "Ci verrà lo scorbuto"; poi incominciò a piovere, lo sterrato diventò presto un pantano, Arenella ci dette un passaggio fino a casa, ospitandoci nella sua cabina di guida. La volta successiva, lui si diresse al nostro tavolo, teneva due arance per mano, lei sembrò riconoscerlo a fatica, lo salutò appena e rifiutò il dono. Questa attenzione degli uomini verso la sua persona, anziché ingelosirmi, mi inorgogliva, come degli omaggi che le fossero dovuti. Persuaso della sua invulnerabilità, il suo atteggiamento mi ispirava dolcezza e allegria, mi strappava affetto, me la faceva riconoscere per madre come se l'avessi scelta. L'adoravo nella maniera più naturale: sentendomi sua creatura, capendo le sue irrequietezze, subendo le sue crisi, fino a cacciare Millo dalla nostra casa. Posso andare più in là e darle atto di ciò che allora mi sarebbe stato impossibile afferrare: il suo bisogno d'amore che per una donna come lei, colpita sulle soglie della gioventù da una sciagura che le aveva bruscamente sottratto le gioie del matrimonio appena consumato, si identificava con la soddisfazione dei sensi. Perché non riconoscerle legittima un'avventura con Arenella, e prima ancora col giovane Silvano incontrato al lunapark una domenica mattina che era sempre viva la signora Cappugi, cosa ci sarebbe stato di male?

È tipico di loro vecchi, d'altronde, attribuire grande importanza, quasi la ragione fondamentale dell'esistenza, all'accoppiamento carnale. Vi alludano o ne parlino esplicitamente, vi indulgano per grossolanità, pavoneggiandosi come oche o per banale gallismo, o ne facciano un vero e proprio dramma, si ha l'impressione di un'umanità d'impotenti, uomini e donne che compongono una popolazione di inibiti. Né la disciplina del lavoro né quella delle idee, non li distraggono mai da questo esito finale. Sia col pensiero, sia con le parole, vi indugiamo in continuazione. Sotto questo aspetto, uguali a coloro di cui potenzialmente sono i giustizieri; se sussiste una regola più severa nei loro costumi è perché gli manca la possibilità di concedersi alla dissolutezza, non perché gliene difetti il desiderio. Comunque, è in tale impossibilità la loro salvezza. Per il resto, come si sa e si legge dei borghesi, i sensi li dominano, sembra a volte che il loro attivismo, davanti alla fresa o nella lotta politica o nella normalità della vita, sia un modo di scaricare delle energie destinate ad un altro sordido scopo. Lo facciano per mimetismo o per una reale urgenza fisica che si rivelano inetti ad imbrigliare, sono uomini e donne che ignoreranno per sempre la assolutezza amorosa. Quel modo di congiungersi ch'è come protrarre il ragionamento che ci occupa e che ha toccato un punto altrimenti inesprimibile; ed è un gesto così pulito, così intenso che si compie da sé, né inseguito né atteso, né premeditato né favorito. Ci si unisce col corpo per ritrovarsi l'uno dentro l'altro come sono l'uno a specchio e chiarificazione dell'altro, i nostri cervelli di maschio e di femmina, le nostre persuasioni, i nostri ideali. Loro, quando parlano di sensi, parlano di carne, come dire di abbrutimento, di sudore, di fatica, di "ebbrezza": è la loro bestialità e se ne compiacciono. Penso a Foresto in modo particolare. E vi sono certamente delle eccezioni, vecchi rimasti giovani, da prendere come esempio in questo caso, poiché la coscienza di classe non può essere completa se la intrigano i sensi. Millo stesso che tale coscienza impersona, e nonostante il suo affetto per Ivana, rovescerà sopra qualche amica compiacente il suo eccesso di vitalità, come sarebbe accaduto a me, se dopo Elettra fossi rimasto preso nelle spire di Rosaria, finché non è apparsa Lori sulla mia strada.

Così stando le cose, come avrei potuto rimproverare a mia madre una passione fugace con Arenella o con Silvano, un "rapimento dei sensi" avendo a complice qualche comune amico presentatole da Beatrice, colei a cui ella doveva la grande svolta della sua vita che le consentì di sostituire la bluse d'operaia con la montura di cassiera? Mi era sufficiente spingere più indietro il ricordo e rammentare le mie incursioni notturne con Millo attorno ai tavolini del Caffè Genio, collegare le ansie di Millo col modo che aveva Ivana di accarezzare la memoria di Luciani, per indovinarla amante del suo antico padrone. E proprio all'epoca della morte di Luciani, questo suo lutto clandestino che si aggiungeva al lutto pubblico di vedova d'un caduto, risaliva il rafforzarsi della sua maniaca attesa di Moreno. Come per una compensazione morale, quello che era stato un alibi per allontanare le profferte di Millo, diventò allora una fissazione della quale, col tempo, ella perse coscienza. I suoi poveri nervi l'avrebbero progressivamente uccisa se la sera stessa che lasciai Lori dopo avere ripudiato e rimpianto tra le sue braccia l'amicizia di Dino e di Benito, le circostanze non mi avessero costretto ad impedirle di continuare nella sua follia.

Ella sedé dando le spalle alla credenza contro il cui spigolo poggiava la nuca; e la borsa calda stretta al petto, la vestaglia celeste, la foresta dei bigodini colorati sui capelli, il solito velo d'untume che le copriva il viso come un sudore artificiale. D'un tratto, allontanando il piatto vuoto, stavo per domandarle: Che novità ci sono, è sempre idropico il direttore del tuo cinema, il cavalier Sampieri; e l'operatore è sempre geloso della moglie? allorché essa cercò il mio sguardo, era stranamente umile e remissiva. « Siamo sempre amici? » mi chiese.

Tenerezza e fastidio, mescolati col sapore del tortino appena ingoiato. Era una povera donna, per la quale avrei fatto qualsiasi cosa, purché non mi incitasse a farlo. « Mamma, sii chiara, sentiamo. »

« Un chiarimento ecco, me lo vuoi dare? » Posò una mano sul tavolo, la sinistra dove tiene la vera e l'anello col rubino, fece scorrere l'indice sul bordo della tovaglia quadrettata. « Siccome tu hai la bocca cucita, ho preso informazioni, non te ne adirare. Dopo tanto tempo, sono tornata alla trattoria di Cesarino. Il locale è tutto rinnovato, l'hanno battezzato Alla Volpe, sai, in ricordo di quella mangiata. Un ambiente di lusso. Dora non ripara a infilare polli e cacciagione dentro lo spiedo. »

« Perché divaghi? »

« Per farti capire la via crucis che ho passato. Del resto, Armando non ha potuto dirmi nulla, non ti vede da mesi! Mi ha dato l'indirizzo del mulatto, ma anche da lui, come da Dino... Oh, naturalmente ho finto con tutti di passare di lì per caso. E tutti, sono stati loro a chiedermi tue notizie. Dino l'ho trovato al banco sotto le Logge, è stato il solo dei tuoi amici a preoccuparsi. Un ragazzo... il più gentile e il più perbene. Ha preso l'autobus con me, mi ha riaccompagnata fino a casa. »

Come se il freddo che c'era nella cucina, acuto nonostante il principio della primavera, e l'umidità della notte che bagnava i vetri salendo dal canneto, mi si fossero rappresi alle tempie, così l'ascoltavo.

« Cos'altro potevo fare? Ho forse qualcuno sulla faccia della terra con cui potermi aprire? »

« Sei stata da Millo, immagino. »

« Mi ha detto che avevate desinato insieme. »

Ora, si capiva, ella avrebbe voluto che io la incalzassi con delle domande, dessi un segno della mia impazienza e del mio risentimento, in qualche modo. Davanti al mio silenzio, si smarriva. « Mi ha detto di stare tranquilla. Che è una buona figliola. Anche bella, è vero? » E dopo una lunga pausa, accostandosi di nuovo la borsa al petto: « Col cuore in mano, Bruno, se è una cosa seria, dopotutto sono ancora giovane per capire, perché farne un mistero? So di chi è figliola, so che si tratta di persone onorate ».

« Infatti » le risposi « la serietà e l'onore non si discutono, perciò riprenditi il cuore. Né Lori né io ci nascondiamo. »

« Quando me la porti? » ella disse. « Domani ho la mia giornata di libertà. »

Ero a mia volta impacciato, combattuto da opposti pensieri, attraverso i quali nemmeno io riuscivo a veder chiaro. Mai con Lori avevamo considerato questa circostanza; dei genitori, quando ne avevamo parlato, era stato per riconoscerli vecchi e per giudicarli. Loro e i loro complessi, loro e le loro convenzioni, erano qualcosa di remoto che non ci riguardava. E nel momento in cui Ivana fu più sincera, ma non interamente come in seguito avrei stabilito, sia il suo comportamento come le sue intenzioni, mi parvero ipocriti, meschini, mi misi sul suo stesso piano.

« Fartela conoscere, che senso ha? Sono io il maschio, dovrei andare prima io a chiederla a suo padre, non si usava così ai tuoi tempi, non fece così Moreno? »

« No » lei scattò « non devi farlo, non ancora. » La trepidazione, l'angoscia, le accelerarono il respiro. Era la maschera ridicola della forma di gelosia più antica e più ammuffita, incredibile a guardarsi, talmente era fuori del tempo, eppure così viva. « Può essere un'infatuazione di ragazzi, sia per te come per lei, benché lei so... be', ha girato un po' il mondo, è stata degli anni a Milano! Mentre tu devi ancora avere il posto, devi... »

« Che cosa? » Provocarla mi dava adesso una gioia agra ma eccitante. « Tutti e due abbiamo un lavoro, volendo ci si potrebbe sposare anche domani. Ma non ci s'è pensato. O siccome ho meno di vent'anni, mi occorrerebbe la tua autorizzazione? Dopo le buone informazioni ricevute da Millo, me la concedi? »

Ella si buttò indietro di spalle, chiuse gli occhi, il mento le tremava e le mani che reggevano la borsa contro il petto.

« È una responsabilità che non mi assumerò mai, finché non tornerà tuo padre. »

« Ti alzasti dal tavolo » ora lei dice « come se tu volessi saltarmi al collo. Ho perfino vergogna a ripeterlo ma quando si dice sentirsi ignudi, così mi sentii davanti a te, io tua madre, lacerata da ogni parte, carne e anima, mentre mi scuotevi e con la strozza in gola, mi urlavi, tutto rosso in viso, poi pallido, smorto dal gran nervoso che ti era preso: "Mamma, basta con questa finzione! Impazzisci pure, io non ti seguo!". Svenni; e quando tornai in me, mi avevi adagiata sul mio letto, mi facevi annusare aceto, ma più aggressivo di prima: un esecutore, un tiranno, te ne sei dimenticato? »

Stavo seduto sulla sponda del letto, la guardavo col sospetto di assistere ancora ad una finzione: nonostante il suo abbandono, la sospettosità del suo sguardo mi indignava, come d'una gran gatta colorata, che smaniasse sopra la coperta rosa, indecisa se fare le fusa o aggredire. Fui implacabile, ma conciliante, cercai le parole più semplici e che meno la potessero ferire.

« È una follia docile la tua, teoricamente non fa male a nessuno, d'accordo, distrugge te sola, il tuo povero cervello e la tua vita, ma proprio per questo io non posso sopportare. »

« Perché stasera? » lei disse. E diabolicamente un poco: « Accanto a lei sei diventato un uomo, perciò ti senti in diritto di farmi il processo? ».

« Sì, è probabile » le risposi. « E se tu non cambi registro, la tua è una mania, ti imporrò di curarti, può darsi tu abbia bisogno di essere ricoverata. »

Le offersi una sigaretta, l'accese insieme a me, quindi si alzò, andò davanti allo specchio a riordinarsi i bigodini: un modo di darsi un contegno e di riflettere, le lacrime aprivano solchi profondi sulla biacca rappresa alle guance. Parlò a se stessa, qualche minuto dopo, non a me che riflesso dentro lo specchio l'ascoltavo.

« Credi non lo sappia, credi non siano degli anni che ho capitolato anch'io davanti alla ragione? Eppoi, cosa significa ragione? chiamala evidenza: è qualcosa di più naturale e non occorre porsi degli interrogativi! Tuo padre, fosse rimasto vivo, sarebbe stato il primo a tornare per venirci a baciare sugli occhi come gli piaceva. I tuoi allora erano innocenti; e i miei, non così gonfi e imborsiti, sapevano essere allegri, erano com'ero io, tutta vita. Sono passati diciotto anni, e se nel frattempo io ho commesso degli errori, non è certo a te, stasera, che li debbo confessare. Tu cosa ne sai? »

« Nulla, e non mi riguardano. »

Sospirò come di pena; e come di sollievo credo, tanto dovei apparirle disarmato.

« Sono stata una donna sola » continuò « col coraggio di affrontarla, la vita! Eppure questa fissazione, mi ha aiutato, era una speranza venuta su a poco a poco, come vedevo venir su te, Bruno. Mi balenò che ancora ti cullavo, e c'era stato El Alamein, e di Moreno si erano perse le tracce sotto la sabbia dove si erano coperti d'onore lui e i suoi compagni, più giovani di lui addirittura: "Io, tra questi ragazzi" mi scriveva "fo la figura d'un veterano". Ma a te, oggi, queste cose, nemmeno trattandosi di tuo padre, non ti esaltano, tu sei tutto dalla parte di Millo. E Millo è onesto, Millo è leale, ci litighi, lo cacci di casa, ma lo vai a ricercare! Millo è sempre dalla parte della ragione, non si può fare a meno di stimarlo, e poi? Avevo cullato te con questa speranza, sissignore, ora mi cullavo io. Finché tu ci avessi creduto, chissà, si sarebbe anche potuta avverare, mi dicevo. Al più tardi l'altro giorno, sul giornale, un combattente di Russia, considerato disperso, dopo tanti anni di silenzio... Sono pazza, mi farai ricoverare? Forse è come ripete spesso il cavalier Sampieri: invecchiando ci si siede. Consiste in questo, vedi, la mia follia: nell'averti allevato parlandoti di tuo padre come se fosse vivo. »

Mi fissò attraverso lo specchio; anziché commuovermi, un rigurgito di rabbia mi chiudeva lo stomaco e la gola.

« Davvero vuoi che accetti questa spiegazione? » le dissi.

« È la verità. » Si voltò, mi prese le mani che con repulsione mi lasciai stringere.

« Non è stato un pretesto per tenere a bada Millo, piuttosto? Per quanto mi sembri anche più assurdo, ci sarebbe una logica, col cervello che hai. Millo, sotto l'aspetto dei sentimenti, è facile ad arrendersi, siccome li sa comprimere, ti avrebbe lasciata tranquilla senza bisogno di questa lunga finzione. »

« L'una e l'altra cosa » ella ammise. « Ma nei confronti di Millo fu un atto secondario: era la mia inerzia nell'affrontare certe situazioni che se ne giovava... Non ho gran che cervello ma al centro di ogni mio proponimento, ci sei sempre tu, che ora, ogni giorno che passa, mi rammenti sempre di più tuo padre, gli stessi occhi, la stessa voce, lo stesso modo di fare. »

Fingesse o no, era una spoglia di donna, non un essere umano, e se lo era, lo era nella dimensione o la più ribalda o la più disperata, all'ira subentrò la pena. Le dissi: « D'accordo, tu non hai nessun dovere di confessarti. Quando vorrai ti ascolterò, quando sarò diventato maggiorenne » sorrisi. « L'importante è che da stasera il capitolo Moreno s'è chiarito. »

Mi ero inginocchiato davanti a lei seduta; lei mi prese il

viso tra le mani, mi baciò sulla bocca; quella poltiglia di lacrime e unguento mi impiastricciò il viso.

« E Lori, me la farai conoscere ora? »

« Certo... Ma non domani, che furia c'è? E se si trattasse davvero d'infatuazione? »

Ero ipocrita, me ne rendevo conto, e ne gioivo: per lei soprattutto, come si fossero invertiti i termini, e solamente ora io mi divezzassi dalla sua soggezione. Mi ero proposto di curarla, e c'ero riuscito, seguirla durante una lunga convalescenza diventava il mio dovere. Questo suo capriccio di conoscere Lori era una promessa che le andava fatta per tranquillizzarla, dopo tanta emozione, ma inutile da mantenere. Cosa avrebbe avuto da dirle, e da dirci, se non caricare di cordoglio il nostro amore? La felicità di cui Lori ed io godevamo, la escludeva. Come escludeva i parenti di Lori, tutti loro vecchi, presi per sempre nella spirale delle loro convenzioni. Millo soltanto vi aveva avuto accesso perché c'era venuto incontro spontaneamente, sul nostro stesso piano, ed anche lui ci aveva in qualche modo tradito. Nei miei confronti egli aveva nuovamente violato quella cittadella dell'amicizia dentro alla quale o si è solidali o si è nemici, come Dino e come Benito. Nondimeno, questa volta non lo odiavo, ero adulto abbastanza per capire che davanti all'"angoscia" di Ivana gli era impossibile comportarsi diversamente: d'altronde, egli si era limitato ad informarla della verità, era stato una volta di più onesto, stimabile, leale. Ma Lori doveva restarne fuori da questo pantano dei sentimenti che nonostante la sua presenza ancora mi teneva. Che senso avrebbe avuto parlarle del desiderio di Ivana o della lunga mania dalla quale io l'avevo riscattata? Tutto ciò apparteneva a una mia preistoria inceneritasi la sera stessa in cui Lori era apparsa sulla soglia con la valigia a sacco, il cappotto malva: "Oh scusi mi scusi", mentre io accomodavo il motorino.

« Conoscendola, lo so che per te non vale niente, ma potrei darti il mio parere » Ivana disse.

« Va bene, coricati, poi vedremo. »

Come se anche questo fosse già accaduto, non riuscivo a vincere l'impressione di vederle recitare una commedia di cui conoscevo ogni dettaglio, le pause e i sospiri perfino. L'aiutai ad entrare nel letto, le porsi il bicchiere d'acqua perché inghiottisse il suo tranquillante in doppia dose.

28

« E la nostra gita al mare? » Lori disse una sera. « Dovevamo andarci che c'era la neve. »

« Domenica, ti va bene? E non sulla moto, Millo ci presterà il suo Topolino. »

« Sai che avventura » ella disse.

Da quel momento ogni gesto e parola hanno un significato. Ancora adesso, tutt'intorno dove è vita, nella materia più bruta come nella fibra più sottile, c'è impresso il viso di Lori, la sua immagine riempie il paesaggio, vi si riflettono il mare e il fiume, gli alberi, l'autostrada, le montagne, il filo d'erba, il cielo che ebbe una velatura costante azzurro-chiaro, fino alle prime case di Novoli quando tornammo e sotto la tettoia dei Mercati i camion avevano i fari accesi.

C'eravamo dati appuntamento in Piazza Dalmazia, davanti al cinema Flora, nel bar accanto prendemmo un caffè « per digerire quello di casa ». Elegante e sportiva, ella indossava un vestito intero di lana leggera, verde pallido, a metà sbracciato, che le modellava il seno e i fianchi, al collo un foulard viola. Nello slancio del suo corpo, nel suo atteggiamento, in tutta la sua figura, era l'emblema della gioventù e della salute.

« Vedi come la tiene lustra Millo la sua fuoriserie? »

« Ti proponi una grande volata? »

« Al massimo dei giri » dissi.

« Bene, mi piace. »

Incominciò sotto questa bandiera la giornata. Risalendo Ponte di Mezzo e il casale del Vecchio con la Vocina, superstite e incredibile tra le nuove costruzioni, uscimmo sulla via del mare per costeggiare lo squallido aeroporto che confina a nord con le nostre strade.

« Hai mai volato? » mi domandò. « Io sì, sopra Milano, ma in elicottero. Mio fratello ebbe dei biglietti gratis al giornale. »

« Cosa si prova? »

« Nulla di straordinario. A guardar giù: sai un plastico? Uguale. Viene voglia, questo sì, di salire più in alto. »

« I jet raggiungono i diecimila. Laika è arrivata in cielo » dissi. « Ma non c'è cielo, c'è lo spazio, l'Aldilà non esiste, ormai è assodato. »

« Tu e Laika avete l'anima di un cane. » Mi appoggiò la guancia sopra la spalle. « Volando, staccati da terra come siamo, vien voglia di non scendere più. Si grida per scherzo: addio addio! e si desidera sia vero. »

« Ciao Lori, in questo caso. »

« Uhm uhm » sorrise.

Mi accese e si accese una sigaretta; viaggiavamo in piena autostrada, su un tratto dove squadre di operai, benché festa, lavoravano per raddoppiare le corsie.

« Io vorrei avere gratis » dissi « uno di quei biglietti validi per il giro del mondo. Nuova York-Siberia via Polo. Staccarsi da Honolulu e planare sull'Australia. »

« Haiti, Bermude. »

« Caraibi, Patagonia. »

« Il carnevale di Rio. »

« La Piazza Rossa, Pechino. »

Era un gioco, si evocavano seriosamente, quasi gridando, luoghi dove insieme avremmo portato il nostro amore.

« Anche qualcosa di più vicino » ella disse. « L'Elba, Agrigento, il Sestriere. »

« Sei tu che manchi di fantasia. »

« No, mi piacciono i nomi. Agrigento ce l'ho in testa da un secolo, chissà come mi ci s'è ficcato. Eppoi, la Sicilia dev'essere interessante, con la mafia e gli aranceti. Vorrei capire, se è vero, perché le donne hanno il culto del lutto e gli uomini portano sempre il berrettino. »

« Ci possiamo andare quest'estate. E fino da domani ti posso dire tutto, leggerò la voce Agrigento sull'enciclopedia. »

« Bella prodezza, cosa saprei? Quanti palazzi ci sono, chi c'è nato, quanti abitanti e quante chiese. »

« Parliamo come due deficienti. »

« Càpita spesso, al principio d'un viaggio, in macchina come in treno. » E rise, piegandosi verso di me, io inclinai il viso, rapidamente ci baciammo. « Sta' attento, non ti distrarre. »

Da alcuni chilometri una millecento targata Roma mi dava ombra, la sorpassai pigiando il clacson come se a bordo ci fosse un ferito, colui che guidava mi fece un gesto di maledizione, gli risposi mettendo fuori il braccio a mezz'asta. Così iniziò la rincorsa. Schiacciando tutto, il vecchio Topolino toccava i settanta e siccome si procedeva su una sola corsia, ogni tanto fingevo di sbandare per cui il romano non riusciva a superarmi. Lei, la faccia al vento, mi incitava. Ma sulla dirittura di Pistoia, dovetti rallentare: nonostante l'aria di primavera, il radiatore già fumava. ("Mi raccomando l'acqua" Millo mi aveva detto. "E soprattutto bada alla frizione, a volte mi fa confondere, è un po' consumata.") Come su una vettura da museo, due tre dieci macchine ci dettero la polvere. Io battevo la mano sul volante e lei si aggiustava il nodo del fazzoletto che le fasciava la testa.

« Sconfitti » dissi.

« Ma con onore. »

Accendemmo un'altra sigaretta, e per chilometri e chilometri cantammo *Learning the Blues* che era diventata la nostra canzone. Quando si intravide il casello di Pisa, decidemmo di lasciare l'autostrada e visitare la città che io appena rammentavo e dove lei non era mai stata.

Contano le sue parole, il trascolorare dei suoi occhi dall'allegria alla meditazione a un lampo di furbizia a una curiosità a una sorpresa, non il paesaggio e le cose. Fermi sul ponte ella mi indica verso Bocca d'Arno e mi dice: « È laggiù dietro che il fiume si butta in mare? Preferisco immaginarmelo, andiamo ». Risaliamo in macchina per ridiscendere davanti alla Piazza. C'è questo sole d'aprile sotto la cui luce le architetture appaiono magicamente scontornate, poche persone vi si aggirano, collocate apposta sembra per dare la misura della piccolezza del corpo umano. È ilarità e fastidio. La torre ci fa ridere così bilicata, e tra essa e il Duomo e il Battistero, come pronti a salpare col proprio intrico di ripiani e ricami, ci sentiamo anche noi piccini, si corre sul prato spinti da una sguaiataggine fanciullesca per cui scopriamo d'aver sete e desiderio di qualcosa di fresco, come d'estate. Ora seduti al caffè di fronte, ci diciamo che lo scenario è meraviglioso ma stucchevole: ci si sente, a vedercisi là in mezzo, imbalsamati. Torna l'idea del nostro viaggio attorno al mondo, popolato dalle metropoli, adesso New York richiama Milano.

« Secondo te » ella mi chiede « è più bella questa torre come il campanile di Giotto, o un grattacielo? »

« Non c'è paragone. » Questa è roba, rifletto, che si lascia solo guardare. Forse a chi è istruito gli dà una vera emozione, il segno di un'epoca, li chiamano stili. Come il nostro campanile, le chiese, i palazzi di Firenze, infatti, dei quali siamo fieri. Si ammirano, e poi? È un fatto di cultura, io credo, e almeno per ora, non ci posso arrivare. M'interesserebbe semmai sapere quanta gente ci lavorò, quanto buscava e quanta ne morì nel corso dei lavori. Oggi a cosa serve? Per salirvi in cima e godere il panorama, non ha altra funzione. Mentre in un grattacielo! Lì c'è formicolio di persone tutte con degli incarichi precisi. Sono costruzioni fatte perché gli uomini d'oggi le animino coi loro traffici e le loro beghe, la luce entra da tutte le parti, ci sono i mobili moderni, i cervelli elettronici, gli indici di produzione. « Di dentro e di fuori, insomma, sono vivi. »

« Anche partendo da strade opposte, arriviamo alle medesime conclusioni » ella disse. « È per questo che ci amiamo? » Mi guardò col suo modo vezzoso di piegare il capo, la ruga incisa all'attaccatura del naso. C'era un'intensità nel suo sguardo che pretendeva baci, come si fa « buh », per distrarlo, a un bambino che s'è incantato. « A me » disse « queste antichità mettono sgomento. Bisogna essere istruiti? Tuttavia penso si tratti del fatto che per loro il tempo non è passato, sono rimaste immobili e perfette com'erano state immaginate. È terribile. Noi ci consumiamo giorno per giorno, invece. Siamo fragili, i sentimenti ci scuotono come fa il vento coi grattacieli. »

« Perciò l'Empire State Building o il tuo Pirelli a Milano ci rassomigliano. Noi li dovremmo abitare siccome, ora capisco, il segno di un'epoca, rammenteranno il nostro tempo quando noi saremo spariti. »

« È una considerazione da vecchio. Lo stesso, è terribile » ripeté « pensare che un giorno sarà finita. »

« Tutta qui la tua inventiva? »

« Quando ti serve mi prendi in parola! Ma non ti agguanta, certi momenti, il senso del vuoto? Ogni giro d'orologio è un minuto che non potrai più avere. Consumandoli tutti insieme » poi disse « cosa succederebbe? »

« Si morirebbe avanti tempo. »

« O si vivrebbe da giovani tutta la vita. Non so cosa desiderare di più. Io della morte ho una grande paura. Eppure mi sembra di non sentirmi mai abbastanza viva. »

L'attirai sul mio petto. Capivo che c'era un'enorme tristezza al fondo della sua allegria, che il suo equilibrio era quello di un uccello·libero nell'aria e sarebbe bastato l'ostacolo più lieve per interrompere il suo volo. Questo, se possibile, me la rese più cara, affidata alle mie braccia.

Di lì a poco, nonostante il mio disinteresse e i suoi timori, visitammo il Battistero e il Duomo, salimmo sopra la Torre, rincorrendoci su per le scale a chiocciola, e in cima tenendoci alla balaustrata per via del vento, indicandoci la striscia di mare, scrivendo su un pilastro i nostri nomi e la data. Altissima sopra le nostre teste, una squadriglia di aeroplani faceva delle evoluzioni lasciando scie di fumo che si sfaldavano come nubi.

« Con uno di quelli » lei disse « Honolulu sarebbe a portata di mano. »

« No, non hanno sufficiente autonomia. »

« Dio, i tuoi piedi sulla terra, Bruno! » Mi abbracciò. « Se un giorno smetterò di amarti, lo so fino da ora perché. »

Il vento le scompigliava la frangia sulla fronte e il lembo del fazzoletto sotto la gola. « Mi darai spiegazioni » le dissi, mentre discendevamo, scherzando, e lei mi precedeva. Quando raggiungemmo nuovamente la macchina, me n'ero dimenticato.

Lei disse: « Fai guidare a me? Non ho la patente ma sono capace ».

Era addirittura brava, sotto la sua mano il Topolino si mosse senza gli strappi e i sussulti che per impazienza io gli davo. Aveva imparato, disse, un po' sulla Seicento di suo fratello, un po' sulla "giardinetta" d'un amico, lassù a Milano.

« Un ragazzo simpatico, un siciliano, ma un siciliano biondo, sono splendidi, lui era uno di questi. Per altri versi era un Rocco qualsiasi, aveva avuto della fortuna. »

« Perciò Agrigento » non potei trattenermi dal dire.

« Oh già, ma lui era messinese. »

Si voltò, e stupidamente io distolsi lo sguardo. Come traducendo il mio confuso pensiero, ella disse: « Ci sono dei punti oscuri nella mia vita, che tu ignori ». E sorrise, ma in modo che a me parve d'intravedere della verità sotto la sua ironia. Costeggiavamo la macchia di Migliarino, con la pineta ai due lati dentro la quale si affogava il sole, dai finestrini aperti entrava un'aria eccessivamente ventilata. « Vuoi chiudere? » ella disse. E riportandosi al discorso di prima, con la decisa intenzione di provocarmi ora. « Ti dispiace? »

Ero il ragazzo che ero, ombroso, ma già educato al variare del suo umore, quell'altalena del suo spirito su cui fondava, per la sua eccezionalità, e perché inimitabile e preziosa, gran parte del mio amore. « Certo, quando mi parlasti di aver fatto, tra Motta e la Fiera, una vita di clausura, non ti presi alla lettera. »

« Domanda, allora, stupido, se vuoi sapere » scattò. « Scusami » subito aggiunse. Fermò la macchina. « Guida tu, vedo un curvone là in fondo e non saprei come pigliarlo. »

Ci demmo il cambio scendendo e girando attorno alla macchina, io di dietro, lei dalla parte del motore. Seduti accanto, ma staccati, riprendemmo il cammino, in silenzio superammo la gran curva, là dove si profilava un passaggio a livello e finiva la pineta. Al bivio di Torre del Lago c'era un ingorgo di macchine, dovemmo sostare. Lei aveva acceso una sigaretta, stava con le mani sopra la borsetta poggiata sulle ginocchia; guardandola con la coda dell'occhio vedevo il suo volto immobile, di profilo, la pelle levigata e come tesa dalle tempie all'angolo della bocca, il mento esile e tondo in atteggiamento di sfida. Cavai a mia volta una sigaretta dal pacchetto, lei mi porse la sua perché accendessi. Procedevamo lentamente e in colonna. Finalmente ella disse: « Continui ad essere offeso? ».

« Aspettavo tu parlassi. »

Sorridemmo insieme.

« Dài » ella disse « supera a destra, arriviamo in testa in un baleno. »

Voltammo le spalle a Viareggio proseguendo sull'Aurelia. Ora andavo incontro ad un ricordo, ne subivo un peso fisico e godevo al pensiero di maciullarlo metro per metro sotto le ruote, più che le frecce ai bordi della strada mi guidava una lontanissima memoria. Da un passaggio a livello a un incrocio: Lido di Camaiore, Marina di Pietrasanta, Fiumetto, come se la macchina fosse la stessa di allora, e la mia figura di ragazzo si muovesse, curiosa e irrequieta dietro di me, io ero Millo e lei Ivana. Una suggestione che durò quanto il nuovo silenzio creatosi tra di noi; il sole, riemerso sopra la pineta, ci colpiva di fianco, creava arabeschi sull'asfalto della strada. « A questo punto dovrebbe esserci un cartello » dissi « e verso Forte de' Marmi, una trattoria. Poco più d'una capanna, ci mangiavano gli sminatori. »

C'era invece, addentrandosi nella via secondaria, un seguito di ville e villini e una grande immobilità, come di un paese addormentato, dove fosse ancora notte, e la luce, noi stessi sopra il nostro macinino, degli intrusi.

« Stai provando una delusione » ella disse « non è vero? »

« M'accorgo cosa significa covare per degli anni certe emozioni. »

Era così; sperimentavo, forse perché lei mi aveva suggestionato, quel senso di spavento che vuota il cervello, chiude lo stomaco, è nausea e fame insieme, fiele in bocca e una dolcissima prostrazione per cui si vorrebbe lasciarsi andare, con l'impressione dissolvitrice d'aver sbagliato ogni cosa, di non possedere più alcuna capacità di recupero, né argomenti né ragioni, si è arresi e smarriti. È il buio dello spirito, l'inferno nero. Occorre richiamarsi a delle immagini presenti, come a degli ancoraggi, per tirarsi su, ritrovare la certezza di esistere; e insieme alle energie, la volontà e la gioia di sentirsi vivi. Spensi il motore accostando davanti a un terreno pieno di sterpi e bruciacchiato.

« Forse era qui » dissi. « Ora è un po' la radura degli elefanti. Qualcuno ci accende i falò. »

Avrei pianto, tanto improvvisa ma infrenabile era la malinconia che mi aveva preso, un sentimento per me nuovo, detestabile, vigliacco, dal quale difficilmente sarei uscito fuori se lei non mi avesse offerto il suo viso disteso in ogni lineamento, solamente giovane, con negli occhi una lucentezza amorosa. Baciandola distrussi per sempre questa superstite e assurda nostalgia.

« Lo so » ella disse « sono le nostre crisi. »

« Ma io, venendo qui con Millo e con mia madre, ero contento. Eppoi, ero un ragazzo, cosa potevo capire? Ne ho un ricordo molto vago. »

Tuttavia, per un lungo momento, avevo avuto la sensazione di visitare delle tombe. Come se tornando a casa non li dovessi più trovare: né Ivana che mi preparava la cena, né Millo in attesa sulla soglia della latteria di via Vittorio, preoccupato, qualora avessimo tardato, per noi e per la frizione.

« Pensiamo troppo agli altri » conclusi. « Ci si pensa anche senza volere. Ora è passato. »

Avevamo raggiunto il mare, e parcheggiata la macchina nello spazio prospiciente il basso edificio di un Bagno dove sicuramente d'estate c'erano juke-box e incannucciate, una popolazione di corpi ignudi, sdraie e ombrelloni, il caldo, l'arsura, impossibili da immaginare. Il litorale era deserto con le casette degli altri bagni come casermatte disarmate, dai nomi qualunque: Sud Est, Onda, Flavio, Santa Maria, sbiaditi dal salmastro; e in fondo, come dei soldatini, alcune persone passeggiavano lungo la battigia. Sedevamo sulla sabbia, fredda più che umida, tutta avvallata, sporca di alghe e di rifiuti; il mare, agitato com'era, ci correva addosso per estinguersi a qualche passo da noi, fosforescente là dove il sole galoppava sui cavalloni dando un riflesso nebbioso all'orizzonte, una caligine che annullava ogni splendore. Era un luogo qualunque, né avvincente né magico, bensì estraneo ai nostri pensieri. Il vento, portato anch'esso dalle onde mentre parlavamo, ci costringeva a riprendere fiato. Ella disse:

« Non è mai passato nulla, Bruno, finché ci pensiamo. »

D'improvviso si alzò, si tolse le scarpe e reggendole in una mano, nell'altra la borsetta, incespicando, presa nel vento, si mise a correre. La raggiunsi, e nella foga la urtai, cademmo distesi sulla sabbia, lottando, strappandoceli l'un l'altro quei baci.

« Se pensi all'avvenire » poi mi chiese « cosa vedi? »

« Un reparto della Gali, la Genevoise. »

« Tu in camice bianco che d'estate sentirai un gran refrigerio per via dell'aria condizionata. »

« Oh già » le feci il verso « ti par poco? »

Piano piano, risalendo la spiaggia, eravamo arrivati alla foce del Cinquale, più largo del Terzolle e del Mugnone messi insieme, il respiro del mare sembrava accelerarne il corso: tra il verde terroso delle sponde e sui due lati s'inquadravano le Apuane cariche d'un azzurro diverso da quello del cielo, qua e là lacerate dalle cave, e una vegetazione già primaverile sugli alberi e sulle prode. Seguimmo l'argine dalla parte montana, pensando di ritrovare, attraverso una strada interna, il lungomare.

« E la lotta contro la società borghese che ti dà così noia? » « Sarò nella trincea giusta per combatterla » le risposi serio. « E con te accanto. »

« Non ti verrò anch'io a noia? O tu a me, come direbbe Millo, magari. »

« No, finché ci amiamo. Ma chi parla da vecchio, ora? » « Io, lo riconosco. Pensavo alla sera che poi arrivò Benito. »

Di nuovo, come cotesta sera, qualcosa mi distrasse, oppure io mi volli distrarre, questa è la verità. A una piegatura dell'argine era apparsa, tirata da sponda a sponda ed emergente dalle acque, una grossa rete di pescatore. La manovravano, girando un argano rudimentale, un ragazzo in blue-jeans e maglione, e un vecchio infagottato in una cacciatora d'altri tempi, sulla testa un berretto che gli copriva gli orecchi. Fissata la "bilancia", era il momento di raccogliere dopo l'attesa, il ragazzo si buttò sul dorso un telo incerato, salì sopra un barchino e contro corrente raggiunse la rete al cui fondo guizzavano i pesci, poco più di una manciata; si infilò curvo sotto la rete che gli scrosciava addosso l'acqua di cui era intrisa, ne sciolse il fondo legato da uno spago, i pesci rotolarono dentro il barchino: li mise in un secchio, strinse di nuovo il cappio della rete e tornò a riva. « C'è un paio di mùggini » disse « qualche anguillina. » Il vecchio ascoltò forse ma non rispose, come per un antico mistero il cui esito non lo riguardava: liberò l'argano, la rete ricadde a piombo dentro il fiume, egli sedé accanto all'argano, le mani in mano. Pochi metri in alto, noi stavamo affacciati alla spalletta del ponticino: ciò che a me aveva interessato, Lori parve non vederlo nemmeno. Ma una sua frase, a continuazione di un ragionamento che durante tutto questo tempo doveva averla occupata, mi colpì per la sua assolutezza.

« Hai ragione, ho mancato, non te ne devo più parlare. » Con sforzo mi riportai a qualche minuto prima: lei aveva nominato Benito, perciò mi ero distratto. « Del resto » dissi « posso giudicarlo io, tu non l'hai conosciuto. »

Il ragazzo si era voltato e ci guardava dal basso.

« Dove siamo? » gli chiesi.

« Alle Cateratte del Cinquale. »

« Per tornare al Forte? »

« Varcate il ponte, poi girate come gira la strada. »

« E andando per l'argine? »

« Anche, ma allungate. » Aveva attraccato il barchino, si era tolto l'incerato. « Però credo vi conviene » aggiunse, mentre deponeva il secchio sul bordo d'una insenatura.

Lo ringraziammo; lei, mi aveva preso a braccetto, risalimmo il fiume fino all'altezza di un canneto più lussureggiante e intricato di quello sotto casa, e che a un certo punto c'impedì di proseguire. Scendemmo su dei prati che mantenevano ancora la guazza, spartiti da file di siepi e dimenticati dal sole: li traversava un sentiero lungo il quale dovemmo procedere uno dietro l'altro per non bagnarci i piedi. Finché arrivammo a un boschetto di lecci giganti, di quercioli e di pini, come una piccola foresta in mezzo a questa distesa delimitata dalla strozzatura del fiume e chiusa sull'opposto versante da un canale: solo al margine del bosco s'intravedeva un villino modesto, dalla tettoia di saggina che simulava un patio e dalle finestre sprangate. Mi tolsi l'impermeabile, lo stesi, ci sedemmo sotto il leccio più grande, isolati in quel silenzio, sotto i rami. Senza pronunciare parola, mi piegai su di lei, lei annuì carezzandomi il collo, la sua mano risalì dalla mia guancia alla fronte alla nuca.

Poi le ore corsero come ruzzola dentro il flipper la pallina, con andate e ritorni, gaia, piena di suoni: anche la gomma che trovammo a terra tornando alla macchina, e la frizione che si staccò e per dargli un'aggiustata dovemmo fare i pellegrini, da un garagista a un meccanico, in quei paesi domenicali addormentati dallo scirocco, furono contrarietà subito trasformatesi in divertenti avventure. Mangiammo in un'osteria sullo stradale che dal Lido porta a Camaiore e di grande appetito, bissando il vino – e il cognac nel caffè, whisky allo chalet di Altopascio, una sigaretta dopo l'altra, parlando delle più colossali sciocchezze e di argomenti appassionanti, trame di film, scelte di attori. « Andavo pazzo per Eva Marie Saint, ora l'ho dimenticata. » « Paul Newman è il mio ideale d'uomo, règolati se mi vuoi piacere. » Le storielle, i giochi di parole, il meneghino rispetto al nostro vernacolo di San Frediano, i libri che avremmo letto e di cui si parlava sui giornali: era comunista Pavese, aveva scritto un capolavoro Lampedusa? Come se l'esserci amati sotto gli alberi, al margine di un prato, tra il fiume e il canale, col rombo del mare che giungeva attutito, ci avesse entrambi, una volta di più, sveleniti d'ogni pensiero contorto, resi integri e naturali, padroni della realtà che vivevamo. Così "gli altri", quando tornarono nella nostra conversazione, vi apparvero sotto la luce benevola che il nostro stato di grazia proiettava su di loro.

« La signora matrigna » ella disse « s'è addolcita. Forse è stato per consiglio del suo confessore! Lo scaffalino del bagno ora è tutto mio, il grammofono gira, puoi azzardarti anche a telefonarmi se credi: sabato, riscuotendo il salario, le ho regalato un fazzoletto ricamato per coprirsi il capo durante le sue messe quotidiane. Stamani però, lei come mio padre, li ho lasciati col muso. Era in programma un pranzo da Ditta, a famiglie riunite... Come tua madre, mia sorella muore dal desiderio di sapere! È forse la prima volta che le nascondo qualcosa: ancora qualche mese fa, da Milano, le scrivevo tutte le settimane, una specie di diario. Ma più mi domanda: chi è, è bello, è ricco, è povero, è uno studente, è un impiegato?, sono questi adesso i suoi interessi, è questo il suo universo: più io provo uno strano gusto a lasciarla in sospeso. Le rispondo: Bello, insomma... Ricco, no proprio, però... » Un'ombra apparve e sparì, ma solo nel tono della sua voce, nel commento da cui la fece seguire: « Si vede che ho finito di emanciparmi. Oggi poi mi avrebbero voluta incastrare. » C'era in licenza Franco, il fratello di suo cognato, perciò questo pranzo. « Te l'immagini, festeggiare il soldatino! »

Eravamo fermi, per l'ultima tappa, a uno dei due tavoli dello chalet dirimpetto al casello di Altopascio, tra la rampa e il distributore di benzina. Mi alzai per ascoltare la radio che trasmetteva i risultati di calcio; tornai da lei che seguiva il via vai delle macchine sull'autostrada.

« Una volta tanto » ella disse « non abbiamo parlato del lavoro, né io dei miei cenci, né tu del tuo Foresto e del tuo Parrini. Mi chiedo se non ti senti defraudato. »

« Scordarsene, almeno la domenica, è un sollievo. »

« Io sai cosa sogno? Non te l'ho mai detto, te lo confesso

ora. Tu la Genevoise, va bene, io di poterli disegnare io i figurini, se non per il Comunale per qualche altro teatro. Il lapis lo so tenere in mano: penso, vuoi un esempio? a una Violetta che porti a spasso la sua stupida storia con gli abiti un po' sciatti ma di gusto d'un'entraineuse. E un Alfredo che arrivi vestito da tennis mentre lei sta per spirare. »

« Conosco soltanto il finale della Bohème. Lo trasmettevano alla tèle avanti di un famoso Real-Barcellona registrato. »

« In partenza come in arrivo, è l'ora delle sciocchezze, scusa. »

« Domenica dove si va? » le chiesi. « Ora che stanno per aprire l'Autostrada del Sole, Bologna è a un passo. Poi Lucca, Arezzo, Siena, ce n'è di mondo da vedere. »

« Avanti di Honolulu. » Mi soffiò il fumo della sigaretta sul viso.

« Siamo nella buona stagione, se Millo ci rifiuta la macchina, basterà la moto. E quest'estate, d'accordo per la Sicilia? »

« Deciso. »

« Prendi ancora qualcosa? Vuoi che andiamo? »

Fondesse ogni bene, scoppiasse pure il radiatore, Millo si sarebbe arrangiato, ormai a Piazza Dalmazia ci arrivavamo, spinsi al massimo del rendimento quel carcassone, col vento che mi faceva sbandare e Lori stretta al mio braccio diceva: « Ho un po' di freddo, ti do fastidio? ». Ma arrivati alle prime case di Novoli, guardandosi nello specchietto, togliendosi il foulard dalla testa, scompigliando i capelli per aggiustarli: « Accompagnami da mia sorella, una capatina ce la debbo fare. Oltretutto mio padre e sua moglie mi aspettano per rientrare insieme ».

« Sulla macchina di tuo cognato. »

« Sai che allegria » ella disse.

La lasciai sul marciapiede del lungarno mentre si accendevano le luci.

« Dormirai stanotte? »

« Uhm uhm, ciao. »

« Ciao amore. »

Fu un'immagine sciabolata dai fari che entrava col suo passo armonioso, la sua eleganza e la sua sete di vita, nel buio di un portone. La rividi due giorni dopo, e una volta ancora, l'ultima, da allora ella è presente soltanto nei miei colloqui con Ivana.

Capitano certe notti che magari domani è festa, si può poltrire un'ora di più e non solamente noi ma ogni cosa che ci circonda, ogni oggetto, le mura e i mobili, l'arpione infisso a metà del soffitto, il registratore sulla sedia, la stampa del colcoz cinese, ogni indumento e parato, per il solo fatto di esistere, ancorché inanimato ha una memoria, dentro la quale, o la tarma o il tarlo lavora: lei riesce a prendermi nel suo gioco, io l'assecondo, cerco di stringere l'ultima vite di questo ingranaggio che ormai tiene e mi offre, di me e delle persone che hanno accompagnato la mia infanzia e adolescenza, un'immagine desolante ma veritiera.

« Ecco, siamo sereni, Ivana Ivanovna, perché invece di compiangerti, non ti decidi per la verità? Tra poco avrò vent'anni, sono un uomo. »

Lei scuote il capo, aspira la sigaretta, come in una sera come questa che insieme sedevamo al nostro eterno tavolo di cucina, dopocena, era mezzanotte passata e il vento fischiava sul canneto scancellando dall'aria il segnale dei treni. Mi rispose in una maniera infantile che ne sottolineò la terribilità, ma non mi ferì, non mi offese, considerai l'amorevolezza che l'ispirava.

« Un uomo » disse. « Sei diventato un uomo a furia di patire. »

Sicuramente avrebbe aggiunto, come da dieci mesi a questa parte ogni sera: "Perché non riesci a dimenticarla, quella figliola?". La prevenni, restando nell'argomento, così come io l'avevo impostato.

« I tuoi rapporti con la signora Cappugi per esempio. Ora sono disposto a dirtelo dove andavamo: alla Fortezza, e io, con ancora i denti di zucchero, ero il suo compare. Nostri clienti, i negri e le signorine. »

Non si stupì, non insorse. « Alla vasca, dunque, non al lunapark. »

« C'era anche il lunapark, ma noi lo ignoravamo, il nostro padiglione erano le panchine. Fu la signora Cappugi, con le sue carte, a metterti in testa il ritorno di Moreno? »

Tutto si svolse quietamente, la lunga tensione trovò il suo esito naturale, come nei giorni di primavera piove a rovesci creando una velatura compatta contro il sole che nondimeno riscalda e riluce: ci si scopre zuppi senza saper come; i brividi vengono dopo, allorché si entra nella zona d'ombra e si torna ad avvertire il peso degli abiti e la gravità dei pensieri. Il mio lungo assedio si coronò della sua capitolazione. Ella annuì, accomodandosi la vestaglia sulle ginocchia e sul petto.

« Era una svanita, l'arteriosclerosi l'aveva sugata dal capo ai piedi. »

« E una sera per poco non l'ammazzavi, e non colpivi me, tirandole dietro lo scaldino. »

« Mi aveva convinta ad abortire, capisci, e quando fui pronta, se n'era dimenticata. Si rifiutava di aiutarmi dopo avermici persuasa... Dio mio! » Si portò la mano alla bocca in un gesto disperato. « È una notte stregata, Bruno, cosa mi fai dire? »

M'avvicinai, seggiola contro seggiola, mantenendo di proposito un tono distaccato che attenuasse il peso della sua rivelazione. « Lo rimpiangi? » le chiesi.

« Non lo so, certo avrebbe cambiato ogni cosa. Sareste venuti su insieme. Ma io non feci nulla, te lo giuro. Quando la signora Cappugi si rifiutò, io da sola, inesperta com'ero, non avrei saputo... Lo persi forse per la grande paura, e perché l'uomo da cui l'avevo avuto, Silvano... »

« Quello che conoscemmo insieme una domenica sulle automobiline? »

« Te ne rammenti davvero? » Sospirò guardandosi le mani, come una bestiola ferita ma contenta. « Perché te ne parlo, cosa mi succede? »

« Aiuti te stessa a ridiventare una persona normale, *missus* Santini. Sono anni che ti nutrisci tutta sola di cotesto veleno. »

« Ero giovane, ero scapata. »

« Non ti compiangere. »

« Dopo non mi vorrai più bene. »

« Te ne vorrò di più. »

« Sei solamente curioso. Per un figlio, la madre... »

« Lasciale predicare a Don Bonifazi queste cose. »

« Silvano era alle ferrovie » ella disse « era macchinista, ed era già sposato. Lo seppi dopo, quando mi ritrovai in quello stato. »

« Con Luciani invece? »

« Te l'ha raccontato Millo! »

« Non esplicitamente. Mi è bastato ripensare a certe perlustrazioni che Millo ed io facevamo attorno al Caffè Genio per guardarti seduta dietro la cassa, a tua insaputa. »

« Milloschi è un sant'uomo » ella scattò. « Capace di perdonare Pilato, ma senza mai dimenticare nulla, neanche una briciola di pane. » Fu il solo momento in cui ebbe una reazione più accesa. « Perciò è insopportabile. I nostri rapporti sono sempre stati netti, non c'è corso mai nulla, solamente un bacio, la sola volta che glielo permisi, sulla spiaggia, al Cinquale. Povero Lupo » già lo nominava con un diverso tono, « lo feci per convincerlo che dalla stima non può nascere amore. E proprio per questo lui forse mi ama ancora, perché come donna non mi ha mai stimata. O forse ha imparato a stimarmi dopo la scomparsa di Luciani, quando si rese conto che ero cambiata, e da allora ha smesso di amarmi, non lo so. Eppoi, era troppo amico nostro, di Moreno e mio, non sono ipocrita, mi sarebbe parso di profanarla per davvero questa casa! So che quando morì Luciani, mi prese l'esaurimento per cui stetti due mesi tra letto e poltrona, da impazzire... Tu non ti accorgevi di nulla: la mattina Milloschi ti accompagnava a scuola, e il pomeriggio, abbandonato a te stesso, chissà dove andavi, sul Terzolle mi dicevi, a caccia delle rane. »

Era l'epoca in cui, con Dino, eravamo tornati alla Fortezza diventando solidali di Tommy, di Jess, di Bob, ed avversari delle loro signorine, della Napoletana come della Bianchina; lei, « sola tra quattro muri », delirava.

Luciani, non fosse morto, l'avrebbe sposata, è la sua convinzione. « Il nostro destino si lega a dei fili. Quando si strappano corriamo sempre il rischio di andare alla deriva. Con Luciani, davvero sarebbe stata diversa, la mia come la tua vita. Eri un ragazzo, e lui riusciva a farsi voler bene: nonostante l'influenza di Millo, ti saresti affezionato. »

Dapprincipio, nei pomeriggi domenicali a casa di Beatrice (ed io, lasciato solo, intrattenevo i passanti cantando sul marciapiede *Monasterio 'e Santa Chiara*) qualcosa di sordido li aveva accostati. Beatrice, che era stata l'amante di Luciani e da lui liquidata, connivente il marito, ne era poi divenuta la ruffiana: e c'era questa giovane, fresca, vedova, eccitante, continuamente turbata, non le occorse molta fatica per buttarla tra le braccia del proprietario del Caffè Genio. L'avventura si trasformò in una relazione: Ivana sedé alla cassa del Genio, era una dipendente e l'amica del padrone, ruppe ogni rapporto con Beatrice, la quale, non potendoli ricattare, per vendicarsene scrisse a Milio. Ma tutto si arenò sulla roccia del lupo. Come si era comportato di fronte alle senili spiate della signora Cappugi, contenta d'un gelato e della granita-bandiera, così quella lettera, Millo l'aveva bruciata. « Seppure non ci credette, io nel delirio gli confermai ogni cosa. » E sospinta dal recente ricordo dei tarocchi della signora Cappugi, si era persuasa che tutto fosse accaduto « per una legge del Destino! ». Vedeva Moreno come fosse vivo; era vestito da soldato e la esortava: "Aspettami, sto per tornare, ti perdono, abbi cura del bambino". Quanto per delle piccole donne si sarebbe risolto in un colloquio col confessore, acquistò in lei un significato a suo modo morale. « Cambiai pelle » ella dice « perciò te ne posso parlare. » Ed è sincera, si vede, quando afferma che la sua assurda speranza l'aiutò a vivere, metà folle metà sciocca – o forse da allora le sono mancate le occasioni.

Perché domandarle di Arenella e degli altri, che sicuramente contarono di meno? Il viso le si empiva di lacrime liberatrici.

« Negli ultimi tempi » disse « ti ho più volte ripetuto che mi distruggesti, distruggendo la mia fissazione. Ora sono persuasa del contrario. S'impara anche dai figli, è una constatazione. Ti posso guardare negli occhi, siccome so di parlare ad un uomo, ormai, pieno di comprensione. Morto Luciani: sai? m'ero abituata a chiamarlo anch'io Luciani, anche nell'intimità, anche in privato, come lo chiamavano tutti: dopo la sua morte credetti di purificarmi mediante quella mania. Mi trovi sempre pazza se te lo dico? Negli altri, scava scava, cercavo una sistemazione. Mentre Moreno, era sì mio marito, era tuo padre, ma per me significò l'amore. Avevo sedici anni quando lo conobbi, e la tua età quando lo sposai. Lo stesso, era un fantasma che continuavo ad adorare, non una memoria onesta, non la persona più cara. Perciò » e mi strinse il braccio, mi conficcò le unghie sul dorso della mano « perciò io non voglio, non voglio tu patisca la mia stessa esperienza. Dimenticala Bruno, ti prego, quella figliola! Se no, oltretutto, a cosa sarebbe servito essermi spogliata davanti a te di tutti i miei peccati? »

« Furono gioie, mamma » le dissi. « Scommetto godevi perfino nei deliri. »

Ho rispetto adesso delle sue sventure, ma il mio caso è diverso, non lo deve accostare al suo, non mi deve insudiciare. Io non ho amato un fantasma. Ella se lo fingeva, il suo Moreno; io non ho di simili tentazioni. Io lo so che Lori è morta, ho assistito al suo ultimo respiro.

Parte quarta

29

Ero un ragazzo che ignorava il potere distruttivo dell'angoscia, mentre nella saletta del caffè di via del Prato, il lunedì sera, guardavo Telesport sul video situato all'angolo opposto a quello dove sedevo. Nella mano dentro la tasca, stringevo una scatolina.

« È lei Bruno? »

Mi voltai e subito la riconobbi.

« E lei è Giuditta, come mai? »

« Non rappresento la famiglia, si tranquillizzi, sono un'ambasciatrice. Permette mi sieda? »

La rammentavo durante le sue visite in tipografia dove veniva perché le figlie, una per mano una nel carrozzino, salutassero il nonno di ritorno dai giardini. Io ero davanti alla macchina piana ma lei mi ignorava; anche se suo padre le diceva: "Ho trovato un aiutante, cara mia!", lei volgeva appena la testa: "Ah sì? Bravo", come fossi un oggetto sporco d'inchiostro da cui star lontano. Era quella che poi Lori mi aveva illustrato, una borghesuccia con tutti i gesti e le parole conformati alla sua condizione, preoccupata delle correnti d'aria, dell'ora già tarda, del marito prossimo a rientrare... Sembrava suo padre il discolo, a causa di quella debolezza per il gioco e per il vino. Della matrigna non l'avevo mai sentita parlare, o al massimo: "Come va a casa?". "Bene" il padre rispondeva. Finché immancabilmente: "Venite tutti e due da noi, babbino, una di queste domeniche a desinare?", era l'annuncio del commiato. Ora, avendola di fronte, la memoria si ravvivava. Scoprivo ch'era ingrassata, il seno abbondante, le guance piene, c'era qualcosa di eccessivamente carnale nella sua persona, che la giovanilità del volto poneva in maggior risalto. E così come a prima vista, per via della bassa statura, ricordava suo padre, non si poteva non riconoscerla per sorella di Lori: un po' la caricatura, e nello stesso tempo, la più completa negazione, a partire dai suoi occhi, marroni fondi e carichi d'una sgradevole furberia. Come se, dal primo momento, col suo sguardo, ella intendesse stabilire una complicità equivoca, da ruffiana. Le risposi come l'impressione subita mi dettava, e come a Ivana la sera prima.

« S'accomodi, non abbiamo nulla da nascondere, sentiamo. »

Più che sorridere, squittì, roteò gli occhi e li socchiuse, fece un verso con la lingua contro il palato, scosse il capo: « Nz nz nz... Io sono la sorella di Lori, sono un'amica! Lori non può venire, perciò ha mandato me. Ha un febbrone da cavallo, forse ieri ha preso vento, dove siete stati? ».

Tutto si ridimensionava. Lori si era servita di lei per avvisarmi, non le aveva detto neanche dove poteva aver « preso fresco », come lei adesso insisteva, morsa dalla curiosità, e tutta garrula, sussiegosa, accettò un cherry, una sigaretta e di rispondere con precisione alle mie domande.

« Quanta febbre? »

« Sui quaranta, addirittura. »

« E il medico? »

« Non l'abbiamo chiamato, non ce n'è bisogno. Semmai domani, qualora la febbre continui. Ma è un colpo di fresco » ripeté. « Si tratta soprattutto della gola. »

« La gola come? »

« Come? Angina, qualche placca, nulla di grave. Con le sigarette che fuma, ha le tonsille in uno stato! Perché non le impone di moderarsi un pochino? »

La mia ansietà si placava; e lei, seduta, era accettabile, come se tutta la sua attrattiva fosse nel tronco, dal seno prosperoso all'arguzia dello sguardo, alla testa rotonda e i capelli interamente biondi, pettinati alti, che le scoprivano il collo, i lobi degli orecchi cui erano attaccate delle buccole verdi, intonate alla collana pendula fin dentro la scollatura. Il suo incarnato ero roseo, senza il minimo segno di una ruga né attorno agli occhi né sulla fronte. Poteva riuscire simpatica standola ad ascoltare purché mi parlasse di Lori.

« Ha preso del causit, fa gli sciacqui ogni due ore, tra un paio di giorni sarà guarita... Mi levi una curiosità » sembrò raccogliersi nella propria carne, mosse petto e fianchi « come vi siete conosciuti? »

« Lori non gliel'ha detto? »

« Macché. "Al bar del Prato mi aspetta un amico, passaci andando a casa, è sulla tua strada, si chiama Bruno" e i connotati... Per via della gola ha perso un po' la voce » sorrise. « E da qualche tempo, da espansiva che era, è diventata tale una mutriona! »

« Be', ci siamo incontrati... per caso. »

« Dove? »

« Da una parte. »

« Ci tenete a fare i misteriosi. Il guaio è che ho paura facciate per davvero, Lori almeno. »

« Perché un guaio? »

« È sempre un guaio » disse « quando ci si innamora. »

Questa la Giuditta per la quale Lori si era sacrificata? Fu un pensiero improvviso, sorto solamente allora, vedendola dimenarsi sopra la sedia, fasciata nel tajer che le arrotondava i fianchi e aperto sul seno, mentre aggiungeva: « Ci siamo passati tutti ».

« E ora è il nostro turno, lei crede? »

Si fece seria, mesta. « Io non chiederei di meglio per Lori. Ma la vedo così giovane, lei che dovrebbe essere il suo sposo! Quando l'ho avvicinato temevo di sbagliarmi. Scommetto non ha vent'anni. »

La guardai in modo strafottente per non dimostrarmi offeso; il suo viso si ravvivò nel chiedermi scusa. « Sono curiosa, ne convengo. Ma io non so assolutamente nulla. Studente no, non direi » e con un tono che neanche questa volta mi offese, « soprattutto guardando le mani. »

Le spalancai apposta poggiandole sul tavolo. « Sono un po' maculate sulla punta delle dita, ma appena appena. »

« Oh per questo sono due belle mani. Che lavoro fa? »

« Traffico intorno alla fresa, le dice qualcosa? »

« Sì e no, è una macchina? E in che fabbrica? »

« Parrini Incorporation » dissi.

« Ah » ella esclamò. « Un'industria americana! E da che parte? Ma già, dove si trovano tutte le fabbriche, Rifredi. Io non sono pratica delle vostre zone. Mio padre, lo saprà da Lori, c'è venuto ad abitare che io avevo già la mia famiglia. Vi siete conosciuti a qualche fermata di autobus... per caso? »

Nonostante la sua opulenza, la sua bassa statura e la sua pelle intatta, sul collo e sulle gote, era un povero manichino. Né mi aveva ravvisato come il ragazzo di tipografia, né Lori le aveva raccontato nulla di noi. Dovetti dare un segno di fastidio, ella lo interpretò come un congedo. Si alzò e io la imitai; mi arrivava alla spalla, era una donnina fresca e rotonda, con un grosso seno, ridicola dopotutto. Ma era la sola persona attraverso la quale potevo comunicare con Lori: se Lori, pur senza soddisfare la sua curiosità, se n'era fidata, anche io le dovevo della riconoscenza.

« Non vorrei mi giudicasse scortese » le dissi.

Ella aspettò che avessi pagato e che fossimo sulla porta del bar per rispondermi. « E cosa dovrei pensare? Mi accompagna un pezzetto? »

« Ho la moto. »

« Ah no, io dietro la moto, no di sicuro. Del resto, non abito lontano. »

« Sul lungarno, lo so. »

« Vedo che lei, al contrario di me, è bene informato. Sì, i miei suoceri, non io, hanno un portierato, ma in un palazzo signorile, mio marito ha un'azienda in proprio. »

Sull'angolo di via Montebello, mi tese la mano. « Su, svelto, cosa debbo dire a Lori? »

« Che spero di vederla domani l'altro. Che si riguardi. E che intanto » mi lasciai sfuggire « le mando un bacio. »

« Addirittura! » esclamò. Parve divertita. « Non lo vorrà dare a me perché glielo consegni... per caso! »

« Senta » scattai. « Se Lori non le ha spiegato nulla è perché non c'è nulla da spiegare. Io ho diciannove anni, faccio il fresatore, non dagli americani, in un'officina privata, ma presto entrerò alla Gali. E tante cose su voialtri Cammei le ho apprese senza volere fino da quando lavoravo alle dipendenze di suo padre. »

Rise e mi batté affettuosamente la mano sul petto. « Ma ecco, ecco » ripeteva. « Perciò io non finivo di guardarla, mi pareva... »

Di lì a poco, davanti alla cancellata di Garibaldi appiedato, mi chiese ancora: « E vi siete conosciuti in quel periodo? Ma lei, allora, non era un ragazzo? ».

Le raccontai del nostro primo incontro. « Da quella sera » le dissi « sono quattro mesi ormai, non ci siamo più lasciati.

Ma per ora non vogliamo avere a che fare né con parenti né con amici, ci bastiamo, vi cercheremo noi quando ci parrà il momento. »

Ella mi strinse la mano sul braccio, come per dare maggior forza alle parole; mi accorgevo, standole accanto, del suo profumo dolce e della sua voce, era leggermente turbata. « Lori è una creatura molto sensibile, sia paziente se davvero le vuole bene. Lei, Bruno, è addirittura più giovane di un anno, ma sia veramente un uomo con la mia sorellina, ha tanto bisogno d'affetto, mi creda. »

Le medesime frasi che Millo aveva detto su di me a Lori, così le interpretai, le solite banalità di loro vecchi, pensavo. Vecchi di trent'anni come Giuditta, già con le rughe dentro, l'anima di pezza e il cuore sulle labbra, a parole.

Mentre ci salutavamo, ella disse: « Domani a mezzogiorno, telefoni verso quell'ora, le risponderò io. Vedrà che la febbre sarà scesa, è stata una scalmana. Ma dov'è che siete andati? ».

« Da nessuna parte in particolare. »

E come Millo, come Ivana. « Accidenti se è duro, anche lei! Proprio vi assomigliate. »

Rifeci il cammino fino alla moto e nel prendere la chiave del bloccasterzo mi venne in mano la scatolina che avevo dentro la tasca. Nella scatolina c'era l'anello. Una sorpresa che avevo progettato di farle durante la gita al mare, ma quel sabato sera il signor Parrini non si decideva mai a fare le paghe, per cui avevo trovato chiuso l'orefice con il quale era già tutto fissato: il prezzo, l'anticipo e le diverse rate.

Nessun presentimento, nessuna emozione che in seguito mi potesse confermare l'esistenza d'un rapporto, oltre che fisico, intensamente spirituale, e tale da consentirci di continuare il nostro dialogo anche nelle ore che trascorrevamo separati. Come i suoi congiunti che le stavano vicino e avevano unicamente gli occhi per vedere, anch'io, nonostante la comunione degli animi, non trasalii un momento, non ebbi la minima percezione della tragedia che ci stringeva d'assedio. Ero soltanto contrariato per questa banale indisposizione che ci toglieva due sere d'amore; e in un modo generico, tutto superficiale, me ne attribuivo una certa colpa. Anch'io nella dimensione dell'eccesso del fumo, della corrente che ci investiva di traverso a causa del finestrino della macchina che non chiudeva bene; e l'aria improvvisamente cruda, calato il sole, mentre sostavamo nello chalet d'Altopascio, i brividi che l'avevano scossa all'altezza del casello di Prato: "M'è entrato un po' di freddo, ti do fastidio?". Chiuso dentro il cerchio delle idee convenzionali, trovavo perfino giusto che non avessero chiamato il medico: un grosso raffreddore, una scalmana. Oppure l'umido della pineta del Cinquale sulla cui terra, protetti dal velo dell'impermeabile, c'eravamo presi con l'aggressività, la tenerezza, la gioia di sempre, nuova perché era sempre nuovo il desiderio che ci possedeva, e la serenità e la quiete che ne seguivano. Lei aveva detto: "Come se mi girasse la testa, non mi orizzonto più, da che parte è il mare?".

Si infilava una scarpa uscitale dal piede; io mi pettinavo inginocchiato, e abbracciandola con le mani sugli omeri: "Alle nostre spalle, non lo senti il rumore?".

La baciai sulla bocca, ed ella disse: "Quest'estate faremo il bagno a Taormina. Agrigento non mi piace più, non la voglio vedere. Ma a tappe brevi; se ci andiamo in moto, a star dietro mi viene il mal di schiena". Si alzò ridendo: "Ti voglio regalare una carta geografica perché tu studi l'itinerario, altrimenti, te l'immagini proporti di andare alla ventura!".

"Ci sarebbe poco da sbagliare" dissi. "So che una volta imboccata la Cassia e visitata Roma, si prende l'Appia, e dopo Napoli, mah! chissà se dopo Napoli esistono delle strade nazionali. Qui comincia il mistero della Questione Meridionale."

"Mi raccontava Dolores che in una gita fatta con l'Enal, a Napoli s'era imbarcata."

"Questa sarebbe una ventura."

"E strada facendo, dormiremo nei motel?"

"O nelle Case della Gioventù, secondo i quattrini. Negli Ostelli ci divideranno, vedrai."

"Si sa" ella disse "così mi risparmierò di sentirti russare." Corse avanti e io la raggiunsi, risalimmo l'argine a ritroso, c'era ancora il vecchio pescatore davanti alla sua enorme rete, il ragazzo non più, e il fiume era torbo ma lento, oltre le Cateratte prendeva la rincorsa per buttarsi in mare. Ella disse: "Eppure mi piacerebbe vederti dormire. Ti conterei i respiri, ti metterei una mano sul cuore, così sogneresti se non hai mai sognato".

"Ma sì che sogno! Specie da bambino, quando mi addormentavo avanti che rientrasse Ivana, certi incubi, se è questo sognare. Oggi meno, quasi mai. E appena apro gli occhi, ora come allora, non ricordo nulla. Mai nulla da potersi raccontare".

"Forse perché ti senti in pari con te stesso o hai poca immaginazione" ella disse.

Potevo sia pure soltanto intuire da quale segreta ferita le sgorgavano quelle parole, mescolate all'allegria che ci animava? Le accolsi come un giudizio amoroso, nemmeno attribuibile ai suoi sbalzi d'umore.

"M'informerò da Paul Newman" le risposi.

Ora nella mia camera pensavo al giorno prima come ad un episodio che, risoltasi nel giro di poche ore questa parentesi della sua costipazione, si sarebbe ripetuto all'infinito; avanti di addormentarmi il mio cervello era occupato da Foresto, col quale avevo avuto un ennesimo scontro perché secondo lui avevo sbagliato nel dosare la miscela d'olio emulsionabile ed acqua che raffredda e lubrifica la fresa. "Hai la testa alle tue bionde, ieri domenica ti hanno spompato." Gli avevo buttato la barra sopra la piazzatura sbucciandogli un dito, egli minacciò uno scapaccione che io parai miracolosamente trattenendomi dal doppiarlo con un cazzotto al viso: ci andava di mezzo il posto, perlomeno una multa e un rimprovero qualora lui si fosse rivolto al signor Parrini. A denti stretti avevo dovuto mormorare una scusa, e questo mi cuoceva, nel dormiveglia prendeva l'aspetto di una profonda degradazione: ecco di cosa soffrivo mentre lei era divorata dalla febbre nel suo lettino.

L'indomani Foresto, sicuramente per fatti suoi privati era d'umor nero, non toglieva gli occhi dal bulino, un classico esempio d'automatizzazione in questi casi, doveva essere allegro per sfottere e dire sconcezze che facevano ridere tutto il capannone. Passò la mattinata senza che ci scambiassimo parola; mi fece un cenno col mento perché pigliassi il suo posto alla Cincinnati, lo vidi conferire col signor Parrini e togliersi la bluse: zigrinai due pezzi da solo, finché non suonò la sirena. Salii sulla moto e andai al Caffè accanto al cinema Flora dove c'era una cabina. Mi rispose Giuditta come d'accordo, in modo indiretto, fingendo di parlare a sua suocera, mi chiamava mamma: « eh sì, mammina » era buffo e mi irritava. Capii che la febbre era sempre alta, e che il dottore, come lei prevedeva, aveva diagnosticato « una frescata ». Concluse da commediante la sua battuta. « Ma è su di morale, voleva alzarsi per salutarti, gliel'ho proibito. Eppoi ha perso completamente la voce. Stai tranquilla. Io mi raccomando le bambine. Ci va il babbo a prendere Betty all'asilo? Anche mamma Luisa ti saluta. » La matrigna doveva esserle vicina.

« Questo scialo di mamme » dissi « che poi neanche lo sono. »

« Eh be' » la sentii che si tratteneva dal ridere. « Cose che capitano. Io torno alla solita ora d'ieri sera. »

« Al bar del Prato? »

« S'intende, va bene. Aspetta, Lori mi fa un cenno. » Andò e tornò. « Dice di baciare per lei le bambine. »

La sua allegria mi aveva rassicurato sulle condizioni di Lori, tuttavia mi innervosiva il fatto che neanche l'indomani ci saremmo incontrati. Quella sera, comunque, Giuditta mi avrebbe detto qualcosa di più preciso. Così, di sera in sera. « Be', ormai è una brutta influenza, è chiaro... Mah, la febbre non accenna a calare... Una specie d'asiatica, corre, non lo sapeva?... Le si è aggiunto un affanno tale. » Incredibilmente, trascorsero tre giorni, e fu il giovedì sera.

L'aspettavo da più di un'ora, leggendo sull'*Espresso* un articolo di Deutscher sopra Krusciov che m'interessava, di tanto in tanto buttavo un occhio alla tèle dove un fratacchione parlava della Vergine Maria come della sua fidanzata, quando lei arrivò.

« Brutte notizie » disse. Depositò il suo corpo sulla sedia, il busto proteso come se dovesse offrirmi il seno e parlarmi sottovoce. « Proprio non ci voleva. »

« Insomma » reagii.

« Pare sia polmonite » disse. E immediatamente, come fosse la cosa più importante. « Si può finalmente sapere domenica dove siete andati? »

« Che importanza ha? »

« Poteva essere una mia curiosità fino a ieri. Ora interessa al dottore. Lori non parla, e non perché le manca la voce, l'ha un po' giù per via della febbre, in realtà fingeva. È fissa in un mutismo del quale non si capisce il motivo. Certe volte è così strana!» E ripigliando il filo del discorso: «Secondo il dottore potrebbe trattarsi di una polmonite traumatica. Avete avuto un incidente, ha urtato contro qualcosa?».

«Ma no no, niente di tutto questo. Siamo stati al mare in macchina, è contenta? E non è successo nulla.»

«Al mare?» non si risparmiò d'esclamare. «Al mare di questa stagione? Allora è di sicuro una frescata! Ma non mi spiego il suo atteggiamento. S'è lasciata visitare in questi quattro giorni buona buona, ma rispondendo con un sì o con un no alle domande, senza dare soddisfazione. Sembra intronata. Forse per via della febbre» ripeté «le abbiamo dovuto mettere la borsa di ghiaccio sulla testa. E l'affanno continua.»

Volentieri mi sarei alzato lasciandola lei lì sola a continuare la sua lamentazione. Ecco, il primo impulso fu di scappare. Lori seriamente ammalata era una circostanza irragionevole: dovevo stringere il pugno nella mano, aspirare la sigaretta, altrimenti avrei urlato. Mi costava fatica mantenere la calma necessaria per protrarre un colloquio che consideravo esaurito. Né ero in grado di seguirla nel suo rammarico, né Giuditta avrebbe capito il perché della mia agitazione: le sarei apparso, spiegandomi, altrettanto strano.

«Non mi guardi in cotesto modo. In questo momento mi fa più paura lei di Lori.»

Bastò per persuadermi dell'unica cosa che desiderassi fare. «Lori cosa le ha detto di dirmi?» le chiesi.

«Poco e nulla. "Non essere disastrosa" ha mormorato. È la verità del resto. Stasera incomincia gli antibiotici, questione di una settimana. L'organismo è forte, nonostante abbia fatto una pleurite.»

Mi guardò come se le fosse sfuggito un segreto micidiale.

«Lori me l'ha raccontato» dissi.

Ero adesso deciso ad entrare nelle sue grazie, c'ero di già, tutto il suo comportamento finora me lo aveva dimostrato. Ma ora stavo per chiederle qualcosa a cui, per via della matrigna e del loro modo di pensare, dapprincipio si sarebbe ribellata.

«Senta» dissi. «Bisogna che la veda, lei mi deve aiutare.»

Resisté meno di quanto mi aspettavo, forse trovai le parole giuste, forse le dovei sembrare eccezionalmente agitato.

Non essendo possibile subito, domani.

« Ma in mattinata presto, quando Luisa va a messa e poi al mercato. Io intanto avverto Lori siccome torno da lei anche stanotte. Se mamma Luisa si avvicina, Lori la fulmina con gli occhi, non sono mai andate troppo d'accordo, e si vede che la febbre le ha ridestato il cattivo umore. »

Avvertii un'incrinatura nella sua voce. L'abito della menzogna le andava a perfezione; ma c'era un risentimento nei confronti di Lori, pareva. Mi si rivelò esplicito allorché aggiunse: « E sì che Luisa è una brava persona. Un poco baciapile, ma chi a questo mondo non ha qualche mania? ».

La ripagai con uno stento sorriso. Le offersi un secondo cherry che lei rifiutò, accettando una seconda sigaretta.

« Fumo perché sono nervosa. Di solito mi contento di tre o quattro nel corso della giornata. »

Onesta, proba, generosa, così si rappresentava. D'altronde, cosa rimproverarle, e con quale diritto? Nella storia tra loro sorelle, lei, con la sua mentalità si sentiva certamente la vittima: se Lori non si fosse fatta prendere da una follia di ragazzina, ella avrebbe sposato quel *lui*, invece di Gigino. E forse quel lui, del quale non avevo voluto che Lori mi dicesse il nome, sposando una donna ordinata come Giuditta, non si sarebbe ucciso uscendo fuori strada. Come se leggessi sulle sue labbra le medesime parole di Ivana: "Presente tuo padre, sarebbe stata tutta diversa la nostra vita" mentre diceva: « Eh sì, fosse vissuta nostra madre... ». Sospirò, si tirò su di spalle, le si accesero gli occhi d'orgoglio e d'ipocrisia: « La saluto, prima di tornare da Lori debbo mettere a nanna le mie bambine. »

Sono come un animale, sento il bisogno d'appartarmi quando sono ferito. Andai al cinema per impedirmi di capitare al bar o alla Casa del Popolo dove avrei incontrato Gioe, probabilmente, felice del suo praticantato alla Gali, o peggio ancora Dino, o Millo che dopo avermi chiesto di Lori c'era da giurare avrebbe avviato il discorso sulla politica, sul Governo che più fascista di così non ci si poteva aspettare. E perché rientrando tardi, avrei trovato Ivana chiusa nella sua camera a covare la propria indignazione. Alle otto, il mattino dopo, invece di entrare in officina, salivo le scale dei Cammei.

Un ingresso col telefono al muro e tre porte scaglionate dirimpetto a una parete bianca dov'erano appese delle stampe, sul fondo la cucina: il corridoio più corto, per il resto come casa mia. C'era odore di caffè e dall'esterno la voce della radio. Fu un'impressione che non ebbi il tempo di analizzare ma che mi colpì. Come fosse casa mia all'incontrario, da noi la parete cieca era a destra, qui a mancina. E in quella ch'era la camera di Ivana, c'era Lori. Avevo trovato Giuditta sul pianerottolo, in vedetta, allarmata. « Venga, c'è ancora il babbo, non si faccia vedere. » Mi sospinse spalancando la porta, mentre mi sussurrava: « Ha passato una nottataccia, ora è più sollevata ».

Entrando si vedeva un armadio, un tavolo per lo specchio e il giradischi, una poltrona, degli elementi di libreria svedese, la finestra era chiusa. Nascosto dalla porta, perché nell'angolo opposto, il divano-letto, basso, affiancato da un tavolino sul quale era accesa una lampada il cui paralume verde spargeva una luce bassa e schermata. Lori era immersa nella penombra e sostenuta dai guanciali. La luce colpiva di riflesso le mani stese sulla coperta celeste, d'un tono appena più scuro del golf di lana che lei indossava.

« Ciao » le dissi, mi sedei sulla sponda del letto e le presi la destra. Il volto, già non era più il suo: esangue e tutto rosso agli zigomi, gli occhi stralunati. Forse era anche più bella, ma inconfondibilmente ammalata, col petto che si sommoveva in un affanno breve e continuo, la mano bruciava d'un calore innaturale. Ora, abituatomi alla luce, vedevo i suoi capelli sapientemente arruffati, i suoi orecchi lo stesso di fuoco e la fronte bianchissima invece, con incisa la ruga dell'inquietudine. Mi fissava come se mi accarezzasse e nello stesso tempo mi volesse lapidare. « Sei contenta? »

« No. » Allora e poi, la sua voce, un po' roca ma ferma, sembrò emergere come da un ostacolo che l'agitarsi del petto la costringeva a superare. « Non dovevi venire. Ma ora sei qui, non ti mando via. È meglio che scrivertelo quello che ti devo dire. » Mi chinai per baciarla, potei appena sfiorarle la guancia siccome si voltò. « Ho una gran febbre, lo sai? »

Sul tavolinetto che fungeva da comodino, c'era un bicchiere con dell'aranciata e dei tubetti di medicinali.

« Oggi la polmonite è come l'appendice » dissi. « Con quelli lì, tra pochi giorni sei libera. »

Increspò le labbra e agitò il capo, appoggiando la nuca sul guanciale. Vederla soffrire, mi metteva addosso irrequietezza non pena: provavo il desiderio, anziché di consolarla come stavo facendo, di dirle: "Alzati", e trascinarla, correre giù per le scale, salire sopra la moto, tuffarsi nel vento dei viali. Le dissi: « Riesci a leggere, senti dei dischi? ».

Mi rispose ancora muovendo il capo. « Penso soltanto » poi disse. Mi sporgevo su di lei per non costringerla a ripetere. « Perdi il lavoro. Figurati i nervi che avrai! »

« Figurati Foresto, vorrai dire. Io le ore che perdo le rimetto stasera. »

« Sei stato dagli amici? »

« No, al cinema, vuoi ti racconti cosa ho visto ieri sera? »

« Eva Marie Saint? »

« Marilina. Avevo bisogno di distrarmi. »

Parve non sentire, si accomodò la coperta e il guanciale. « Vedi come mi trovi? »

« La febbre ti dona » dissi.

Il suo sguardo m'incenerì, era carico d'odio tanto esprimeva amore. « Sono orribile, non mi guardare. » Dei colpi secchi di tosse la scossero tutta, avvampò fino alla radice dei capelli e sulla gola, cercò il bicchiere sul comodino. Volli sostenerla alle spalle, ma un suo gesto me l'impedì. « Smettila, non essere pietoso. » Deglutiva sporgendo il mento, una mano sul petto e l'altra a mantenersi la fronte; era improvvisamente sbiancata, solo gli zigomi restavano rossi, come delle chiazze dipinte. Tentò un respiro profondo. « Io morirò » disse. « E se è stato tutto vero, tu lo dovresti capire. »

« Non fare l'idiota! L'unica cosa che capisco è che ti comporti da cretina. » Avevo alzato la voce e mi ripresi. « Non volevo offenderti, ti ho mai offesa? » Riflettei ch'era ammalata e mi addolcii. « È per via della febbre, ti fa sragionare. »

Mi lasciava parlare senza interrompermi, come per farmi toccare il fondo della mia banalità, tuttavia dettata dal ragionamento questa volta: perché, nonostante la febbre, non se ne persuadeva? Era in sé, era lucida. « Dammi un bacio » le dissi.

« Resta dove sei, non voglio tu mi veda. »

Ora provavo il desiderio di accendere una sigaretta, ma capivo di non doverlo fare. Ci fu un altro silenzio, provenivano dalla cucina le voci di Giuditta e del padre. La sua, sembrò giungermi da altrettanto lontano.

« Ti sei dimenticato della promessa fatta al Petit Bois? »

Mi sforzai di ricordare. « Quella sera che poi si ballò il rock di Celentano? Giusto. Ma perché non dovrei venir più? È una romanticheria. Hai la polmonite dopotutto, e con questi antibiotici... »

« L'hai già detto. »

Le avevo preso la destra e me l'ero portata alla guancia, era un fuoco che mi faceva bene.

« E tu cosa mi dicesti sulla strada del Forte? "Sono le nostre crisi." Tu ne stai passando una. Sei nel pieno della malattia. »

« Non della malattia, del male. » E con la stessa convinzione della sera del Petit Bois, benché con diverse parole. « Quando ci si ammala così, alla mia età, non è perché si ammalano i polmoni, è il male che abbiamo dentro, nell'anima, che esplode. »

« L'anima non esiste » dissi. « Esiste l'intelligenza e la ragione. Servitene, ti prego. »

« Oh già » esclamò. « Tu e Laika, amore! Esiste anche Dio, invece, altrimenti si morirebbe disperati. Mentre io sono calma, ho accettato. Forse sogno. Contrariamente a te, ho sempre sognato. Ma ho sempre sognato il male, mentre ora intravedo la liberazione. »

Tacque, e io pensavo a un delirio; coi piedi sulla terra, mi guardavo intorno per cercare la borsa del ghiaccio.

« La mia camera » ella disse « che te ne pare? La stavo modellando piano piano. C'è Paul Newman, lo sopporti? Quei disegni al muro, sono miei, sono figurini per un Macbeth come lo immagino io... No, non andare a guardarli, sono dei tentativi. »

E dopo una nuova crisi di tosse arida, stizzosa, che doveva lacerarla, e io le avevo porto il bicchiere, lei lo aveva rifiutato. « Sai stanotte cosa mi sono immaginata? Che correvo sull'arenile, tu m'inseguivi ma io ti distanziavo, camminavo sull'acqua, ti salutavo agitando il braccio, entravo nel sole, così sparivo. »

« Ma sono cose di cinque giorni fa! Sai quante volte ci torneremo al Cinquale! »

Ancora senza ascoltarmi, seguiva la sua visione. « Questa è la prova che sei la sola persona che conta. »

« Ne dubitavi? »

« No no no » disse con un'ansietà improvvisa. Mi tese le braccia, ci stringemmo con frenesia. La sua esaltazione mi coinvolgeva; la baciai sulla bocca, sulle guance, sulla fronte, sul collo, finché non ricadde sopra il guanciale. E d'un tratto, aveva chiuso gli occhi, un attimo, e la supponevo stremata:

« Mica ti dissi tutta la verità la sera di Benito. »

« E questo resto che manca, cambia forse qualcosa? »

« Oh no, ma è un peso che mi porta via. Chissà come la piglierai. »

« Te lo ripetei anche in macchina. D'accordo, non avrai fatto una vita da santa, lassù a Milano. Ma nemmeno io sono stato in convento prima di conoscerti. Una sera, rammento, nella tana, ti parlai della povera Elettra e delle mie angosce d'allora. Tu sapesti quietarmi, mi dicesti: "È il tuo cattolicesimo, metà angelo metà vigliacco", non è vero? »

« Elettra, mi raccontasti, si uccise, e non si deve fare. Bisogna pagare fino in fondo. Consumarsi a poco a poco. L'Aldilà che tu deridi, è un luogo festoso. Il lezzo, il tanfo è solo nelle camere mortuarie e nelle botteghe dei fiorai. »

Guardava al di sopra della mia testa, straordinariamente incantata. Per reazione, l'istinto mi dettava di bestemmiare.

« Be' » dissi « come ti parlai di Elettra, avrei potuto parlarti di dieci altre più allegre. »

Ero riuscito a distrarla, mi sorrise: « Il tuo sterminio! ».

« E non ti sembra ridicolo starsi a torturare? »

« Non riuscirò mai a dirtelo » esclamò.

« Ma che cosa? Lori, ragiona. »

« Niente », le palpebre nuovamente abbassate « non dovevi venire » ripeté.

« Ti propongo un armistizio, sta' a sentire. » Avevo trovato finalmente una soluzione. « Quando sarai guarita, torneremo al Giglio Rosso, al Petit Bois, dove vorrai. Una bella sbronza e ci sfogheremo. Essendo ubriachi, saremo sinceri, magari ti prenderò a ceffoni » scherzai « e il giorno dopo ce ne saremo dimenticati. Per sempre, hai capito? »

« Ma io non guarirò più. »

« Ora basta » dissi. « Dimmi piuttosto: quando torna il dottore? »

« Verso mezzogiorno. »

« E ieri sera come ti trovò? »

« Normale, seguo il mio corso... »

« Lo vedi?... Era un film comico. Marilina la solita svampita. Tony Curtis, ch'era il suo partner, era costretto a vestirsi da donna e lei che non lo sapeva gli si spogliava davanti. Metà del secondo tempo si svolge in un treno, Tony è un orchestrale. A un certo punto lei lo scambia per mister Shell, come chi dicesse il signor Supercortemaggiore. »

Riaprì gli occhi. « Torniamo al nostro patto, invece. »

« Invece invece! Verrò a trovarti tutte le mattine, invece! Mi vestirò da infermiera, se necessario. Oppure, ora parlo sul serio, andrò da tuo padre, come ragazzo di tipografia mi stimava. »

« Mai. » Fu imperiosa, mi intimidì. « Il nostro patto era che quando ti avessi detto: non venir più, tu mi avresti ubbidito. »

« Eravamo stanchi di rock quella sera, avevamo bevuto. »

« Lo pensi davvero? »

« No, ma è per difendermi, e perché non posso stare giorni e giorni solo. »

« Puoi telefonare, puoi incontrarti con Ditta. Io mi spengerò piano piano, presto sarò una vecchia, non voglio tu mi veda in questo stato. Sono bastati cinque giorni per ridurmi non immagini come. » E inaspettatamente, fissandomi negli occhi, allucinata, si sciolse il golf, di colpo si mise a nudo il seno. « Guarda, di già tutto caduto? Era questo che baciavi? »

Era splendido, bianco, l'affanno lo animava. Vi tuffai la faccia e mi assalì un desiderio misto di rabbia e di dolore adesso, un rigurgito dei sensi che annullava, ignorandola, ogni altra considerazione, non soccorrendo più le parole. La sua mano mi premeva la nuca... Finché mi svenne tra le braccia, ed io ebbi terrore. La soccorsi con l'angoscia di averla uccisa.

Lentamente si riprese, e ancora una volta, venendo di lontano, la sua voce commentò il suo stato d'animo, l'estasi e l'inferno dentro cui ancora viveva. « Scusami, ho resistito quanto ho potuto. Mi piaceva dirti addio in questa maniera. Ora, sai, la morte non mi fa più paura. »

« Non vuoi proprio cambiare discorso » le dissi, mentre le accarezzavo il viso.

Lei disse: « Ti sei persuaso che non sono più quella della tana? Lo faccio per salvare il nostro amore, cosa credi, dal momento che ti farei troppo soffrire ad essere sincera. Tu resti, e l'unico modo che avrò per aiutarti è che tu mi ricordi bella... Io sarò com'ero fino a domenica, non appena liberata. La malattia uccidendo il corpo uccide il male. L'Aldilà » ripeté « è la perfezione. Perciò non devi più tornare... Ammettiamo che guarirò, vuoi così? Ecco, appena guarita ti chiamerò io, quando sarò ancora splendida come tu dicesti quella sera, e non avevamo bevuto. Ma se verrai meno al patto, sarà finita. Neanche da sana ti potrei più amare. »

« Non ha senso, no. »

La disperazione sul suo viso, ricordo, solo quello. E le sue parole, per cui mi decisi a giurare.

« Allora non è stato vero nulla! Tu come lui, uguali! »

Restammo a fissarci, io senza più un pensiero, ma lieto di averla accontentata e sicuro che avrei mantenuto il giuramento, anche se mi sarebbe costato. Poi, nel corridoio Giuditta salutò suo padre, subito entrò, ci sorprese con le mani nelle mani.

« Il babbo non usciva mai. Gli ho detto che riposavi. Su, Bruno, se ne vada, Luisa sta per tornare. Come l'ha trovata la nostra inferma, benino? Salutatevi, via. Vedremo se è il caso, per domattina. »

« Meglio di no » dissi. « Perché farvi correre il rischio di litigare? Semmai, durante la convalescenza. Nel frattempo, se non le dispiace, al solito bar la sera, e ogni tanto una telefonata. »

« Come mai tutt'a un tratto così savi? » Non aspettò le si rispondesse, ci voltava le spalle mettendo a posto la sedia, riordinando i dischi, facendo spazio sul comodino.

« Ciao Lori » dissi. La baciai sulla fronte, lei non mi restituì né il bacio né la stretta di mano. Aveva chiuso gli occhi come per non vedermi partire. Ma sopra il suo viso v'era diffusa una gran quiete.

La diagnosi quasi impossibile per il medico della Mutua come per quello chiamato di farmacia, unita alle indecisioni dei parenti, accelerarono il decorso del male. Allorché venne a scadere il sesto giorno poi l'ottavo, e ci si orientò verso qualcosa di diverso da una semplice polmonite, tutto era ormai scontato. Un quadro perfettamente lineare se valutato sulla cartella clinica dell'ospedale, lontano neanche un chilometro da casa e dove la portarono quando non c'era più nulla da fare. I sanitari di Careggi, che « presa all'inizio avrebbero forse potuto sperare », si adoperarono per protrarne l'orrenda agonia.

30

Telefonavo, in quei giorni, avanti di entrare in officina e a mezzogiorno senza più finzione poiché anche Luisa e il padre ne erano a conoscenza: Giuditta li aveva informati. « Ho detto un amico, non il fidanzato. » Suo padre, saputo chi ero, si era dimostrato contento, aveva persuaso la moglie e se stesso che Lori ed io c'eravamo conosciuti all'epoca della tipografia e ultimamente reincontrati. "Un ragazzo a posto, stette da me un'estate" mi raccontava Giuditta. Ella veniva la sera al bar di Porta a Prato dove io la precedevo. « Ma perché non volete vedervi, ora che in casa è tutto appianato? » Si perdeva nel lago della sua stupidità, affaticata per via delle nottate ma sempre vivace. « Avete per caso bisticciato giovedì mattina? E vi tenete il broncio in una circostanza come questa? Lo chiedo a lei, Bruno. Lori, con la sua febbre, si capisce sia portata ad esagerare. »

C'era del grottesco nella tragedia: adesso il cameriere che mi aveva sempre visto in compagnia di Lori, mi si rivolgeva con una complicità schifosa. "Ordina subito o aspetta la signora?" Una sera che Giuditta mi aveva posto una mano sul braccio e mi parlava al solito tutta protesa, arrivando col vassoio, aveva osato: "Sono costretto a disturbare". Invece di indignarci, gli sorridemmo scuotendo il capo. Dopodiché ella continuò:

« Giovedì, quando lei venne, restò inquieta tutta la mattinata. Si può sapere cosa c'è stato? »

« Una promessa che ci facemmo per scherzo e ora Lori l'ha voltata sul serio. E io ho giurato. Del resto, dare spettacolo di sé è come esporre una piaga, nemmeno io vorrei. »

« Penso esattamente il contrario. Avere accanto, oltre ai parenti, la persona che si ama, è un conforto. Sia per l'ammalato, che per il sano. » Mi trascinava, nonostante la mia riluttanza, in una conversazione umiliante. « Mio marito, quando ebbi le bambine, tutte e due le volte mi accompagnò fino sulla porta della sala-parto, tenendomi la mano. »

Noi eravamo differenti, le dissi, odiavamo il dolore. Soffrire è un'infelicità e Lori ed io non volevamo mostrarci infelici

« E cosa siete? » ella mi chiese. « Lori che morde il cuscino pronunciando il suo nome, e lei che tormenta me per sapere in che stato si trova. »

Volli spiegarmi con altre parole. « Preferiamo essere soli quando c'è da patire. Come gli animali. » Era la mia condizione e il motivo per cui trovavo giusto l'atteggiamento di Lori. « Ha mai visto un cane restare sotto una macchina? Ne investii uno una volta con la moto: non guaì nemmeno, scappò gocciolando sangue per correre chissà dove a leccarsi le ferite. » E col proposito di scandalizzarla: « Io, uscendo di qui, cosa crede che faccia? Che vada a casa a tenermi la testa tra le mani? Entro in un cinema, e poi passo alla Casa del Popolo e metto i dischi di Celentano. Glielo dica a Lori, so che mi approverà ».

« Oh, non mi fa mai domande. Sono io che le riferisco di questi nostri colloqui. Lori muove appena la testa, come se l'annoiassi. Ma appena arrivo, mi guarda in un modo! Glielo leggo negli occhi: "l'hai visto, ci hai parlato?". Non vi capisco proprio » ripeteva. « Ossia, lo capii subito, fin dalla prima sera. Siete dei testardi, vi assomigliate. »

« E anche un po' strani, no? »

« Lori sì, poverina. Non dovrei dirlo ora che sta passando questo brutto momento, ma ci vuole molto garbo a starle vicino. »

« Per esempio? » la provocai.

« Sciocchezze, si capisce. Anche se si litiga, tra sorelle mica ci si tiene il muso! Al contrario di quando era bambina, da una certa età in avanti, ha preso gusto ad essere sempre di diverso parere. »

Sotto il tono affettuoso con cui intendeva ricoprirlo, affiorava il suo risentimento. Al fondo c'era il loro segreto, che a Giuditta pesava come un'omertà necessaria e che in Lori aveva assunto il carattere della dannazione. Tutto ciò mi sarebbe presto apparso anche più chiaro.

« Com'era da bambina? »

« Un tesoro. Giudiziosa, ubbidiente, piena di belle fantasie. La divertiva di più farsi gli aquiloni che giocare con le bambole » fu tutto quello che mi seppe dire.

Così di sera in sera, fino al martedì successivo che passò un'ora, un'ora e mezzo e Giuditta non arrivava. A mezzogiorno, telefonando, mi aveva risposto non lei che era « occupata con Lori », ma la matrigna per dirmi che Lori si era ancora aggravata e stavano portandola all'ospedale.

Avevo preso un caffè e un cognac, cercavo di distrarmi con la televisione siccome a leggere il giornale non ci riuscivo. Sul video c'era un programma dedicato ai lavoratori, nemmeno m'indispose tant'era idiota: con le agitazioni che si sapevano in corso per il rinnovo dei contratti nazionali, vi si parlava delle Trade Unions di medicina del lavoro e di catene di montaggio: questo era stato interessante, si vedeva l'interno di una metalmeccanica milanese rispetto alla quale la Gali era all'età della pietra. Ora c'era la reclame, ora il telegiornale. Sulla porta, anziché Giuditta, apparvero suo padre, e Millo che lo accompagnava.

Basso, magro e con la pelata, l'avevo incontrato all'edicola di Piazza Dalmazia, qualche mese prima dell'arrivo di Lori: era l'altra estate, mi aveva voluto offrire una birra; intanto mi diceva di essere venuto ad abitare a Rifredi. "In via Alderotti, sopra il macellaro. Ma la tipografia l'ho sempre in Borgo Allegri. E tu? Ti sei diplomato, sei di già alla Gali?" Sì, no, le cose che si rispondono ad una persona anziana che ci sta in simpatia. "E Milloschi, quant'è che non lo vedi? Io saran cent'anni. Ma ora che sono diventato rifredino, non mancherà l'occasione. Ti fa sempre da tutore?" Questo mi aveva deciso a salutarlo. Lo rivedevo ora, con la barba lunga e gli occhi piccini. Ci salutammo dando per sottinteso ch'era venuto lui al posto di Giuditta.

Neanche la presenza di Millo mi sorprese. Millo era entrato a far parte della nostra storia, in quello stesso bar e a quel medesimo tavolo c'eravamo trattenuti con lui poche settimane prima. Durante le ultime sere, capitando alla Casa del Popolo, gli avevo detto della malattia di Lori, e dopo essersene preoccupato, lui aveva aperto il processo. "Lo vedi che

Governo ci si ritrova? Alleato dei missini! Sentiamo il tuo pensiero." C'eravamo contrastati e come sempre avevamo finito per bere insieme un grondino.

« Siediti Cammei » ora disse. Gli porse la sedia. « No, qui no. » Cambiammo tavolo per essere distanti dalla televisione e dal brusio che c'era nel locale. « Parli tu o parlo io? » gli chiese.

Sandro Cammei che la gente di Borgo Allegri con un'ironia dettata dalla stima chiamava Sandrone, sembrò inghiottire, mi guardava ad occhi stretti con un misto di tenerezza e di rancore. « Lo sai che è entrata a Careggi? »

« Aspettavo Giuditta per questo. Cosa hanno detto i medici dell'ospedale? »

« Una cosa terribile. »

« Tu, Cammei, non ti ci devi fissare » Millo disse. « Se hai sentito parlare di tubercolosi, be', la tubercolosi non è più una rovina. »

Accadeva qualcosa che mi dava le vertigini. Possibile che Millo si comportasse nei miei confronti così alla leggera? Consolare Sandro Cammei era l'ultima cosa a cui pensavo.

« Fulminante » balbettò il padre di Lori. E si strusciò gli occhi col dorso della mano.

« Nossignore » Millo disse. « Non fulminante, *miliare*. "Tbc miliare" tuo genero ha riferito chiaro. Una specie di setticemia, te lo concedo, ma oggi si guarisce del tetano, figurati se non si guarisce d'una infiammazione ai polmoni. » Ora finalmente si rivolgeva a me. « E tu pigliala giusta, intesi? Pare abbiano tardato un po' troppi giorni a ricoverarla, questo sì. »

Ci fu un silenzio enorme, che sembrava non finir mai, un incrociarsi di sguardi, un accendersi di sigarette e di toscano, con l'audio alle nostre spalle che portava fino a noi De Gaulle e Tambroni, gli attentati d'Algeria, altri crimini di Stalin denunciati da Krusciov, le provvidenze per i pensionati...: su questo riflusso navigavano i miei pensieri, mentre lo sguardo di Millo mi diceva: "Brutta storia, figliolo. Ma fatti coraggio, eh? Su con la vita, cialtrone!".

Cammei ruppe cotesta pena nel modo più imprevedibile e che subito c'introdusse al motivo della sua presenza e al perché si era fatto accompagnare da Millo, supponendo che Millo avesse sopra di me l'autorità di un padre. Tirò su col naso, disse: «Ti vuole molto bene, la mia bambina».

«Anch'io» dissi. «E cioè?»

«Ora lo devi dimostrare.»

Di nuovo Millo s'intromise. «In poche parole: è grave, non come Cammei crede, però... Pare si siano avute delle complicazioni. Insomma, non è ancora meningite magari, ma... E non fa che chiamarti. Ci sono stato, l'ho vista e sentita di persona. Nei momenti di lucidità, quando le chiedono se ti vuole urla di no, poi ti cerca come una disperata e le ripiglia l'agitazione.»

«È tutto vero, è tutto vero» Cammei mormorava. Immobile come una statua di vecchio, le mani posate sui ginocchi, il pianto gli dilagava sulle guance, gli bagnava la sigaretta ciondoloni dalle labbra. Se ne accorse e si riprese, si asciugò, disse: «Ho bisogno d'un sorso d'aria, scusate». Si diresse verso la porta, ma non uscì.

Ora, a tu per tu, Millo fece a meno del suo eloquio. Fu il Lupo che non lo turba né la morte né la vita, forte della sua capacità di affrontare le situazioni: erano venuti, disse, per convincermi ad andare da Lori. Cos'era questa stupidaggine del giuramento del quale gli aveva parlato Giuditta? Se nel delirio Lori mi chiamava, significava che desiderava vedermi. «E per uno screzio d'innamorati tu le vuoi raddoppiare il martirio?»

Lo ascoltavo fumando, dei brividi mi percorrevano la schiena scaricandosi a trafitture dietro la nuca, mi sorprendevo di avere unicamente una reazione fisica, ch'ero tuttavia in grado di dominare. E in testa, un proponimento da cui non avrei receduto: se Lori era davvero grave, e quindi sciupata, quindi in delirio, quindi in un letto d'ospedale, il giuramento proprio ora andava rispettato. Dovevo apparire, visto dall'esterno, così padrone dei miei nervi, da meritarmi di essere detestato.

«Non è uno screzio» gli risposi. «Ci vogliamo più bene di prima. È una promessa. I nostri rapporti sono leali. Tu come Giuditta e come tutti, è inutile cerchiate di capire.»

Millo mi guardò a fondo negli occhi, mi puntò l'indice sul petto. «Ma tu lo capisci che sta morendo?»

Forse mi tremò la voce. «Non è possibile, Millo, non è vero.»

« Su » egli disse « sono momenti che vanno subiti. E io non sono qui a fare il samaritano. Sono qui perché il Cammei mi ha chiesto di accompagnarlo e perché a quella figliola, dacché l'ho rivista con te, mi ci sono un po' affezionato. Ma soprattutto sono qui per te, perché tu non debba pentirti di avere agito da ragazzo. Il rimorso, poi, sarebbe il rimorso di un uomo, valuta questo che ti dico. »

Ero di marmo addosso, col cervello come una palla di vetro per cui i rumori e le voci lo facevano sobbalzare, ma trasparente mi pareva, come se di già vi si riflettessero Lori e la sua agonia, l'immagine mi agghiacciava. E contemporaneamente i consigli di Millo, la sua presenza, la sua sollecitazione, come l'eco di una lontana stagione, il ritorno ad una schiavitù dalla quale credevo di essermi riscattato. Era paura e rivolta, e una gran calma come risultato: il convincimento di agire lealmente, secondo i desideri di Lori, la mia volontà, e in difesa del nostro amore. Raccolsi il pacchetto delle sigarette e i fiammiferi.

« Telefono domattina per sapere notizie, prega Giuditta di farsi trovare in casa. »

Mi alzai, ed evitando la sua mano che si era sollevata per trattenermi, passando davanti al Cammei senza guardarlo, sempre più in fretta, uscii in strada e saltai sopra la moto.

Corsi come quel cane, senza spargere né sangue né lacrime, ma per ritrovare, nella velocità della moto lanciata sulle strade della periferia al massimo dei giri, in sorpassi spericolati, accelerando agli incroci, una conferma del mio stato d'animo, vertiginoso e nello stesso tempo equilibrato, dove la ragione veniva messa, come l'incolumità del mio corpo, a dura prova; e i sentimenti facevano groppo, pressati dall'istinto mi portavano a percorrere i nostri itinerari: dal belvedere di San Domenico al ponticino sul Terzolle, ai festoni luminosi del Giglio Rosso all'insegna al neon del Petit Bois, davanti ai quali mi fermavo per subito ripartire, giù per la discesa di Vincigliata, aggirando le macchine dai fari spenti ai margini del bosco, sul lungarno e in prossimità della tana, attraverso la città poco popolata in quell'ora, quando la gente è nei cinema o imbambolata dal televisore o di già dorme o fa i suoi sudici traffici o allunga le ossa fiaccate da una giornata di lavoro. Era il principio della primavera e l'aria diventava sempre più pungente sul mio viso che la tagliava, mi rattrappiva le mani, mi gelava le cosce, mi chiudeva lo stomaco: lo stesso andavo, dall'una all'altra collina, scavalcando la circonvallazione e i viali come per scavalcare i miei pensieri e ritrovare nei nostri luoghi un segno, qualcosa che mi fermasse più a lungo consentendomi di riflettere. Finché, nuovamente nei dintorni di casa – al di là del torrente, del quartiere dei greci e del prato dove mi conduceva la signora Cappugi e io le coglievo i fiori come Gioe coglieva le margherite per sua madre, sotto i campi che con Armando e con Dino risalivamo armati di carte da gioco e di cerbottane, cacciatori di volpe, *robbers and rascals* – la presenza, nonostante queste pareti di cemento e di verde, dei padiglioni di Careggi. Altissima in cielo e contro la luna, l'antenna del trasformatore di Monte Morello pareva occhieggiare al di sopra dei cancelli dell'ospedale. Come sentendomi inseguito, adesso, affrontai la salita delle Gore, a metà della quale, dentro il serbatoio si bruciò l'ultima stilla di benzina. Spinsi a piedi fino al raccordo, presto grondando sudore, ma già con una meta: il ristorante di Armando, a qualche centinaio di passi sullo stradale.

« O tu, di dove arrivi a mezzanotte passata? » mi accolse da dietro il banco Cesarino. « È un pezzo che non ti fai vivo. C'è stata tua madre giorni fa. » Era in panciotto e maniche di camicia, col suo antico grembiule di pizzicagnolo, una cariatide ormai, una nota di colore per il locale alla moda. L'avessi ascoltato mi avrebbe tenuto chissà quale ramanzina. Tutt'attorno c'era aria di chiusura, fermo lo spiedo gigante e i tavoli deserti sui quali le sorelle e i cognati riordinavano le tovaglie, riponevano pezzi di manzo e pollame dentro l'enorme frigorifero che copriva interamente la porta dalla quale un tempo si accedeva nell'aia. Più avanti la signora Dora, anch'essa come il locale, completamente rinnovata: indossava sul vestito scuro un grande fisciù rosa, e qualche anello alle dita. Mi abbracciò, mi disse: « Dio mio, anche te, come sei cresciuto! So che spesso ti incontri con Armando la sera, ma perché qui non ci metti più piede? S'è perso voialtri, s'è perso Milloschi, s'è perso quelle buonelane dei camionisti. Eppure, lo dicevo giorni fa a tua madre: per i vecchi clienti non è cambiato nulla ». Le solite storie: abbiano fatto i quattrini o si siano impoveriti, non sanno che lodare "i bei tempi", e fingere un sospiro. « Hai cenato? » mi chiese. « Ti vedo un po' nero. » Le spiegai che passando da quelle parti avevo finito la benzina, ora volevo sentire se Armando poteva prestarmene tanta da arrivare al distributore più vicino: data l'ora, o all'ingresso di Sesto o laggiù al Romito. « Eccolo Armando, viene. » Dirimpetto alla cucina, nella vecchia stalla adattata a salone, una comitiva di dirigenti sportivi stava levando le tende e Armando e Paola la riverivano. « Sai che ad ottobre si sposeranno? » disse la signora Dora. « Vi ha battuti tutti il mio figliolo. Ah già, tu sei d'un anno e mezzo più piccino. Ma sposarsi a vent'anni, non è un po' presto? Dovrà ancora fare il soldato, benché ci si auguri, ungendo qualche ruota, di farlo restare a Firenze, speriamo! Certo, Paola, la conosci? è d'oro. È già di casa, e com'è brava! Eppoi, è della nostra razza, una lavoratrice. E con le mie ragazze, come s'è affiatata! Sembrano delle sorelle, non delle future cognate. La mia Paolina! » In camicetta e sottana, un'alta cintura che le stringeva la vita, Paola era il donnino di sempre, a suo agio in questa parte di trattora: mi aveva visto, mi aveva indicato ad Armando e insieme mi avevano salutato con la mano. Mentre ossequiava gli ultimi clienti della giornata, accompagnandoli alla porta, Armando mi disse: « Fermati, si porta a casa Paola e poi si va un po' a zonzo, ci stai? »

Di lì a poco eravamo sulla sua millecento, Paola seduta davanti e lui che guidava. E come la Paola che si alzava dalla panchina inviperita ma pronta al sorriso, accomodante ed egoista, rimasta uguale: « Ora mi scaricate, povera crista, e chissà dove andate. Probabilmente in qualche night. »

Giungemmo davanti a una delle vecchie palazzine di via Carnesecchi dove lei abitava: per i suoi, per suo padre impiegato comunale, per sua madre bidella, era un matrimonio con le chiarine quello che lei stava per fare. E quel suo fratellino moccioso, anche lui era cresciuto? Mantenevo lo sportello in attesa che Paola si decidesse a scendere, per prendere il suo posto.

« Ma no ma no » Armando la blandiva. « Sono stanco come te, pensa che giornata s'è avuto, e debbo ancora chiudere i conti prima di poter dormire. Accompagno Bruno al distributore a prendere una lattina e non c'è neanche bisogno che torni indietro, lui ha la moto no? »

« È una scusa » ella disse. « Se andate da qualche parte, io non sono stanca, ci vengo anch'io. »

« È perché c'è Bruno e non ci possiamo dare un baciozzo? » egli disse. « Ma lui mica ci vede! È come me, vero Bruno? Siamo fedeloni per natura. »

« Sì, bellino! Fedele un'ora! » ella esclamò. « Vi conosco, voi e la vostra tana. »

Dove lei era stata, naturalmente, durante le nostre feste dapprima, e sola a solo col suo futuro sposo poi. Li guardavo come dei marziani, come dei trogloditi piuttosto, senza saper intervenire.

« Va bene » egli disse. « Vieni con noi. Andiamo a bere qualcosa alla stazione poi si va a comprare questa benedetta benzina, poi si riaccompagna Bruno, poi si resta soli. »

« Così si fanno le due » ella disse. « Ho deciso, vi lascio andare. »

Armando la baciò, lei squittì, scese, si sporse di nuovo dentro la macchina per darglielo lei, un altro bacio. « Fate quello che volete, mi fido » disse aprendo il portone. « Tanto se vi mettete una mano sulla coscienza, ve la ritrovate sempre sporca di carbone. »

Risero entrambi, dopodiché Armando pigiò sull'acceleratore.

« Mi sembra a volte d'essere già sposato » commentò. « E mica mi ci trovo male! Mi piglia la voglia di libertà, certe sere. Il lavoro e l'amore; e al momento giusto un po' d'ozio, mezz'ora avanti d'andare a letto, come stasera. Dove si va? »

La strada era libera, avevamo superato Rifredi e si scendeva la rampa del Romito, sotto i muri rossi della Fortezza c'erano le eterne signorine.

« Quelle no » egli disse. « Mamma mia, peggio che serie C. Ne conosco una che è decorata al valore. Andiamo in centro, facciamo un po' di gimcana tra via Strozzi via Sassetti e via de' Tornabuoni. Il bello della democrazia è che ha messo i casini all'aperto. Chissà come erano quelli veri. C'era comunque meno scelta, questo è sicuro. Ma prima, non si va a bere qualcosa? Da *Chez-moi* o al *Pozzo*? »

Io mi lasciavo portare. Una fessura mi s'era aperta nella mente dividendola in due: di qua il ristorante, lo spiedo, Dora, Cesare, Paola col suo bellino, questa galoppata nella macchina di Armando e le vie del centro che avevo attraversato due ore prima; tutta compressa nell'altra zona del cervello, la mia angoscia stava lì, intorpidita, un grosso serpente che digeriva la sua disperazione. Vi si rifletteva costantemente, ma come in uno specchio appannato, il volto di Lori, la mia volontà l'offuscava.

Scegliemmo il *Pozzo*. Non avevo la cravatta e dovetti prenderne una al botteghino e metterla sotto il colletto del maglione, se no non mi lasciavano entrare. Armando, al mio fianco, rideva. «Quando vieni con me, ti devi vestire da sera.» Fece una giravolta. «Prendi esempio» disse. «È per via del mestiere, ma anche perché mi ci sono abituato.»

La camicia di seta, la farfalla fantasia, la giacca tagliata a pennello, i capelli unti e tirati, era restato tozzo come un tempo ma innegabilmente s'era ingentilito. Con la sua capacità aveva messo su un esercizio che gli rendeva, e questa era, una volta al mese forse, la sua mezz'ora di distrazione, in attesa di sposarsi, di ungere le ruote per non andare soldato. Come giudicarlo? Sentii piuttosto, in quel momento, di volergli bene.

Scendemmo; a metà della scala egli disse: «Sugli sgabelli eh Bruno. Tu di sicuro non ne ruzzoli e io mica ho quattrini da buttar via per ingozzare di champagne qualche zoccolona.»

Mezz'ora; e successe qualcosa di cui mi sarei ricordato.

31

I bicchieri in mano, un passo e una fermata, andavamo in giro nei due saloncini e ai margini della pista, sotto le colonne dov'erano i tavoli e poca gente nell'ombra che si faceva carezze e si annoiava. Sulla parete di fondo l'orchestra simulava un blues. Armando s'inchinò, dopo averne ricevuto un cenno di testa, a un calvo in smoking seduto accanto a una bionda che si bilanciava sugli avambracci la pelliccia di visone, dalla quale uscivano le spalle, nude come metà del seno: costui le parlava all'orecchio e lei rideva scoprendo la gola ma senza emettere un suono. Due personaggi da museo della cera pareva. « È un mio cliente, un pratese, ha un centinaio di telai. Le cambia come le macchine, una la settimana. Ora con questa bionda monta Ferrari. Dieci anni fa era alla revolverata. » E una compagnia di americani, vecchi di cinquant'anni, epperciò allegri, tre donne e due uomini: esse belle colorate negli abiti come sopra i visi di mummie dal sorriso stampato, e gli uomini: uno secco lunghissimo che li sovrastava tutti, impettito, l'altro dalla pancia che cozzava contro il tavolino, ruttò mentre si passava e sembrò farlo di proposito, verso le tre dame appollaiate davanti a lui, in fila: « *Ain't you stinking* » farfugliò. Era facile soddisfare la curiosità di Armando, tradussi e mi scopersi a ridere con lui. Ma non andò oltre, la nostra perlustrazione: due ragazze sole, dal tavolo successivo, ci invitarono e Armando per primo: « Guarda chi si vede! ». Una delle due, Miriam, era una nostra conoscenza della tana, "un'imbucata", venuta due o tre volte al seguito di qualcuna del Supermercato che o io o Armando stesso avevamo invitato. « Hai cambiato mestiere? » Ella rispose presentando la sua amica. « Sabrina. Non vi sedete un pochino? » « No, bella mia » Armando disse. « Mettersi a cecce coi voialtre costa troppo caro. » Per via della novità forse, egli si era subito buttato su Sabrina.

« Se gradite un whisky agli sgabelli » disse « ci posso arrivare. »

« Meglio che nulla » Sabrina rispose. « Il martedì è una sera morta. »

« Bada » Miriam disse « se lo sai lavorare, cotesto è pieno di dollari. Quest'altro no, quest'altro è come noi, uno perbene. » Mi prese sotto il braccio e tornammo al bar.

Una conversazione molto lenta e soffusa, come la musica e la luce, i colori, le voci, allo slow seguì una beguine, dentro una nuvola di fumo e l'aria viziata. Solamente parole. E nient'altro che due giri con una entraineuse. Ma quella entraineuse, quella notte, in quell'ora, e delle parole, infine, che mi turbarono, che subito dopo dimenticai, ma che avrebbero trovato anch'esse il loro posto nella memoria. Posammo il bicchiere sul banco, per un lungo momento fummo i soli a ballare.

« Aspetta, non me lo dire. Ti chiami... Bruno, sì Bruno. Lavori in fabbrica, mi pare. Sono passati un paio d'anni, forse di più. Ma sono una fisionomista se mi ci metto. Naturalmente fino a una cert'ora. »

« Dopodiché sei sbronza. »

« Volesse Dio tutte le sere. »

« Meglio che al Supermercato comunque. »

« Ah, ma allora anche tu hai una disposizione per ricordare! Ero un po' più fresca, non trovi? »

« Direi di no, direi ch'eri troppo acerba perché ti si notasse. Portavi una coda di cavallo che sembrava uno spazzolino, mentre ora, così incotonata, sei uno splendore. »

« Ho sempre dimostrato di meno, anche in quei tempi ero più grande di tutti e non si vedeva. Perché sono maggiorenne, altrimenti non potrei fare questa vita. »

« Immagino, andrai per la quarantina. »

« Ne ho ventitré al completo. Tu di che anno sei? »

« Del Quarantuno, se non ti dispiace. »

« Dio santo, che stellina! »

« Sei di Firenze? A questo col ricordo non ci arrivo. »

« Sono di Milano » ella disse. « Facciamo giù di lì, verso Rho, sai dove si trova? Ma a Firenze mi ci sono stabilita da piccina. Sono anch'io d'una famiglia d'operai, perciò ti posso capire. Vai a rimorchio dell'oste, eh, ti conviene! »

« Eri più gentile, quando venivi nella tana. »

« Mucala, va' là. Ecco un bacino. Perché non me lo rendi? Bravo, ma non ti buttare addosso. Se il direttore ti vede mi fa un cicchetto, per un whisky è già un'infrazione star qui a dondolare. »

« Te ne offro un altro dopo, di tasca mia. »

« Ce la fai per una coppa? È che il whisky poi, è più difficile da vomitare. »

« Cioè, ti ubriaca davvero. »

« Esatto » ella disse. « Che intelligente, stellina! »

Era smesso *Are you lonesome to-night* mi pare, e avevano attaccato *Come sinfonia*.

« Dài, giacché ci siamo. Non lo vedi, come ha detto Sabrina: è tale un mortorio. Ci sono le solite cinque o sei facce, come voialtri sugli sgabelli. Guarda l'oste come s'affanna. Nonostante i suoi soldi, con i modi che ha non sarà mai un signore. Ma è vero che ha tanti quattrini? »

« Meno di quanti tu gliene fai. Ha ingrandito l'esercizio da poco, prima il suo locale era una bettola. »

« Ma ora! Io ci sono stata, fa certi prezzi, caro mio. Una sera un mesetto fa, con una ghenga. Fece finta di non conoscermi allora. Mi strinse appena l'occhio, c'era la sua sposina. »

« Non sono ancora sposati. »

« Io sì, io lo sono, sposata. Sposata e separata. Un operaio come te, come mio fratello e mio padre. Bella razza siete! »

« E per quale motivo? »

« Il più ridicolo. Volendo si poteva riparare con una spiegazione. Lui mi aveva messo le corna subito dopo il matrimonio con una madonnina. Tu cosa avresti fatto? »

« Quello che dici tu, ci avrei ragionato. »

« Io no. Quando me ne accorsi mi ferì talmente che non trovai il coraggio neanche di litigare. Una sera lui non tornò a casa, arrivò all'alba, era stato con lei. Io lavoravo alla Mostra dell'Artigianato, una ventura di qualche settimana, dal Supermercato mi avevano licenziata perché mi ero sposata. Costì alla Mostra c'era un arredatore, un milanese, un paesano. La notte dopo non tornai a casa io. Ma senza grosse intenzioni, soltanto per vendetta. E dire che ero innamorata come una gatta in calore! »

« Lo sei ancora o mi sbaglio? »

« Forse sì, ma tanto so di non poterlo riavere. S'è messo con la sua madonnina, e lei gli ha fatto due figlioli nel giro di un anno. Ma tu, lavori mica alla Pignone? »

« No » dissi « non lo conosco, sta' sicura. »

« Oh, se anche tu lo conoscessi! Si chiama Panerai, di nome Valerio. Non lo impressioneresti di certo a raccontargli dove mi hai trovata. Piuttosto sgranerebbe gli occhi se tu gli dicessi che si può fare questo mestiere e restare puliti. Voglio dire, e anche tu non ci crederai, che marchette io non ne faccio quasi. Per questo sono sempre in miseria. E qui dentro mi considerano un'eccezione. Secondo come mi gira. C'è uno per esempio che viene tutte le notti, tra poco arriva, mi accompagna fino a casa, è salito a cinquantamila. Me le ha messe in mano addirittura. Pesano o no cinque fogli rosa? »

« Be', se ti fa schifo. »

« Non lo so, mi lascia fredda. Eppure non è nemmeno vecchio, so che vive sul gioco e lui sì che è un signore. Mi fa schifo come mi fanno schifo tutti, quando c'è da andare a letto. E con lui non ho ancora vinto la repulsione. »

« Ma non ti fece schifo l'arredatore. »

« Bravo, rimproverami, fai il moralista anche te, brutto burino. Già, sei di quella razza, state dentro le fabbriche, vi suda la fronte e vi puzzano i piedi. »

« Ora me la dovrei prendere » sorrisi. « Sei una zoccola, lo sai? »

« Sono la bocca della verità, stellina. Però la sera vi lavate. Certi scrosci d'acqua tra mio fratello e mio padre. Lui poi, Valerio, faceva il bagno tutte le sere. Oh, dall'esterno era una persona come si deve. »

« Di solito le malmaritate tornano all'ovile. »

« Da mio padre? Ma se per lui e per mio fratello, la mamma non ce l'ho, li amministra mia cognata, per loro rappresento il disonore. E si vive meglio da soli, dormo quanto mi pare e ballare mi piace... Certo, ci sono anche degli inconvenienti, fa parte del mestiere. Quando qualche ubriaco, a volte, alza le mani, ti ritrovi un occhio lilla e devi abbozzare. A me ancora non è capitato, forse perché sono fortunata. »

« Sempre col pensiero a tuo marito. »

« È stato il primo, capirai. Ma l'amore mi spuntò dopo, quando mi fui vendicata. Sarò stupida? Ora tutte le volte

che vado a letto, anche se con dei signori, non è mai la stessa
soddisfazione. Perciò mi conservo il più possibile, per chi
non lo so nemmeno io. Ma trovi che mi conservo o sono di
già andata?» mi chiese. «Dio santo» poi esclamò «quante
malinconie. Mica le racconto spesso, non le racconto mai.
È che tu, col fatto della coda a spazzolino e della tana... Però,
le poche volte che ci venni, non mi vedesti nemmeno. Che
se n'è fatto del tuo amico studente, quel biondone, lui sì
che era bello, più di te, che non scherzi in quanto a occhioni.»

Non aspettò le rispondessi, senza che me ne fossi accorto
non aveva mai perso di vista i movimenti nella sala. «Tela
tela» mi disse a un tratto. Mi accostò guancia a guancia, tutta
un sorriso. «Come t'è sembrata la storiella? Ne invento una
per sera. Quella di stasera non l'avevo ancora collaudata.
Ciao, speriamo tu mi porti fortuna.»

Si diresse spedita verso un tavolo dove si era seduto un
vecchio dalla testa brizzolata e l'aria sicura. Contemporaneamente Sabrina si staccò da Armando e la raggiunse, si disposero cinguettanti a tener compagnia a quel signore. Signore
nel senso che Miriam gli dava, seppure avevano un senso per
lei le parole.

Sistemati dentro la macchina, Armando disse: «Ci siamo
arrapati abbastanza, ora bisognerebbe sfogare. Ma tu ne hai
voglia, o le puttane, salvo l'eccezione di Rosaria, ti fanno
sempre pena?».

«Ecco sì, non ho cambiato opinione.»

«Oppure non hai quattrini?»

«Anche» mentii.

«Se ne raccatta una che ci serva tutti e due.»

«Io scendo, quando l'avrai pescata. Fumo una sigaretta
e t'aspetto, non mi va, lasciami stare.»

Ero pieno di una tremenda malinconia. Forse per via dei
due whisky bevuti puri e senza aver cenato, mi doleva la
testa; e come se Miriam coi suoi discorsi avesse creato una
sutura nel mio cervello, ora la parte intorpidita si ridestava.
Lori tornava balenante nei miei pensieri, e la conversazione
con Millo, le lacrime del Cammei, i padiglioni di Careggi sotto
la luna, dove echeggiavano urli e gemiti, ed era la sua tosse
secca, stizzosa, il suo affanno e la sua voce. "Allora non è

stato vero nulla. Tu come lui, uguali." Mi sembrava una vergognosa diserzione non trovarmi accanto a lei, un gioco infantile il giuramento che le avevo fatto, mi sentivo profondamente vigliacco, e mentalmente mi insultavo. Desideravo correre da Lori, abbracciarla, darle il mio respiro, questo era amore, non la stupida promessa che lei mi aveva estorto perché preda della febbre com'era, e dei fantasmi che ogni tanto, anche nelle ore più belle, l'assaltavano. Non l'avevo mai amata e sicuramente non avevo mai patito d'amore come in quel momento, mentre Armando diceva: « S'è fatto il Sahara in centro, forse è passato il carrozzone della Buoncostume » ed io gli rispondevo: « Gira, prova verso la stazione, in via de' Banchi e in via Panzani, o davanti al Grande Italia, ce n'è sempre qualcuna ». « Insegnalo a me » lui mi rispondeva. E io: « Sì, ma non mi coinvolgere, capito? »

Ora mi dice: « È proprio passata la Squadra, vogliamo provare alle Cascine? ».

Questa pesantezza alla testa e il groviglio delle immagini e dei pensieri: l'orologio luminoso della stazione, sono le due e diciotto; un sipario di buio su via Alamanni tutta buche, e lui guida da cane; sul cruscotto acceso, il birillo rosso della benzina è a tre quarti, a un quarto circa quello dell'olio, Armando accende la radio, c'è il Notturno con una musica che mi dà ai nervi, la spengo e lui protesta, dice: « Insomma, cos'hai stasera? Non ti ho visto un momento allegro. Hai litigato? Nota la mia discrezione: non ti ho domandato nemmeno chi è, so che non scuci sillaba quando vuoi essere segreto. »

Sto per rovesciarmi sulla sua spalla e scoppiare in pianto, un resto d'orgoglio mi trattiene. Gli dico: « Non te ne fregare. Fai l'oste, vai a puttane ma non mi rompere i coglioni ».

Egli rallenta e si volta a guardarmi. « Ti hanno dato alla testa i due whisky o ti è rimasta in gola la Miriam? Per quelle non ti basta la settimana. Però se aspetti le quattro e loro sono a vuoto, con cinque millami te la cavi. Pensaci quando riscuoti. »

Taccio perché si sfoghi, poi gli dico. « Cambiamo argomento, Mando, dove andiamo? »

« Si era deciso le Cascine. Sai il troiaio che ci si trova? Mica mi butto, è peggio della Fortezza, si va a dare un'occhiata, è la sera che mi debbo divertire. Tu piuttosto, tra poche ore avrai la sveglia, non fare complimenti, si volta per casa? »

« No no no » gli grido. « Ti devi solo chetare. »

Siamo sul Piazzale; qui, tutto di bronzo e su un alto piedistallo sotto la luna, c'è Vittorio solo a cavallo d'uno stallone, e c'è lo stesso deserto; imbocchiamo il viale e piano piano, dove si diradano i lampioni, dai prati adiacenti e dal galoppatoio, incomincia l'animazione. Armando ha rallentato, accende i fari lunghi: vi si inquadrano una decina di sciagurate, che si accostano siccome lui ha frenato. Facce e voci che mettono paura; dove la luce si sfrangia si muovono delle figure maschili. Chiudo gli occhi tanto mi sento miserabile e intontito, mentre Armando contratta. Una mano mi scuote attraverso il finestrino. « E tu, bello, dormi, non dici nulla alla Nannina? » Un volto con due labbra enormi disegnate, ma un accento meno sguaiato e meno roco. « No, è per lui, io... » « Tu cosa, ti fai le seghe? » ride la voce gentile.

Di colpo la macchina riparte e mi debbo ripigliare contro il parabrezza per non urtare. Armando dice: « Che merdaio, e prendono duemila lire! Forse più avanti c'è qualcosa da fare ». Ancora i fari lunghi e due file di siepi e uno slargo asfaltato. « Siamo al Piazzale del Re, tra poco si esce di zona. Potremmo andare a bere un cappuccino laggiù in fondo, allo Chalet dell'Indiano, così tu mangi un panino e ti passa la briaca. » Ma prima che lui acceleri ci troviamo nuovamente assediati: le medesime facce, i medesimi corpi grossi e tribolati, gli stessi paltoncini rossi, grigi, neri, i bolero di pelliccia, i capelli stopposi. E le stesse ombre dei protettori e dei venturieri.

« Fiammetta. »

« Giovanna. »

« Ebe. »

Noi, coi fari accesi vediamo loro e le udiamo, ma esse che ci vengono incontro non distinguono neanche che macchina sia. Un'altra voce: « Quanti a bordo? ».

« Due » Armando dice. « Ma ce ne serve una. »

« Salgo per mille lire a òmo. Però si paga anticipato. »

« Non sei il mio tipo. »

« Cinquecento. »

« Ma va' via! »

Gli risponde un insulto. E allontanandosi, ancora la stessa

voce: « Ce n'è due di gusti difficili. Provaci te, Rosaria ».

Subito, dall'ombra dietro la macchina, una voce di gola adesso, tuttavia virile, e che vorrebbe essere festosa:

« Ohé, giovanotti, ci sono anch'io. Si lavora in coppia, per chi ci vuole: Dinuccio e la Rosarina! »

Cosa mi prende, e perché? Come se tutta la mia vita confluisse dentro quel grido, l'infanzia col primo giorno di scuola, la Fortezza e le sorelle di queste sciagurate, qualcuna tuttora sulla breccia, Claretta se non più la Napoletana e la Bianchina, loro e i loro protettori di cui temevamo gli scapaccioni avvertendo Tommy e Bob, l'adolescenza sul Terzolle, le cicche e le gomme che ci toglievamo di bocca l'uno per l'altro, le idee di cui l'ho fatto partecipe, fino all'ultima sera che mi dette la notizia della partenza di Benito: cosa mi giova adesso avere avuto ragione sputandogli sul viso? Rosaria no, Rosaria l'ho di già giudicata, proprio lui me lo permise. E non per amicizia, ma per gelosia! Adesso non c'è altro al mondo che mi riguarda, al di fuori di Dino e della sua abiezione.

Si sporgono insieme, lui alle spalle di Rosaria, dalla mia parte. Ella dice: « Volete anche questo finocchio? ».

« Sentila oh » egli protesta. « Bella presentazione. »

Vedo Armando con le mani poggiate sul volante, lo sento dire: « Roba da pazzi. Lo sapevo ma... » Io ho aperto lo sportello sulla faccia di Rosaria, sono sceso, ho preso Dino per i risvolti della giacca e avanti che possa rendersi conto, gli do il primo cazzotto centrandolo sul naso. Lui, nonostante la sua forza, non si difende, questa volta neanche si lamenta, si butta in terra coprendosi faccia e capo con le braccia. Rosaria cerca di dividerci, tutta piegata su di me, urla più che implorare. « Bruno, Bruno, sii buono, chi lo sapeva che eri te. Bruno, lo sai che ti ho voluto bene. Bruno, anche lui è un tuo amico, Bruno ti finisce male. »

E più di lei urlano le sue amiche: « Spago! Spaghino! »

« Spago, stanno picchiando la Dinina. »

« Dov'è Spago? Chiamatelo. »

« Spago, oh Spago! »

Una mano potente mi agguanta le spalle, mi sferra un colpo che mi coglie alla tempia per cui sto per svenire, cado disteso accanto a Dino, e mi pestano, mi pestano, mentre mi riparo io adesso disperatamente testa e viso. Quindi mi sento sollevare di peso, mi ficcano dentro la macchina, me ne accorgo dal rombo del motore quando la millecento è nei pressi di casa, e si ferma.

Armando dice: « Meno male non mi hanno sfondato la macchina ». È la fine di un discorso che m'è sfuggito. « Ti senti meglio? Allora significa che non ti hanno rotto nulla, menomale. Neanche io sono segnato, ci ho rimesso una camicia e il cravattino. Buona notte, se ne riparla domani, vieni a trovarmi verso sera. Naturalmente acqua in bocca con Paola e coi miei ».

Entrai in punta di piedi, la luce di Ivana era accesa, meccanicamente raggiunsi la mia camera e mi ci chiusi, mi lasciai cadere sul letto: non mi avevano rotto nulla, no, ma intronato, mi addormentai come un sasso. Mi svegliò Ivana scuotendo la porta, ore dopo.

Era bastato quel po' di sonno per recuperare, mi sentivo soltanto indolenzito, specie a un fianco dove una grossa lividura mi faceva male se la toccavo. Ma il cervello era libero; e appena aperti gli occhi, un proposito preciso: sarei corso da Lori invece che andare in officina, mi lavavo e vestivo alla svelta, con una celerità che non sfuggì a Ivana come non le sfuggì il segno nero alla tempia che mi ero visto in bagno.

« Sono stato con Armando » la prevenni. « A proposito, Cesare e Dora ti salutano. Abbassandomi per salire in macchina, ho urtato nello sportello. »

Ivana mi guardò con dolcezza. « È venuto Millo, a cercarti, ieri sera. »

Non mi indignai, non mi difesi. Meglio, se Millo l'aveva informata: ero io ad avere deciso, non loro che mi avevano persuaso col loro conformismo e la loro falsa pietà nei momenti luttuosi.

Ma non c'era né tragedia né dramma, semplicemente una circostanza avversa che Lori ed io, stando accanto, avremmo superato. Spersa ogni altra avventura, era come se durante il sonno mi si fosse rivelata una verità solare, irragionevole epperciò tanto più vera: la mia presenza al suo capezzale, l'avrebbe salvata. Il nostro amore che ci aveva conosciuto felici sarebbe diventato più forte, scacciando il male. Se Lori credeva in un Paradiso a suo modo, anch'io ci avrei creduto, ma per abitarlo sulla terra, insieme a lei.

Questo era il mio stato d'animo; al di fuori della ragione-volezza, ogni gesto e proposito trovava la sua collocazione. Anche le parole del nostro ultimo incontro, che mi ero proibito di ricordare.

"La tua bontà mi disarma". E poi: "Mica significa che tu sei buono!".

"Mi riapri il processo?"

"No, su Dino come su Benito, le tue spine nel cuore, sai cosa ne penso. La tua bontà consiste nella sete tremenda che tu hai della vita. Perciò ti ho voluto così bene. Ma è il tuo modo di affrontarla, la vita, ora posso rendermene conto. Come si trattasse di montare un meccano. O la Genevoise!"

"Coi piedi sulla terra, lo so."

"Volevo dire un'altra cosa. Uno come te, fanatico della verità, nel momento che la scopre, può reagire da violento, siccome si sente tradito. Ma può anche restarne schiacciato."

"La verità delle verità non è forse..."

"Il nostro amore?"

"Certo."

"Non riuscirò mai a dirtelo" ripeté. "Quante volte ho tentato!"

Diventava adesso più lacerante l'ansia di raggiungerla e di starle vicino, nell'unica maniera possibile, contravvenendo al giuramento, trattandola da quello che era, una malata, rósa dalla febbre, che delirava.

Mi parve perfino naturale che, mentre mi porgeva l'imper-meabile, Ivana dicesse: « Perdonami di tutto. Stamani ci andrai, vero? Ne sono sicura ».

32

Si capisce una ferita, il sangue che cola, e anche la morte, per uno scontro di macchine, un assalto in guerra, un pugilato, una rissa, un incidente sul lavoro, un omicidio, questo è nella misura dell'uomo. Non la malattia che invece di affrontarti ti aggira, ti trapana dentro, ti dissecca e ti svuota. Essa fa parte della vecchiezza, quando il corpo è putrido e fatalmente si decompone, un'idea alla quale non mi potevo abituare. Lori era stata la prima persona che avevo visto ammalata, oppressa da qualcosa di misterioso che le impediva il respiro: per combattere cotesto mistero l'avevo presa, perché il suo seno rifiorisse benché intatto, e per dare a lei e a me stesso la certezza di essere vivi. Disperato, ero andato incontro a quella notte che ostinatamente ricacciavo nell'angolo più buio della memoria. Tutto si era disciolto nella luce del mattino e nei suoi odori. Neanche me ne accorgevo del cielo sereno, dei germogli sui rami, dell'erba lucente lungo gli argini del Terzolle invasi dagli scarichi e dai detriti. Come se i miei occhi fossero altrimenti murati, mi muovevo sopra le assi quotidiane, ignorando la scenografia. L'istinto della fuga che mi aveva sopraffatto nel bar di Porta a Prato, si era trasformato in un sentimento attivo, di fiducia e di riabilitazione. Mi ero ribellato perché la presenza del dolore mi aveva fatto paura; ora riacquistavo, insieme al coraggio ispiratomi dall'amore, la mia libertà morale e la padronanza delle mie azioni. Una sensazione assurda ma che via via che procedevo, ed era breve il cammino per giungere a Careggi, si andava concretizzando: come se lei fosse di già morta, e nell'imminenza del mio arrivo, resuscitata.

Forse volendo protrarre questo stato d'animo, imbrigliare

la mia impazienza e mascherare il resto del mio timore, mi fermai per accendere una sigaretta avanti di varcare il cancello dell'ospedale. Careggi si trovava praticamente « dietro casa », in fondo alla dirittura dove all'altra estremità si elevava il complesso della Gali, c'ero passato davanti un milione di volte, per mano alla signora Cappugi, nelle nostre scorribande di ragazzi, e sempre, quando si trattava di accorciare la strada venendo da via Vittorio. Era consueto incrociare le autoambulanze e le macchine a clacson schiacciato, gli autobus che chiamavamo « dei pellegrini », le crocerossine in uniforme e gli infermieri a fumare nel rondò della villa medicea. Nondimeno mai avevo varcato quel cancello; istintivamente, voltando, mi ero sempre tenuto al margine dello slargo su cui, con gli anni, avevo assistito al sorgere della pensilina, degli stand per i venditori di frutta e di fiori, del posteggio dove adesso lasciavo la moto. Mai ero entrato in un ospedale. Mai ero venuto a contatto con questa atmosfera che sa di camposanto e di resa. Come uno straniero nella mia zona, interrogai il guardiano del posteggio, un vecchio col berretto e un soprabito sdrucito che gli arrivava ai piedi, e tutto preso dal suo daffare.

« Perché solamente le moto e le bici? »

« Perché per le macchine c'è il parcheggio interno, a metà del viale. »

« E volendo trovare un malato, uno... che è grave? »

« Secondo la malattia. Medicina, chirurgia, patologia. »

« Medicina, credo. »

« A metà del viale » ripeté.

Ugualmente, ora che mi ero inoltrato di alcuni passi, non sapevo dove andare, davanti a me si aprivano i diversi padiglioni: Clinica Chirurgica, avevo letto sul primo. Mi sorpassò una Seicento, e immediatamente si fermò, Giuditta mi venne incontro: « Bruno, oh Bruno! ». Al posto di guida c'era suo marito.

Parcheggiò poco lontano e ci raggiunse. Era di media statura, ma il suo corpo, dal collo al ventre, era tanto grasso da sembrare gonfiato, per cui le gambe e le braccia, rimaste della magrezza originale, davano l'impressione di arti posticci prodigiosamente inseriti. Camminava saltellando; e nel parlare agitava di continuo le mani in modo da colorire le frasi più banali. Veniva fatto di spogliarlo del soverchio che lo appesantiva per ritrovarne l'immagine una volta normale e che i lineamenti, nonostante la pappagorgia, lasciavano intravedere. Una faccia d'obeso comunque, con gli occhi chiari, nei quali era possibile indovinare anche della tristezza. Ora a vederli accanto, lui e Giuditta, erano degli sposi ideali, essa di diversi anni più giovane, più snella, ma dal petto abbondante e la faccia piena. Si intuivano grasse risate, suoni sconci, enormi strippate nella normalità della loro vita; si supponevano le loro bambine, floride e ridarelle come loro. Davanti alla loro ostentata afflizione, le lacrime di Sandro Cammei, la sera prima, erano il pianto di un padre, stupido ma che meritava di essere rispettato.

« Zanchelli Luigi » egli disse, porgendomi la manina grassoccia e abbottonandosi la giacca sul pancione. Storse la bocca, non per sufficienza capii, ma per alludere all'amarezza di rigore. Era detestabile, e subito dopo, per un momento, mi diventò amico, siccome aggiunse: « Sono contento sia qui. Vedendo lei, Lori non migliorerà, ma le parrà di rinascere ».

Mentre lui parcheggiava, Giuditta mi aveva invece detto: « Male Bruno, male, male, è fuori conoscenza, si faccia coraggio, sia forte, noi ci sforziamo, vedesse com'è ridotta, sembra impossibile in poco più d'una settimana, come faremo a rassegnarci non lo so ». Mi aveva trattenuto la mano fino a darmi un senso di ribrezzo.

Ora attraversavamo il viale, Luigi portava avanti il suo adipe, e sovrastando i sospiri di Giuditta che entrambi fiancheggiavamo, mi rincuorava. « Meglio che lei non sia venuto, stanotte, s'è risparmiato una pena. Ma dal momento che forato il guscio spunta sempre il pulcino » inaspettatamente disse « Lori mi sa è un uovo ancora sano. Stamani all'alba s'è ripresa. »

« Luigi le ha fatto la nottata » Giuditta disse. « Io ero dovuta tornare a casa per via delle bambine. Mia suocera ha una certa età, e la piccina bisogna ancora lavarla e vestirla, avanti di portarla all'asilo. La grande no, la grande ha capito ogni cosa, la grande. »

Avevamo oltrepassato due padiglioni. « È laggiù in fondo »

ella disse. «L'abbiamo messa in una camera a pagamento. Ci sono mio padre e Luisa.»

«E un'infermiera, per fortuna» egli disse. «Luisa non penserebbe ad altro che a farle dire rosari.»

Intervenendo, egli riusciva a rompere, di passo in passo, il disagio provocato da Giuditta. Nondimeno mi sentivo la gola inaridita, e un'angoscia montante, che mi rendeva faticoso aspirare la sigaretta, dopo un'altra boccata la gettai.

Luigi girò alle nostre spalle, mi venne accanto, mi prese a braccetto. «È molto tempo che vi conoscete?»

«Quattro o cinque mesi.»

«Infatti, Ditta me l'ha raccontato... Le vuole molto bene?»

Un interrogatorio, come quello che mi aveva tenuto sua moglie, e poi Millo e poi Ivana in altra maniera, tornò ad essermi odioso. Gli risposi per reazione. «Non sarei qui in caso contrario.»

«Questo non vuol dire. So che ieri sera...»

Dovevo spiegare anche a lui il nostro giuramento? Staccai il braccio dal suo e, secco, gli dissi di lasciarmi stare. Il mio gesto fu energico, egli ballonzolò col braccio per aria.

«Gigino» Ditta esclamò. Era un rimprovero e insieme un'esortazione.

Egli disse: «Sono ore dure per tutti, ma teniamoci su, che gente siamo?».

Salimmo alcuni gradini, si percorse un lungo corridoio. C'era un odore freddo, di disinfettante di cibo di orina e di sangue mescolati, così mi sembrava, trattenni il fiato per non ingoiarlo. Un'inserviente spingeva una barella carica di lenzuoli arrotolati. Altre scale, un altro corridoio, delle porte, e sul fondo un finestrone. A un tavolino sedeva una suora. Dirimpetto, di spalle al finestrone, Sandro Cammei. Mi strinse la mano senza dare segno né di approvazione né di saluto.

«Dorme» disse. «Finalmente le hanno fatto l'iniezione. Ora di là c'è Luisa, l'infermiera torna alle dieci.»

Ci guardavamo in silenzio, Luigi cavò il pacchetto delle sigarette, me ne offerse e io rifiutai. Mi fissava di traverso, con perplessità e diffidenza adesso. Lo ricambiai. Tutti loro, queste tre statue da Deposizione, brutte per giunta: una palla di sego, un vecchio tutt'ossa, l'altra traboccante seno, le loro facce compunte, coi cerchi agli occhi, le labbra penzoloni, che fumavano o si soffiavano il naso, mi indignavano. Luigi parve prendere una decisione, mi toccò il braccio, lo seguii all'altezza del finestrone.

« Ha capito di cosa si tratta? » Si rispose da solo « Tbc miliare acuta disseminata » disse. « Niente di ereditario, sia chiaro. Non c'entra nemmeno, o al massimo come concausa, la pleurite. È una malattia che quando capita ci vogliono settimane prima di uscirne. Nei casi come quello di Lori che chiamano precoci, o si supera nei primi giorni, o è la fine. Io cerco di attenuare davanti a mia moglie, ma sono dolori. »

L'ascoltavo; era un ronzio cui tuttavia prestavo attenzione. Avevo anch'io acceso una sigaretta, e assentivo.

« Stanotte » egli proseguì « c'era di guardia un dottorino che fa il suo praticantato, è fresco di studi, mi ha spiegato tutto, è stato gentile. Si deve essere molto giovani » disse « per ammalarsi di miliare. Più spesso succede nei bambini. Chi ha passato i trent'anni può considerarsi immunizzato. »

Ogni tanto si portava una mano sotto la pancia, era repellente e di sicuro un ernioso, lui medesimo bisognoso di cure.

« Mi ha spiegato il dottorino che le "vie d'insorgenza", sono quattro, cioè quattro strade attraverso le quali il germe si diffonde. Poiché si tratta sempre del bacillo di Koch. Ma in queste circostanze non c'è pericolo di contagio. » Dovette vedere un lampo nel mio sguardo, io nel suo lessi un'offesa sincera. Mi persuase allorché aggiunse: « Spero non mi farà così meschino ».

« Non ho detto nulla » risposi.

E lui continuò. Era la spiegazione scientifica che mi dava, finì per interessarmi durante quei pochi minuti.

« Il dottorino me le ha illustrate tutte e quattro mentre si beveva un goccio di cognac, me ne rammento solo due. Quella che segue, mi pare dicesse, "la via ematogena" non mi ricordo più. Insomma un focolaio che prende contatto con un'arteriola polmonare e la buca. L'altra riguarda Lori, ed è la via classica, pare. Il bacillo si insedia qui » si toccò il grosso ventre e lo stomaco « entra in circolo e va direttamente al cuore e ai polmoni dove si creano tanti piccoli nodi che si saldano tra di loro come fossero calamitati e piano piano strozzano: chiudono i polmoni e fermano il cuore. Sono grossi come grani di miglio, perciò miliare. » La sua voce si era spezzata, sulle sue guance paffute scorrevano delle lacrime. « Voglio bene a Lori quanto e forse più di lei. » Mi voltò le spalle per non farsi vincere dalla commozione, Giuditta l'aveva chiamato, rimasi solo, guardai fuori del finestrone.

I cipressi della villa medicea svettavano da un muro di cinta calcinato, e in prospettiva i cani-leoni di pietra della mia infanzia, sui loro alti pilastri. "Sono i marzocchi, Brunino. Su, su qui l'aria è infetta, andiamo via" diceva la signora Cappugi. L'ansietà, il nervosismo si mescolavano nuovamente alla paura, non resistevo più. Andai verso di loro che parlavano in circolo attorno al tavolo dove sedeva la suora. Trassi in disparte il vecchio Cammei per domandargli qual era la porta della camera di Lori. Me l'indicò, io non gli detti il tempo di riflettere, mi ci diressi senza esitazione. Girai piano la maniglia, liberandomi con uno strattone di Giuditta che era accorsa e voleva trattenermi. « Non la svegli, perché non vuole aspettare? »

Vidi delle forme immerse nell'oscurità, una piccola lampada doppiamente schermata era accesa sul fondo, e una figura di donna sedeva a testa china tra la bombola dell'ossigeno, il comodino e i due letti, quello accanto alla porta e l'altro, posto nell'angolo della parete su cui si apriva la finestra ricoperta da una tenda e dove giaceva Lori. Ma prima di distinguere gli oggetti, e il corpo sollevato con le spalle sui guanciali, sentii il suo respiro. La camera, silenziosa ed oscura, ne rintronava. Come un martello pneumatico che invece del fragore emettesse un suono spaventosamente umano: la stessa frequenza di colpi, lo stesso scuotersi e franare della roccia nel suo petto. Lo stesso senso di ferocia e di distruzione. La matrigna alzò la testa, mi riconobbe senza conoscermi, si portò l'indice alle labbra. Ormai assuefatto alla penombra, mi avvicinai. Così la vidi, che dormiva.

Ora so che fu lo sgomento a paralizzarmi. Che io restando muto, nel mio cervello echeggiò il grido più straziante di cui fossi capace. Che la pietà, infine, fu più forte dell'orrore. Il suo bel viso dalla pelle appena rosata, era in ogni senso incenerito. Lo ricopriva una spessa tinta bluastra, chiazzata di rosso sugli zigomi, più intensamente viola sopra la fronte, sul mento, nei teneri bordi delle narici, mobili per l'asprezza del respiro. Le labbra socchiuse, erano aride e piagate, il collo livido come le palpebre; e agli angoli degli occhi un umore giallastro, simile a delle lacrime rapprese, come cispa marcita. La lucidezza dell'epidermide, e il suo stato d'abbandono, rendevano più tragica questa devastazione. I suoi capelli biondo-rame, corti com'erano e arricciolati in modo disordinato, le arrivavano a metà degli orecchi, i cui lobi sembravano tumefatti. Indossava una liseuse celeste ricamata sul petto: la trina vi si muoveva come a un soffio di vento, animandosi per via del fitto ansimare. Le mani, ugualmente colpite dalla cianosi, posate a palme in fuori, formavano una macchia sul nitore della coperta.

La guardavo e il mio cervello era bloccato. Ero anch'io una spoglia, ma pieno di una forza che faticavo a contenere stringendo i pugni. Nello stesso tempo, mi sentivo di carta, la pressione di un dito mi avrebbe fatto vacillare. « Ha visto? » La voce di Luigi, al mio fianco, mi dette la medesima sensazione. Mi appoggiai alla spalliera, Giuditta e il padre stavano ai piedi del letto, la matrigna aveva ripreso a pregare.

Forse per la lieve oscillazione della spalliera mentre mi ci affidavo, forse per la camera troppo affollata che le rendeva, se possibile, più penoso il respiro, Lori si mosse. Giuditta si fece spazio tra la matrigna e il letto, staccò la manichetta dell'ossigeno e gliela portò alla bocca. Come un sussulto, Lori pronunciò il mio nome.

Giuditta le porgeva l'ossigeno e le asciugava la fronte. « Avrà quarantuno di febbre » mormorò, le tolse i grumi dalle ciglia, le inumidì le labbra immergendo della garza nella caraffa.

« È venuto, Lori, è qui. »

Ella non udiva, ripeteva il mio nome agitando la testa sul guanciale, ad occhi chiusi. Finché li aperse, li spalancò: scomparse le scaglie d'oro, erano due pupille nere ed acquose, circondate dalla sclerotica il cui bianco si venava di sangue. Più ella si sforzava di guardare più, si capiva, fissava il vuoto. Si agitò ancora, si scompose, quindi si calmò. Il suo sguardo converse sopra di me, mi fissava.

« Lo riconosci? È Bruno... La chiami » Giuditta mi disse.

Le toccai la mano, bruciava più dell'ultima volta che l'avevo accarezzata, ma era un fuoco che mi dava dei brividi ora, come se ne provassi repulsione.

« Lori, come stai? » Questo dissi: « Come stai, Lori, mi vedi? ».

I suoi occhi sbarrati, atoni, inespressivi, indugiarono sul mio volto, si smarrirono al di sopra della mia testa, là dove improvvisamente si ravvivarono, vi guizzò una luce di tenerezza. Ella si alzò sui guanciali e tese le braccia verso Luigi. Gli prese la faccia tra le mani: « Bruno, amore » gli sussurrò. Lo baciò sulla bocca. Poi ricadde disanimata.

Giuditta era esplosa in un pianto sfrenato. « Sono due giorni che fa così, dacché è in coma, è una maledizione. Lei che ci sperava, Luisa, ha visto? Si è confessata e comunicata per nulla. » Scossa dai singhiozzi, mordeva il fazzoletto, disperata e puerile.

La matrigna continuava a pregare, il vecchio Cammei era uscito. Luigi si aggrappò al mio braccio, sottovoce mi disse: « Mi è sempre stata affezionata. Non aveva dodici anni quando andai in casa loro perché mi ero fidanzato con Ditta, quando ci sposammo lo disegnò lei l'abito per Ditta, povera creatura ».

Lori stava immobile sul guanciale, come si fosse nuovamente assopita, pronunciando il mio nome.

« Quel bacio era per lei, nel delirio Lori ci ha confusi. Uno, con la meningite, vede ombre e non ragiona. »

Ripetei il gesto di poco prima, staccando il suo braccio dal mio. Egli fidava sulla mia ignoranza, ma ugualmente c'è un divieto finale alla menzogna, alla confusione degli spiriti, all'ambiguità della quale un uomo si corazza e porta a spasso la propria improntitudine mascherata di bonomia. Non lo doveva fare. Mi si appressò, invece, nonostante lo avessi allontanato, e continuò, sempre a bassa voce.

« Negli ultimi tempi ci si incontrava spesso, non so se gliene ha mai parlato. Prendeva un'ora di libertà in laboratorio e mi veniva a trovare. Posso dirle che a lei, Bruno, si era molto attaccata. Si confidava più a me che a sua sorella. Ditta di solito era fuori con le bambine. »

Come ti trapassa una spada, è retorico a dirsi – ma quando il gelo ti possiede dalla cima della testa ai talloni per cui sei confitto in te stesso, irrigidito in ogni giuntura, e solamente il cuore sembra illeso, tumultua dentro il petto e serra la gola? Così mi sentivo, le confidenze di Luigi mi laceravano.

Per farlo tacere dovetti afferrargli il polso e storcerglielo, restando fermo, come mi riusciva. Non si lamentò, disse soltanto: « Io volevo... ». Tutti e quattro in silenzio, vegliammo Lori. I singhiozzi di Giuditta lasciavano un continuo spiraglio all'aspro respiro di quel corpo dalla faccia e le mani azzurre nella penombra; li accompagnava, blasfemo in tanto squallore, il mormorio delle preghiere biascicate dalla matrigna. Ma erano suoni. Le immagini che occupavano la mia mente mi suggerivano ora, accavallandosi, un insieme di pensieri al cui contatto ogni possibile verità si frantumava. Mi pareva che non ieri sera gettandomi su Dino, non liberando Ivana dalla sua mania, o nei miei contrasti con Millo, o durante le mie riflessioni sulla partenza di Benito, ma lì, ora, venisse a confluire la mia vita. Le mie aspirazioni e i miei entusiasmi, i miei ideali, i miei turbamenti e le mie vibranti contraddizioni. Tutti sentimenti spaventosamente precari che avevano trovato consistenza perché esaltati dall'amore. Ma ora che anche l'amore si rivelava incapace di espellere da sé un passato che per sua natura, non appartenendogli, lo minava; ora che la vigliaccheria sopraffaceva l'angelismo su cui esso si fondava, qualsiasi altra manifestazione diventava velleitaria. La responsabilità, incominciavo col dirmi, era soltanto mia che non avevo voluto sapere. Rivedevo l'espressione del suo viso afflitto e pietroso, le lacrime come gemme e il suo sguardo carico di desolazione, la sera in cui dietro la porta della tana c'erano Germana e Benito. Era seguita l'amorosa finzione da me suggeritale siccome la realtà, semplice da accettare, inconsciamente mi spaventava. "Sì, morì, in un incidente di macchina." E la sua continua trepidazione, i suoi scarti d'umore che ella mi offriva come la mano affinché io l'aiutassi a liberarsi del suo segreto, fino al nostro ultimo giorno felice – ma di quale felicità, di quale beatitudine se questi ne erano gli esiti? Sul ponte del Cinquale, mentre il ragazzo con l'incerata si inoltrava sotto la rete dove balenavano i pesci, la sua voce al mio fianco avrebbe dovuto risuonarmi come un urlo. "Mica ti dissi tutto, quella sera che poi venne Benito." Camminando lungo il fiume, potevamo ancora schiacciare insieme, dandogli una logica, la sua persistente ossessione! E una settimana fa che la sua sorte era ormai segnata: "Non riuscirò mai a dirtelo", io non seppi fare altro che approfittare del suo delirio. La sua debolezza e la mia codardia la uccidevano, come il male che si era impossessato del suo corpo e altrettanto schifosamente lo deturpava. Questo essere in ogni senso gonfio della propria impunità, che mi stava al fianco strofinandosi il polso, era stato lui lo strumento della nostra distruzione.

Ci si perde quando si decide di perdersi, ora mi dicevo. E mi sentivo da me stesso e da tutti tradito. Anche da lei! Da lei soprattutto, a causa della sua reticenza che l'aveva bruciata giorno per giorno ed essa non aveva trovato l'energia per sottrarvisi costringendomi a sapere. Era davvero un gioco che c'inventavamo la vita, quando dicevamo di essere senza passato, concreti nella consumazione del nostro amore, noi stessi garanti del suo avvenire? Dopo il suo slancio di agonizzante, e la sottile perfidia o il confuso rimorso con cui Luigi aveva sentito il bisogno di commentarlo, potevo facilmente indovinare che questa botte di ipocrisia, questa sentina di lardo, quest'uomo sozzo e banale, avesse ripreso a ricattarla dal momento ch'essa era tornata a Firenze e mi aveva incontrato. Ed ella gli aveva ceduto, vittima della propria irresolutezza, ma oscuramente attratta dal mito della verginità che gli aveva sacrificato. Perché? Non sarebbe bastata la mia forza fisica a castigare Luigi e impedirgli di perseguitarla? E la mia solidarietà non l'avrebbe riscattata da questa soggezione? Ella si era perduta per salvare il nostro amore, dividendosi tra me e lui; e nella caligine dell'agonia, ci aveva identificati. Io possedevo pur sempre il suo spirito, maculato come la cianosi devastava il suo bel corpo che in un fremito mortale ella aveva proteso verso Luigi. Una povera avventura la nostra, simile a quella di coloro che ci circondavano, ripetibile all'infinito, e nelle sue dimensioni, ricolma del male da cui è assediato il mondo che sognavamo di abitare liberi perfetti puliti. Ella ci amava entrambi, un estremo candore e una cupa dissolutezza coesistevano nella sua anima, il male era dentro di lei, per cui trovavo spaventosamente giusto che lei ora morisse, stravolta in ciò che aveva di più caro: la perfezione e la bellezza del suo corpo. Io sarei rimasto, perseguitato dal suo ricordo, colpevole della mia ignavia, ma per sempre disincantato, pronto d'ora in avanti ad intravedere il male nelle sue più perfette mascherature, e ad affrontarlo con astuzia. A ricambiarlo con ferocia. E maturo per tornare a credere, con umiltà, nelle verità elementari: nel lavoro di tutti i giorni, nelle idee che non importa se vengono sconfitte purché siano interrogate e ci confortino e si continui a combattere per esse; e negli affetti, infine, posti su un piano di assoluta intransigenza ma sostentati dalla complicità quando si renda necessario. No, non si può essere buoni: vale per me e per lei. Questa sarebbe diventata la mia divisa. Le sue stesse parole di cui qualche ora prima riudivo il suono mentre correvo da lei persuaso che bastasse la mia presenza a risanarla: "La tua bontà mi disarma. Quante volte ho tentato", adesso mi sembravano racchiudere una verità diversamente illuminata.

D'un tratto, si era fatto un gran silenzio. Giuditta non singhiozzava più, le giaculatorie della matrigna erano cessate, ciascuno di noi inseguiva i propri diversi pensieri: le due donne sedute dalla parte opposta del letto; di qua e in piedi, fianco a fianco, io e Luigi. Così ci accorgemmo che Lori aveva smesso di respirare.

33

La profanazione dei sentimenti c'introduce alla maturità. Ora che anche Lori è un ricordo, come la piccola Elettra e come Benito, è giusto dire che accanto a lei sono cresciuto? Dal nostro amore nel quale mi ero tuffato come nell'elemento più limpido e più sicuro, e che negli ultimi istanti si rivelò esso stesso corruttibile e ambiguo, ho ereditato un bisogno estremo di chiarezza, un'esaltazione di quella lealtà ch'era all'origine della mia natura. E come un gaglioffo ho incominciato estorcendo a mia madre i suoi squallidi segreti. Ma è dall'orto di casa che ci si incammina per il mondo; se non si spazza, il lercio accumulato sotto i piedi ci seguirà, passo passo, ovunque andiamo. Sono cresciuto per invecchiare, ecco tutto. Si tratta adesso di vedere in che modo entrare a far parte degli altri, se accettando le convenzioni che ormai mi appartengono, o principiando a combatterle nel modo più opportuno. Credo di capire che si può esistere utilmente con la semplice forza dell'esempio. Fino a diventare, magari, nient'altro che un Millo più illuminato, in grado di trasferire negli avvenimenti privati quella dialettica che alimenta il nostro universo sociale. Tutto questo lo debbo alla mia volontà, alla mia intelligenza e di riflesso lo debbo a Lori, a quei rapidi giorni che seguirono la nostra gita al mare. Immaginandola presente al mio fianco, ho voluto saggiare la sua capacità di assistere la mia « anima di cane ».

All'urlo di Giuditta erano accorsi il vecchio Cammei e la suora; quattro, cinque quanti erano, irriverenti volendo essere pietosi, si erano buttati su di lei, le componevano il volto e la chiamavano per nome. Addossato tra il tavolo e la finestra, distante e da essi ignorato, li osservavo. Lori non era più lì, questa considerazione mi dava lucidità e una grande fermezza; un sentimento forte che mi consentiva di congedarmi da lei senza dolore. Quel viso che intravedevo sopra il biancore dei guanciali, quelle mani congiunte sul petto non mi suscitavano cordoglio. La presenza della morte, semmai, mi offendeva. Essi tutti si erano genuflessi. Anche Luigi, piegato un solo ginocchio, poggiava fino a terra il suo ventre, aggrappato con una mano alla sponda del letto come fino a qualche minuto prima si era tenuto al mio braccio: con l'altra mano si copriva la faccia, e tra gli interstizi delle dita mi spiava. Entrò il medico, e un'infermiera e il prete: nella piccola camera, attorno al suo corpo distrutto, v'era questa animazione che mi escludeva. Ne approfittai per fuggire, sfilando di spalle lungo la parete.

Da allora non ho più rivisto nessuno dei suoi parenti, all'infuori di suo padre. Mi saluta quando ci incontriamo, e ci si incontra così spesso da lasciarmi il sospetto che egli di proposito si trovi sulla mia strada. Mi offre da bere, e qualche volta se lo lascia offrire. Lo aiuto a compilare le schedine del totocalcio, gli chiedo se Tornese vale Mistero, i cavalli che gli giocavo quand'ero suo aiuto in tipografia. Lui si appassiona, si perde nei dettagli: pedigree, tempi, vittorie, sempre sul punto di dirmi qualcosa che io gli dimostro di non voler sentire. Solamente una volta fece il gesto di mettere la mano nella tasca della giacca. «Ce l'hai una sua fotografia?» Lo fermai bruscamente: «No, e non la voglio avere, non ho bisogno d'un ritratto per ricordare». Annuì con un sospiro. Io non gli chiedo mai notizie di sua moglie, di Giuditta e di Luigi; e lui sa di non dover mai pronunciare il nome di Lori.

Così con Millo; egli rispetta il mio silenzio, io gli sono grato della sua discrezione.

Ma trascorsero mesi, dalla fine d'aprile all'inizio dell'estate, durante i quali avevo degli sbalzi improvvisi, o alla fresa o mentre leggevo o sulla moto. Una ventata invisibile mi succhiava il cervello; nella mente così deserta, si accampava la sua immagine, la gremiva. Attraverso il suo viso ripercorrevo le stazioni della nostra avventura, confusamente mischiate: dallo chalet d'Altopascio, al Giglio Rosso, al Petit Bois, al bosco sul Cinquale; la sera del gioco della foresta del castello e del fiume che preluse al coronamento del nostro amore, e quella della sua apparizione: "Oh scusi, mi scusi". Ora ella stropicciava il naso sul mio, ora impietrita nel suo sguardo febbrile: "Non mi guardare" diceva, ora tutta gioiosa mi indicava gli aviogetti, e giù per la scala a chiocciola della torre, nello sfacelo del prato: "Mi fai guidare?". O correva voltandosi all'indietro, incespicando sulla sabbia, contro un orizzonte marino, o riversa sotto i rami, o sul divano della tana... Ma non era la sollecitazione di un colloquio, bensì una violenza che pretendeva di essere subìta. Mi istigava all'estasi; e io non potendo opporle che la mia tensione nervosa, vivevo momenti disperati. Come in quella storia raccontatami da Miriam, così nell'esistenza reale delle persone che dopo Lori mi erano state e mi erano più care, da Elettra a Dino a Benito a Ivana, il confine tra la verità e la menzogna lo delimitava l'irragionevolezza: ci urtavo con tutto me stesso e non mi ci sapevo adattare.

Trovai nel mio attaccamento alla vita, nella mia giovinezza certo, soprattutto nella mia forza morale, la capacità di sottrarmi alla spietata seduzione della sua memoria. Ero tornato al bar di Piazza Dalmazia e alla Casa del Popolo, al circolo ricreativo, alla latteria di via Vittorio, ritrovando volti coi quali, per mia alterigia forse, e perché allora le mie amicizie mi bastavano, non avevo mai abbastanza legato. Al biliardo, al juke-box e in giro sulla moto, scoprivo di potere intendermi anche con Corradi che aveva fatto il processo a Benito, il cretino. La domenica si ballava, c'era una nuova leva di ragazze; come se io fossi un reduce e scoprissi, insieme, le delizie e la tristezza del tempo di pace... Della vecchia compagnia, dovendo Armando badare al suo locale, incontravo solamente Gioe. Parlavamo della Gali ed egli mi diceva che – come a me, ma lui dentro la Gali! – capitavano turni in cui lo lasciavano solo davanti a una Cincinnati. Gioe prima di Millo seppe, che alla Gali stavano per fare « una nuova infornata di nuovi »: se anche questa volta non volevo restar fuori, dovevo darmi daffare. Con la sua voce bianca di mulatto per cui a vederlo lungo e magro e scuro, e a sentirlo parlare, sembrava rimasto bambino, una sera che l'accompagnavo a casa e si sfrecciava dirimpetto a Santo Stefano in Pane: « Ma perché non entri in canonica? Don Bonifazi non è un prete come tu credi ».

« Lo dice anche Milloschi. »

« Tu riscaldati a Milloschi! Se aspetti Milloschi e la Camera del lavoro, ti puoi comprare una delle lenti che noi fabbrichiamo, per vederla col binocolo, la Gali. »

« Quando avrò deciso di inginocchiarmi, verrò a chiederti un biglietto di presentazione. »

« Non ce n'è bisogno, Don Bonifazi ti conosce da un pezzo. »

Tacqui, senza chiedergli come e perché il suo piccolo santo mi conosceva: un tempo mi sarei infuriato, ora mi faceva quasi piacere.

Ci fermammo da Armando che qualche giorno dopo si sarebbe sposato.

La cerimonia religiosa si tenne a Santo Stefano in Pane, dove però mancava Don Bonifazi « perché impedito ». E il banchetto di nozze nel salone del ristorante, sotto le arcate dove una volta sfilavano le groppe dei buoi e le mangiatoie. Io sedevo accanto a Gioe. Mancava Dino. « Non mi sono sentito d'invitarlo, dopo quella sera » Armando mi disse. « Eppoi a Rifredi non lo vede più nessuno, s'è volatizzato. » Tornò dalla sua sposa e tra gli altri convitati. Ivana e Millo sedevano accanto, stavano bene insieme a guardarli, « vestiti in alta uniforme » come Millo disse, si porgevano i bocconi. Al brindisi egli fece il discorso, era adesso il suo mestiere quello di comiziare: rammentò la famosa mangiata della volpe e quanto allora, noi ragazzi, fossimo « dei cialtroni ». Invece di Venezia o Parigi, gli sposi sarebbero andati a Roma e poi a Napoli, quindi, presa la nave, avrebbero visitato Siracusa e Taormina, siccome i nonni di Paola erano siciliani.

« Com'è Taormina? » gli chiesi al loro ritorno.

« Non si può descrivere » Paola disse. « Un amore ».

E Armando: « Bella, sì, con certi alberghi. Il servizio c'è, ma mica si mangia come da noi ».

La risata che mi strappò, dettata dalla commiserazione, sigillò anche questo ricordo.

« A proposito » egli aggiunse. « Il fitto della tana è a mio nome. Finché eravamo in quattro a usufruirne, io te Dino e Benito, ci stavo. Ora però sono sposato, lo debbo disdire. O lo rilevi te? »

Gli risposi di no, e che lo approvavo.

Fu un giugno tremendo. Cercavo compagnia non soltanto

per svago ma per dimostrare a me stesso che l'equilibrio che andavo ritrovando non era dovuto alla rassegnazione. Come ero tornato al circolo e come sopportavo Foresto in officina, la sera ascoltavo con più pazienza le lamentazioni di Ivana. Datano da allora i nostri colloqui. Sera per sera ci siamo riconosciuti com'è raro accada tra madre e figlio, io credo. È venuto così a cadere quello stato di morbosità che aveva dominato i nostri rapporti. Siamo finalmente degli amici. Forse per questo ci sentiamo, cenando insieme, quieti nel nostro affetto e ciascuno più solo?

« Perché non ti decidi a sposare Millo » le dissi l'indomani del banchetto. « Basterebbe una tua occhiata perché col suo parlare ornato ti si buttasse ai piedi. »

« Non è troppo tardi? » lei mi chiese, come soprappensiero. « Non faremmo ridere la gente, e te per primo? »

« La gente pensa sicuramente ancora come pensavo io da ragazzo. »

Scosse la testa: « È passato troppo tempo. Se era giusto, doveva succedere quella volta al mare ».

« Comunque non è vero che tu lo stimi soltanto. »

« Non lo so. Ma a momenti, mi fa un po' impressione. »

« Perché? » Non la capivo e volevo capirla. « Perché ha perso i capelli mentre tu lo ricordi zazzeruto? »

« Forse, e la giovinezza che c'è passata di mezzo. Eppoi, chissà se lui ora mi vorrebbe, tu ne sei proprio sicuro? »

« Quanti anni hai mamma? »

« Trentasette, e con questo? Mi lamento spesso, ma lo specchio non mi fa vedere soltanto le rughe. So benissimo di essere una donna che può ancora piacere. »

« Allora è perché la differenza di età s'è allargata, e per via dei dieci anni che vi separano lo consideri un vecchio. »

« No no no... Mi sembrerebbe sempre di commettere un sacrilegio. »

« Sii sincera, non è per altri motivi? Ma se hai trovato il coraggio di parlarne a me, e tu stessa ora pensi sia stata una liberazione, davvero temi di affrontare lui? Millo non sa forse ogni cosa? »

« Pollo fritto e insalata bianca » ella disse e parve voler cambiare argomento. « Domenica verrà a desinare... Le cose non sono così semplici. » Un pudore enorme la tratteneva, neanche la sera della sua confessione la vidi farsi violenza come in quel momento. « Ammesso per assurdo che io e Milloschi, sì, insomma, come dici tu... Ti troveresti a disagio nel vivere con noi, in questa casa di due stanze più la camerina che ora ci serve da ripostiglio. »

« Ne prenderemo una più grande, qualora fossi io a darvi fastidio. »

« Ma non è questione di spazio, Bruno, sono le conseguenze della vita. »

« Senti, messe le radici alla Gali, potrò affittarmi una camera nel vicinato. »

« Ti piacerebbe, andartene per conto tuo! E intanto, se stai per diventare uno della Gali, a chi lo devi? Povero Don Bonifazi, avanti di morire ha aiutato anche noi. »

Sono arrivato alla canonica facendo i pochi passi lungo il fronte della chiesa, sotto il breve porticato. Al di là c'è il campo sportivo nel quale Dino ed io non volemmo mai entrare, mentre Armando, tradendoci, a volte ci giocava. E c'è la grossa costruzione creata da Don Bonifazi a furia di carità e di lotta cristiana, dove decine e centinaia di orfani, una guerra dopo l'altra, e di generazione in generazione, vi sono stati educati e vi hanno imparato un mestiere. Non solo i più bisognosi tra i figli dei caduti, ma anche quegli "orfani" come Gioe che nati dopo la guerra, rappresentano i frutti dell'ultima battaglia perduta. C'è il tramonto di giugno, verso le sette di sera, che dà colore agli intonaci nuovi e alle antiche pietre. Questa bicocca secolare ha enucleato dai propri muri il grande immobile dell'orfanotrofio che le scorre di lato e la sovrasta. Oltrepasso l'usciolo della canonica, su per una scaletta, e di fronte una porta di per sé umile, come nelle vecchie case o le celle dei monasteri. Una voce mi chiama: è un po' rotta dalla vecchiezza, ma non piagnucolosa, non fratina.

« Vieni avanti, Santini. »

La stanza è piccola, contiene a fatica i mobili addossati alla parete: uno a vetri coi libri, e un cassettone; c'è un quadro, scuro di pittura, che rappresenta un santo, chissà quale. Il tavolo, con davanti un tappetino, e due sedie della medesima epoca del quadro, quando i nonni dei nonni facevano gli stipettai. Sulla sedia dietro il tavolo, piccolo perché tutto rattrappito, un vecchino col colletto bianco e la veste da prete. Gli occhi luminosi, protetti dagli occhiali quadrati: quella luce è la cosa più importante da ricordare. Arguta, giovane, saggia, carica di riflessi come i pochi capelli spartiti di lato, bianchi e cinerini. Mi guarda, e sta raccolto, il braccio sinistro disteso sopra il tavolo e l'altro appoggiato sul petto per trovare un sostegno alla mano che stringe il fazzoletto e trema in continuazione. È un'immagine di sofferenza che la bocca tagliata al vivo, con le labbra appena disegnate, sbavando un poco, sottolinea; e che lo sguardo, gli orecchi enormi, allegramente asinini, più il tono della voce, fanno di tutto per cancellare.

« Siediti, Santini. Sposta quella seggiola, vienimi vicino. » Io sto seduto sulla punta della sedia e il suo sguardo, dal basso in alto, mi scruta. « Mettiti a tuo agio. Non sei mica davanti al Santo Padre. » Con la mano tremolante si porta il fazzoletto alle labbra. « Sicché, Chiancone mi ha parlato. » Chiancone è Gioe; lo stesso, mi suona strano. Come se indovinasse il mio pensiero. « So che per te è Gioe, e a lui gli piace... Sicché, entriamo nel discorso, alla Gali sembra ti facciano dei soprusi. »

« Mi vogliono scalare anche dalle nuove assunzioni. »

« Avranno delle ragioni. »

Non mi dà soggezione. Basta lo guardi negli occhi invece di fissare quella sua mano perennemente agitata. « È perché secondo loro sono comunista. »

« E non è vero? »

« Sì, ma questo non conta. Ho un diploma con la media del nove, e otto decimi li ho presi col capolavoro. »

« E se loro in fabbrica non ce li vogliono, i sovversivi? A te, se non garbassero i gatti, avresti piacere te ne mettessero uno che ti pisciasse per tutta la casa? »

« Sono un operaio, non sono né un gatto né un cane. »

« Lo sei lo sei, e ci hai anche gli ugnelli. E che tu sia comunista, col tutore che hai è un fatto naturale. »

Anche lui come il vecchio Cammei, come tutti che mi conoscono dunque, se fossero sinceri.

« Se lei si riferisce a Milloschi, Milloschi non è mai stato il mio tutore. »

« Ma io lo dico in segno di bene. Lo conosco ch'era più piccino di te, quando entrò alla Gali. Strada facendo si è combinata insieme qualche buona azione. »

« Sotto i tedeschi, immagino. »

« Prima prima. Quando io un anno mi trovai alle strette con gli impegni che avevo preso per questi figlioli, loro della Gali ebbero la trovata del soldino. Si tassarono di cinque centesimi a testa ogni giorno. Sottoscrissero così delle migliaia di lire. Furono soprattutto benedette per la spontaneità con cui le misero insieme. Mi vennero incontro loro, in quel momento, e non i signori. Milloschi mi fece da raccoglitore. Ti dirà che si adoperava per la politica, per togliere i ragazzi dalle organizzazioni di allora. "Meglio coi preti come lei che coi fascisti" ogni volta mi ripeteva. "Meglio da lei che nei balilla almeno lei Don Bonifazi gli insegna un mestiere." »

Di tanto in tanto, meccanicamente, la penosa operazione di portarsi il fazzoletto alla bocca per pulirsi della saliva, viene la voglia di aiutarlo.

« Di lei, Milloschi dice che ha i calzoni. »

« E lui è un prete che ha sbagliato chiesa, perciò andrà all'inferno. »

« So che lei ha fatto la prima guerra mondiale. » Mi sorprendo come di una piaggeria della quale mi pento. « Fu per voto, nevvero, che mise su l'orfanotrofio? »

Cose che da sempre sa tutto Rifredi, e tutta Firenze, ora tutta Italia.

« E qui saresti dovuto venire. Mi sembra di vederla, tua madre, una mattina, per la verità l'avevo mandata a chiamare io. Era così giovane e sola; ed era mio dovere, e come orfano rifredino era un tuo preciso diritto, che mi occupassi di te. Costì dove sei seduto tu ora. »

Ivana ringraziò, si commosse, ci avrebbe pensato da sé ad allevarmi. "Semmai, quando mi trovassi alle perse, verrò a bussare."

« Ma ero sicuro che a quell'uscio, la vedova Santini non avrebbe mai picchiato. Speravo ti avrebbe mandato alla dottrina. Glielo dissi, sai come mi rispose? "Lei me l'incanterebbe, Don Bonifazi, lei è un mago." Neanche la prima comunione ti hanno fatto fare. Il battesimo sì, per fortuna era ancora vivo tuo padre. Ti battezzai io, mica ballavo così, allora » dice, festosamente, come se l'infelicità dalla quale è colpito, fosse un dono che lui debba difendere perché prezioso. « Siete miei parrocchiani. Tuo padre lo fu per poco, ma lo rammento come uno della Gali, era un buon cristiano. Perciò io sono in obbligo. Studiando fuori di qui, tu mi hai permesso di crescere un altro al tuo posto che sicuramente aveva più bisogno di te... Sei bravo, sei onesto, ma è la tua anima che mi dà qualche preoccupazione. »

« Per via del comunismo? » E con la deferenza che sento di dovergli, autentica, non perché il momento me l'impone: « Non si preoccupi » gli dico, sforzandomi di velare l'ironia. « Secondo i veri comunisti, Milloschi per primo, sono un anarchico. »

Mi risponde con una battuta vernacola che esige una composta risata: « Peggio palaia ».

E improvvisamente, si fa severo. Tutto tremante, si pulisce la bocca, poi dice: « Dopo quello che è successo ultimamente: non parlo di politica, non mi fraintendere: dopo quello che ti è successo, non senti forse la terra mancarti sotto i piedi? Per cosa credi che sia? È la mancanza della fede ».

Mentre lui mi fissa, con un giudizio in quello sguardo dal quale mi sento duramente investigato, mi traversa un pensiero. Egli sa! La signora matrigna, e può darsi anche il vecchio Cammei, Giuditta, Luigi: è il loro confessore! Sto per alzarmi, il viso mi brucia. Egli fa un gesto, la mano tremolante che stringe il fazzoletto si muove verso di me, anche il suo braccio posato sul tavolo e paralizzato si trascina.

« Aspetta ad andar via. Sii ragionevole. Lei non la giudichiamo più noi, c'è Qualcuno che adesso ne ha cura, è in buone mani... Ma tu, scappando, per cui non andasti neanche al funerale, tu dove l'hai nascosto il dolore, tu dove la cerchi la cura? »

« Dappertutto. » Lo guardo io negli occhi e riesco a non abbassarli, ma come per invitarlo a parlarmi ancora.

« È più preoccupante di quanto immaginavo, sei pieno di disperazione. »

« Io penso... »

« Pensala in cielo » m'interrompe. « Accostati alla fede. Non ti dico vieni in chiesa, sarebbe pretendere troppo, ora come ora. Lei è spirata nella grazia del Signore, è il Signore adesso il vostro intercessore. Dopodiché vivi, figliolo, corri sulla moto, segui le canzoni, leggi, lavora, studia. Ma se questo dolore che hai provato non ti serve a nulla, se non te ne liberi nella fede, in qualsiasi altro modo te ne libereresti male. Rimarresti uguale a come sei. Non è la peggiore offesa che potresti farle? Lei, se tu la chiami, ti è vicina. »

« No. » Sono preso nella sua rete e mi ci dibatto. « La vedo e basta, la vedo e non mi dà nessuna consolazione. »

Un lunghissimo silenzio; e quella mano che trema come staccata da lui, un oggetto che lo percuote senza requie.

« Mica ti voglio sforzare. Lo vedi, ho parlato io invece di lasciarti parlare. La confidenza nasce da sé, è un atto che parte dal cuore. Se ne discuterà la prossima volta che mi verrai a trovare. Tu promettimi di riflettere. »

È affaticato, più copiosa la bava gli riempie la bocca. Mi sono alzato e non rammento più il motivo per cui sono venuto, egli mi ci richiama.

« In quanto al tuo posto alla Gali, ho già fatto quello che potevo, forse mi ascolteranno. »

Prendo tra le mie la mano che impugna il fazzoletto, la stringo delicatamente e per un attimo le impedisco la sua tremenda agitazione. Vorrei baciarla, ma non ne sono capace.

L'indomani, per liquidare il turbamento che mi aveva accompagnato durante tutta la nottata, cercai Millo e gli chiesi di avallare con la sua firma la mia domanda di iscrizione al Partito.

E un giorno di luglio, diverso da quello in cui avevo dato gli esami, io e tutti coloro che mi assomigliano facemmo la nostra prova. Il selciato ribolliva per via del solleone come il nostro sangue e il nostro cervello di vent'anni, ci spingeva una passione antica ma che non avevamo mai vissuto, la baldanza di sottrarsi alla tutela dei nostri vecchi incanutiti tra parlamenti ed uffici, e la rabbia di infrangere una quiete che ci corrode le ossa.

La parte nobile d'Italia, operai e giovani alla testa, era insorta contro una provocazione alla Resistenza che il Governo proteggeva. Genova, Reggio Emilia e Palermo furono i punti di maggior fuoco. Uscimmo anche noi dalle nostre officine, le nostre scuole e case di Rifredi, armati solamente delle nostre mani.

E cambiò Governo e ritornò l'ordine, la convivenza, il cielo chiuso. Un'altra occasione, per noi la prima, era stata rimandata. Quel sangue che ci bolliva dentro, che a Reggio e a Palermo ragazzi della mia età, e anziani come Millo anche, lasciarono una volta di più sul selciato, lo lavarono gli acquazzoni d'autunno.

« Sei un estremista » mi dice adesso Corradi. E Millo: « Sei diventato più calmo, ma nel fondo non sei mutato... Cosa si dovrebbe fare? » essi mi chiedono. « Qui non siamo a Cuba. Qui al potere c'è una forma di democrazia borghese non una dittatura. »

È il nostro sonnifero, il nostro tranquillante.

« Qui c'è l'alleanza con l'America. Qui c'è il Vaticano. Qui è la linea politica e i suoi risultati che occorre valutare. »

"Abbiamo perso per sempre" sembra stiano per dire.

Che fare? Non lo so. So tuttavia che non si pongono più in termini di rivoluzione i nostri problemi. Da ariete ci siamo trasformati in staccionata. Ci appassionano ora i sindacati, può essere una strada? E la nostra giovinezza, conta ancora qualcosa? L'atomica, dicono, fa paura, i missili, le bombe all'idrogeno. La tecnica ci avrebbe quindi battuti? O noi stessi, che con le idee non le siamo stati a pari?

Verrà un altro luglio, e ci guarderemo in viso.

« C'è da rimpiangerla, l'estate » Foresto dice. « Sveglia, moro, dài da mangiare alla stufa, non pensare alle tue bionde, cammina. » Egli ha capito di non dover passare un certo segno, e io sopporto la sua volgarità, accanto a lui ho finito di imparare come si sta dietro una fresa.

Dopocena, Ivana entra in camera mia, mi sono appena coricato ed essa riordina la mia roba, si siede accanto al letto, fumiamo insieme l'ultima sigaretta della giornata, ieri sera.

« Chi è questa ragazza? »

« Come lo sai? »

« Si vede. »

« No, hai tirato a indovinare. »

« Lo ammetto, tanto ci speravo. »

« Esiste, ma la ferita rimane. È risarcita alla perfezione, eppure, lo sai meglio di me, appena ci si scopre, la cicatrice viene sotto gli occhi, anche se a toccarla non fa più male. »

« E il nome? »

« Nulla di speciale. Maria. Ma vuole essere chiamata Mariolina. »

« Ed è una cosa seria? »

« Si sta bene insieme, io mi ci ritrovo. Le ho dato l'anello. Ce l'avevo già, tu non l'hai mai saputo. Le va a pennello, sembra fatto apposta per lei. »

« Continua. Ho diritto o no di sapere? »

« Te la farò conoscere, se vuoi, anche domani. È molto giovane, non te ne allarmare. Ha quindici anni appena compiuti, "quasi sedici" lei dice, ma è già un donnino. Ci siamo conosciuti alla Casa del Popolo, a ballare. È la figlia di un tornitore della Gali, ma di quelli dei reparti di precisione. Va ancora a scuola, ed è molto brava, ha fatto non so quanti salti, è già alla terza magistrale. Non farà come te, lei lo piglierà il diploma! Se è bella, cosa ti posso dire? Ha i capelli tutti neri, li porta naturalmente cotonati, e poche idee in testa, ma chiare. Quando io sarò al secondo scatto e lei avrà finito gli studi e insegnerà o si sarà impiegata, probabilmente ci sposeremo, ne abbiamo già parlato. Tra un anno o due al massimo. Così tu e Millo avrete queste stanze tutte per voi. »

« La vuoi smettere! Piuttosto, l'avete già immaginata, la vostra casa? »

« Sarà senza lampadari. »

« Oh, in quanto al mio, anche se fosse intatto, sarebbe fuori moda. Lo sai che la sera che uscimmo per comprarlo c'era anche Milloschi, te l'ho mai raccontato? Era una sera terribile, il vento tagliava la faccia, e io con la sottana corta e sui tacchi ortopedici come allora usava, esile com'ero mi tenevo stretta al braccio di tuo padre, altrimenti una folata più forte mi avrebbe portata via. C'eravamo dati appuntamento in centro, al bar del Bottegone; si prese un caffè, credo, soldi non se ne aveva da buttar via, e una pasta, tuo padre era goloso dei bigné di cioccolata. Da Piazza del Duomo a via de' Rondinelli, non è lungo il cammino, dentro il bar avevamo guardato insieme il foglio che ci garantiva una forte riduzione. E poteva suonare l'allarme aereo, si giocava sui minuti, se avessimo trovato chiuso si sarebbe dovuto rimandare chissà di quanto tempo, questa spesa che a noi sembrava essenziale. Eravamo un po' pazzi, se pensi che non avevamo ancora la batteria di cucina. Ma il salottino così come l'avevo immaginato, non avrebbe avuto senso privo del lampadario. Fu all'angolo di via de' Panzani che incontrammo Milloschi, capii subito che non ce ne saremmo liberati... Quel negozio ora non c'è più, e io mi chiedo se c'è mai stato. Il giorno che il lampadario ti cadde di mano e andò in pezzi, tutta la mia vita mi sembrò subire la stessa sorte. Ma ora noi siamo qui per ricostruire, non è vero Bruno? »

« Sì, ma almeno stasera vuoi dirmi cosa successe? »

Un'impennata, come un soprassalto di dolorose memorie che una volta per sempre ella si è convinta a seppellire. La sua povera eloquenza si esaurisce all'improvviso.

« Ce n'erano tanti di lampadari, e tutti belli, c'eravamo fermati su tre che rientravano nelle nostre possibilità, e non ci sapevamo decidere. Tuo padre propose di lasciare scegliere a Milloschi, io accettai. Scelse quello che mi piaceva di meno. »

È una sera di gran freddo, con la nebbia sugli argini del torrente e i vetri appannati, come un anno fa. Domattina entro alla Gali.

(1962)

Indice

«La costanza della ragione»
di Vasco Pratolini
Oscar Scrittori del Novecento
Arnoldo Mondadori Editore

Questo volume è stato stampato
presso Arnoldo Mondadori Editore S.p.A.
Stabilimento Nuova Stampa - Cles (TN)
Stampato in Italia - Printed in Italy

COLLEZIONE D'AUTORE

Vasco Pratolini

PRATOLINI
LE RAGAZZE DI SANFREDIANO

PRATOLINI
IL QUARTIERE

PRATOLINI
CRONACHE DI POVERI AMANTI

PRATOLINI
ALLEGORIA E DERISIONE

PRATOLINI
DIARIO SENTIMENTALE

PRATOLINI
UN EROE DEL NOSTRO TEMPO

PRATOLINI
LA COSTANZA DE

PRATOLINI
METELLO

OSCAR: ⓪

Titoli negli